W0240703

DELICIOSA CHIARA

DELICIOSA CHIARA

NICKY PELLEGRINO

Traducción de
Ignacio Gómez Calvo

Grijalbo

Título original: *Deliciosus*

Primera edición: noviembre, 2005

© 2005, Nicky Pellegrino
© 2005, Grupo Editorial Random House Mondadori, S.L.
Travessera de Gràcia, 47-49. 08021 Barcelona
© 2005, Ignacio Gómez Calvo, por la traducción

Quedan prohibidos, dentro de los límites establecidos en la ley y bajo los apercibimientos legalmente previstos, la reproducción total o parcial de esta obra por cualquier medio o procedimiento, ya sea electrónico o mecánico, el tratamiento informático, el alquiler o cualquier otra forma de cesión de la obra sin la autorización previa y por escrito de los titulares del *copyright*.

Printed in Spain – Impreso en España

ISBN: 84-253-3971-5
Depósito legal: B. 44.228-2005

Fotocomposición: Revertext, S. L.

Impreso en A & M Gràfic, S. L.
Santa Perpètua de Mogoda (Barcelona)

GR 3 9 7 1 5

A Silvia y Dino,
a quienes me encontré en Via Veneto

PRIMERA PARTE

San Giulio, Italia, 1964

1

Las tardes de los domingos eran el momento de los romances en el pueblecito de San Giulio. Los romances a la italiana.

Por esa razón Maria Domenica Carrozza bajaba por la calle principal cogida del brazo de su madre, Pepina. Su hermana pequeña, Rosaria, iba agarrada a regañadientes del otro brazo.

Era una tarde cálida y agradable, y Pepina no tenía prisa. Se tomaba su tiempo para lucir a sus hijas, haciéndolas caminar a un paso relajado por delante de los altos y estrechos edificios de color arena y por los escalones de piedra gastada situados enfrente de la iglesia que daba a la piazza empedrada.

—*Mamma* —dijo Rosaria lloriqueando y dando golpecitos a su madre con sus dedos ligeramente mugrientos—. Estoy cansada. ¿Podemos irnos ya a casa? Por favor.

—Basta, Rosaria —susurró Pepina, sin alterar el ritmo constante con el que hacía taconear sus mejores zapatos sobre los adoquines—. Todavía es pronto. Tomaremos algo en el café, *bellissima figlia.*

Luciendo una sonrisa radiante, llevó a sus dos hijas de pelo moreno y ojos oscuros hacia las luces brillantes de Il Caffè dei Fratelli Angeli, en el que servían unos pasteles muy dulces y cremosos y un café cargado, y donde las mesas siempre estaban llenas de amigos, vecinos y, quién sabe, ¿tal vez algún buen partido para sus bonitas hijas?

El café Angeli siempre había montado guardia en la esquina del fondo de la piazza mayor de San Giulio, un pueblo antiguo y polvoriento que se alzaba valientemente en medio de las desiertas llanuras de la Campania. No había montañas ni valles que lo protegiesen, ni tampoco altos muros de piedra tras los que ocultarse. El extenso y llano terreno sobre el que se erigía llegaba hasta el mar Mediterráneo.

Sin embargo, a pesar de que San Giulio se hallaba expuesto e indefenso, sus habitantes habían conseguido mantener el mundo exterior a raya. Como muchas personas nacidas en las fértiles tierras que rodean Nápoles, se aferraban firmemente a las viejas costumbres. Las jóvenes se casaban pronto; las mujeres mayores vestían de luto desde el día que perdían a su primer ser querido; la voz susurrante de Rita Pavone sonaba en la única máquina de discos del pueblo; y la *mamma* siempre sabía qué convenía a sus hijas.

Para Maria Domenica, de dieciséis años, eso significaba pasar la vida entre las cuatro paredes de la cocina de su madre; a excepción de las tardes de los domingos, cuando escapaba durante un par de horas para hacer *la passeggiata* por las calles de San Giulio.

Maria Domenica nunca había cuestionado la decisión de sus padres de que abandonara la escuela a los trece años. Después de todo, era la mayor de seis hermanos. Había que hacer el pan, dar de comer a los pollos, bañar a los niños, y Pepina no podía hacerlo todo sola.

En cuanto a su padre, Erminio, conducía su camión cargado de melocotones y ciruelas por todo el país. ¿Él cuidando de los niños? Aquella era una tarea de mujeres, y era mejor que Maria Domenica aprendiera a hacerlo pronto; así estaría preparada para criar a sus propios hijos cuando llegaran, al cabo de un par de años.

A Pepina le correspondía dar con unos hombres lo suficientemente buenos para casarse con sus hijas. Domingo tras domingo se paseaba con aire decidido por la polvorienta calle principal y rodeaba la sencilla fuente de la *piazza*, mostrando al pueblo lo que tenía que ofrecer: unas bonitas chicas vestidas con sus mejores galas, unas buenas chicas que darían a luz a hermosos niños y tendrían siempre la olla en el fuego llena de deliciosos manjares.

—*Mamma* —repitió Rosaria, empujándola insistentemente con el codo—, ¿puedo tomar una Coca-Cola? Por favor, *mamma*, tengo mucha sed.

A sus catorce años, Rosaria era todavía demasiado joven para desfilar por el pueblo un domingo por la tarde; Pepina lo sabía, pero era mejor lucir a dos hijas que a una sola, sobre todo cuando había otras tres en casa que crecían a toda velocidad. Seis hijos y solo uno de ellos era varón. *Porca miseria.* ¿Qué había hecho mal?

—*Mamma*, Coca-Cola.

—Está bien, Rosaria.

Al otro lado del concurrido café, Pepina vislumbró a Elena Manzoni y la saludó con la mano. Elena tenía un hijo, Marco, que era de la edad de Maria Domenica; un buen muchacho que algún día heredaría su granja y que, tal y como habían decidido ella y Erminio, convenía a su hija mayor.

Maria Domenica dejó obedientemente que su madre la arrastrara entre las abarrotadas mesas del café Angeli. A decir verdad, no era una chica guapa. Tenía las piernas demasiado flacuchas, la piel demasiado pecosa, los ojos demasiado hundidos y la nariz demasiado larga para ser verdaderamente guapa. Pero, a pesar de ello, tenía una larga melena morena que le caía por la espalda como una cascada y una sonrisa que hacía sonreír a sus padres.

Besó rápidamente a Elena en las mejillas y también a su hijo. Marco no la miró a los ojos. Estaba observando fijamente por encima del hombro de ella a Rosaria, con sus mejillas redondas y su suave vientre, que bebía ávidamente su Coca-Cola con una pajita.

Pepina le dio un codazo.

—Marco, ven y ayúdame a elegir una canción de la máquina de discos —balbució Maria Domenica, haciendo tintinear las monedas de su bolsillo—. ¿Quién te gusta más? ¿Rita Pavone? ¿Little Tony? A lo mejor esta semana hay canciones nuevas.

Mientras conseguía apartarlo a regañadientes de su hermana pequeña, Maria Domenica deseó poder decir lo que realmente pensaba: «No te quiero, Marco. Puedes quedarte con Rosaria. Es toda tuya, te la regalo. Estoy cansada de oírla lloriquear y harta de verla comer. Se hará vieja y se pondrá gorda antes de que te des cuenta, y se pasará los próximos cuarenta años dándote la lata; pero si la quieres, quédatela, Marco, *per favore*, quédatela».

Sin embargo, permaneció en silencio junto al chico que su madre había escogido para ella, sin saber cómo se suponía que tenía que actuar.

Marco frunció sus labios suaves y gruesos mientras echaba un vistazo a la máquina de discos.

—*Merda*. En la ciudad nadie escucha estas canciones. En Roma, en Nápoles, no echarían ni una moneda en ese montón de chatarra inútil.

—¿Y qué más da que no las escuchen en la ciudad? —replicó ella con ímpetu—. Eso no quiere decir que no nos puedan gustar aquí, en San Giulio.

—San Giulio —espetó él con amargura—. No pienso desperdiciar más tiempo de mi vida en este lugar. No esperes encontrarme aquí la próxima semana bebiendo Coca-Cola con las viejas y los niños.

—¿Tienes planes?

—Tal vez.

—Cuéntamelos, Marco. ¿Adónde vas a ir?

—A la ciudad, por supuesto, ¿adónde pensabas?

—¿Y qué harás allí?

Marco guardó silencio mirando la máquina de discos con el ceño fruncido.

—Marco, ¿qué harás en la ciudad? —repitió ella, y su voz subió de volumen.

—Cállate —susurró él—. ¿Quieres que se entere todo el mundo? Te lo diré si te callas un momento.

Por lo visto, Marco tenía un primo que vivía en Roma. Un primo que tenía un empleo en una carnicería, una habitación de alquiler en el Trastevere y mucha experiencia en seguir a las turistas atractivas que buscaban *la dolce vita* en la Via Veneto. Lo único que necesitaba Marco era dinero para el billete de tren.

—A lo mejor yo podría ir contigo a Roma... —Los ojos negros de Maria Domenica se abrieron desorbitadamente al plantearse por primera vez la posibilidad de escapar.

—Venga ya, eres una niña —dijo Marco, y su boca esbozó una sonrisa de diversión—. Eres solo una niña. Y no vas a ir a ninguna parte.

En el interior del local muchos pares de ojos estaban observando cómo Maria Domenica y Marco intercambiaban unas palabras. Sus madres les miraban esperanzadas, atentas a la menor señal de amor. Rosaria, en cambio, lo hacía con una mirada de rencor y aburrimiento. Sentada a un lado de la mesa, golpeaba repetidamente la botella vacía de Coca-Cola con el ceño fruncido. ¿Qué pretendía su *mamma* intentando hacer de casamentera de aquellos dos? ¿Acaso no saltaba a la vista a quién quería él? Si de ella dependía, Marco iba a hacer realidad su deseo antes de que acabara el año.

Colocado detrás de la máquina de café Gaggia, que manipulaba como si fuera un instrumento musical, Franco Angeli también observaba a la joven pareja. ¿Cuánto tiempo llevaba soportando las quejas de aquellos dos? «No hay canciones de los Beatles en la máquina de discos.» «No hay música pop.» ¡Bah! Estampó indignado una jarra de cremosa leche sobre la reluciente barra de acero inoxidable.

En las altas paredes había muchos más Franco Angeli observando a la pareja con la misma mirada de desaprobación. Muchos años atrás, cuando Franco y su hermano Gennaro abrieron Il Caffè dei Fratelli Angeli, dieron rienda suelta a su pasión por el arte italiano. Contrataron a un joven pintor de talento que pasó muchísimos meses sobre un andamio, en precario equilibrio, cubriendo poco a poco las paredes y el techo con reproducciones de las pinturas preferidas de los dos hermanos. Siguiendo la tradición renacentista, los rostros de los patrones aparecían en algún lugar de cada cuadro.

Así, en el techo se podía ver a un sorprendido Franco Angeli a punto de tocar el dedo de un dios con barba en *La creación de Adán*, y en la pared, a un admirado Gennaro Angeli contemplando cómo la *Venus* de Botticelli salía de su concha. Detrás de la barra había una pareja de querubines de Rafael que guardaban un parecido más que notable con las fotos de cuando Franco y Gennaro eran jóvenes.

Los parroquianos ya casi nunca alzaban los ojos hacia toda aquella belleza. Muchos de los jóvenes ni siquiera habían reparado en que estaba allí. Aquello hacía que a Franco Angeli se le partiera el corazón, silenciosamente, que era como servía el café a la gente durante todo el día.

—Eh, Marco. —Maria Domenica se rió y levantó la vista al techo—. Si vas a Roma, puedes ir a ver la capilla Sixtina de verdad. Y compararla con el café Angeli.

Marco puso los ojos en blanco. La belleza era lo que él veía cada mañana en el espejo, no un viejo cuadro en una pared.

—Cuando llegue a Roma no voy a desperdiciar el tiempo

—le prometió él—. Encontraré trabajo y cuando empiece a ganar dinero me compraré una Vespa como la de mi primo Antonio. Y entonces nos lo pasaremos en grande.

—¿Volverás algún día?

—Tal vez dentro de diez años. Para entonces tú ya estarás casada y con hijos, espero. Vendré por aquí y pasaré a verte. A ti y a tu hermana Rosaria. Os llevaré a las dos a dar una vuelta en mi Ferrari. —Se echó a reír mientras se alejaba de ella y de la máquina de discos que tanto despreciaba—. Hasta dentro de diez años, Maria Domenica. Esperaré impacientemente ese momento.

Si alguien hubiera estado mirando a Maria Domenica, habría visto en su rostro una expresión que nunca había adoptado en los dieciséis años que llevaba comportándose como una hermana mayor obediente y aplicada. Una expresión que significaba problemas.

2

Pepina tenía miedo de que se acabara el pan. Las estanterías del gran aparador de madera siempre crujían bajo el peso de unas hogazas de pan duras y gruesas que habrían partido los dientes a cualquiera que no se hubiera criado con mendrugos duros. Y a pesar de ello, todas las mañanas Maria Domenica tenía que levantarse muy temprano y hacer más pan con su madre.

—Mientras haya pan en estas estanterías, no tendremos el estómago vacío —decía Pepina sin falta cada día, mientras sacaban el gran saco de harina y encendían el horno. Nunca se fijaba en si su hija mayor soltaba un suspiro o lanzaba una mirada a la fila de hogazas que habían hecho el día anterior.

Trabajaban codo con codo en la larga mesa de la cocina mientras salía el sol y las gallinas cloqueaban a su alrededor. Amasaban encorvadas la masa amarilla y compacta con sus fuertes dedos. Y mientras trabajaban, hablaban. Bueno, lo cierto es que esa mañana la que hablaba era Pepina; Maria Domenica fantaseaba con una vida distinta fuera de las desconchadas paredes de la casa familiar.

La cocina era el lugar donde madre e hija pasaban gran parte del día. Una mesa de pino, gastada tras décadas de uso por la señora Carrozza, ocupaba casi por completo aquel espacio; las ventanas miraban al huerto, donde solían cavar con el frescor de la mañana y a media tarde, y también a los melocotoneros que se extendían por delante y por detrás de ellas.

Aquella era la parte original de la casa: las paredes se habían construido para que duraran y el suelo estaba empedrado. Pero al abrir la puerta que daba a los dormitorios, todo se volvía tortuoso y caótico. Aquí había un marco de una puerta sacado de un solar que había calle arriba, y allí el alféizar de una ventana que el padre de Erminio había clavado con viejos trozos de madera. Las paredes se combaban hacia dentro, el techo estaba inclinado y Pepina vivía con miedo a lo que ocurriría si se producía un terremoto. Encima de cada cama había un cuadro de Nuestra Señora colgado en la pared y una imagen de Jesús en la cruz; siempre que se acordaba, Pepina les rezaba para que mantuvieran los deteriorados muros en pie.

Las habitaciones, añadidas a la casa cada vez que nacía un niño, solo servían para dormir en ellas. Durante el día la vida familiar giraba en torno a la cocina, donde comenzaba la jornada con la preparación del pan.

Maria Domenica se encargaba de mezclar el azúcar y la levadura con agua tibia y luego lo dejaba reposar hasta que salía espuma. Cuando las hogazas redondas y planas que había preparado su madre estaban en el horno caliente, ella las rociaba con agua para que la corteza tardase varios días en ponerse dura. No era una tarea que pudiera hacerse deprisa y corriendo, y a menudo pasaba media mañana antes de que madre e hija pudieran mirar satisfechas cómo el pan caliente se enfriaba en el estante de metal que había encima del horno.

Pepina tenía las manos endurecidas y llenas de callos por los muchos años de trabajo, y los hombros rígidos por las horas que había pasado inclinada sobre la mesa de la cocina, pero a pesar de todo no parecía descontenta. Cada mañana saludaba a su hija con una sonrisa y charlaba y reía durante la larga jornada de trabajo.

—No me malinterpretes, te voy a echar de menos —le estaba diciendo en ese momento mientras trabajaba la masa—. Eres una buena ayudante, Maria Domenica. Siempre has sido una buena chica. Pero Rosaria podrá encargarse de tu trabajo cuando te marches. Ya va siendo hora de que esa muchacha tenga un poco más de disciplina.

Las palabras de su madre devolvieron de golpe a Maria Domenica a la realidad.

—¿Marcharme, *mamma*? ¿Adónde voy a ir? No he dicho que vaya a irme a ninguna parte.

—*Scema!* ¿Has oído algo de lo que acabo de decir? —Pepina dejó la masa en un lugar al sol y, tras cubrirla con un paño húmedo, la dejó para que subiera—. Tienes dieciséis años. A esa edad yo ya estaba comprometida con tu padre. Y Marco Manzoni es un buen chico. Tal vez un poco engreído, pero hoy en día todos los jóvenes parecen obsesionados con la ropa y el peinado. Elena y yo pensamos que tú y Marco os llevaréis bien.

—Pero *mamma*, yo no quiero estar con Marco Manzoni. —Los dedos de Maria Domenica se detuvieron y se hundieron en la masa harinosa—. Y él no quiere estar conmigo. Creo que tiene otros planes.

—Oh, planes. Estoy segura de que tiene montones de planes. Marco es un chico listo. Y nadie está diciendo que tengáis que precipitaros. Tomaos un tiempo para conoceros el uno al otro. Elena me ha pedido que te deje ir a comer con su familia un día de estos. Por lo que tengo entendido, no es muy buena cocinera, así que quizá sería mejor que comieras un poco de pan y queso antes de ir. ¿Sabes una cosa, Maria Domenica? Creo que deberíamos hacer una hogaza de más. Detesto quedarme sin pan.

Tras lanzar una mirada de desesperación hacia los estantes llenos, Maria Domenica echó otro montón de harina sobre la mesa, formó un pozo en medio y lo llenó con agua fermentada. Cuando empezó a hacer la mezcla, Rosaria abrió la puerta de su cuarto con cara de sueño. Tenía el pelo moreno revuelto y la piel tan cubierta de sudor que su camisón se pegaba a las curvas de su generoso y joven cuerpo.

—Qué calor hace hoy —dijo, bostezando—. *Mamma*, ¿puedo ir a la playa esta tarde?

Cada verano, la hermana de Pepina, Lucia, alquilaba una pequeña cabaña en una zona próxima a la playa, conocida como La Sabbia D'Oro, y la mayoría de los asfixiantes días de julio y agosto ella y sus dos hijas se daban prisa en hacer sus tareas por la mañana y pasaban la tarde relajándose junto al mar y poniéndose morenas.

Pero la familia de Lucia vivía en un pequeño apartamento en el centro de la ciudad. A ellas limpiar la casa y hacer la compra apenas les llevaba tiempo. Sin embargo, en la granja de Pepina, situada en el polvoriento campo de las afueras de San Giulio, había un montón de faena que hacer y raro era el día que sus hijas acababan a tiempo para poder reunirse con sus primas en la arena de la playa.

—¿La playa? Hoy no, Rosaria. Puedes ayudar a tu hermana a terminar el pan. Y luego quiero que hagas ñoquis por si tu padre vuelve a casa esta noche.

—Sí, pero...

—Y cuando hayas acabado, te espera un montón de ropa sucia que lavar.

—Pero *mamma*, este año los Manzoni han alquilado la cabaña en La Sabbia D'Oro. Hoy estarán allí. —Rosaria lanzó una mirada maliciosa a su hermana—. Le dije a Marco que Maria Domenica y yo haríamos una bandeja grande de canelones y que se los llevaríamos para comer. Se lo prometí.

—Pues si querías hacer unos canelones decentes, deberías haberte levantado una hora antes, perezosa. —Pepina ya estaba armando un gran estrépito intentando dar con una bandeja adecuada para los canelones de Marco—. Deprisa, vístete mientras nosotras empezamos.

Una mirada triunfal relució brevemente en los ojillos negros de Rosaria. Normalmente no conseguía salirse con la suya con tanta rapidez y facilidad, pero su madre estaba dispuesta a cualquier cosa con tal de juntar a su hermana mayor con Marco. Después de todo, hoy iba a ser un buen día: una tarde en la playa y un gran plato de los deliciosos canelones de su *mamma* para comer. ¿Y quién sabe? Tal vez Marco estuviera allí de verdad.

Mientras que a ella le encantaba el mar, a Maria Domenica le horrorizaba la playa. Sus primas conocían a todo el mundo en La Sabbia D'Oro. Llevaban yendo allí desde que eran niñas. Ahora eran unas adolescentes bronceadas y seguras de sí mismas. Mientras ellas reían e intercambiaban cotilleos y bocados de comida con sus amigas, Maria Domenica estiraba su cuerpo flacucho y falto de sol en la arena, tratando de no parecer tan extraña como en realidad se sentía.

Rosaria tenía razón. Hacía calor, un calor abrasador. Por un segundo, Maria Domenica sintió la tentación de buscar su bañador viejo y desteñido y enfrentarse a la playa. Pero tenía en mente otros planes más importantes, y si jugaba bien sus cartas, hoy podía ser el día en que los pusiera en marcha. Lo primero que tenía que hacer era quitarse de encima a su *mamma* y al resto de sus hermanos durante unas horas.

Había observado durante años cómo Rosaria manipulaba a su madre.

—*Mamma*, ¿por qué no vienes tú también a la playa? —dijo en una voz lo suficientemente fuerte para que llegara hasta el huerto donde Pepina estaba cogiendo tomates maduros para la salsa de los canelones, y lo suficientemente alto para que resonara por el pasillo y las habitaciones donde su hermano y sus hermanas se estaban despertando—. Podríamos llevarnos a los niños y pasar allí el día. ¿Qué te parece?

Sus palabras surtieron el efecto deseado. En pocos segundos, un enjambre de niños ruidosos rodeaba a su madre. Rosaria se echó a reír mientras los perros ladraban y unas vocecillas entonaban insistentemente: «Playa, playa, playa».

Maria Domenica esperó a que su madre estuviera ocupada tratando de meter bandejas de comida en el coche y colocando a los niños para contarle la primera gran mentira de su vida.

Mientras se frotaba la barriga, dijo:

—*Mamma*, tengo calambres. Creo que me va a venir la regla. ¿Te importa si no voy a la playa?

—Pero Maria Domenica, el caso es que... estás pálida.

—No me siento bien, nada bien.

Minutos más tarde, mientras observaba la nube de polvo que levantaba el coche de su madre camino de la playa, Maria Domenica efectivamente sintió algo. Pero no eran calambres, sino un leve escalofrío de emoción.

3

Estaba siendo un día tranquilo para Franco Angeli. Parecía como si el calor hubiera empujado a todo el pueblo a la playa. Franco podría haber cerrado el negocio y haber seguido a la gente hasta allí, pero a veces los momentos de tranquilidad en su café eran los mejores. Canturreó con satisfacción mientras limpiaba la máquina de café Gaggia, con su sólido armazón de acero inoxidable y sus manivelas de madera barnizada, hasta dejarla reluciente.

Estaba tan absorto en sus pensamientos que no se dio cuenta de que la hija mayor de Pepina Carrozza había entrado. Cuando por fin alzó la vista, la chica estaba de pie, observando en silencio las tres musas de Botticelli que danzaban en la pared.

—¿Ha visto el auténtico en Roma? —le preguntó finalmente Maria Domenica.

—No está en Roma, sino en Florencia. Y sí que lo he visto. Se llama *La primavera* y es un cuadro muy bonito.

Ella señaló con la cabeza hacia el techo.

—¿Y ese? ¿No está en Roma, en la capilla Sixtina? Recuerdo haberlo estudiado en el colegio. ¿Lo ha visto?

—Sí, los he visto todos, y son increíbles. Quizá tú también los veas algún día.

Maria Domenica lo miró fijamente. Se disponía a contar la segunda mentira de su vida.

—De eso venía a hablarle —comenzó, sentándose en un taburete y apoyando los codos en la barra brillante—. Mi padre Erminio, ya lo conoce, conduce el camión de la fruta, tiene la oportunidad de viajar por toda Italia y ver de todo. Sin embargo, mi madre no ha pasado de Nápoles. Así que he ideado un plan secreto. Quiero ahorrar y llevarla de viaje a Roma a ver la capilla Sixtina.

—Eso es fantástico, pero ¿por qué me lo cuentas a mí?

—Porque necesito encontrar un trabajo para ganar dinero, y me preguntaba si podría ayudarle en el café. Trabajo duro y sé cocinar. Puedo limpiar y servir a los clientes. Lo que usted quiera.

La verdad es que pensándolo bien no era mala idea. Desde que su esposa había muerto y su hermano Gennaro le había dejado y se había mudado al norte, casi no daba abasto en el café Angeli. Tenía un hijo, Giovanni, pero estaba ocupado con sus estudios y era demasiado pequeño para ayudar en el café.

—Vendrías a trabajar, no a pasearte por las mesas y a hablar con tus amigas —le advirtió Franco.

—Sí.

—Tendrías que trabajar tan duro como lo hacía Gennaro antes de irse a Milán.

—Me parece bien.

—Y puede que necesitara que vinieras alguna noche... ¿Qué dirían tus padres?

—Estarán de acuerdo... pero no debe decirles para qué necesito el dinero —le recordó ella—. Es una sorpresa.

—¿Una sorpresa? —Los rasgos de duende de Franco se arrugaron al sonreír, y sus ojos danzaron tras sus gafas redondas con montura plateada—. De acuerdo, ya tienes trabajo.

—Oh, *grazie*, Franco, *grazie*, *grazie*. —Con las prisas por darle las gracias como es debido, a Maria Domenica se le trabó la lengua.

—*Prego* —respondió él y, con un silbido de su máquina Gaggia, sirvió dos tazas de humeante café—. Ya que tenemos un trato, brindemos por él —dijo.

Cuando Maria Domenica entrechocó su taza de café con la de él, Franco se puso serio.

—Vas a ser la primera persona que trabaje aquí que no pertenece a la familia Angeli. La primera forastera. Espero que no hagas que me arrepienta.

Una punzada de culpabilidad se añadió a la emoción que Maria Domenica sentía en el estómago. Había dicho ya dos mentiras y todavía faltaba una más.

La tercera mentira era la más difícil. Llegó, de nuevo en casa, cuando su familia salió en tropel del pequeño coche de su *mamma*; todos estaban quemados por el sol, sonrientes y con las piernas llenas de arena.

—Te has perdido un día genial —le dijo su hermano pequeño Salvatore saltando de emoción—. Hemos comido helado.

—El agua estaba caliente, se estaba de maravilla. —Rosaria sonrió con pereza—. Lo único raro es que no estaba Marco.

—Ah. ¿Y dónde estaba entonces?

—Nadie lo sabía. —Pepina se encogió de hombros, sacando las bandejas de canelones vacías del maletero—. De todas formas no faltó gente para comer los canelones. Al final no se echaron a perder, ¿verdad, Rosaria?

Tras notar el olor a cebolla ligeramente rehogada en aceite, Pepina entró por la puerta cubierta con una parra y se metió en la cocina.

—¡Qué buena chica, Maria Domenica! Has empezado a hacer la cena. ¿Qué tal te encuentras? ¿Se te han pasado los calambres, *figlia*?

—Ya estoy mejor.

Con cierta sorpresa, Maria Domenica se dio cuenta de que prácticamente se había convertido en una mentirosa consumada.

—Antes de que papá vuelva a casa me gustaría preguntarte algo, *mamma* —prosiguió rápidamente—. Ayer estuve hablando en el café con Franco Angeli y me pidió si le podría ayudar por las tardes. Desde que su hermano Gennaro se fue a Milán con su mujer, el pobre hombre está agotado. Necesita otro par de manos.

Pepina frunció el ceño.

—¿Así que sería como un trabajo? No sé qué dirá tu padre.

—Bueno, será un favor más que un trabajo. Pero me pagará algo. Y he pensado que podría ahorrar el dinero. Ya sabes, para el futuro, para cuando... cuando me... case.

Si lograba el consentimiento de su madre, no creía que su padre opusiera mucha resistencia.

—La cuestión, *mamma*, es que estaré en el café. Tú y Rosaria podréis venir a verme cuando queráis. —Mezcló el tomate triturado con la pegajosa masa de las cebollas—. Y estaré aquí por la mañana para ayudarte a hacer el pan.

—No sé. —Había cogido por sorpresa a Pepina.

Rosaria tampoco esperaba algo así de su sosa hermana, pero enseguida empezó a ver las posibilidades que aquello ofrecía.

—Imagínate los cotilleos que oirá Maria Domenica cada noche —dijo carcajeándose—. Todo el mundo va allí. No se perderá detalle.

—Irá a trabajar, no a cotillear. —Pepina le dio un golpecito a su hija con un trapo de la cocina—. Y a ti te tocará trabajar el doble, *figlia*, si tu hermana va a estar ocupada todo los días en el café. Toma. —Le lanzó el trapo—. Ya puedes empezar.

De ese modo, Maria Domenica se encontró al otro lado de la barra de acero inoxidable del café Angeli, vestida con un delantal blanco almidonado y aprendiendo los secretos de la a veces caprichosa máquina Gaggia de manos de un paciente Franco Angeli.

Pronto fue capaz de manejar las manivelas de madera como

una experta y de poner una crema perfecta encima de cada taza de *espresso* que servía. Cada noche, cuando se metía en la cama, agotada, con su largo pelo moreno todavía impregnado del olor a judías asadas, pensaba en el montón de dinero cada vez más grande que guardaba dentro de su colchón. Sus ahorros, para su futuro.

4

Rosaria tenía razón en una cosa: desde su pequeño rincón tras la máquina de café, Maria Domenica oía los chismes de todo el pueblo. La gente hablaba y ella escuchaba.

—¿Te has enterado de la noticia? —Gina Rossi se sentó con cuidado en uno de los taburetes de cuero rojo alineados junto a la barra de acero inoxidable—. Marco Manzoni ha desaparecido. Se marchó el domingo temprano y no ha vuelto desde entonces.

Más tarde su tía Lucia le diría:

—He oído que su ropa ha desaparecido. Y también sus discos. Su madre, Elena, no sabe una palabra de él desde hace días.

Al día siguiente:

—Pobre Elena, le han robado. —Esta vez era Gloria Ferrero, la mujer del carnicero—. ¿Te acuerdas de las medallas de oro que llevaba a todas partes en el bolso para tenerlas a buen recaudo? ¡Pues han desaparecido! Se niega a creer que haya sido Marco. Pero, la verdad, ¿quién más ha podido hacerlo?

Y una semana más tarde:

—¿Te has enterado de que Elena Manzoni ha recibido una carta del inútil de su hijo? Por lo visto está en Roma. Viviendo con su primo; seguro que se ha metido en un montón de líos.

Finalmente fue la propia Elena quien anunció en voz alta y

con la barbilla temblorosa a todos los reunidos en los taburetes y las mesas:

—Qué chico tan trabajador, mi Marco. Solo lleva un par de semanas en Roma y ya ha encontrado trabajo en una carnicería con su primo. Mi chico llegará lejos. —Y a continuación, dando una palmadita a Maria Domenica en la mano, dijo—: No te preocupes, *cara*. Sé que tenías las esperanzas puestas en él. Pero encontrarás a otro buen chico que te quiera.

Mientras servía tacitas blancas de *espresso* negro y cargado a los habituales del establecimiento, Maria Domenica notaba sus miradas de compasión. Se imaginó que Elena, o su madre, había estado hablando. Bueno, podían pensar que Marco le había partido el corazón. A ella le daba igual. La única persona que Maria Domenica no soportaba que creyera aquella falacia de su amor por Marco era Franco Angeli.

—Así que tu novio se ha largado del pueblo —bromeó él una tarde ajetreada, durante un momento de calma en medio del interminable ir y venir de los clientes.

—No es mi novio. Nuestras madres intentaron juntarnos. Pero le prometo que yo nunca mostré el menor interés por él. No quiero un novio, me siento bien tal como estoy.

—Todas las chicas quieren tener novio. —Franco se estaba riendo de ella—. Tú quieres casarte y tener hijos, ¿verdad?

—¿Sería tan amable de decirme dónde está escrito que todas las chicas tengan que casarse, tener niños y pasarse el resto de la vida trabajando como esclavas en la cocina como hace mi madre?

Un par de clientes habituales que estaban en una esquina alzaron la vista de sus vasos de Campari con soda, sorprendidos ante la vehemencia de la joven.

—No está escrito en ninguna parte —dijo Franco—. Simplemente la mayoría de las chicas quieren casarse, eso es todo. Y también los chicos, aunque a menudo fingen lo contrario. El día de mi boda fue el más feliz de mi vida. Y el día que nació mi Giovanni, el que más orgulloso me he sentido.

Maria Domenica se irritó con Franco e inmediatamente después se sintió culpable. Él no tenía la culpa de no entenderla; ella misma solo era capaz de entenderse a medias. Se quedó mirando la Venus pintada detrás de la máquina de discos.

—Bueno, no todo el mundo es igual, ¿verdad? —respondió ella—. Hay gente que espera otras cosas de la vida.

Franco dejó de limpiar la máquina Gaggia y centró toda su atención en la muchacha.

—¿Y qué es lo que esperas de la vida, Maria Domenica, si no es casarte y tener hijos?

Ella frunció el entrecejo. ¿Cómo podía explicárselo? Desde hacía mucho tiempo sabía que la granja donde se había criado era demasiado pequeña para ella. Incluso de niña, tras acabar sus tareas diarias, le gustaba quitarse el delantal y tumbarse debajo de los melocotoneros, contemplar los trozos de cielo azul que se veían entre las ramas y fingir que era otra persona.

El deseo que sentía de escapar era cada vez más fuerte, sobre todo después de ver la facilidad con la que Marco parecía haberlo logrado. Quería vivir durante un tiempo en un lugar donde nadie supiera quién era ella, donde nadie conociera a su familia o la recordara de niña, donde nadie se hubiera sentado a su lado en el colegio o hubiera jugado con ella en La Sabbia D'Oro. Entonces podría ser quien quería ser. Podría ser alguien totalmente diferente. Pero ¿cómo podía explicar aquello a Franco?

—No es que no quiera tener un marido y una familia —consiguió decir al fin—. Simplemente no lo quiero todavía. Antes quiero llegar a ser alguien.

—¡Pero si ya eres alguien! —Franco volvió a reírse y le lanzó el trapo—. Toma, puedes ser alguien que acabe esto. Me voy a comprar el periódico al otro lado de la calle, y luego quiero cinco minutos de paz y tranquilidad para leerlo antes de volver a trabajar.

Algunos días, el hijo de Franco, Giovanni, dejaba los deberes del colegio y se acercaba a echar una mano durante un par de horas. Era un muchacho flaco y serio que la seguía por el café como un perrito fiel y se ruborizaba hasta las raíces de su pelo moreno cortado al rape cada vez que ella le decía algo. Aunque solo intentaba ayudar, siempre parecía encontrarse en el exacto lugar donde Maria Domenica quería ir. Se le caían las cosas de las manos y se hacía un lío con lo pedidos, pero era el único hijo de Franco y ella era amable con él.

Algunos días, Rosaria se pasaba por el café y se sentaba en un taburete alto junto a la barra. Nunca hablaba mucho; parecía encantada de poder comer y observar cómo ellos trabajaban. Su avidez por los refrescos con burbujas y las tartas de crema sorprendía incluso a Franco.

—Me gustan las chicas que saben vaciar un plato —decía él, ofreciéndole a Rosaria un pastel crujiente con forma de caparazón lleno de ricotta, vainilla y cáscara de naranja rallada con azúcar, mientras la muchacha masticaba pausadamente—. Prueba ahora una de estas *sfogliatelle*, están deliciosas. *Buon appetito*.

Franco era tan bondadoso que la mitad de las veces no le cobraba sus festines. Pero Rosaria siempre llevaba algunas monedas en el bolsillo para ofrecer como pago. Maria Domenica había intentado un par de veces lanzarle a su hermana una mirada interrogativa cuando le daba el cambio, y había recibido en respuesta una mirada dura y hosca. Tal vez Rosaria revolvía la cómoda de Pepina cuando ella estaba de espaldas, o cogía una moneda olvidada sobre la mesa en cuanto se le presentaba la ocasión. Maria Domenica sabía que debía decir o hacer algo, pero temía el drama que podría desencadenar. Parecía más fácil guardar silencio y mirar cómo masticaba Rosaria.

Estaba convencida de que su hermana había aumentado una talla, tal vez dos, desde que Marco se había marchado. Si la miraba detenidamente parecía que podía ver cómo engordaba cada hora.

—Otra Coca-Cola, *per favore*. —La voz de Rosaria quedó amortiguada por el enorme pastel que se estaba metiendo en la boca.

—Dios mío, Franco, quítele el plato o se comerá otro.

—No seas tan repelente, Maria Domenica. Tengo hambre. Apenas he probado bocado en todo el día. Solo he tomado un poco de pan y un chocolate caliente esta mañana. Me paso las horas trabajando. No he parado desde hace semanas. ¿Sabes que no he ido a la playa desde aquel día que querías ir a buscar a Marco y luego cambiaste de opinión?

—Eras tú la que quería ir a buscar a Marco, no yo.

—De todos modos no lo vi. —Rosaria despachó el pastel y dio un largo sorbo de Coca-Cola—. ¿No te preguntas qué estará haciendo ahora?

—¿Quién sabe?

—Tal vez vaya a Roma y lo encuentre.

—Sí, claro. Tienes catorce años, Rosaria. La policía te cogería y te traería directamente a casa, y allí te estaría esperando *mamma* para darte un bofetón.

Rosaria respondió maliciosamente:

—Estás celosa. A él siempre le gusté más que tú.

—¡No, Marco se gustaba más a sí mismo de lo que le gustábamos ninguna de nosotras!

Franco intervino.

—Chicas, chicas, no os peleéis. Maria Domenica, ahí hay unas mesas que necesitan que se les pase un trapo. Y Rosaria, ¿puedo servirte algo más?

Mientras ella limpiaba y su hermana pequeña comía, Maria Domenica se sintió extrañamente contenta. Parecía como si los momentos más felices de esa época los pasara en aquel pequeño café lleno de vapor. Le encantaba la vista de la que gozaba desde detrás de la barra: los taburetes de cuero rojo y las sillas que limpiaba a diario, la máquina de discos que relucía en el rincón y el gran espejo con marco dorado situado en la pared del fondo, donde se reflejaba todo el local. Había ocasiones en que sentía que no quería dejar nunca aquel lugar. Pero no tenía más que alzar la vista hacia las pinturas que cubrían el resto de las paredes y el techo para recordar que había todo un mundo allí fuera. No era grave querer verlo un poco, ¿verdad?

5

El padre de Maria Domenica volvió por fin a casa. Su gran camión bloqueaba el polvoriento camino de acceso a la granja y su enorme cuerpo asomaba por encima de la mesa de la cocina.

Si alguien se preguntaba de dónde le venía a Rosaria su afición por la comida no tenía más que mirar a Erminio, que había regresado a casa con media docena de pollos asados preparados en un local de carretera. Su rostro se iluminaba de placer cuando cortaba en rodajas la mozzarella fresca y lechosa o cuando partía en dos una jugosa sandía roja. Pellizcaba a sus hijos en las mejillas con regocijo y alarmaba seriamente a Pepina cuando metía mano a sus reservas de pan.

—Ah, no hay nada como estar en casa —dijo suspirando, y aspiró el aroma de un gran plato de *spaghetti vongole*.

La granja se convertía en un lugar distinto cuando Erminio estaba en casa. Los perros ladraban menos, los niños jugaban en silencio e incluso Rosaria se levantaba pronto cada mañana para hacer pan con su hermana sin rechistar.

Salvatore, su único hijo varón, era su favorito, naturalmente. Todavía era lo bastante pequeño para acurrucarse encima de la pierna de su padre y apoyar su cabeza morena en aquella barriga blanda y redondeada que temblaba cada vez que a su dueño algo le parecía divertido. Pero Maria Domenica, su primogénita, ocupaba un lugar especial en el corazón de Erminio. Cuando se enteró de que había encontrado un trabajo, la sonrisa se desvaneció de su cara grande y risueña.

—¿Un trabajo? ¿Y para qué quieres tú un trabajo? ¿Acaso no te mantengo yo? —Estaba furioso y dolido—. ¿No os cuido lo bastante?

—No es eso, papá.

—¿No? ¿Entonces qué es?

—Estoy ayudando a Franco Angeli.

—Si Franco Angeli necesita ayuda, que la busque en su familia y que deje a la mía en paz.

—De eso se trata. Él no tiene familia. —Maria Domenica parecía desesperada—. Su mujer murió, su hermano se ha ido a Milán, y su único hijo todavía está en el colegio.

Maria Domenica se pasó toda la tarde suplicando mientras comían alrededor de la larga mesa de madera. Lo hizo cuando se sirvió el plato de pasta, la carne y las verduras, y también mientras su padre despachaba un plato de anguila frita y escogía los bocados más deliciosos de la ensalada. Finalmente, cuando su madre colocó el queso *pecorino* y un poco de su precioso pan duro y dorado sobre la mesa, Erminio cedió.

—Vale, vale, tú ganas, Maria Domenica. Pero solo por esta vez. Puedes quedarte con tu trabajo. Pero que conste que ninguna mujer de mi familia había trabajado antes. —Masticó el pan duro con aire pensativo—. Ninguna de tus tías, y desde luego tampoco tu abuela.

Rosaria había permanecido en silencio hasta ese momento, masticando un bocado tras otro al mismo ritmo que su padre, pero de repente habló.

—¿Y yo? ¿Puedo buscar trabajo también, papá?

Él se echó a reír de nuevo y empujó un montón de platos sucios hacia ella.

—Tú ya tienes trabajo, *cara*. Y más vale que lo empieces ahora mismo.

Rosaria se encargó de fregar y Maria Domenica de secar. Parecía que el montón de cazuelas grasientas y de platos manchados de tomate no fuese a disminuir nunca.

Maria Domenica cogió los platos llenos de jabón de las manos de su hermana y observó a su familia. Su padre estaba girando el dial de la radio tratando de encontrar algo que escuchar; su madre se esforzaba por mantenerse despierta, con los ojos entrecerrados y la barriga llena; sus hermanas pequeñas y su hermano jugaban en silencio con la esperanza de que sus padres no se acordasen de que estaban allí y los mandaran a dormir la siesta; y Rosaria miraba con el ceño fruncido el fregadero lleno de platos, sin molestarse en quitarles la mitad de la suciedad. Los quería a todos, pero en ocasiones Maria Domenica se sentía una extraña.

De repente expresó en voz alta sus pensamientos.

—¿Acaso no hay más vida que esto?

Rosaria entendió sus palabras a medias y la miró de reojo.

—¿De qué estás hablando?

Maria Domenica vaciló y a continuación se lanzó.

—¿Nunca has tenido ganas de viajar, Rosaria? ¿De ver mundo? ¿De largarte de aquí?

Rosaria se encogió de hombros.

—La hija de Francesca Maggio pasó dos noches en Capri, por la luna de miel. Dijo que era precioso. No me importaría ir allí cuando me case.

—Sí, pero me refiero a lugares más lejos que Capri. Lugares lejos de Italia.

Rosaria se encogió de hombros.

—¿Y por qué iba a querer hacerlo?

Maria Domenica no tenía una respuesta sencilla que darle, de modo que no dijo nada más. En lugar de ello, cogió la cazuela de la pasta, la enjuagó hasta quitarle el jabón y la secó cuidadosamente con un trapo.

—Estoy llenísima —se quejó Rosaria—. Menudo banquete. Pero ¿por qué *mamma* tiene que dejarlo todo hecho un desastre? En esta casa todo el mundo deja las cosas sucias y a mí siempre me toca limpiarlas.

6

Cuando un rumor circulaba por el pueblo de San Giulio, tarde o temprano acababa llegando al café Angeli. Aunque Maria Domenica rara vez participaba en los cotilleos, habría tenido que quitar las manos de las manivelas de la máquina de café y taparse con fuerza los oídos para no oírlos.

—¡No lo adivinarías nunca! ¡No lo adivinarías nunca! —Su tía Lucia estaba entusiasmada y jadeante. Era evidente que había ido hasta allí corriendo, haciendo tintinear sus joyas de oro y manteniendo tieso su pelo rubio teñido en medio de la brisa cálida, dándose prisa para ser la primera en comunicar la noticia—. Marco ha dejado embarazada a una chica en Roma.

—¿Qué?

Las tazas de café chocaron contra los platillos, y los habituales de Angeli se mantuvieron en silencio mientras aguardaban a oír toda la historia.

—Bueno... —Lucia se sentó sigilosamente en uno de los altos taburetes de cuero rojo alineados junto a la pared del fondo del café, con el rostro resplandeciente de placer ante el secreto que se disponía a contar—. Por lo visto es una chica inglesa que vive en Roma dando clases o haciendo de canguro, o algo así. ¡Naturalmente —Lucia pasó enseguida a la parte más importante y dramática—, Marco tendrá que casarse con ella o la chica quedará deshonrada!

Las jóvenes de San Giulio no se quedaban embarazadas hasta que no se casaban. Y si de algún modo un bebé crecía en su barriga, podían estar seguras de que acabarían delante de un sacerdote antes de ponerse demasiado gordas y no parecer respetables con un vestido de novia.

Durante toda la semana aquel escándalo fue objeto de murmuraciones en el café.

—Elena va a ir a Roma a conocer a la chica —contó en secreto una de las parroquianas.

—He oído que se casarán en Roma y que ella no vendrá a San Giulio hasta que nazca el niño —reveló otra.

—Al parecer, Marco tiene suerte de que no haya una docena de chicas embarazadas de él desde que está en Roma —susurró Lucia, escandalizada.

Y por fin habló la propia Elena:

—Qué buen chico, mi Marco. Claro que quería casarse con la joven y convertirla en una mujer honrada. Pero el padre de ella dijo que no quería que una hija suya se casara con un asqueroso italiano. —Su voz se volvió aguda a causa de la indignación—. ¡Asqueroso, dijo, asqueroso! —A continuación se convirtió en un susurro—. Para ser sincera, la chica era una fresca. Sedujo a mi Marco. Solo puedo dar gracias a Dios de que no haya acabado casado con ella para el resto de su vida. Se ha salvado de milagro.

Maria Domenica rompió por fin su silencio.

—¿Y el niño? Será su nieto —señaló con sensatez—. ¿Ni siquiera querrá ir a verlo?

—Oh, no, no, no. —Elena sacudió la cabeza con breves movimientos rápidos y nerviosos—. Lo mejor es que no. Ya tendré más nietos, estoy segura, cuando mi hijo siente la cabeza con una buena chica. Ese niño estará muy lejos, en Inglaterra; será como si no existiera. No es mi nieto. No, no.

Como sacerdotes en el confesionario, Franco y Maria Domenica escuchaban las historias que se contaban cada día en el pequeño café y murmuraban algún que otro comentario cuando era adecuado. No podían permitirse tomar partido cada vez que se producía alguna discusión. Era posible que si un cliente se ofendía, no volviera, y Franco necesitaba el negocio.

Sin embargo, algunas veces, cuando el letrero de cierre colgaba de la gran puerta de cristal y Franco apilaba las sillas sobre las mesas mientras Maria Domenica pasaba la fregona a las baldosas del suelo, comentaban las historias.

—No puedo creer que Elena no quiera ver al hijo de Marco. La verdad es que no me lo creo. Simplemente se está haciendo la dura —declaró Maria Domenica esa noche.

—Creo que tienes razón. —A Franco no le sorprendió la perspicacia de la muchacha. Después de trabajar codo con codo con ella durante semanas, se había dado cuenta de que Maria Domenica tenía la capacidad de reconocer la verdad—. Es una lástima que Elena pierda a un miembro de su familia de esa forma. Si fuera el niño de mi hijo, yo no lo dejaría escapar tan fácilmente.

—¿Le obligaría a casarse con la chica?

Franco se quedó pensativo.

—Depende.

—¿De qué?

—De la situación. El matrimonio no es algo sencillo, ¿sabes? Hay que sentir verdadero amor antes de hacer un juramento así. De lo contrario, uno se condena a ser infeliz toda su vida.

—¿Y qué me dice de la deshonra de ser madre y no tener marido?

—¿Infelicidad o deshonra? —Franco se encogió de hombros—. Yo sé con cuál de las dos preferiría vivir. Pero yo soy un hombre. Supongo que para vosotras es distinto.

Maria Domenica pasó la fregona por debajo de las mesas redondas para quitar la mugre acumulada durante el día.

—Sí, supongo que es distinto. No debería serlo pero lo es. Si me pasara a mí, no sé qué preferiría. Aunque —añadió, echándose a reír—, estoy casi segura de que no querría casarme con Marco. Ese hombre tiene razón: ¡es asqueroso!

Cuando entró en su casa esa noche, la noticia ya había llegado a oídos de su familia. Su padre estaba tan horrorizado como exultante su hermana Rosaria.

—Ese *cretino* —rugió Erminio, como el Vesubio a punto de estallar—. Ese *disgraziato*. Deberían obligarle a casarse con esa pobre chica. Le ha arruinado la vida. ¿Quién se casará con ella ahora? Ha deshonrado a toda la familia. Es una tragedia.

Ante sus hijos, Erminio se mostraba enfadado. Pero solo él y su mujer sabían que lo que de verdad sentía era temor. Las chicas se metían en líos y se quedaban embarazadas. Necesitaban que se las vigilara de cerca, se las tratase con mano de hierro y se las casara lo antes posible. Y él tenía cinco.

—Doy gracias por no haber dejado que te juntaras con ese Marco. —Pepina sacudió la cabeza dramáticamente mirando a su hija mayor—. Nunca me gustó. Elena Manzoni insistía tanto... «Marco y Maria Domenica hacen muy buena pareja», decía. Pero yo sabía que en el fondo ese muchacho era malo hasta la médula.

Erminio rugió:

—Ninguna de mis hijas se acercará a él, ¿me oís?

Recorrió la habitación con la mirada, desplazando la vista de Maria Domenica a Rosaria; se detuvo por un instante en Sandra, luego en Giovanna y por último en la pequeña Claudia que, a sus cuatro años, no tenía ni idea de qué estaban hablando pero sospechaba que las posibilidades de que le contasen un cuento antes de dormir se estaban reduciendo por segundos.

—Ninguna de mis hijas volverá siquiera a hablarle. —Erminio tenía la cara muy roja y le temblaban las mandíbulas a causa de la indignación—. ¡Nunca jamás!

—Pero papá... —Rosaria no podía creer lo que estaba oyendo—. Él se ofreció a casarse con ella, ¿no? ¿Qué otra cosa podía hacer? Él no ha sido el responsable, no es justo que le eches la culpa.

—¡No!

—Pero...

—¡No!

Cuando Rosaria se giró hacia el fregadero donde le esperaba otra pila de platos sucios, murmuró en tono audible:

—No es justo.

Su padre soltó la respuesta que ella esperaba.

—La vida no es justa, Rosaria, la vida no es justa.

7

Las semanas pasaban volando, y Franco empezó a darse cuenta de que no podía imaginarse el café Angeli sin Maria Domenica. Ella se había convertido en parte de aquel lugar. De hecho, un par de veces le había pasado por la cabeza... pero no, todavía no estaba listo para ello; tal vez era un poco precipitado. Era una buena idea, pero...

El local todavía estaba tranquilo. Franco echó rápidamente unas monedas en la máquina de discos y sonó la voz de Gianni Morandi. Gianni cantaba apasionadamente «Ho chiuso le finestre».

Maria Domenica soltó una risita.

—¿De qué te ríes? —preguntó Franco amablemente.

—Vamos, ya lo sabe.

—No, no lo sé.

—De la música, Franco. ¿Por qué no pone algo de música inglesa en la máquina? ¿O algunas canciones americanas?

—¿Tú también? Tenía mejor opinión de ti. —Franco puso los ojos en blanco de forma exagerada, pero Maria Domenica comprobó que realmente estaba un poco irritado con ella.

A pesar de ello, insistió.

—Solo una o dos canciones, Franco. No le pasará nada.

—Oh, no —respondió él—. No mientras yo me encargue del café Angeli.

—Pero los jóvenes se ríen de esa música, Franco.

—Que se rían. Estamos en Italia y aquí se escucha música italiana —replicó con firmeza.

Maria Domenica nunca había querido a nadie que no fuera de su familia, pero de repente se dio cuenta de que quería a Franco. Le gustaba su cara de duendecillo y el brillo de sus ojos. La forma en que limpiaba cuidadosamente su máquina de café una y otra vez. Le gustaban las profundas arrugas que se le formaban alrededor de los ojos cuando se reía, pero por encima de todo le gustaban los momentos en que el cartel de cierre lucía en lo alto de la puerta de cristal y ella le hablaba como no le hablaba a ninguna otra persona.

Tocó impulsivamente su hombro y le dio un beso rápido en la mejilla.

—¿Y eso? —Franco se puso un poco colorado.

—Un beso. —Maria Domenica sonrió tontamente.

—¿Y qué he hecho yo para merecer un beso de una chica tan guapa como tú?

—Usted me dio este trabajo, Franco, y me gusta mucho trabajar aquí, de verdad.

—Y a mí me gusta que trabajes aquí. —Ella sabía que hablaba en serio—. Debes de tener ya un montón de dinero ahorrado para llevar a tu madre a la capilla Sixtina.

—Sí. —Ella hizo una pausa y le miró. Por un instante, Franco hubiese jurado que se disponía a confiarle algo importante. Pero sus ojos se apartaron del rostro de él—. Sí, ya casi tengo suficiente dinero, eso seguro.

—Bueno, has trabajado duro para conseguirlo. Solo espero que tu madre sepa valoraros, a Miguel Ángel y a ti —dijo él riendo.

Maria Domenica observó cómo Franco se apartaba para ocuparse de otra tarea. Sería tan fácil quedarse allí y dejarse llevar por el ritmo de vida del café Angeli. ¿Por qué se le habría ocurrido aquel absurdo plan de escapar de San Giulio? ¿Era su deseo tan intenso como hacía meses, cuando empezó a trabajar allí e intentaba torpemente hacer funcionar la máquina de café?

—Mi hijo Giovanni quiere empezar a ayudarme un poco más en el café —comentó Marco de modo informal, colocando con sus veloces manos los platos en montones ordenados.

—¿Ah, sí? —Maria Domenica frunció el ceño.

—No te pongas triste. Es una buena noticia —afirmó Franco.

Giovanni solo tenía doce años, pero estaba creciendo rápido. Pronto querría trabajar detrás de la barra del café Angeli. Era el momento de que Maria Domenica diera el paso. Ahora lo veía claramente. Había llegado el momento de sacar sus ahorros del colchón, guardar sus escasas pertenencias y huir de San Giulio antes de que acabara asfixiándola. Podía hacerlo esa misma noche si quería. No había nada que la detuviera. La idea resultaba fascinante... y también aterradora. Tocó de nuevo el hombro de Franco y a continuación apartó la mano y se mordió la piel de alrededor de la uña.

—No te preocupes, *cara*. —En ocasiones parecía que Franco pudiera leerle la mente—. Giovanni no te quitará el puesto. Siempre habrá trabajo para ti en el café Angeli... mientras tú quieras.

8

Rosaria abrió los ojos y los entornó para protegerse de la luz. Oh, Dios, ¿ya era de día? Estaba agotada. Su mente calculó las horas que tendrían que pasar hasta que pudiera volver a meterse bajo las sábanas.

La cama de Maria Domenica, situada junto a la de ella, estaba vacía. Las mantas se hallaban estiradas y lisas, y las esquinas estaban remetidas cuidadosamente. Parecía que ni siquiera hubiera dormido allí.

La chiflada de su hermana se había levantado otra vez con las gallinas, pensó Rosaria mientras abría la ventana y encendía el primer cigarrillo del día.

Tenía cuidado de echar el humo fuera de la habitación. Su *mamma* la mataría si se enteraba de que había adquirido aquel hábito, sobre todo teniendo en cuenta que ella lo había dejado hacía un mes más o menos. Tenía derecho a permitirse algún placer en la vida, ¿no?

Finalmente, el espejo le había mostrado lo que su hermana había estado intentando decirle desde hacía meses: había engordado demasiado. Decidida a mantener bajo control sus generosas curvas, había dejado de comer los dulces y pasteles que tanto le gustaban y ya no cortaba trozos del pan duro y dorado de su madre cada vez que pasaba por delante del estante lleno de hogazas.

No disfrutaba demasiado fumando, pero al menos así mantenía la boca ocupada en los momentos en que normalmente estaría masticando algo. Y de todos modos, ¿qué mal podía hacerle algún cigarrillo que otro fumado a escondidas? Si su madre no la veía, era imposible que sufriera.

Rosaria agitó la mano para expulsar las volutas de humo y asomó la cabeza por la puerta de su habitación. Qué extraño. ¿Y el olor a levadura caliente que normalmente penetraba en sus fosas nasales a primera hora de la mañana? Avanzó descalza por el oscuro y estrecho pasillo preguntándose qué pasaba, y abrió de un empujón la puerta de la cocina haciéndola chirriar. La estancia estaba vacía; la mesa limpia de harina, y el horno apagado.

—Maria Domenica —gritó—. ¿Dónde estás?

Una gallina graznó sonoramente a modo de respuesta desde debajo de la mesa.

—Lárgate de aquí. Vamos, fuera. —Rosaria abrió la puerta y echó fuera al ruidoso animal. Los perros ladraron.

¿Dónde demonios andaba Maria Domenica? No podía haberse ido al trabajo tan pronto, ¿o sí? La mataría si lo había hecho. Había que preparar un montón de pan, los niños se levantarían dentro de unos minutos y pedirían el desayuno, ¿y si Salvatore había vuelto a mojar la cama?

—Genial, sencillamente genial. —Rosaria puso un saco de harina sobre la mesa y comenzó de mala gana las tareas del día.

Pasaron quince minutos antes de que oyera a su madre caminando a rastras por el pasillo.

—*Mamma* —gritó, indignada—. Maria Domenica se ha ido al café Angeli y me ha dejado todo el trabajo a mí. No es justo.

El rostro cansado de Pepina tenía un color tan gris como el cielo de aquella mañana.

—¿Que se ha ido al trabajo? ¿A estas horas? Imposible.

—Bostezó y se sentó pesadamente en una de las grandes sillas de vinilo rojo—. Hazme un café, Rosaria; es lo que necesito.

Rosaria puso bruscamente la cafetera en el fogón, se dio la vuelta y gritó por el pasillo:

—Sandra, Sandra, sal de la cama ahora mismo, ¿me oyes? Necesito que me ayudes.

Si Maria Domenica pensaba que se iba a salir otra vez con la suya, se equivocaba. Rosaria pensaba ir directamente al café Angeli para decírselo.

Después de cuatro horas de duro trabajo, una agresiva Rosaria se puso su pañuelo, recorrió el campo polvoriento a grandes zancadas y luego bajó la larga y recta calle que conducía a la piazza mayor de San Giulio. Cuando entró de repente por la puerta del café Angeli, Franco alzó la vista del periódico que estaba leyendo.

—¿Dónde está? —le espetó la joven.

—¿Tu hermana? No la he visto. No tiene que venir hasta dentro de un par de horas.

—Pues si no está aquí, ¿dónde está? —preguntó Rosaria en tono imperativo.

—No lo sé. ¿De compras, quizá?

De repente, Rosaria pareció distraída. Sus duros ojillos negros se habían desviado hacia una fuente que contenía un delicioso surtido de tartas y pasteles.

—¿Te gustaría probar alguno? —Franco sonrió—. Tengo tus preferidos, mira.

Rosaria suspiró.

—Tal vez un pastelito. —Posó sus generosas nalgas sobre una silla—. Llevo una mañana horrible. Creo que me lo he ganado.

Cuando Rosaria volvió a mirar al reloj era la hora de comer; una considerable cantidad de migas decoraban su mesa, y seguía sin haber rastro de su hermana.

—No puedo pasarme el día aquí sentada —decidió por fin—. Cuando vea a Maria Domenica, dígale que se ha metido en un buen lío... con mi *mamma* y conmigo.

Sin embargo, Franco no vio a Maria Domenica. Trabajó solo durante todo el día. Cuando, en silencio, cerró el local después de que se marchara el último cliente, se sentía intranquilo. Aquello no era propio de ella. No había faltado ningún día al trabajo desde que accedió a contratarla. ¿Qué estaba pasando?

En la granja de Pepina también se estaban poniendo nerviosos. Se había hecho de noche y nadie había visto a Maria Domenica en todo el día.

—Ojalá estuviera aquí tu padre. —Pepina se paseaba nerviosa por la cocina—. No sé qué hacer.

Hasta Rosaria parecía preocupada.

—¡Por Dios, *mamma*, siéntate! —Sacó el paquete de cigarrillos del delantal—. Toma, fúmate uno de estos conmigo. Lo necesitamos... Es una emergencia.

Permanecieron sentadas en medio de un ambiente cargado de tensión y de humo hasta que unos rayos de luz grisácea empezaron a extenderse por el cielo nocturno.

—Ve a ver la hora. —Rosaria colocó un saco de harina sobre la mesa y empezó a hacer las tareas del día de mala gana—. Los niños se levantarán dentro de poco y pedirán el desayuno.

No encontraron la nota hasta tres días después. Estaba metida debajo de una hogaza de pan monstruosamente grande situada en el estante superior del aparador de madera. Decía así:

> Siento que hayáis estado preocupados por mí, pero no hay razón para ello. Me voy a Roma, como hizo Marco. Me pondré en contacto con vosotros cuando haya encontrado trabajo y un lugar donde vivir.
>
> MARIA DOMENICA

Pepina gritó:

—Ha ido a Roma a buscar a ese Marco Manzoni. Durante todo este tiempo nunca perdió la esperanza. No puedo creerlo. Va a buscarse la ruina.

Pálida y furiosa, Rosaria solo oía a medias los lamentos de su madre. Siempre había dado por supuesto que Marco regresaría algún día a casa, cuando se hubiera hartado de Roma, y entonces ella entraría en acción. ¿Se le habría adelantado su hermana? De ser así, nunca se lo perdonaría.

Mientras tanto, en el centro del pueblo, tras la gruesa cortina de terciopelo rojo que separaba la parte del café Angeli destinada al público de su mundo privado, Franco inclinaba la cabeza sobre otra nota y la leía por última vez:

> Querido Franco:
>
> Siento haberle dejado sin avisar, pero Giovanni pronto será bastante mayor para ayudarle en el café; hasta entonces espero que pueda arreglárselas solo.
>
> También siento haberle mentido en lo referente al motivo por el que quería el trabajo. No pensaba llevar a mi madre de viaje a la ciudad, como le dije.
>
> Cuando lea esto estaré en el tren de camino a Roma. Estoy tan emocionada... Le prometo que iré muy pronto a la capilla Sixtina y le daré recuerdos de su parte a Miguel Ángel.
>
> Por favor, no se enfade conmigo. Les echaré muchísimo de menos a usted y al café, pero sé que estoy haciendo lo correcto. Estoy convencida de ello.
>
> Su amiga,
>
> MARIA DOMENICA CARROZZA

9

La vida siguió en el pueblecito de San Giulio. Se hacía pan y se servía café. Se celebraban bodas y nacían niños. Los melocotoneros que había detrás de la granja de Pepina echaron brotes, florecieron y dieron frutos. Pero, aparte de un par de postales garabateadas con prisa en las que aseguraba que estaba perfectamente, no se volvió a saber nada de Maria Domenica Carrozza.

Erminio había recorrido desconsolado las calles de Roma con su gran camión, examinando con la mirada las caras de los extraños que encontraba con la esperanza de divisar los rasgos de su hija mayor. En un principio, cuando se enteró de que Maria Domenica había escapado, se hizo el duro. «Ya no es mi hija», rugió. Pero nadie le creyó; más tarde, Pepina llegó a ver lágrimas en sus ojos. Erminio todavía no había abandonado su búsqueda y cada vez que pasaba con su camión por Roma dedicaba un par de horas a rastrear exhaustivamente la ciudad donde se escondía su Maria Domenica.

Mientras su marido buscaba, Pepina lloraba, y sus hijos, contagiados de su tristeza, lloraban también. Tan solo los ojos y las mejillas de Rosaria se mantenían secos. Maldecía en silencio a su hermana mayor. Maria Domenica se había escapado para arrebatarle al hombre que le pertenecía legítimamente, pero además, desde que se había marchado, los padres de Rosaria habían tomado duras medidas en lo tocante a las pequeñas libertades de las que disfrutaba. Para empezar, ya no la dejaban ir sola por el pueblo. Tampoco le permitían acercarse a la playa para reunirse con sus primas, e incluso ahora la esperaban a la salida del colegio.

—Yo ya no puedo hacerlo todo sola —le había dicho Pepina—. Tu hermana no va a volver, así que tendrás que encargarte tú de las cosas que hacía ella. —Y a continuación se había echado a llorar otra vez.

La vida también siguió en el café Angeli. El hijo de Franco, Giovanni, redujo el tiempo que dedicaba a las tareas del colegio y liberó a su padre de una parte del trabajo. Aquello dio libertad a Franco para fantasear y planear la realización de otro cuadro que cubriera una de las zonas vacías de sus hermosas paredes.

En ocasiones, los clientes le preguntaban distraídamente si se había enterado de alguna noticia sobre Maria Domenica. Normalmente él gruñía y fingía estar demasiado ocupado para hablar. Pero si insistían, sacaba la postal que guardaba detrás de la barra. En la parte de delante aparecía una foto de la capilla Sixtina de Miguel Ángel. En el dorso había un breve mensaje: «Es increíble... mejor de lo que jamás había soñado. ¡Ahora solo me falta ir a Florencia a ver a Botticelli!».

Le resultaba muy difícil explicarle a Giovanni por qué le había tomado tanto cariño a la joven. Era un hombre huraño al que no le gustaba hablar de sus sentimientos. Toda su alma, su pasión y su colorido estaban expresados en las paredes del café. Las palabras que brotaban de sus labios lo hacían en blanco y negro.

—Era como una hija para mí —logró decir por fin—. Hablábamos mucho... Se podía hablar con ella.

—¿Qué crees que estará haciendo ahora? —le preguntó su hijo.

Franco frunció el entrecejo.

—No lo sé... Me preocupa. Y no entiendo por qué tuvo que escaparse. Sus padres no son unos ogros. Si hubiera hablado con ellos, si les hubiera dicho que no quería casarse y tener hijos, estoy seguro de que no habrían intentado obligarla a hacer nada que ella no quisiera. Escapar no fue una decisión sensata... y ella siempre me pareció una chica muy sensata.

—La gente sensata no se mete en líos —respondió Giovanni con seriedad.

Mientras frotaba una y otra vez el mismo trozo de la barra, Franco expresó sus pensamientos en voz alta:

—Pero ella sola en una ciudad como Roma se puede meter en tantos líos... Solo espero que haya encontrado un buen trabajo en un pequeño café con gente que la trate bien.

Al final los chismosos se cansaron de hablar de lo que podía o no haberle ocurrido a la hija de los Carrozza. No había ninguna suculenta noticia con que avivar el fuego. Incluso Elena se negaba a decirles nada; simplemente juró que su hijo Marco no había visto a Maria Domenica en Roma. Pronto tuvieron lugar nuevos escándalos y se olvidaron de ella.

De modo que cuando un año después el autobús entró en la pequeña piazza de San Giulio con un chirrido de frenos, nadie se fijó en la chica morena que salió por la puerta cargando con esfuerzo una maleta abollada.

Franco podría haberla visto desde detrás de la barra, pero estaba ocupado atendiendo a los clientes en su bullicioso café.

Giovanni, que había cruzado la calle para ir a buscar el periódico, reparó en ella y se detuvo un instante. Parecía tan derrotada y cansada de tirar de la maleta, que estuvo a punto de ofrecerle ayuda. Pero había algo en sus ojos que no invitaba a acercarse a ella; al final no le dijo nada y dejó que se alejara avanzando trabajosamente calle abajo con su barriga hinchada asomando por delante.

Maria Domenica Carrozza había vuelto por fin a casa.

10

Maria Domenica procuró no mirar ni a la izquierda ni a la derecha mientras caminaba pesadamente por las polvorientas calles. Pasó despacio por delante de la única iglesia de San Giulio sin levantar los ojos hacia su fachada blanca desconchada; poco después, pasó frente al pequeño puesto de limonada en la esquina de la plaza sin dirigir una mirada a Gina Rossi, que asomaba su cara de sorpresa por detrás de sus guirnaldas de limones. Apretó el paso al oler el dulce aroma a pan de la *pasticceria* y el penetrante olor a metal de la carnicería. Con la vista clavada en las losas agrietadas que había bajo sus pies, el largo pelo moreno derramándose sobre su cara y sus flacos hombros caídos, pasó desapercibida por el viejo y sucio pueblo.

Una palabra la perseguía en cada callejón: «Embarazada, embarazada, embarazada, embarazada».

De repente una voz familiar gritó:

—¡Maria Domenica!

Ella alargó el paso.

—¡Maria Domenica! No corras tanto. Soy yo, tía Lucia. Párate y deja que te alcance.

Los tacones de aguja de su tía resonaban insistentemente sobre la acera.

Maria Domenica se dio la vuelta de mala gana para darle la cara.

—*Ciao*, Lucia —dijo con firmeza—. *Ciao*, Gabriella —añadió dirigiéndose a su prima, que la miraba con los ojos como platos tres pasos por detrás.

—Vaya... —Lucia se recreó mirándola de arriba abajo, con sus prietos rizos rubios bamboleándose de la emoción—. Vaya, mírate.

—Estoy de ocho meses —dijo Maria Domenica.

—Ya veo. —Lucia arqueó las cejas.

—Qué alegría verte otra vez en San Giulio, ¿verdad, *mamma*? —Gabriella sonreía maliciosamente—. Pero ¿dónde está tu marido? ¿Ha venido contigo?

—No hay marido, Gabriella. Solo yo. —Se dio un golpecito en la barriga hinchada—. Y esto.

—¿Y adónde vas a ir? —preguntó Lucia—. No puedes ir a tu casa. Tu padre se pondría como loco. Le romperías el corazón a tu madre. Maria Domenica, ¿qué vas a hacer?

Todo el pueblo estaba ya murmurando. Las mujeres vestidas de negro, con las cestas de la compra en sus robustos brazos, se dirigían lentamente hacia ella, ansiosas por no perderse detalle. El viejo Luciano, el tonto del pueblo, pasó tambaleándose peligrosamente en su bicicleta oxidada, conduciendo de mala manera con una mano y agarrando con la otra la mazorca de maíz que había estado mordisqueando.

—*Puttana* —gritó animadamente, salpicando a Maria Domenica con una lluvia de granos de maíz y saliva.

Lucia la cogió del hombro.

—Esto es absurdo. Vamos a sacarte de la calle. Ven a nuestra casa; allí nos sentaremos a pensar sobre ello como es debido. Gabriella, coge su maleta. Vamos, deprisa.

Maria Domenica intentó oponerse, pero la imagen del rostro triste de su padre se había instalado en su cabeza desde hacía meses y se hacía más nítida cada segundo que pasaba. De modo que dejó que su tía se la llevara de la calle a empujones, la hiciera atravesar el suelo liso del vestíbulo y la metiera en el pequeño y sofocante ascensor hasta llegar a su apartamento del cuarto piso. Todo relucía en el interior. Su madre siempre bromeaba diciendo que Lucia seguía a sus visitas con un trapo y se dedicaba a limpiar las huellas dactilares de los pomos de latón de las puertas, lo cual no parecía muy alejado de la realidad.

Su casa era como un palacio con el suelo de mármol brillante y bonitas arañas de cristal que lanzaban destellos desde el alto techo. Olía a bolas de naftalina y a la cera que Lucia frotaba amorosamente cada día sobre sus muebles de roble. Estaba bien casada con un hombre que trabajaba para el ayuntamiento y al que le gustaba rodearse solo de lo mejor.

Lucia dio un empujón a Maria Domenica con su mano bien cuidada y la condujo a la cocina, que era más estrecha que la de la granja y estaba equipada con los más modernos electrodomésticos. Hizo que se sentara en una silla y se puso en cuclillas enfrente de ella. Sosteniendo el rostro de su sobrina entre sus tersas manos, le preguntó con suavidad:

—¿Quién es el padre?

Silencio.

—Tienes que decírmelo, *cara*. ¿Quién es? —Su voz comenzaba a subir de volumen—. ¿Es Marco?

Sonoras carcajadas.

—¿Y bien?

—No, no es Marco. Claro que no. Le he visto dos veces en Roma y apenas he intercambiado una palabra con él. Es un chico que conocí, Lucia. Tú no lo conoces. Se ha marchado y no sé dónde está.

—Se puede localizar a cualquier persona —dijo Lucia—. ¿Quieres encontrarlo?

—No serviría de nada.

—¿Le quieres?

—Sí, por supuesto.

—¿Y él te quiere a ti?

—Está claro que no.

Unos golpecitos en la puerta de la entrada interrumpieron su conversación. Gabriella se marchó de mala gana a responder. Regresó con un vaso alto en la mano lleno de una turbia limonada casera.

—Gina Rossi te manda esto. Le pareció que estabas cansada cuando pasaste por delante de su puesto.

Maria Domenica la aceptó agradecida y dio un sorbo a la ácida bebida.

—Está buena —le dijo a Gabriella—. Gracias.

Pero volvieron a llamar a la gran puerta de madera pulida y Gabriella fue otra vez a abrir.

Esta vez volvió con una bolsita de papel con *biscotti*.

—Stefano, el de la panadería, ha pensado que a lo mejor te apetecía hincarle el diente a algo —explicó—. Todo el mundo está preocupado por ti.

La tercera llamada a la puerta no era otra muestra de preocupación. Esta vez era Rosaria; estaba más delgada, más acicalada y más elegante que la Rosaria que había dejado hacía doce meses. Y también más furiosa.

—Si es niño, ¿lo llamarás Marco? —le espetó.

—¿Cómo has sabido que estaba aquí? —preguntó Maria Domenica.

—Por el teléfono. No ha dejado de sonar desde que has bajado del autobús.

—¿Tenéis teléfono?

—La vida no se ha interrumpido porque nos hayas dejado, Maria Domenica. Las cosas han cambiado.

—¿Sabe *mamma* lo de...? —Sus ojos descendieron a su prominente barriga.

—Es ella quien me manda. —Rosaria se mostraba desdeñosa—. Ha dicho que no te molestes en volver a casa. No hasta que tu marido esté contigo.

—¿No puedo ir a casa?

—No, no puedes.

—¿Y papá?

—No está aquí.

—¿Lo sabe él?

—Todo el mundo lo sabe, Maria Domenica. El pueblo entero lo sabe.

Rosaria se giró suavemente y se marchó. Maria Domenica oyó el golpe de la puerta principal pero no trató de hacer volver a su hermana. ¿Qué sentido tenía?

Las palabras de Lucia fueron más agradables. Pese a sus rizos teñidos de rubio platino, las joyas de oro que colgaban de sus brazos y orejas, y las capas de rímel que oscurecían sus pestañas, tenía buen corazón y un carácter generoso. Maria Domenica podría quedarse con ella de momento. Tendría que compartir cama con sus primas, lo cual estaría bien durante una o dos semanas, pero a partir de entonces debería buscar otra salida.

—¿Tienes dinero? —le preguntó Lucia.

—No, la verdad es que no. Estuve trabajando de camarera en un restaurante cerca de la plaza de España, pero me despidieron cuando empezó a notarse que estaba embarazada. Desde entonces he estado viviendo de mis ahorros. No me queda mucho. Por eso he vuelto a casa. No tenía otro sitio adonde ir. No sabía qué otra cosa hacer.

Lucia le acarició el pelo.

—Entonces solo te queda una opción —dijo en voz queda.

—¿Qué? —Había cierta esperanza en la voz de Maria Domenica.

—Tendrás que ir con las monjas. Ellas cuidarán de ti hasta que tengas al niño y luego le buscarán un hogar.

—No.

—Hay parejas encantadoras que no pueden tener hijos. Les darías una alegría. Después serías libre para seguir con tu vida. Aquí no. No puedes quedarte aquí, los rumores te matarían. Pero tal vez en Nápoles o en Roma.

—No pienso entregar a mi bebé.

—No tienes otra opción, Maria Domenica. No veo que tengas ninguna otra alternativa.

La puerta de la entrada se volvió a cerrar de golpe y Rosaria apareció otra vez en la puerta de la cocina. Ahora su rostro mostraba rencor.

—Me has preguntado por papá —dijo, encendiendo un cigarrillo con cierto aire desafiante—. Pues no está en San Giulio. Cuando se enteró de la noticia no dijo nada, simplemente se metió en el camión y se marchó. *Mamma* dice que ha ido a Roma. Traerá a Marco con él y entonces se celebrará la boda.

Estuvieron hablando hasta altas horas de la noche, dándole vueltas a lo mismo. Ahora que Marco iba a volver a casa, Maria Domenica cayó en la cuenta de que podía elegir. Podía renunciar a su bebé y conservar su libertad. O renunciar a su libertad y conservar a su bebé.

—No puedo hacer ninguna de las dos cosas —le dijo desesperadamente a su tía—. No puedo casarme con Marco. No me gusta. Y él me odiará por obligarle a casarse conmigo cuando sabe perfectamente que el niño no es suyo.

Lucia suspiró. Sus hijas y su marido se habían ido a la cama hacía horas. Le dolía la cabeza y estaba deseando echarse. Aquello podía durar toda la noche y se le estaba agotando la paciencia.

—Párate a pensar un momento —le dijo a su sobrina—. Nadie creerá a Marco cuando diga que no es el padre. Como mínimo ha dejado a una chica embarazada, ¿verdad? Es una oveja descarriada. Le harás un favor si te casas con él. Entonces se verá obligado a sentar la cabeza, ¿no crees? Su madre también estará encantada. Ella no lo admitirá nunca, pero ha estado muy preocupada por él todo este tiempo, y si os casáis lo tendrá otra vez en casa. Y además, tendrá un nieto al que mimar.

—No le quiero.

—Tú querías al otro, ¿verdad? Pero ya ves de qué te ha servido. Si quieres quedarte con el bebé, tienes que encontrarle un padre. Consúltalo con la almohada, Maria Domenica. Puede que veas las cosas más claras por la mañana.

Maria Domenica no pudo dormir. Se quedó en la ordenada cocina de Lucia con la cabeza apoyada en el frío tablero de la mesa, notando cómo su bebé daba fuertes patadas dentro de ella. Cuando salió el sol ya había tomado una decisión. Rosaria tenía razón. Habría boda.

11

—No es hijo mío. Esa zorra... ¿Es eso lo que os ha dicho? No le he puesto un dedo encima. No pienso casarme con ella, joder.

Nadie creyó las negativas de Marco. Cuanto más vehemente se ponía, más culpable parecía.

Mientras su madre trataba de convencerle con ruegos —«Haz lo correcto, Marco»—, su padre le dijo cuatro verdades bien dichas. Marco tenía una herencia en la que pensar: una granja muy próspera y una buena tierra que un día sería suya. ¿Acaso quería arriesgarse a perderlo todo?

Entonces el padre de Maria Domenica sacó el arma definitiva: su talonario de cheques. Escribió lentamente una cifra. Si Marco se casaba con ella, necesitaría dinero para establecerse. El dinero estaba en el banco. ¿Lo quería o no?

Marco era un muchacho testarudo y tardó en dejarse convencer con amenazas y sobornos. Pero al final dio su brazo a torcer y aceptó el cheque de Erminio.

—¿Cuándo es la boda? —preguntó con desaliento.

—Pronto, pronto. —Erminio sonrió por primera vez desde hacía días—. Tu pequeño *bambino* nacerá de un momento a otro. No hay tiempo que perder.

No hubo vestido blanco ni flores. Ni celebración, ni siquiera las tradicionales fotos de familia en los escalones de piedra que había en el frente de la iglesia. En lugar de ello metieron a empujones a Maria Domenica, que tenía los tobillos hinchados a causa del calor, por la puerta lateral de la capilla donde el sacerdote y Marco la estaban esperando; el olor a incienso flotaba denso y dulce en el aire repentinamente frío.

Se fijó en que Marco había sido incapaz de resistirse a algunos pequeños detalles. Llevaba un capullo de flor prendido de la solapa de su mejor chaqueta, un pañuelo de seda que sobresalía de su bolsillo superior y el pelo, que se había dejado crecer en finos mechones, cuidadosamente alisado hacia atrás.

—Adelante —le dijo al sacerdote—. Antes de que cambiemos de opinión.

Maria Domenica repitió el juramento de forma monótona. Aquello no parecía real. Incluso cuando tuvo en su dedo el anillo de boda fino y frío y la voz del sacerdote les declaró marido y mujer, seguía resultando difícil de creer. Pensó que lo más probable era que estuviera conmocionada.

Detrás de ella podía oír el sonido de unos tenues sollozos, pero no sabía a ciencia cierta si procedían de su madre o de Rosaria. La iglesia estaba a oscuras: ni siquiera se habían molestado en encender todas las luces.

Se giró a medias y lanzó una mirada por encima del hombro en dirección al lugar donde se hallaba su padre, con la cabeza gacha a causa de la decepción y la vergüenza. Detrás de él, los rizos rubios de Lucia brillaban en la oscuridad. Su tía movió nerviosamente los dedos a modo de apagado saludo y le dedicó una sonrisa alentadora.

Más tarde Maria Domenica se tumbó en su antigua cama de la granja mientras los demás comían juntos. Oía el sonido apagado de sus voces a través de las gruesas paredes de piedra. Rosaria había decorado las paredes de la habitación que en su día habían compartido las dos con fotos de estrellas de cine. Su ropa estaba en el suelo desordenada, junto a sus zapatos y revistas. Se había adueñado de aquel espacio, pero a Maria Domenica le daba igual, ya que, de todas formas, no dormiría allí esa noche.

A ella y a Marco les esperaba una casita construida en el terreno de los Manzoni. Los jornaleros habían llevado muebles grandes y viejos que nadie quería: una mesa de formica astillada para la cocina, un aparador de madera de pino que había estado acumulando telarañas en el establo, un par de sillones hundidos y mohosos, y una cama de matrimonio cubierta con ropa blanca y almidonada que aguardaba a la primera noche de los recién casados.

Maria Domenica no podía imaginarse durmiendo al lado del cuerpo delgado de Marco ni visualizar su atractivo y suave rostro junto al de ella en la almohada. Tal vez deberían dejar que ella se quedara allí, pensó. Oyó que las voces de la habitación de al lado aumentaban de volumen a medida que las botellas de vino se vaciaban. Había recibido el apellido de Marco y aquello bastaba para darle cierta respetabilidad, ¿no? Él podía trasladarse solo a la casita mientras ella se quedaba allí, en la estrecha cama en la que había dormido sintiéndose a salvo desde que era una niña. Si apartaba los trastos de Rosaria, incluso tendría espacio al lado para la cuna del bebé. Reconfortada por la familiaridad del hogar, cerró los ojos y se quedó dormida.

Complacido, Marco vaciaba su vaso en la cocina, con la cara colorada a causa del alcohol. Se sentía cada vez más alegre. Tal vez aquel matrimonio no estuviese tan mal después de todo. Para ser sincero, se había cansado de Roma. Las horas se hacían eternas en la carnicería y su jefe era un auténtico negrero. Había llegado a aborrecer el hedor de las carcasas de carne que parecía pegarse a él por mucho que se frotara la piel en la ducha.

No era de extrañar que las chicas no le durasen mucho. Estúpidas zorras turistas.

Maria Domenica no era el tipo de chica que él habría elegido por esposa. A él le gustaban las mujeres con cuerpos suaves y sensuales y llenas de energía, como Rosaria, cuyas nalgas redondas aparecieron en ese preciso momento de forma incitante ante él mientras se inclinaba para hurgar en el armario en busca de almendras garrapiñadas. Muy guapa, verdaderamente muy guapa. ¿Y por qué debía renunciar a chicas como aquella solo por tener una mujer esperando en casa y un hijo bastardo? Podía seguir divirtiéndose. Incluso su padre le había dicho lo mismo. «Sé discreto, Marco. No te acerques a las chicas del pueblo o habrá problemas», le había advertido.

Maria Domenica sería perfecta para el resto de las cosas: cocinar, limpiar y criar al niño. En cuanto diera a luz al bastardo, él haría todo lo que estuviese en su mano por llenarle la barriga con un bebé Manzoni. Tendió el vaso para que se lo colmaran otra vez con el fuerte vino de Pepina y le dio un trago. La vida no estaba tan mal después de todo. Puede que las cosas estuviesen cambiando a mejor.

Mientras Marco bebía hasta quedar atontado, Erminio lo observaba detenidamente. Su nuevo yerno no le entusiasmaba. Marco no era el hombre que él habría escogido para su hija mayor. En realidad no era un hombre, sino un muchacho. Casi tenía veinte años, pero sus mejillas eran tan suaves que parecía que no hubiesen visto nunca una navaja. Llevaba siempre un peine en el bolsillo de atrás y tenía las pestañas demasiado largas.

Además, no tenía agallas. Cuando abrió la puerta de su habitación en Roma y vio aparecer a Erminio y a su padre en el umbral, estuvo a punto de desmayarse. No opuso resistencia cuando lo metieron en la cabina del camión. Erminio ni siquiera tuvo que sacar el rifle que había metido debajo del asiento por si necesitaba reforzar sus amenazas.

Maria Domenica podía haber conseguido algo mucho mejor que aquello. Pero ¿qué otra opción tenía él? La chica se había metido en un lío. Era preferible que tuviera un marido como Marco a que no tuviera ninguno. Una lágrima se deslizó lentamente por la mejilla izquierda de Erminio; se la enjugó impacientemente con su mano grande y callosa. Nadie se dio cuenta. Ni siquiera su mujer, que estaba ocupada retirando los platos vacíos de la mesa y sustituyéndolos por fuentes llenas hasta arriba de queso, pan y fruta. Miró cariñosamente a la mujer con la que había compartido su vida durante todos aquellos años. Tenía el pelo moreno salpicado de canas y se lo apartaba bruscamente de la cara redonda y con escasas arrugas. Su cuerpo se estaba volviendo más fornido y tiraba de las costuras de su vestido de los domingos. Era una mujer maravillosa. Tal vez, con el tiempo, su hija y Marco lograsen encontrar el tipo de felicidad sosegada de la que gozaba él con Pepina. No podía pedir nada más.

12

Franco Angeli estaba en su rincón privado, el lugar frío y oscuro situado tras la gruesa cortina roja que le separaba de su concurrido café. Había dormido mal esa noche y estaba cansado. Su hijo Giovanni le había dicho que durmiera antes del ajetreo de la hora de comer.

—Yo me encargaré de todo. Tú entra y cierra los ojos al menos una hora —le había ordenado el muchacho, que de repente parecía muy maduro. Obediente, Franco había cerrado los ojos pero seguía sin conciliar el sueño.

Oía el zumbido de la Gaggia que sacaba espuma a la leche para preparar otra bandeja de capuchinos, el tintineo de las tazas y las carcajadas sonoras de Gloria Ferrero en la mesa del rincón. Entonces, de repente, la cháchara cesó y se hizo el silencio.

—¡Papá! —gritó Giovanni, y Franco percibió la emoción en la voz del chico—. Tienes visita. No, no salgas... Ya entra ella.

La cortina roja se apartó y apareció la barriga de Maria Domenica, cubierta por una blusa grande con flores. Pero Franco no miraba eso; observaba su rostro. Parecía la misma, tal vez un poco mayor y un poco más cansada, pero prácticamente la misma.

—Nunca me dejó entrar aquí —dijo ella mirando con curiosidad a su alrededor dentro del pequeño y sombrío lugar que casi llenaba con su cuerpo.

—No —asintió Franco—, te lo tenía prohibido. Pero ya que estás aquí, siéntate.

Maria Domenica se puso cómoda en el sillón que había enfrente de él y lanzó un leve suspiro:

—Así está mejor, los pies me estaban matando. Esto del embarazo es muy duro, se lo aseguro. —Sonrió a Franco—. No hace falta que le cuente nada, ¿verdad? ¿Se ha enterado ya de todo?

—Desde luego has armado un buen revuelo. La gente todavía habla y ya hace casi tres semanas que has vuelto.

—Mañana hará tres semanas.

—¿Por qué has tardado tanto en venir a verme, *cara*? Te he estado esperando. —Franco parecía dolido.

—Me daba vergüenza, me sentía culpable por haberle mentido —admitió ella—. Me sentía estúpida por haberme metido en este embrollo. Pensaba que estaría muy decepcionado conmigo.

—Cometiste un error —dijo Franco—. Todo el mundo comete errores.

—La verdad es que he cometido un montón de errores, empezando por la decisión de marcharme de este sitio. Debería haberme quedado. Aquí era feliz.

—Ya, pero entonces no habrías visto todo lo que has visto, ni habrías hecho todo lo que has hecho. ¿Habrías renunciado a todo eso para quedarte aquí y llevar la misma vida de siempre? Yo creo que no.

—Sin embargo, ahora llevo la misma vida de siempre, ¿no cree? —señaló Maria Domenica amargamente—. Solo que esta es una versión peor.

—¿Marco es cruel contigo? —Había una nota de preocupación en la voz de Franco.

—No, en absoluto —respondió ella apresuradamente—. Para ser un chico que se ha visto obligado a casarse con una chica que está embarazada de otro, se está portando bien. La mayor parte del tiempo no me hace ni caso. Trabaja con su padre todo el día, viene a casa, le doy de cenar y luego se va a beber con sus amigos. Como estoy así —se acarició la barriga—, no hemos tenido que, bueno, ya sabe...

—¿Y cuando haya nacido el niño? ¿Qué pasará entonces? —preguntó él.

Maria Domenica frunció el ceño y Franco reparó en el surco incipiente que se formó entre sus cejas y que algún día se convertiría en una arruga.

—Seguiremos igual, supongo... más o menos —dijo—. No tengo elección.

—¿Cuándo crees que estarás preparada para volver a trabajar? —preguntó él de pasada.

—¿Volver a trabajar? ¿En el café Angeli? —No pudo reprimir un matiz de esperanza en su voz—. Es imposible. ¿Qué iba a hacer con el niño?

Franco se encogió de hombros y echó una mirada al estrecho espacio situado tras la cortina roja que durante años había ido llenando de muebles y viejas fotografías familiares.

—Cambiaré las cosas de sitio y habrá suficiente espacio para meter una cuna aquí detrás —decidió—. Puedo deshacerme del sillón en el que estás sentada. Este es un negocio familiar, Maria Domenica. Siempre habrá espacio para un niño. La única pregunta es: ¿le parecerá bien a tu marido?

Ella lo pensó por un momento.

—No creo que le importe —dijo en tono vacilante—. No parece que le importe lo que yo haga mientras la casa esté limpia y él tenga comida en el plato. Incluso puede que le parezca bien que gane dinero, porque no para de decirme lo caro que va a ser mantenernos al niño y a mí. No, no creo que le importe en absoluto. Oh, Franco, gracias. No imagina lo feliz que acaba de hacerme.

—No me des las gracias todavía —le advirtió Franco—. Tienes que consultarlo con Franco. Es tu marido y no estaría bien tomar esta decisión sin contar con él.

Ni siquiera aquello logró borrar la sonrisa en el rostro de Maria Domenica. Estaba tan guapa cuando sonreía, pensó Franco. Solo esperaba que el bebé no fuera muy llorón, porque de ser así, el ruido ahuyentaría a los clientes.

Giovanni también se alegró y sonrió de oreja a oreja cuando se enteró de que Maria Domenica iba a volver a trabajar. Todos los temores que había tenido de que el muchacho se sintiera desplazado con su regreso se desvanecieron cuando la cogió de los brazos, la besó en las mejillas y la abrazó más tiempo del estrictamente necesario.

Giovanni había cambiado durante el último año. Maria Domenica lo observó mientras se giraba para atender a otro cliente. Había crecido y había engordado, y se movía por el café con una confianza de la que antes carecía.

El chico notó que ella lo miraba; alzó la vista y sonrió de nuevo.

—Date prisa y ten pronto al niño —le dijo—. Papá y yo te necesitamos. Mira lo ajetreados que estamos.

Maria Domenica caminó bajo la sombra de las palmeras de la piazza en dirección a la vieja y fea iglesia. Se sentía distinta. No exactamente feliz, pero sí tranquila. Ahora se sentía capaz de hacer frente a todo. Dentro de una o dos semanas, daría a luz al niño y, por muy doloroso que resultara, estaba segura de que podría soportarlo. Dentro de un mes no tendría excusa para no dormir con Marco como hace toda esposa, pero no sería tan horrible. Tendría que soportar al niño, pero incluso esa idea ya no le preocupaba demasiado. Mientras consiguiese adaptarse al ritmo del café Angeli, podría superar todo lo que viniera.

Oyó que alguien pronunciaba su nombre. Gina Rossi la saludaba con la mano e intentaba llamar su atención desde detrás de su puesto.

—*Cara*, ven aquí. ¿No te apetece un buen vaso de limonada fría? Os sentará bien a ti y a tu *bambino*.

Maria Domenica sonrió y entregó un puñado de monedas a la entrometida vendedora callejera. Bebió un sorbo ácido del líquido y formuló la pregunta que a Gina le gustaba responder a todas horas del día:

—¿Qué tal?

—Bien. —Gina se inclinó hacia delante con aire de complicidad—. ¿No te has enterado? Gloria Ferrero ha tenido una pelea de campeonato con su marido. Le ha perseguido por la calle con un cuchillo de trinchar. El pobre hombre todavía llevaba el pijama puesto, y tenía un agujero enorme aquí. —Se dio una palmada en el trasero y se carcajeó—. Todos hemos visto su viejo culo gordo. ¡Parecía un trozo de jamón!

Maria Domenica se echó a reír también. Por fin la gente tenía algo nuevo para cotillear. Pronto ya no la mirarían tan fijamente cuando caminara por la calle ni murmurarían sobre ella con tanta dureza. Ya casi no era noticia. Tan solo era una mujer casada a punto de convertirse en madre. La gente no lo iba a olvidar, allí nunca se olvidaba nada, pero llegaría un día en que las noticias diarias sobre su estado dejarían de circular en la panadería y la carnicería.

Apuró el vaso y sonrió a Gina.

—¿Al final pilló a su marido? —preguntó.

—No. —La anciana todavía resoplaba de la risa—. Creo que no. Quién hubiera dicho que ese viejo desgraciado todavía podía correr tan deprisa. ¡Yo ni me lo imaginaba!

13

Rosaria revolvía furiosamente las cazuelas en la cocina destartalada de su hermana armando un gran estrépito. Maria Domenica había roto aguas esa mañana y desde entonces llevaba encerrada en la habitación de al lado con su madre y la comadrona. De vez en cuando soltaba un grito, pero no parecía que fuera a dar a luz.

De modo que ella, Rosaria, había tenido que organizarlo todo. Marco necesitaría comer cuando volviera del campo y no había nadie más para cocinar. Había unas judías secas en remojo dentro de un cuenco y un gran ramillete de apio sobre la mesa de la cocina, así que era evidente que su hermana pensaba preparar *pasta e faglioli*. A Rosaria le pareció perfecto. Tendría tiempo de sobra para fumar unos cigarrillos y leer una revista de moda mientras dejaba que las judías hirvieran.

Echó un vistazo a su alrededor con mirada despectiva. Ciertamente Maria Domenica no se había esforzado mucho. La casita estaba limpia, lo reconocía, pero no había cortinas en las ventanas y no se había molestado en tapar los sillones viejos y destrozados con un tapete o un cubresofá, ni en poner cuadros en las lisas paredes blancas.

—Si esta fuera mi casa, la tendría muy bonita, como un verdadero hogar —murmuró mientras echaba perejil y ajo a las judías—. Marco merece algo mejor que este montón de basura.

Volvió a oír gritar a su hermana en la habitación de al lado. Sus chillidos se volvieron más frecuentes, lo que significaba que el bebé no podía tardar mucho en llegar.

Rosaria miró el apio. Tenía un poco de tierra en la parte inferior de los tallos, pero ¿de verdad debía lavarlo? Un poco de suciedad no le haría daño a nadie, decidió, y lo picó con brusquedad. Suspiró mientras freía una cebolla cortada en trozos pequeños mezclada con una panceta grasienta. A continuación echó el apio, incluidas las hojas, junto con un poco de zanahoria picada en la cazuela de fondo grueso. Encontró una taza de caldo de pollo en la nevera y la vertió sobre la olorosa y crepitante mezcla junto con el inevitable tomate triturado. Echó una pizca de azúcar, un poco de sal, uno o dos granos de pimienta negra y puso la tapa encima; luego se relajó hasta que las judías estuvieran tiernas y fuera el momento de echarlas en la cazuela.

Cuando Marco entró por la puerta, Maria Domenica estaba gritando mucho más de lo que parecía necesario y Rosaria se hallaba sentada con aire de suficiencia mientras su deliciosa salsa borboteaba en el fuego.

—Mmm, qué bien huele. —Sonriendo abiertamente, Marco levantó la tapa y aspiró el vapor. Dio a Rosaria un cachete en el trasero mientras ella se apresuraba a partir los espaguetis y echarlos en una olla llena de una espumosa agua con sal—. Tú sí sabes cómo complacer a un hombre, ¿eh?

Justo entonces Maria Domenica soltó otro sonoro grito, seguido de una retahíla de palabras que una chica fina no diría. *Mamma* se lo consentiría esta vez, pensó Rosaria alegremente. Luego, oyó la voz de Pepina animando a su hermana:

—¡Ya casi estás, ya casi estás!

El color desapareció de la cara de Marco, y adoptó un aire claramente intranquilo.

—¿Lleva todo el día haciendo ese ruido? —le preguntó a Rosaria.

—No. Pero creo que esta es la peor parte; dentro de un minuto se quedará callada. —Rosaria removió tranquilamente los espaguetis para que no se pegasen y puso la tapa encima para que siguieran hirviendo.

La pasta todavía estaba a medio cocer cuando Rosaria se dio cuenta de que los gritos de su hermana habían cesado y habían sido sustituidos por el débil llanto de un recién nacido.

—Se acabó —le dijo a Marco—. Debería rallarte un poco de *parmigiano* porque la comida ya está casi a punto.

En la habitación de al lado, Maria Domenica, agotada pero feliz, acunaba a su hija entre sus brazos. No había visto nunca nada tan pequeño, tan indefenso ni tan hermoso.

—Se llama Chiara —le dijo a su madre.

—¿No crees que deberías esperar a ver cómo quiere llamarla Marco? —preguntó Pepina—. Me ha parecido oírlo llegar hace unos minutos. Voy a avisarle.

—Avísale si quieres. —Los ojos negros de Maria Domenica sostuvieron la mirada de su madre, tranquila y fijamente—. Pero se llamará Chiara.

Para ser justos, hay que decir que Marco lo intentó. Cogió a la niña y dijo que era muy bonita, antes de escapar de nuevo a la cocina para terminar su plato de *pasta e faglioli*. Rosaria se mostró menos afable. Se limitó a lanzar a Chiara una mirada digna de un hada madrina mala y dijo:

—Uf, cuántas arrugas tienen cuando nacen, ¿no?

Maria Domenica no se molestó en responder. La cara de su bebé había llenado su mundo, y todo lo demás había quedado reducido a nada.

Los días siguientes se confundieron en una lechosa neblina de felicidad. Durante los nueve meses que lo había llevado dentro, Maria Domenica no había sabido cómo se comportaría con aquel bebé que se suponía que no debería haber tenido. De modo que estaba asombrada ante la intensidad del amor que sentía, y no podía soportar la idea de soltar a la niña. Incluso su propia madre tenía que rogarle que le dejara cogerla en brazos.

En cuanto a Marco, se mantuvo al margen. Por la noche dormía en los dos sillones viejos, que había juntado, y durante el día a veces asomaba la cabeza por la puerta o le llevaba a Maria Domenica un plato con pan, fruta cortada y trozos de queso. Pero después de aquella primera vez no le pidió volver a coger al bebé ni tampoco mostró el menor interés por su nombre, su ropa, sus hábitos alimenticios y de sueño, o cualquiera de los cientos de pequeñas cosas que Maria Domenica encontraba fascinantes.

Durante cuatro días extraños y mágicos permaneció encerrada en su dormitorio; despertaba cuando Chiara lloraba porque quería comer y se dormía cuando ella lo hacía. Así era como se suponía que tenía que ser la vida. Al quinto día Pepina empezó a regañarla.

—Levántate y vístete. Tienes un marido al que preparar la comida. Puedes dejar a la niña sola cinco minutos, no le pasará nada.

Maria Domenica hizo lo que ella le dijo. Se pasaba los días encerrada con su bebé, pero cuando Marco volvía a casa estaba en la cocina quitando la cáscara a los guisantes o preparando pan según la receta de su madre.

Chiara cumplió un mes antes de que Maria Domenica se atreviese a formularle a su marido la pregunta que había estado rondándole la cabeza.

—Marco, ¿te importaría que volviera a trabajar en el café Angeli? —Empleó el tono de voz más humilde del que fue capaz—. No tendría que trabajar muchas horas, y Franco dice que podría llevarme a la niña conmigo. He pensado que el dinero podría servir para pagar algunos gastos.

Marco bajó la vista a su plato de minestrone.

—¿Y yo? ¿Quién me hará la comida si te dedicas a cocinar para extraños en el café? —preguntó, malhumorado.

—Oh, te dejaré la comida hecha y estaré todos los días en casa a tiempo para prepararte la cena —le aseguró Maria Domenica en tono tranquilizador. Aborrecía el sonido de su voz suplicante—. Tú siempre serás lo primero, no te preocupes.

Marco sonrió maliciosamente.

—Pues si estás lista para volver al trabajo es que ya te sientes fuerte.

—Sí, así es.

Él lanzó una mirada a los dos sillones, que seguían colocados juntos.

—Entonces esta noche no tendré que dormir aquí, ¿no crees? Por fin ya estás lista para ser una esposa de verdad.

Esa noche el cuerpo desnudo de su marido se deslizó en la cama junto a ella. Ni siquiera el duro trabajo en la granja había aumentado su musculatura. No tenía vello en el pecho y su cuerpo era delicado como el de una chica. Esta vez iba a ser muy distinta a la última. La última vez, en Roma.

Cuando se tumbó encima de ella, le pareció que el cuerpo de Marco no pesaba nada. Mientras introducía su fino y pálido pene dentro de ella y su rostro hermoso se crispaba con el placer del orgasmo, ella mantuvo los ojos cerrados con fuerza.

—No despiertes a la niña —susurró mientras él gruñía y jadeaba.

Marco se apartó de ella y se limpió el pene con un trozo de la sábana blanca con la inicial de los Manzoni.

—Un poco de esto todas las noches y pronto volverás a estar embarazada —le dijo—. Solo que esta vez tendrás un hijo que realmente merezca mi apellido. —Echó un vistazo a la cuna del rincón, donde, gracias a Dios, la hija de Maria Domenica seguía durmiendo plácidamente—. No como esa Chiara Manzoni. Dime, ¿cuál debería ser su verdadero apellido?

Maria Domenica guardó silencio.

—¿Quién es el verdadero padre de Chiara? ¿Quién es el hombre con el que deberías haberte casado?

—¿Acaso importa eso? Estoy casada contigo —dijo ella, haciendo un esfuerzo por contener la crispación de su voz.

—Eso es, estás casada conmigo. —Alargó la mano, la cogió de la nuca, y la apretó contra su cuerpo—. Así que ¿por qué no sigues comportándote como una buena esposa?

A Maria Domenica se le cayó el alma a los pies y por un momento se planteó la posibilidad de resistirse. Pero no valía la pena arriesgarse. Si hacía lo que Marco quería esa noche, al día siguiente estaría detrás de la barra reluciente de acero inoxidable del café Angeli, donde se sentía como en casa. Se pondría su delantal blanco almidonado y durante todo el día prepararía un café perfecto. Cerró los ojos con fuerza, se metió su miembro blando en la boca y empezó a chuparlo obedientemente.

14

Maria Domenica empujaba el cochecito de segunda mano donde iba Chiara por las calles polvorientas de San Giulio, por delante de las casas de la gente rica construidas alrededor de patios privados y del moderno bloque de apartamentos donde vivía Lucia. Recorrió despacio la calle principal, mirando los escaparates de las tiendas; luego apretó el paso para pasar rápidamente por la iglesia donde la habían obligado a casarse y por la piazza con su pequeña fuente y sus elegantes palmeras. Mientras caminaba, Maria Domenica tenía la impresión de que todos los ojos del pueblo la seguían. Franco iba a hacer negocio ese día. En cuanto todos averiguaran el lugar al que se dirigía, no podrían resistirse a entrar en el café Angeli y echarles una ojeada, a ella y al bebé.

Franco había sacado la vieja cuna de Giovanni del desván y la había limpiado. Maria Domenica la encontró detrás de la cortina roja, perfectamente preparada con ropa de cama blanca y limpia, a la espera del bebé.

—Oh, no tenía por qué haberse molestado. La niña podría haberse quedado en el cochecito —le dijo a Franco.

—Di gracias, nada más, Maria Domenica.

—Gracias, gracias y gracias. —Le besó rápidamente en las mejillas y a continuación le dio otro beso de buena suerte.

En realidad, aquel día Chiara no pasó mucho tiempo en la

cuna; era demasiado popular. Tal como Maria Domenica esperaba, medio pueblo pasó por el café a lo largo del día y prácticamente todo el mundo pedía a gritos que le dejaran ver al bebé.

—Sácala, sácala, déjame cogerla —le pidió Lucia.

—Luego yo, luego yo —dijo Gabriella entre risitas.

—Primero apaga el cigarro —ordenó Elena Manzoni—. No querrás echarle el humo encima a un bebé. No es saludable. Trae, dámelo; estará mejor con su abuela. Oh, mira cómo le huele la cabecita... ¿No es maravilloso? Se parece tanto a su padre cuando era como ella... Es igualita a mi Marco.

Maria Domenica puso los ojos en blanco mirando a Franco. Estaba convencida de que su suegra debía de ser una de las mujeres más estúpidas del mundo.

A la hora de comer llegó Rosaria acompañada de Pepina.

—Hemos venido a comer un trozo de pizza —dijo su hermana—. Y tal vez un poquito de pastel.

—Y a ver si el rumor de que estabas trabajando aquí era cierto —admitió Pepina a su hija mayor—. El maldito teléfono ha estado sonando toda la mañana. Ojalá no nos hubiéramos molestado en ponerlo.

—Estamos en los años sesenta, no en la Edad Media, *mamma* —soltó Rosaria—. Hoy en día los únicos que no tienen teléfono son los paletos.

Pero Pepina no estaba escuchando. Se había fijado en que Gloria Ferrero, sentada a la mesa del rincón, fumaba y bebía café con una mano y abrazaba a su nieta con la otra.

—Trae, dámela —susurró, y cogió a Chiara en brazos.

Suspirando, colocó a la niña sobre una de las mesas del café y procedió a quitarle tranquilamente el pañal sucio. Franco palideció visiblemente.

—Aquí no, *mamma*. —Maria Domenica estaba alarmada—. Este no es el lugar para hacer eso. Ven conmigo.

—Bueno, este tampoco es precisamente un lugar para un bebé —protestó Pepina mientras su hija la empujaba a través de la cortina roja—. Si los bebés tuvieran que estar en las cafeterías, Dios habría hecho que les gustara el café. Deberías estar en casa con ella, y no trabajando en este sitio rodeada de esas pinturas paganas.

—Chis, *mamma* —le pidió Maria Domenica. Tumbó a la niña en la cuna y la envolvió hábilmente con un pañal limpio—. Estoy contenta con este trabajo y con el dinero. Y Marco también.

—Ah, bueno, si a Marco no le importa... —comenzó Pepina, pero sucumbió al irresistible encanto de Chiara y pellizcó cariñosamente uno de sus carrillos regordetes—. ¡Qué cosita tan rica! Es igual que tú cuando eras un bebé.

A Maria Domenica le costaba creer que alguna vez hubiera sido tan hermosa. Su hija tenía un casquete brillante de pelo moreno, los párpados de color morado oscuro y una expresión de severidad en el rostro de lo más divertida. Chiara parecía saber que tenía que ser buena, parecía comprender que su *mamma* no era lo suficientemente fuerte para hacer frente a las noches de insomnio y a un bebé llorón con la cara colorada. Lloraba solo cuando tenía hambre; el resto del tiempo se dedicaba a gorjear alegremente o a dormir.

—Es un angelito —dijo Pepina en voz baja.

—¿Yo también era un ángel de pequeña? —bromeó Maria Domenica.

—Oh, ya lo creo que sí. —Pepina se arrellanó en el único sillón que le quedaba a Franco—. Tu padre me dejó embarazada poco después de casarnos. Dijo que no quería que me aburriera. Nunca olvidaré su mirada la primera vez que te vio... su hija, su niñita. Eras una cosita tan buena..., casi nunca llorabas. No como Rosaria, que no dejó de berrear durante los tres primeros años. Tenía que pagarle a la hija de Francesca Maggio para que la llevara de paseo cada día. Oía cómo dejaba de gritar cuando la niña se la llevaba en el carrito y cómo volvía a chillar cuando la traía de vuelta a casa. Pero tú no eras así. —Se inclinó y acarició el pelo reluciente y liso de Chiara—. Tú eras como esta chiquitina, no dabas ningún problema. Incluso cuando empezaste a gatear y a andar nunca tuve que preocuparme demasiado por ti.

—Lo siento, *mamma*.

—¿Qué es lo que sientes, *cara*? —Pepina alzó la vista.

—Haberos causado tantas preocupaciones el año pasado. Escaparme a Roma y volver a casa embarazada y provocar rumores en todo el pueblo. —Las lágrimas afloraron a los ojos negros de Maria Domenica—. Cada día que pasa me arrepiento de lo que os hice a ti y a papá. Debí de volverme loca.

Su madre se encogió de hombros.

—No voy a fingir que no nos disgustó. Le partiste el corazón a tu padre, y creo que todavía no se ha recuperado del todo. Estamos muy preocupados: si nuestra hija buena nos ha hecho esto, Dios sabe lo que nos tendrán reservado los demás. Pero mírate ahora: una niña preciosa, un marido guapo, buenas perspectivas. Al final todo ha salido bien. —Pepina se levantó incorporándose sobre sus generosas caderas—. En fin, no puedo estar todo el día aquí sentada. Hay trabajo que hacer en casa. Os espero a Marco y a ti el domingo a comer, ¿vale? Llevo toda la semana preparando pasta, y Fabrizio Maggio me trajo ayer una cazuela con anguilas vivas, así que nos daremos un banquete de verdad. A tu padre le encanta tener reunida otra vez a toda su familia alrededor de la mesa.

Cogió el rostro de Maria Domenica entre sus manos y por un instante pareció que iba a darle un beso.

—No vuelvas a dejarnos, prométemelo —dijo en voz baja—. Quédate. Este es tu sitio.

15

Maria Domenica echó estiércol descompuesto en la tierra removida y lo esparció con la pala. Era un trabajo duro. Manejaba la pala con cuidado, procurando no causar demasiado daño a las lombrices gordas y rosadas que se retorcían debajo.

—Es bueno que tengas muchas lombrices en el jardín —dijo Elena en señal de aprobación desde la vieja tumbona de lona que había colocado bajo la sombra de un árbol—. Airean el suelo y ayudan a que las verduras respiren y estén todavía más deliciosas.

No era la primera vez que Maria Domenica se preguntaba cómo iba a soportar durante toda su vida los absurdos comentarios de aquella mujer. Sonrió pero no dijo nada.

Cogió la azada y empezó a trabajar los duros trozos de tierra rojiza. Había sido Marco quien había decidido que quería un huerto como el que su madre tenía en su casa. «Quiero tomates, albahaca y perejil —le había dicho—. Quizá también judías, y tal vez jaramago. Aquí fuera, junto a la puerta de la cocina, para que así las puedas coger frescas cuando estés preparándome la comida».

Increíblemente invadido por aquel repentino entusiasmo, había dedicado una hora a extraer enormes trozos desiguales de tierra de un rectángulo plano.

—Lo he empezado por ti —había dicho finalmente, retirándose para admirar su trabajo.

Por ese motivo ahora, mientras el frío de primera hora de la mañana de un domingo daba paso al calor del mediodía, Maria Domenica estaba terminando el trabajo; cavando la tierra pacientemente sección por sección y mezclándola con el estiércol negro. Cuando terminó, plantó las judías en la parte trasera y colocó unas cañas de bambú para sostenerlas; luego los tomates en el medio, y las hierbas y las verduras de la ensalada en la parte de delante.

—Por supuesto, es demasiado tarde para plantar —gritó Elena sabiamente, con su cara redonda y rechoncha sudando a medida que aumentaba el calor—. Deberías haberlo hecho hace semanas. El año que viene tendrás que acordarte de empezar mucho antes.

Maria Domenica se detuvo un segundo y observó los búfalos que pastaban tranquilamente en los prados situados más allá de su casita.

—¿El año que viene?

—Sí, sí, tienes que esparcir el estiércol al menos un mes antes de empezar a plantar y luego plantar las semillas cuando la tierra esté caliente y todavía siga lloviendo. De ese modo crecerán mejor.

—Entiendo.

—Y debes plantar la albahaca entre los tomates, no toda a un lado en un trozo separado. Es mejor para los insectos.

—Sí.

—Llevo plantando verduras desde que era una niña, Maria Domenica, sé de qué hablo. Vosotros, los jóvenes, no os molestáis en escuchar los consejos de los mayores, y lo entiendo, pero a veces merece la pena abrir los oídos.

Siguió hablando incansablemente. Era como oír la radio de fondo; una de esas pesadas emisoras en las que hablan demasiado y ponen poca música.

—De todas formas, querida —continuó dando la tabarra,

agitando sus carrillos redondos y sacudiendo sus pequeños dedos imperiosamente—, me alegro de que estés haciendo un huerto aquí. Sigue echando estiércol y abono y el suelo estará precioso cuando el padre de Marco y yo nos traslademos a la casita.

—¿Qué? —Maria Domenica estaba confundida—. ¿Por qué iban a querer trasladarse aquí?

—Oh, hace años que hablo de ello. Para entonces tú y Marco habréis tenido más hijos y vuestra familia estará demasiado apretujada en esa casita. —Elena se recostó en la tumbona y estiró las piernas con satisfacción—. Este es el plan: haremos un cambio de casas. Luego, cuando hayamos muerto y vuestros hijos ya sean adultos y tengan sus propias familias, os mudaréis otra vez a la casita y les dejaréis a ellos la casa grande. Así funciona todo en la familia Manzoni, es la tradición. Y creo que es una buena idea tener el futuro planificado. Así no hay sorpresas.

—¿Acaso son malas las sorpresas?

—Bueno, desde luego en esta familia ya hemos tenido suficientes últimamente, ¿no crees? —Elena observó cómo Chiara dormía plácidamente en el cochecito situado junto a ella—. Creo que nos las podremos arreglar sin más sorpresas durante los próximos cincuenta años más o menos.

Por un instante, mientras trabajaba la tierra roja con la azada, Maria Domenica supo exactamente cómo sería estar enterrada en ella hasta el cuello. No poder moverse, llevar una vida absolutamente planeada, sin cambios, sin sorpresas...

—¿Y si se vieran obligados a cambiar... —le dijo con voz entrecortada—... por las circunstancias?

—¿Qué circunstancias? —Confundida, Elena arrugó su amplia frente—. Aquí no hace falta que cambie nada... nunca. La gente siempre querrá comer buena mozzarella, así que siempre tendremos búfalos. No, no hace falta que cambie ningún aspecto de nuestras vidas. Podemos quedarnos en esta granja haciendo lo que hacemos hasta que nos metan en una caja y nuestros hijos nos sustituyan. Así son las cosas. Así han sido siempre.

—No puede predecir el futuro. —Maria Domenica sudaba a chorros mientras clavaba la azada con fuerza.

—Bueno, pero puedo ver el futuro inmediato —respondió Elena con suficiencia—. Puedo ver que si no entras en casa y te lavas rápidamente, nos vas a hacer llegar a todos tarde a casa de tu madre.

Por una vez, Maria Domenica no podía llevarle la contraria. Apiló las herramientas en el cobertizo de hierro ondulado que había al lado de la vieja y fea casita y trató de ser más amable con su suegra. No resultaba fácil. ¡Aquella mujer era tan irritante! Y había echado a perder a Marco, desde luego que sí. Saltaba a la vista por qué se había convertido en el hombrecillo engreído, vago e inútil que era ahora. Elena no solo había cocinado y limpiado para él durante toda su vida, sino que también le había lavado el pelo y cortado las uñas de las manos y los pies. Y ahora él esperaba recibir el mismo servicio de su mujer. La primera vez que le tendió las tijeras para las uñas y colocó su pie sobre el regazo de Maria Domenica, no se lo podía creer.

—Córtamelas bien rectas —ordenó Marco—. Luego coge la lima y pule los bordes.

No entendía cómo un hombre que realizaba un trabajo físico en una granja todos los días podía preocuparse tanto por su apariencia. Mientras se encorvaba sobre el lavabo de su pequeño cuarto de baño, quitándose la tierra y el sudor con el jabón, Maria Domenica no pudo evitar sonreír. Esperaba que los búfalos y los cerdos apreciaran la delicada pedicura de su marido.

Oyó la voz de Elena, que resonaba por el pasillo instándola a que se diera prisa. Se arregló el pelo rápidamente y se puso el vestido rojo de flores que pasaba por ser la mejor prenda que tenía.

—Un minuto —respondió ella.

Lucia le había dicho que debería empezar a ponerse algo de maquillaje. «Solo un toque de pintalabios y un poquito de rímel —le había aconsejado—. Ponte un poco de color.» Sin embargo, en su cara quedaba raro. Tras mojarse los dedos con la lengua y pasárselos por el pelo para alisarlo, decidió que con aquello bastaría.

Gracias a Dios, el paseo hasta la casa de sus padres fue breve. Ir en el pequeño Fiat con su suegra le ponía la piel de gallina. Cada vez que Elena cambiaba de marcha, una mano rechoncha y morena le rozaba la rodilla, y cuando giraba el volante, un codo sorprendentemente puntiagudo se le clavaba en las costillas. No podía soportarlo. Marco había salido del cuerpo de aquella mujer, pensó asqueada, apretándose contra la puerta del pasajero. «Él me toca... él me toca... es como si todos ellos me poseyeran.»

Cuando su suegra derrapó tras tomar una curva demasiado rápido, abrazó fuerte a Chiara. No faltaba mucho. Solo había que seguir el sucio camino que pasaba por delante de la casa de Francesca Maggio, cruzar la concurrida carretera principal y estarían en casa.

Cuando entraron vio que su familia ya estaba sentada alrededor de la larga mesa de madera que habían sacado fuera y colocado bajo el limonero. Erminio estaba a la cabeza de la mesa mirando embelesado la bandeja de lasaña que tenía delante. Junto a él estaban Marco y su padre, Gino, que había venido directamente de jugar una partida de cartas ilegal en el pueblo. El vaso de Marco ya estaba medio vacío, según advirtió Maria Domenica, y tenía la cara colorada.

Sus hermanas pequeñas estaban apretujadas en el alto banco situado al fondo de la mesa, y entre ellas se hallaba Salvatore. Hablaban en voz baja de cosas de niñas. Y reían nerviosamente.

A Rosaria no se la veía por ninguna parte, pero un ruido de cazuelas procedente de la cocina indicaba claramente dónde se la podía encontrar.

Erminio miró a su hija mayor con sus ojos claros llenos de afecto. Dando unos golpecitos en la silla que había a su lado, dijo:

—Ven aquí y siéntate. Enséñame a esa niña tuya. Déjame ver cuánto ha crecido.

Maria Domenica vaciló.

—Tal vez debería ir a ver si puedo ayudar —dijo, señalando con la cabeza en dirección a la cocina.

—No, no. Tu hermana lo tiene todo controlado. Hoy no vas a trabajar, vas a descansar. Venga, trae aquí a la *bambina* y déjame darle un beso.

Agradecida, Maria Domenica se separó de su suegra y se arrellanó en la vieja silla de vinilo que había al lado de su padre.

—Me alegro de estar en casa.

—Yo me alegro de que estés en casa —respondió él, estirando el brazo y pellizcando cariñosamente con el pulgar y el índice el suave moflete de Chiara—. ¿No es preciosa? Mi nietecita, la niña más bonita del mundo.

Sus palabras casi quedaron ahogadas por un estruendo que resonó desde la cocina, seguido de un «*Merda*». Esta vez Rosaria había roto algo.

Elena saltó ligeramente de su asiento, asustada; nadie pareció advertir nada raro. Las niñas tal vez rieron un poco más fuerte y Pepina, acalorada y sudorosa tras asar en la parrilla los pimientos, puede que pusiera los ojos en blanco un par de veces.

Finalmente Rosaria salió tambaleándose de la cocina bajo una pila de cazuelas.

—Ya era hora —dijo Erminio con suavidad—. La lasaña se está enfriando y nos estamos muriendo de hambre. —Metió el pulgar bajo la apretada pretina de su pantalón—. Mira, la ropa cada vez me queda más floja.

Rosaria repartió los platos como si de una baraja de cartas se tratara; su aspecto era demacrado y su expresión ceñuda. Erminio no se fijó. Estaba demasiado ocupado mirando sonriente la enorme bandeja que tenía delante llena de pasta, tomate, mozzarella y bechamel cremosa.

—¿Quién tiene hambre? —preguntó, y procedió a cortar la lasaña con cuidado—. Recordad que es solo el primer plato. Tenemos alcachofas, *melanzane parmigiana*, *pollo alla cacciatora* y anguila asada, también tenemos el mejor *pecorino* salado y *prosciutto* de nuestros cerdos y, por supuesto, pan de sobra hecho por mi mujer. Y para terminar, yo mismo he preparado unos melocotones con vino que están deliciosos.

Se besó las puntas de los dedos y recorrió la mesa con la mirada, sonriendo ampliamente.

Mientras Rosaria traía las fuentes llenas y se llevaba las vacías, Erminio comía sin parar. Limpió su plato y luego ayudó a Maria Domenica a terminar las sobras del suyo. Entre bocado y bocado, sometió a su hija mayor a un cariñoso interrogatorio.

—¿Eres feliz?

—No soy infeliz.

—¿Se porta Marco bien contigo?

—No se porta mal.

—¿Te cansa demasiado el trabajo en el café Angeli?

—No, Franco no me hace trabajar duro.

—¿Echas de menos Roma?

—Sí, un poco.

—¿Qué es lo que echas de menos?

—Oh, lugares... gente.

—¿Qué estuviste haciendo allí todo ese tiempo?

Qué extraño. Era la primera vez que alguien mostraba interés por algo de lo ocurrido en Roma que no fuera la paternidad de su hija. Aquello era lo que le interesaba a la mayoría de la gente... excepto a Franco, por supuesto, pero él era una persona demasiado reservada para meterse en los asuntos de los demás.

Sin embargo, a su padre se le había ocurrido formular la pregunta. ¿Y qué iba a decirle ella? ¿Hasta dónde le podía contar?

—Bueno —comenzó—, lo primero que hice fue buscar trabajo. Acabé en un pequeño café cerca de la plaza de España. Era muy distinto al café Angeli: estaba lleno de turistas, se veían caras diferentes cada día y la gente hablaba en diversas lenguas extranjeras. Había muchos ingleses...

—¿Sí?

—Al principio los dueños del café eran agradables. Me alquilaron una habitación en el piso más alto del edificio... Había que subir muchos escalones. Algunos días, cuando en el café había habido mucho trabajo, apenas tenía fuerzas para subirlos.

—¿Te daban días libres? —Emilio pinchó con el tenedor un trozo de pollo del plato y se lo tragó.

—Sí, tenía dos días libres a la semana, y lo pasaba estupendamente. La mayoría de las veces paseaba por la ciudad y miraba los edificios. En Roma parece como si en cada esquina te encontraras con una bonita fuente o una piazza justo delante de ti. No tenía mapa, simplemente me dedicaba a pasear y explorar. A veces intentaba encontrar los cuadros que recordaba de las paredes del café Angeli. Cada vez que veía uno me sentía un poco más cerca de casa.

—¿Y encontraste muchos?

—Unos cuantos. Pero muchos no están en Roma, sino en Florencia, y no conseguí llegar hasta allí. Puede que algún día lo haga, nunca se sabe... —La voz de Maria Domenica se fue apagando. Se dio cuenta de que Marco la estaba mirando fijamente y se preguntó cuánto llevaría escuchando.

Erminio levantó los ojos rápidamente del plato con pollo, tomate, cebolla y romero, y se fijó por un instante en su yerno.

—Marco —ordenó—, ve a la cocina y averigua qué está haciendo Rosaria con el *prosciutto*. Dile que lo quiero cortado fino. Puede que necesite ayuda.

Marco se marchó obedientemente y Erminio se volvió hacia su hija mayor.

—Puede que algún día vayas a Florencia a hacer una pequeña visita —asintió él—. No hay razón para que no lo hagas. Pero solo por un tiempo, y luego volverás a San Giulio. Este es tu sitio.

Maria Domenica asintió con la cabeza.

—Esta es tu casa, *figlia*.

—Sí, esta es mi casa, papá. No la casa de la granja de los Manzoni. Por favor, déjame volver. A Marco no le importará, no me echará en falta. Y aquí me necesitan. —Miró intencionadamente en dirección a la cocina—. Rosaria no puede con todo, y *mamma* parece cansada. Déjame volver a casa para echar una mano, por favor.

—Rosaria se las arreglará —dijo su padre severamente—. Ya es hora de que haga lo que le corresponde. No te preocupes por Rosaria. Y a tu madre..., puede que esté un poco cansada, pero no le gustaría que volvieras. Sabe que ahora tu sitio está con tu marido. Todos lo sabemos.

—Yo sería más feliz aquí.

Erminio suspiró.

—Dale tiempo al tiempo. Sé que ahora todo puede parecer extraño, pero no son mala gente. —Lanzó una mirada a Elena, que estaba cortando nerviosamente la grasa imaginaria de su carne, y a la calva reluciente de Gino, que inclinaba la cabeza sobre el plato mientras se llenaba la boca de comida—. Ellos quieren lo mejor para ti. Puede que no hagan las cosas como nosotros, pero... te acostumbrarás.

A continuación se levantó de la silla y se dio unas palmaditas en su barriga dura e hinchada.

—Estoy demasiado lleno —dijo—. Será mejor que vaya a evacuar o no podré con el siguiente plato.

16

Maria Domenica no pudo soportar más. Se imaginaba a Rosaria en la cocina, rodeada de pilas de platos que se balanceaban, fregando y secando la vajilla hasta altas horas de la noche. Así que dejó a Chiara dormida en los brazos de una agradecida Pepina, encontró uno de sus viejos delantales y se ofreció a ayudar.

—No hace falta —le dijo Rosaria de mal humor.

—Tú friega y yo seco —respondió Maria Domenica, echando una mirada a la cocina familiar, con el extraño espacio vacío donde debería estar la mesa.

—Te he dicho que no hace falta, ¿vale?

—Quiero ayudar.

—Y tú siempre consigues lo que quieres, ¿verdad? —La voz de Rosaria tenía un tono tan ácido como la limonada de Gina Rossi.

—¿De qué estás hablando? —preguntó Maria Domenica, aunque sabía perfectamente a qué se refería Rosaria.

—Bueno, lo tienes todo, ¿no crees? —soltó Rosaria. Había acabado de fregar los vasos y estaba vaciando el agua sucia del fregadero para poder volver a llenarlo y empezar con los platos—. Tienes un marido, una casa, un trabajo, una hija y aun así te pasas el día haciéndote la desgraciada.

—Tal vez para mí las cosas no sean tan perfectas como te lo parecen a ti —comentó Maria Domenica.

Rosaria se echó a reír.

—Te mataría —dijo en voz baja mientras restregaba una costra de mozzarella fundida y tomate de los platos de la pasta—. Te odio. ¿Por qué tuviste que quedarte con Marco? ¿No podías haberte buscado a otro hombre?

—Rosaria, créeme, yo... —Maria Domenica se detuvo. ¿Cómo podía decirle a su hermana que no quería a Marco, que nunca lo había querido? No tenía sentido recordarle todos los defectos de él porque no los vería. Rosaria estaba locamente enamorada de su marido por razones que ella nunca llegaría a entender. Lo superaría, pensó Maria Domenica encogiéndose de hombros, pero hasta entonces iba a ser un infierno tenerla cerca.

»No quiero hablar contigo, solo quiero ayudarte con los platos —le dijo por fin a Rosaria—. Así que apártate y dame ese trapo o te pasarás horas con esto.

Las dos hermanas fregaron, secaron y recogieron en silencio con el rumor de fondo de la charla que tenía lugar en la larga mesa del exterior. Maria Domenica amontonó las sobras en la nevera para que su padre pudiera abalanzarse sobre ellas al cabo de un par de horas. Rosaria fregó los fogones y todas las superficies de la cocina.

La soleada tarde dio paso a una cálida noche y finalmente las niñas, cansadas, se fueron en tropel a la cama y los adultos hablaron más alto. Maria Domenica oía a Marco, cuya voz sonaba una octava o dos más alta que la de su padre, hablando como si alardeara de algo. Probablemente se refería a la granja, o a su experto manejo de los búfalos. Ella procuró no escuchar.

Entonces oyó otro sonido: el llanto de Chiara. Arrojó el delantal y corrió hacia fuera.

—Necesita comer, *mamma*. Dámela.

Pepina no se movió.

—Déjala que llore. No puedes darle de comer cada vez que chille. Tienes que acostumbrarla a una rutina adecuada.

—*Mamma*, es mi hija y yo decidiré cuándo necesita comer. Dámela.

Pepina entrecerró los ojos.

—He criado a cinco hijas y un hijo, creo que sé lo que hago. Déjala.

Para sorpresa de Maria Domenica, fue su suegra la que salió en su defensa.

—No, Pepina. Se está haciendo tarde. Deja que dé de comer al bebé y luego nos iremos a casa. Detesto conducir por esas callejuelas a oscuras. Además, quiero que esta parejita venga a tomar un digestivo conmigo antes de la hora de acostarse. Solo una copita antes de ir a dormir.

El viaje de vuelta en el Fiat traqueteante de Elena fue espeluznante. El coche se desviaba hacia los lados en las curvas y más de una vez Maria Domenica pensó que se iban de cabeza a la cuneta.

—¡Qué comida tan deliciosa! Todo un éxito —dijo Elena—. Tu familia cocina de maravilla. Y qué casita tan encantadora tienen. No puedo creer que os hayan criado a todos en un lugar tan pequeño. ¿Dónde lo metía todo tu pobre *mamma*? Hace que piense cómo hemos desaprovechado Gino y yo nuestra granja de dos pisos y nuestras enormes habitaciones.

Elena frenó de repente y el coche se balanceó en mitad de una curva y derrapó en el polvo.

—Ay —dijo ella con una risita.

Maria Domenica lanzó una mirada a su suegra. Tenía las mejillas muy rojas. ¿Cuánto vino había bebido?

—Tal vez debería reducir la velocidad —propuso ella, nerviosa—. Se está haciendo de noche.

—No he tenido un accidente en mi vida —dijo Elena hipando, mientras se desviaba hacia un lado en otra curva.

En el momento en que aparcó de lado en la entrada de la granja, Maria Domenica estaba realmente aturdida. Cuando Elena la hizo entrar a empujones para tomar un digestivo, no tenía fuerzas para llevarle la contraria.

—Una copita antes de acostarte. Te ayudará a dormir —le dijo.

En la cocina oscura y mal ventilada, Maria Domenica observó cómo Elena vertía un licor pegajoso en dos vasos de vino y empezaba a beber con decisión.

—Mmm, está bueno. —Sonrió—. A los chicos no les gusta. Dicen que es demasiado dulce. Será mejor que abra una botella de vino para ellos. Llegarán dentro de un minuto.

—En casa no bebemos mucho —comentó Maria Domenica. Miró a su alrededor los muebles que llenaban la cocina. Junto a una pared había un enorme aparador de madera oscura; una otomana laboriosamente tallada ocupaba otra pared, y cerca de la puerta trasera había una especie de baúl de madera con patas.

Elena siguió su mirada.

—Es una radiogramola —explicó levantando la tapa del baúl para enseñarle a su nuera el tocadiscos que se ocultaba debajo—. Gino me la trajo el año pasado. ¿A que es bonita? —Después de dar otro trago, procedió a contarle a Maria Domenica el origen de todos los muebles—. El aparador es un regalo de bodas —le explicó, pasando los dedos por la superficie limpia de polvo—. La otomana la heredé de mi abuela. La vieja mesa de roble ha pertenecido a la familia Manzoni durante generaciones. La vajilla —Elena indicó con la mano en dirección al armario con vitrina, que estaba lleno de platos y tazas— la han reunido todas las mujeres de los Manzoni. Algunas piezas son muy valiosas, estoy segura.

Encogiéndose de hombros, Maria Domenica se imaginó envejeciendo rodeada de aquel museo de muebles gigantescos, limpiándoles el polvo hasta exhalar el último suspiro. Como si acabara de leer sus pensamientos, Elena sonrió generosamente.

—Por supuesto, algún día todos serán tuyos y de Marco, *cara*.

Fuera sonó el portazo de un coche y se oyó la voz de Gino diciendo de forma apremiante:

—Levántate, *cretino*, levántate. —Se oyó el sonido de unos pies arrastrándose, una risita aguda y luego Gino asomó su cabeza calva y grande por la puerta—. Tendrás que venir y ayudarme a meterlo en casa —dijo sonriendo con afectación—. No sé qué le pasa al muchacho. Debe de haberse tomado un vaso de vino en mal estado.

Entre los dos consiguieron llevar a Marco a la casita, medio en volandas y medio a rastras, y tumbarlo en la cama de cualquier manera. Maria Domenica dio las buenas noches a sus suegros, desnudó el cuerpo delgado de su marido y le echó por encima una de las sábanas de lino con las iniciales grabadas.

—Agua. Necesito un vaso de agua —le dijo Marco cuando ella se disponía a salir de la habitación.

—Vale, un minuto. Tengo que ir a ver a la niña.

—Deprisa, tengo sed.

Cuando volvió con el vaso lleno y se lo tendió, Maria Domenica notó que la mano de Marco se deslizaba por sus piernas. La agarró con una fuerza sorprendente.

—Ven a la cama —le ordenó.

—Sí, dentro de un rato.

—No, ven a la cama ahora.

Marco tiró de Maria Domenica hasta hacerla caer encima de él, y el vaso de agua salió disparado de su mano y se estampó contra la mesita de noche.

—No, suéltame. —Ella intentó resistirse, golpeando su hombro huesudo con los puños, pero él la puso boca arriba con facilidad y se tumbó encima de ella.

—Cállate —le dijo.

—Marco, ahora no. No quiero hacerlo ahora.

—Tenía que casarme con la frígida de las hermanas Carrozza —dijo con amargura cogiendo un mechón del largo pelo moreno de Maria Domenica y tirando bruscamente de él—. Apuesto a que tu hermana Rosaria no le diría lloriqueando a su marido «Ahora no» si quisiera hacer el amor con ella.

Un leve sollozo escapó de los labios de Maria Domenica.

—Esto no es hacer el amor, Marco —le dijo.

Pero él no estaba escuchando. Le levantó la falda del vestido de flores y desgarró su ropa interior. Agarrándole el brazo rudamente con una mano, la penetró y empezó a embestirla. Le echó en la cara su cálido aliento, que desprendía un olor acre a vinagre del vino rancio, y las gotas de sudor de su frente caliente cayeron sobre la piel de ella.

Maria Domenica mantuvo los ojos muy abiertos y esperó a que el rostro encendido de Marco se crispara con el placer del orgasmo. Le pareció que aquella noche tardaba una eternidad. Pero finalmente los ojos le saltaron de las órbitas; a continuación arrugó el entrecejo, frunció los labios y gruñó. Había terminado. Se tumbó boca arriba sobre las sábanas y se limpió con la esquina de su vestido.

—Mierda, mañana voy a tener resaca —le dijo—. Ese puñetero vino de tu madre es muy fuerte.

—Te traeré otro vaso de agua —contestó ella—. El otro se ha derramado.

17

A la mañana siguiente, cuando Maria Domenica llegó temprano al café Angeli para abrir el local, había un extraño esperando fuera: un hombre alto con el pelo moreno revuelto y la ropa salpicada de pintura; sujetaba una escalera de mano.

—Franco me espera —le dijo con una voz grave marcada por un raro acento—. Sabe que iba a venir hoy.

—¿Has venido a hacer algún trabajo de decoración? —le preguntó ella, señalando con la cabeza la escalera y los botes de pintura.

—Vengo a pintar —respondió él concisamente.

Maria Domenica sostuvo a Chiara con un brazo y con la mano libre abrió la gran puerta de cristal. El extraño estaba junto a ella liando distraídamente un cigarrillo. No parecía tener ninguna prisa por empezar a trabajar. Mientras saboreaba su cigarro, se paseó por el café contemplando los frescos de Franco, escogió una balada en la máquina de discos e, inclinando la cabeza y arqueando una ceja, dejó claro que no le vendría mal una taza de café. Mientras ponía la máquina Gaggia en funcionamiento, Maria Domenica observó cómo fumaba el extraño. El cigarrillo que había liado no llevaba filtro, de modo que cada vez que se lo llevaba a los labios se le quedaban pegadas unas hebras de color marrón dorado. Debería haber sido un detalle poco atractivo, pero no era así.

—¿Tienes nombre? —le preguntó ella por fin.

—Vincenzo. —Permaneció junto a la máquina de discos bebiendo el café a sorbos.

—Bueno, Vincenzo, yo soy Maria Domenica y si necesitas cualquier cosa antes de empezar a pintar, no tienes más que decírmelo. Estaré ahí al lado, en la cocina, preparando la comida de hoy.

Él asintió con la cabeza, empujó su taza de *espresso* vacía sobre la barra y le sonrió lentamente.

—¿Otra? —le preguntó ella.

Él asintió de nuevo con la cabeza.

Maria Domenica se encogió de hombros y estiró el brazo para coger el café en grano. Esperaba que el trabajo que Franco le había encargado no fuera muy complicado, o aquel hombre tardaría meses en acabarlo: fumando, bebiendo café y haciéndola sentir ligeramente incómoda con sus rizos morenos, su cuerpo fuerte y sus maneras tranquilas...

Mientras se mantenía ocupada detrás de la barra, lo miró con curiosidad. Pasó una hora y luego otra y el hombre seguía sin hacer nada. Permanecía sentado en una de las sillas de madera altas y estrechas mirando un espacio en blanco en la pared. Era un gran espacio situado entre la copia de *El nacimiento de Venus* de Botticelli y otro cuadro del mismo artista en el que aparecían Marte y Venus recostados lánguidamente y rodeados de traviesos sátiros. Era evidente que Vincenzo lo encontraba fascinante.

La mañana fue tranquila y acudieron pocos clientes, pero Vincenzo había metido muchas monedas en la máquina y el sonido de las canciones de amor que había escogido llenaba el café. Sin embargo, él no parecía escucharlas. Estaba en su propio mundo. Incluso cuando el viejo Luciano, el tonto del pueblo, entró en el café dando tumbos y gritó alegremente: «*Cretino, puttana*», Vincenzo no apartó la vista del espacio en blanco de la pared.

Finalmente se puso en pie y estiró las piernas. Cogió los botes de pintura y la escalera y empezó a apilarlos detrás de la cortina roja, en la zona privada de Franco.

—No puedes dejarlos ahí —le dijo ella.

Él sonrió de nuevo.

—Volveré dentro de un par de días —fue todo lo que él dijo, y salió por la puerta.

Qué cara más dura, pensó Maria Domenica mientras recogía los cubiertos y la vajilla haciendo mucho ruido. Tal vez esperaba que ella trasladara todas aquellas sucias herramientas de pintura a un lugar más adecuado. Pues no veía por qué debía hacerlo.

Cuando Franco vio la escalera y el montón de botes de pintura se limitó a sonreír ampliamente.

—Así que Vincenzo ha estado aquí —comentó. Se ató las cintas de su delantal blanco almidonado a la espalda.

—No ha hecho gran cosa —se quejó ella—. ¿Qué se supone que tiene que hacer exactamente?

—Oh, solo unos retoques —respondió él—. Pintar un poco este viejo local.

No le dio tiempo a decir más. Había comenzado el ajetreo de la mañana y los clientes, sedientos, abarrotaban el pequeño café. Maria Domenica no se dio cuenta de que se había olvidado de su hija hasta que oyó un gemido débil y sutil. Apartó la cortina de terciopelo roja y con las prisas por llegar hasta la cuna del bebé estuvo a punto de tropezar con un bote de pintura. Chiara tenía hambre y se había ensuciado. Primero la comida, pensó Maria Domenica. Se abrió la blusa y mientras Chiara chupaba ávidamente su pezón hinchado, rebuscó en su bolso. Maldita sea, no tenía pañales. Estaba segura de que había metido unos limpios, pero con las prisas por llegar temprano al trabajo debía de haberlos dejado doblados encima de la silla con brazos de la cocina. Maldita sea.

Maria Domenica sopesó las opciones. Podía comprar unos en una de las tiendas que había al otro lado de la piazza, pero era un despilfarro: tenía muchos en casa. O bien podía pedirlos prestados a algún vecino, pero ¿de verdad quería que su hija anduviera con los pañales de un extraño?, pensó haciendo una mueca. ¿Quién sabía si los habían lavado bien? Solo le quedaba una alternativa: ir a casa a por uno de los pañales perfectamente limpios de Chiara. Tardaría una hora en ir y volver. Se maldijo por la insensatez de haber salido de casa corriendo esa mañana sin los pañales.

—¿Qué pasa? —Franco asomó la cabeza por la cortina roja.

—Me he dejado los pañales de la niña en casa; se ha ensuciado y no tengo con qué cambiarla.

—Pues vete a casa a buscarlos —le dijo él—. Puedes tomarte el resto del día libre. Todo está tan bien organizado esta mañana que casi no tengo nada que hacer.

—No, no, todavía falta la gente de la hora de comer. No puedo dejarle solo. Iré a casa andando lo más rápido que pueda y volveré enseguida.

—No tienes por qué ir caminando —señaló Franco—. Le diré a Giovanni que traiga el coche y te lleve a casa. No tardarás nada.

—Pero ¿no está estudiando? —El hijo de Franco había decidido que quería ir a la universidad y desde entonces se pasaba el día leyendo libros—. No quiero interrumpirle.

—Tonterías, desde que le enseñé a conducir apenas ha sacado mi viejo coche. De todos modos, estoy seguro de que podrá dedicarte unos minutos.

Maria Domenica sonrió agradecida. Su preciosa hijita lloraba sin hacer ruido pero con cierta impaciencia, y de sus braguitas salía un olor inconfundible.

Rosaria también había amanecido temprano esa mañana. Se sentía llena de un nuevo arrojo y determinación. Hoy era el día, su día. Se habían acabado las contemplaciones.

Salió sigilosamente de su habitación sin ponerse los zapatos y tanteó en la cocina a oscuras en busca de las llaves del Fiat Cinquecento de su madre. Encima de su cabeza, los estantes del aparador crujían bajo el peso de las hogazas redondas de pan espolvoreadas con harina. Pero esa mañana no habría pan recién hecho. Rosaria tenía cosas mejores que hacer que trabajar las masa y aumentar las reservas de su madre.

Arrancar el coche era fácil. Había visto miles de veces cómo Pepina giraba la llave de contacto. Sin embargo, utilizar los pedales ya no era tan sencillo, como descubrió rápidamente. Rosaria salió a trompicones por la entrada haciendo el suficiente ruido con las marchas como para despertar a todo el vecindario.

Lanzó un suspiro de alivio cuando consiguió atravesar sin percances la carretera principal y comenzó a recorrer los caminos tranquilos y polvorientos que conducían a la granja de los Manzoni haciendo eses. Conducir no era tan difícil después de todo. Su marcha preferida era la tercera: parecía como si el coche se moviera solo. Al ver que el vehículo se sacudía ligeramente cuando reducía la velocidad, pisó firmemente el acelerador durante todo el trayecto.

Cuando la casita de su hermana apareció ante sus ojos y pudo parar a un lado de la calle, sintió un profundo agradecimiento. Por culpa del lío que se armó con el freno y el embrague no consiguió detener el coche en el momento en que hubiera querido. Aun así, tampoco quedó tan mal aparcado en medio de unos frondosos arbustos. Por lo menos así estaba bien oculto.

Observó la casa en busca de señales de vida. Maria Domenica apareció empujando el carrito de Chiara con un gran bolso colgado del hombro. Cuando se marchaba se giró y pronunció unas breves palabras en la entrada. Desde su escondite en los arbustos no pudo oír qué había dicho su hermana, pero captó el mensaje más importante: Marco seguía en casa. Todavía no se había marchado al campo.

Rosaria esperó hasta que la espalda erguida de su hermana desapareció con paso enérgico. Entonces, tras abrirse paso entre las ramas, desplazó su cuerpo ancho y suave hasta quedar en campo abierto. Respiró hondo y se quitó los trozos de hojas y ramas de su pelo moreno y de su mejor vestido color lapislázuli. Por fin había llegado su momento.

La puerta de la casa no estaba cerrada y Rosaria entró directamente. Marco estaba apoyado contra el fregadero de la cocina, con expresión triste, bebiendo café con leche. Alzó la vista, sorprendido.

—Rosaria, ¿qué estás haciendo aquí?

Ella se lo quedó mirando fijamente pero no dijo nada.

—Tu hermana acaba de irse —prosiguió él—. Si hubieras llegado unos segundos antes, la hubieras encontrado.

Rosaria atravesó la cocina con pasos rápidos y decididos hasta situarse cara a cara con Marco. Le cogió de los hombros con sus manos fuertes y morenas y le empujó otra vez contra el fregadero. Juntó sus labios imperiosamente con los de él y le besó con fuerza. Era agradable. Sacó la lengua y exploró la humedad cálida y lechosa de la boca de Marco. Él permaneció sin hacer nada por un momento y luego empezó a besarla. Rosaria sentía cómo el deseo invadía todo su cuerpo.

—Llévame al dormitorio. —Su voz sonó ronca e insistente—. Llévame a la cama.

—No puedo. —Marco parecía vacilante—. No puedo, Rosaria.

Pero su cuerpo decía que sí podía. Rosaria notó su excitación mientras se frotaba rítmicamente contra él arriba y abajo.

—Cállate, sabes que lo estás deseando.

Marco cerró los ojos con fuerza y dejó que sus manos exploraran el cuerpo de Rosaria. Era tan tierna, tan apetitosa... Pero recordó las palabras de su padre: «Sé discreto, Marco. No te acerques a las chicas del pueblo o habrá problemas». Era un buen consejo. Marco lo sabía.

—No puedo, Rosaria, no puedo —repitió.

Ella lo agarró con fuerza de la mano y tiró de él hacia la puerta abierta del dormitorio. Haciendo caso omiso de sus débiles protestas, hizo que se echara en la cama y se tumbó encima de él.

—No puedo, no puedo —gimió Marco. Pero sus manos rasgaron el vestido de Rosaria, tocaron sus pechos y pellizcaron con fuerza sus pezones. Ella se tumbó boca arriba y abrió las piernas, ofreciéndose.

—No, no debemos hacerlo —dijo él suspirando. Pero ya estaba encima de ella y no podía detenerse. Le arrebató la virginidad con una violenta embestida y ya no hubo vuelta atrás—. No, no —murmuró débilmente mientras se hundía en aquel cuerpo carnoso y cálido.

—Oh, qué gusto, qué gusto —gimió ella—. No pares, Marco, no pares.

Marco no podría haber parado aunque lo hubiera querido. Sacudiéndose como un caballo excitado, sus huesudas caderas desaparecieron una y otra vez entre los suaves montículos del interior de los muslos de Rosaria. Estaba perdido.

Rosaria arqueó la espalda debajo de él y echó la cabeza atrás sobre la almohada para que su pelo quedase esparcido. Trató de realizar un par de movimientos experimentales con las caderas, pero Marco estaba embistiendo de forma tan desenfrenada que era imposible seguir su ritmo. De modo que se dio por vencida y se limitó a permanecer tumbada como una estrella de mar, disfrutando de las nuevas y extrañas sensaciones que se habían apoderado de su cuerpo. Si aquello era el sexo, a ella le gustaba, y quería más, mucho más.

—Me corro, me corro —dijo Marco jadeando, y todo acabó. A continuación se quedaron entrelazados, medio tapados por la sábana, mientras se secaba el sudor de sus cuerpos.

Rosaria rozó con sus labios el fino vello que cubría el pecho de Marco. Él cerró los ojos y ella contempló admirada cómo las largas pestañas del joven descendían sobre sus mejillas suaves como un melocotón. Alargó la mano y tocó con un dedo el lunar azul situado bajo la comisura derecha de sus labios.

—Joder, mi padre me va a matar —exclamó él gimiendo—. Voy a llegar tardísimo al trabajo.

—No te vayas, quédate aquí conmigo. Los búfalos no te echarán de menos por un día que faltes. Puedes decirle a tu padre que te encontrabas mal.

Marco se acordó de la resaca: el dolor de cabeza y el sabor amargo y desagradable de los sorbos de café que había tomado apoyado contra el fregadero de la cocina. Parecía que había pasado mucho tiempo desde entonces. Ahora se sentía mejor.

—Rosaria, a mi padre le dará igual. Esto es una granja, dirá, y hay trabajo que hacer.

—¿No preferirías quedarte aquí conmigo? —le dijo ella con voz zalamera.

—Sí, pero... —Rosaria le interrumpió con un beso. Acto seguido empezó a acariciar su cuerpo, notando la tirantez de su piel, las duras elevaciones de sus costillas, y dejando que sus dedos pequeños y fuertes bajaran hasta el áspero vello situado entre sus piernas antes de deslizarlos sobre sus pequeñas nalgas y su delgada espalda. Pronto los párpados de Marco descendieron nuevamente sobre sus mejillas y comenzó a roncar suavemente. Rosaria apoyó su cabeza contra él de modo que pudiera oler el perfume de su cuerpo y también se quedó dormida.

Cuando el coche de Giovanni se detuvo fuera de la casa, todavía no se habían movido. No oyeron el ruido del motor, el chirrido de los frenos ni a Maria Domenica diciendo al muchacho sentado al volante: «Vuelvo enseguida». Cuando se abrió la puerta principal, ellos seguían dormidos, ajenos a todo.

Maria Domenica había cogido un montón de pañales y se disponía a cerrar la puerta tras ella cuando oyó el sonido inconfundible de los ronquidos de su marido. Era imposible que siguiera en la cama, no podía creerlo. Sorprendida, se asomó a la habitación. Estaba medio a oscuras, con las cortinas corridas, pero pudo distinguir que había dos siluetas en la cama. Una era con toda seguridad la de Marco. ¿Y la otra? Se acercó más. Una chica robusta, de pecho turgente, con el pelo moreno y largo derramado sobre las almohadas blancas de algodón. Su hermana Rosaria.

Maria Domenica se quedó inmóvil por un momento, respirando hondo y en silencio. No dijo nada. Salió de la habitación lentamente y apretó el montoncito de pañales contra su pecho. En cuestión de segundos había salido de la casa y estaba dentro del coche de Giovanni.

—¿Todo bien? —preguntó él.

Ella asintió con la cabeza y agitó los pañales para que los viera. Todavía no se atrevía a hablar.

Mientras Giovanni conducía de vuelta al pueblo, Maria Domenica trató de determinar cómo se sentía. No estaba enfadada ni celosa. Ni siquiera decepcionada.

Llegaron a las afueras de San Giulio y a las casitas destartaladas donde vivía la gente pobre; a Maria Domenica se le había pasado el aturdimiento y se daba cuenta de que, dejando de lado la sorpresa, lo que más sentía era tristeza y tal vez lástima por Rosaria. ¿Qué iba a conseguir su hermana con aquello aparte de su infelicidad? Su infelicidad y su deshonra.

Pepina estaba furiosa. No había ni rastro de Rosaria, la cocina estaba vacía y no se habían empezado las tareas del día. Lanzó una mirada de preocupación a la cocina de la que rara vez salía. Aquella hija suya era una inútil. Las cosas eran mucho más fáciles cuando Maria Domenica todavía estaba en casa.

Pensó en la faena que le esperaba ese día. La casa estaba hecha un asco y no podía permitirse dejar pasar más tiempo antes de limpiarla como era debido. En el jardín estaban brotando las malas hierbas y había mucha comida que hacer. A juzgar por el aspecto de la cocina, los niños se habían preparado ellos mismos un desayuno con leche y galletas, pero todavía había que hacer dos comidas antes de que pudiera descansar su cuerpo fatigado.

—Estoy tan cansada que hasta me duelen los dientes —murmuró para sí. A lo mejor se estaba poniendo enferma.

Oyó que Erminio avanzaba dando traspiés por el pasillo y entraba en la cocina. Llevaba una gran toalla blanca enrollada alrededor de su barriga hinchada y tenía el pelo canoso de punta.

—Me muero de hambre —dijo con voz cavernosa, y empezó a hurgar en la nevera—. ¿Qué hay para desayunar?

—Cualquier cosa —respondió Pepina con sequedad.

Erminio alzó la vista, sorprendido.

—¿Qué le pasa a mi preciosa mujer? —preguntó, rodeando con las manos el rostro ojeroso de su esposa.

—No lo sé. Hoy no me encuentro bien, eso es todo.

—Espera aquí —le dijo él—. Sé cómo hacer que te sientas mejor. Me pondré algo de ropa, un momento.

Efectivamente, volvió un minuto después con una camisa y unos pantalones mal conjuntados.

—Ven conmigo, rápido —la apremió.

Mientras la hacía salir por la puerta y girar la esquina de la casa, Pepina oyó cómo sus hijos pequeños se divertían a costa de los cerdos. Intentó soltarse de su marido y rescatar a los pobres animales que chillaban, pero él la agarraba con firmeza.

—¿Adónde vamos? —preguntó, resistiéndose con todo el peso de su cuerpo.

—A coger melocotones, melocotones frescos para el desayuno —respondió Erminio tirando de ella hacia delante.

Cuando llegaron a los árboles frutales hizo que se sentara en el duro suelo, quemado por el sol hasta convertirse en tierra de Siena, y a continuación se dejó caer junto a ella. La besó, primero como un viejo amigo y luego de forma más apasionada. Cuando se tumbó encima de ella, Pepina trató de apartarlo dándole golpes.

—Ahora no, quita, tengo muchas cosas que hacer. ¿Y los melocotones?

—Mmm... —Él la besó una vez más y se aflojó los pantalones.

—Erminio Carrozza, si vuelves a dejarme embarazada, te juro que te dejaré y me iré a vivir con las monjas —susurró—. No quiero más hijas.

—Mmm... —Él no le hizo caso.

—Nos pueden ver —advirtió ella—, aquí, en pleno campo.

Pero a su marido le daba igual. El peso de su cuerpo oprimió a Pepina contra la tierra y notó el roce familiar de sus manos al acariciarla.

—Pepina, *amore mio* —murmuró él.

Ella puso los ojos en blanco y separó las piernas. Solo había pasado una semana más o menos desde que había tenido el período, ¿no? Así que no podía quedarse embarazada, ¿verdad? Intentó recordar lo que le había dicho el sacerdote la última vez que había caído en la tentación.

Erminio ya estaba dentro de ella y era demasiado tarde para preocuparse. Solo podía esperar que todo saliera bien. Levantó la cabeza para recibir el deseo de él y durante unos breves momentos de felicidad se sintió de nuevo como la chica apasionada que un día fue.

Más tarde Erminio la abrazó con fuerza.

—Tienes la cara sucia —le dijo.

—¿Solo la cara? —preguntó ella, echándose a reír—. Amor mío, estoy sucia por todas partes. Mi vida entera está llena de suciedad que espera que alguien la limpie. —Logró ponerse de pie—. Tú coge los melocotones para el desayuno. Yo estaré en la cocina. Nos veremos allí.

18

Marco abrió los ojos. Se preguntó qué hora era. Notó que el calor del día le envolvía como una manta cálida y húmeda y pensó que debía de ser la hora de comer. Demasiado tarde para preocuparse por su padre o los búfalos. Demasiado tarde para arrepentirse de haberse acostado con la joven cuyo suave cuerpo todavía se apretaba contra el suyo. Le dolía la cabeza. ¿Qué hacía en la cama con Rosaria? ¿Qué le había pasado por la cabeza? No podía permitir que volviera a ocurrir.

Alargó la mano y tocó las suaves curvas que formaba el cuerpo de ella cuando estaba tumbada. Las cimas de los pechos, las montañas de las nalgas, el pequeño montículo del vientre.

—*Cara* —murmuró a su pesar, y Rosaria abrió los ojos.

—Marco —respondió ella alegremente, hundiendo su rostro en el pecho de él.

—¿Qué estamos haciendo? —preguntó él.

—¿Cómo que qué estamos haciendo? —dijo ella, con la voz amortiguada por el cuerpo de Marco.

—Nos matarían si nos vieran. Tus padres, mis padres, Maria Domenica.

—Bueno, pero no pueden vernos. —Rosaria estaba ya completamente despierta y los ojos le centelleaban—. Lo único que estamos haciendo es disfrutar de la felicidad que nos merecemos, Marco. Seríamos estúpidos si no lo hiciéramos. Estamos hechos el uno para el otro.

—No podemos volver a hacerlo —alegó él.

—Claro que podemos. —Rosaria se mostraba ahora impetuosa—. Podemos hacerlo tantas veces como queramos. Nadie nos lo puede impedir.

—¿Y si se enteran? —Marco parecía asustado.

—Yo no se lo pienso decir. —Rosaria inclinó la barbilla hacia él—. ¿Lo harás tú?

—No.

—Te quiero —le dijo ella.

—Eres tan joven... —respondió él, nervioso.

—Yo sé lo que quiero —repuso ella, y le dio otro beso—. ¿Tú sabes lo que quieres? —preguntó.

Marco tenía miedo de responder, pero una vez más su cuerpo habló por él. Sintió que se excitaba apretado contra ella.

—¿Has tenido un orgasmo? —preguntó él tímidamente.

Ella negó con la cabeza.

—Creo que no.

—¿No has tenido uno, antes?

—No, me ha gustado. Pero no, creo que no.

De repente Marco se sintió poderoso.

—Bueno, quizá esta vez. —Su boca se torció en una sonrisa y la ayudó a colocarse encima hasta que la tuvo sentada a horcajadas sobre él—. Esto te va a gustar, Rosaria, mucho —le prometió.

En el café Angeli, Maria Domenica servía ruborizada platos de comida a los clientes hambrientos y retiraba los vacíos a las personas que estaban llenas.

—¿Qué tal está tu niña? —preguntaban algunos.

—¿Qué tal está tu marido? —preguntaban otros.

Maria Domenica se limitaba a sonreír y seguía moviéndose. Por suerte estaba demasiado ocupada para hablar, pero no podía olvidar lo que había visto. Podía limpiar las mesas, pero no podía borrar de su mente la imagen de su marido y su hermana entrelazados en la cama.

—Entonces, ¿no te ha caído bien Vincenzo? —La voz burlona de Franco se introdujo en sus pensamientos.

—¿Qué?

—Mi amigo Vincenzo, el pintor. ¿No te ha caído bien? —repitió Franco.

Maria Domenica arrugó la nariz.

—Bueno, no ha hecho gran cosa, ¿no cree? Se ha limitado a desordenarlo todo.

—Es que todavía no ha empezado. Ya volverá.

—Eso dijo.

—Y cuando lo haga estoy seguro de que te dejará impresionada.

—¿Franco? —La voz de Maria Domenica había adquirido un tono serio.

—¿Sí?

—Gloria Ferrero quiere un *espresso* y su marido dice si tiene una baraja de cartas detrás de la barra porque se ha olvidado la suya.

La larga jornada de trabajo prosiguió. Cuando Franco la mandó a casa, Maria Domenica estaba agotada. Mientras se hacía de noche, empujó el carrito a través de las nubes de mosquitos que revoloteaban sobre las áridas y sofocantes calles de San Giulio. Le esperaba un largo paseo hasta casa.

Cuando llegó, Marco estaba sentado a la mesa de la cocina.

—Llegas tarde —se quejó—. Me muero de hambre.

—Vuelvo enseguida —aseguró ella, y se fue corriendo a meter a Chiara en la cuna—. Franco me ha dado pollo frío. Solo tengo que preparar un poco de ensalada para acompañar.

Mientras le preparaba la comida, lanzó unas cuantas miradas a su marido. Parecía el mismo de siempre y olía a limpio, como si acabara de salir del baño. No había nada en él que revelara que había pasado el día en el pequeño dormitorio con su insaciable hermana, entre las sábanas con las iniciales de los Manzoni.

Sin embargo, algo había cambiado. Esa noche, mientras permanecían tumbados en la cama, Marco no estiró la mano hacia ella. No arrastró el brazo en la oscuridad, ni hizo ninguno de los habituales frotamientos y magreos que ella tanto temía. En lugar de ello, se quedó acurrucado de espaldas a ella y le dio las buenas noches con voz de cansancio.

—Si a tu niña no se le ocurre llorar durante unas horas, tal vez pueda dormir bien —murmuró—. Dios sabe que lo necesito.

19

Por una vez Marco se levantó antes de que amaneciera. Maria Domenica oyó que se ponía como podía los pantalones y la camisa de trabajo, a oscuras, y murmuraba entre dientes.

—Hoy te has levantado temprano —comentó ella con voz soñolienta, esperando que el ruido que estaba haciendo no despertara a Chiara.

—Sí, bueno, tengo muchas cosas que hacer. El trabajo de granjero no es a tiempo parcial, como siempre dice mi padre.

Maria Domenica dejó escapar una sonrisa. Marco sabía perfectamente que se había metido en un buen lío al perder un día entero de trabajo, y no pensaba darle a Gino más motivos de queja.

—Si fueras una mujer como Dios manda, te levantarías y me prepararías el desayuno —gruñó Marco. Pero ella se hizo la dormida, y él se marchó sin decir adiós cerrando la puerta de la casita de un golpe.

El portazo despertó a Chiara. Maria Domenica la oyó llorar suavemente. Salió de la cama con cuidado y sacó a su hija de la cuna. Aquel era su momento preferido del día: el instante en que recordaba de nuevo que era madre y sostenía aquel cálido cuerpecito entre sus brazos. Le daba igual lo que le pasara a ella, le daba igual lo atrapada que se viera en la vida; lo único de lo que nunca se arrepentiría era de haber tenido a Chiara.

Estaba dando de comer a la niña cuando oyó pasos fuera y supuso que era Marco que, hambriento, volvía para pedirle el desayuno. Pero se sorprendió al oír que alguien llamaba suave y educadamente a la puerta.

—Hola. ¿Quién es? —gritó Maria Domenica.

Una cabeza rubia se asomó por la puerta.

—Tía Lucia —dijo con satisfacción—. Qué alegría verte. ¿Qué haces aquí tan temprano? Pasa, pasa.

Su tía traía una bandeja con pasteles envuelta en papel dorado y blanco.

—En la *pasticceria* casi les da un soponcio al verme aparecer a estas horas —dijo entre risitas—. Pero quería traerte unos *babà*. Mmm..., están recién hechos, todavía están calentitos. —Quitó el papel, cogió uno de los dulces dorados con forma abovedada empapados en ron y le hincó el diente con deleite—. Debería hacer café para acompañar —murmuró con la boca todavía llena—. No, tú quédate aquí. Yo lo prepararé.

A Lucia le gustaba el café cargado. Molió unos granos de más y amontonó el café en una precaria pirámide antes de encasquetar el filtro en la cafetera y ponerla al fuego.

Maria Domenica la observó, confundida.

—Me alegro de verte, tía Lucia, pero...

—¿Por qué estoy aquí?

—Pues sí.

Lucia frunció los labios y echó una mirada a su alrededor, observando las paredes desnudas y los escasos y tristes muebles.

—Este sitio es horrible —dijo secamente.

—Oh, no está tan mal.

Lucia señaló con la cabeza en dirección a la granja de Elena.

—Ella tiene ese caserón lleno de muebles que no utiliza. Debes de pensar que podría haberte dado algunos. Las mujeres de los Manzoni son un hatajo de tacañas. Siempre lo han sido.

—No me importa —le aseguró Maria Domenica—. No

quiero nada suyo. Tenemos todo lo que necesitamos. Y de todas formas, tampoco paso aquí mucho tiempo. Procuro estar en el café todo lo que puedo.

—Lo sé. —Su tía asintió con la cabeza—. Por eso he venido tan temprano. Era la única forma de hablar contigo en privado como Dios manda.

—¿De qué?

—Estoy preocupada por ti. Con todo lo que ha pasado, yo... Bueno, solo quería asegurarme de que eres feliz.

Maria Domenica no dijo nada; se limitó a mirar a su tía con recelo.

—O, por lo menos, no demasiado infeliz —añadió Lucia rápidamente.

—¿Y qué pasaría si fuera infeliz? ¿Qué harías tú?

—¿Qué haría? No creo que pudiera hacer nada, Maria Domenica. El momento de hacer algo ha pasado ya. Ahora estás aquí. Estás casada. Nada va a cambiarlo. Pero quería que supieras que puedes hablar conmigo, contarme las cosas que no le cuentas a tu madre para que no se preocupe.

Maria Domenica asintió con la cabeza, pero guardó silencio. Su tía volvió a echar un vistazo a la cocina y también al sombrío dormitorio a través de la puerta abierta.

—Lo único que podría hacer es ayudarte a alegrar este sitio. Traer algunos adornos, un par de cuadros. Tal vez colgar unas cortinas bonitas. Ver si la condesa de ahí al lado se digna darte alguna vajilla de las que tiene.

Maria Domenica negó con la cabeza.

—Gracias, pero no necesito nada de eso.

—¿Qué necesitas entonces?

Maria Domenica hizo un alto y miró a su niña, que farfullaba tranquilamente.

—Si él la hubiera visto... Estoy segura de que si hubiera visto a Chiara no se habría marchado.

—¿Te refieres a su padre?

Maria Domenica asintió con la cabeza. La cafetera estaba borboteando e inundaba la cocina con el olor de los granos amargos y tostados.

—¿Todavía piensas en él? —preguntó Lucia con delicadeza.

—A todas horas. Pienso en él cada minuto del día.

—¿Cómo era?

Maria Domenica sonrió. Aunque quería mantener sus secretos bien guardados, al hablar de él fue como si cobrara vida.

—Tenía el pelo rubio y unas manos fuertes —comenzó—. Era muy inteligente, un artista, y me encantaba estar con él. Pasamos poco tiempo juntos. Huyó de mí como yo huí de San Giulio.

—¿Le querías mucho?

—Yo le quería y estaba segura de que él me quería a mí. Era una sensación maravillosa. No puedo imaginar pasar el resto de mi vida sin volver a sentirme así.

—A lo mejor algún día llegas a querer a Marco.

Maria Domenica chasqueó la lengua contra el paladar de forma burlona.

—Debes saber que el amor que sentías, ese amor apasionado, no dura eternamente —le aseguró Lucia. Vertió café en dos tacitas desconchadas y alargó la mano para coger otro *babà*—. A medida que pasan los años desaparece. Con lo que de verdad disfrutamos las mujeres mayores casadas como yo es con nuestras casas, nuestros hijos y un día, si hay suerte, nuestros nietos. Claro que nos importan nuestros maridos, y cuidamos de ellos, pero dentro de nosotras ya no arde la pasión. —Lucia se rió—. No, ya no.

Maria Domenica miró a su tía a los ojos, maquillados con lápiz de ojos y rímel incluso a esas horas de la mañana, y dijo con voz tranquila pero intensa:

—Esto no es lo que yo quería. Así no es como quería que fuera mi vida. Yo iba a ser distinta.

Lucia suspiró.

—Ah, te pareces tanto a tu abuela...

—Nadie me lo había dicho nunca.

—La verdad es que hasta ahora no me había dado cuenta, pero es cierto, te pareces a ella. Ella era tan fantasiosa y soñadora, tan hermosa y creativa, que a veces me pregunto cómo pudo darnos a luz a tu madre y a mí. —Lucia dio un sorbo a su café, pensativa.

—¿En qué sentido era fantasiosa?

—Oh, no sé. En realidad pienso que tenía tanto amor para dar... y mi padre..., bueno, nunca supo cómo recibirlo. Finalmente ella acabó dedicando todas sus energías a hacer cosas. ¿Te acuerdas de esos faldones de bautizo tan bonitos bordados que tenemos tu madre y yo? Pues ella los cosió. En realidad hizo tantos antes de morir que todas las madres del pueblo tuvieron uno.

—¿Y crees que me parezco a ella? ¿Que tengo mucho amor para dar?

Lucia asintió con la cabeza.

—Sí, en ciertos aspectos sí.

Maria Domenica se levantó y metió a Chiara en el cochecito. Envolvió la bandeja de los *babà* con el papel y se la tendió a su tía sobre la mesa.

—Ten, llévate estos para tu familia. Aquí no nos los comeremos —dijo.

—¿Estás enfadada conmigo?

—Enfadada no, pero no estoy de acuerdo contigo. No creo que se pueda amar demasiado. Fíjate en mi madre y mi padre: se siguen adorando, ¿o no? —Envolvió con una ligera manta a Chiara y le dio un beso en su suave mejilla—. De todas formas, tienes razón. Ahora esta es mi vida y no puedo hacer nada para cambiarla. En realidad tampoco está tan mal. Tengo a mi niña y puedo darle a ella mi amor.

Giró el cochecito en dirección a la puerta.

—Gracias por la visita, Lucia. Te lo agradezco, de verdad —dijo educadamente—. Pero tengo que marcharme al café. Franco y Giovanni me estarán esperando.

20

Rosaria sentía un dolor delicioso. Le habían salido cardenales en la suave cara interna de los muslos a causa de las embestidas de las caderas de Marco, y cada vez que se sentaba notaba un dolor agudo que le recordaba que ya era una mujer.

Tenía ganas de sonreír todo el día, pero no podía. Debía tener cuidado de no revelar nada. Nadie debía saber que ella y Marco eran amantes.

Sin embargo, no pudo evitar ir al café Angeli. Entró contoneándose, se sentó en un taburete junto a la barra y encendió un cigarrillo con un ademán ostentoso.

—Necesito comer —anunció—. Tomaré una de esas croquetas de patata, un poco de jamón frito y unos sándwiches de queso, y para terminar, algo dulce y delicioso.

—Estaré contigo dentro de un minuto, tengo que acabar de preparar este café —le dijo Maria Domenica con aspecto agobiado—. Y a todo esto, ¿qué haces tú aquí? ¿No tienes trabajo que hacer en casa?

Rosaria se encogió de hombros y fingió que estaba absorta en la lectura de una revista. Pero aunque sus dedos pasaban las páginas, sus ojos no se fijaban en las glamourosas fotos de Sophia Loren y Gina Lollobrigida, sino que miraba descaradamente a su hermana mayor por debajo de las pestañas.

Tenía una nariz picuda, concluyó Rosaria, ojos de cerdo y

estaba demasiado flaca. Su pelo, que llevaba apartado de la cara, parecía áspero, y las pecas de la nariz se notaban más que nunca debido a las horas de trabajo que había pasado bajo el sol y sin sombrero en el jardín. No era una rival en absoluto. Si no hubiera cazado a Marco con su astucia, Rosaria estaba convencida de que no habría encontrado a ningún hombre que se hubiera casado con ella.

—¿Qué te pasa? —Maria Domenica se había dado cuenta de que la estaba mirando fijamente.

—¿Eh?

—¿Por qué me miras así? ¿Hay algo que quieras decirme?

Las mejillas redondas de Rosaria se sonrojaron.

—No, no, nada. —Cogió el plato de la barra, se metió la revista de cine bajo el brazo y se dirigió hacia la mesa situada en el rincón del fondo del pequeño café—. Dejaré que sigas con tu trabajo —murmuró.

Justo cuando Maria Domenica había conseguido librarse de su hermana, se dio cuenta de que había otros ojos posados sobre ella. Vincenzo, el pintor, había vuelto y ese día, en lugar de la pared en blanco, parecía pensar que ella era digna de observación. Estaba sentado a la mesa que había junto a la de Rosaria, y tenía el codo apoyado sobre un montón de libros. Maria Domenica alzó la vista para mirarle a los ojos, pero él no apartó la mirada.

Observaba los largos y gráciles dedos de ella, el modo en que su brillante pelo moreno caía sobre su espalda y los vivos tonos dorados de su piel. Observaba admirado sus hundidos ojos almendrados y la forma tranquila y fluida en que se movía entre las mesas.

Su mirada fija resultaba bastante incómoda, y Maria Domenica empezó a moverse con torpeza y a confundir los pedidos.

—¿Qué te pasa hoy? —Había una nota de diversión en la voz de Franco—. No es propio de ti hacerte esos líos.

—Bueno —se quejó ella en respuesta—, no es nada fácil ser madre y tener un trabajo. No me extraña que a veces me dé vueltas la cabeza.

—Así que es eso, la cabeza te da vueltas. —Él seguía riendo.

—Franco, ahora no. No estoy de humor —soltó ella. Lanzó una mirada hosca en dirección a Vincenzo, que seguía observándola atentamente. Su rostro duro y atractivo era inexpresivo y resultaba imposible averiguar qué estaba pensando.

Al final la curiosidad pudo con ella. Estaba retirando las tazas y vasos de una mesa próxima y vio por casualidad uno de los libros en los que Vincenzo se apoyaba. Fue la portada la que le llamó la atención con su reproducción de *El nacimiento de Venus* de Botticelli. Era mucho menos tosca que la Venus que se podía ver en la pared que había encima de la máquina de discos de Franco: una hermosa mujer de rasgos delicados con la frente amplia y los ojos grandes, cuyos largos mechones de pelo rubio escapaban de la cinta que los prendía y volaban al viento. Encima de la foto aparecían impresas en negrita las palabras *El arte de la Italia renacentista* escritas en inglés.

Maria Domenica alargó la mano y tocó el libro con reverencia.

Vincenzo se lo acercó.

—Cógelo —le dijo con una sonrisa que dejó a la vista sus dientes blancos y relucientes.

No tuvo que repetírselo. Se sentó en la silla que había al lado de él y se concentró en aquellas páginas gruesas y satinadas. Franco le trajo un vaso de Coca-Cola, pero ella no lo tocó; continuó enfrascada en aquellas páginas que contenían hermosos cuadros y fascinantes historias sobre los artistas y sus obras.

—¿Maria Domenica? —la interrumpió la voz de Franco.

—¿Hum?

—¿Estás leyendo eso?

—Oh. —Ella levantó la vista con expresión de culpabilidad—. Lo siento. Ahora mismo vuelvo al trabajo.

—No, no te he dicho eso. —Franco parecía intrigado—. Te he preguntado si estabas leyendo ese libro.

—¿A qué te refieres?

—Bueno, está en inglés, ¿no? —Arqueó las cejas—. Y tú no sabes inglés. No has podido aprenderlo en el colegio. A fin de cuentas, lo dejaste cuando tenías trece años.

—Esto... —Maria Domenica se removió en su silla, incómoda. Con el rabillo del ojo vio a su hermana Rosaria, que se había olvidado ya de la revista y escuchaba discretamente.

Franco y Vincenzo esperaban a que respondiera.

—Solo estaba mirando las fotos —dijo; a continuación bajó la vista y se dio cuenta de que la página que llevaba varios minutos mirando no tenía ninguna foto, tan solo una hilera compacta de palabras en inglés que contaban la historia del artista Masaccio y la creación de su cuadro sobre la expulsión de Adán y Eva del Paraíso.

Franco volvió a arquear las cejas.

—Bueno, supongo que lo estaba leyendo un poco —admitió Maria Domenica—. Aprendí algo de inglés el año pasado en Roma. El café donde trabajaba siempre estaba lleno de turistas y muchos eran estudiantes de arte; empecé a hablar con algunos y... bueno... aprendí un poco su lengua. Pero en realidad no la entiendo muy bien. Solo lo suficiente para captar lo esencial.

—Pues di algo en inglés. —Su hermana Rosaria no había resistido la tentación de intervenir.

—No.

—Oh, vamos —intentó convencerla Rosaria.

—Ahora no me acuerdo de ninguna palabra. —Maria Domenica, ruborizada, dejó el libro y regresó a la seguridad de la máquina Gaggia, que empezó a limpiar enérgicamente. Vincenzo la había seguido.

—¿Cuándo estuviste en Roma? —le preguntó.

—Oh —ella sacudió la cabeza, irritada—, el año pasado.

—¿Y en qué café trabajaste?

Maria Domenica suspiró. ¿Acaso no veía que la estaba molestando? Sin embargo, era demasiado educada para negarle una respuesta.

—En un pequeño bar cerca de la plaza de España —comenzó—. Estaba lleno de turistas ingleses que pedían té con limón.

—Creo que lo conozco —murmuró él; luego asintió con la cabeza y sonrió en un gesto de reconocimiento—. La primera vez que te vi aquí me resultaste familiar, pero no sabía exactamente dónde te había visto.

—Pues yo no me acuerdo de ti. —Su voz era más fría que la Coca-Cola con hielo que le había servido Franco.

—No, seguro. —Los dientes blancos de Vincenzo relucieron de nuevo—. Cuando no estabas sirviendo tazas de té con limón, siempre mirabas embelesada a aquel chico alto y rubio, el que llevaba su bloc de dibujo a todas partes.

—¿Ah, sí? —Rosaria estiró el cuello, ansiosa por participar en la conversación—. ¿Qué chico rubio?

Maria Domenica golpeó en la barra con la lata de café y lanzó a Vincenzo una mirada dura. Milagrosamente, él pareció comprender.

—Bueno, no puedo quedarme todo el día sin hacer nada —dijo enseguida, preparándose para marcharse—. Pero dejaré aquí los libros. Puedes leer los que quieras.

Cuando la puerta se cerró tras él de un portazo, Rosaria se acercó y le dio a su hermana un golpecito en el brazo.

—¿Un chico rubio? —preguntó con insistencia.

—A ver —intervino Franco—, ¿no decías que querías algo dulce y delicioso para acabar, Rosaria? Hoy tengo un *cornetto* especial que tienes que probar. Es sublime.

—¿Un *cornetto*? —Rosaria levantó la vista de repente—. ¿Tiene chocolate? Llevo todo el día con antojo de chocolate.

Distraída, su hermana pequeña se llenó el plato y Maria Domenica apartó la vista, aliviada. Rosaria podía quitarle el marido si lo deseaba, pero no quería compartir con ella sus recuerdos del chico rubio del café de Roma.

21

Vincenzo la hacía reír y sabía muchas cosas sobre los cuadros que a ella le encantaban... mucho más que Franco. Los días que no aparecía por el café, Maria Domenica se sorprendía de lo mucho que lo echaba de menos.

Era más que un simple decorador, como ella no tardó en descubrir, y parecía tener ambiciosos planes para el trozo blanco de la pared de Franco. La pared todavía no había recibido la primera mano de pintura, y los botes y brochas de Vincenzo seguían detrás de la cortina roja.

Dibujaba día tras día. Hojas y más hojas de papel acababan esparcidas por la mesa de la que se había apropiado; algunas furiosamente arrugadas, y otras apiladas ordenadamente en un montón.

—Ah, es una madonna con el niño —exclamó Maria Domenica. Se inclinó sobre la mesa y echó un vistazo a la figura que estaba dibujando de forma repetitiva—. ¿Es eso lo que vas a pintar? ¿Una madonna con el niño?

—Bueno, esa es la idea. —Vincenzo pasó sus grandes manos por sus despeinados rizos morenos—. Pero parece que no consigo dibujar bien la figura.

—¿La estás copiando? —Maria Domenica señaló con la cabeza en dirección a una página que había sido arrancada de uno de los libros de arte. Mostraba a una madonna bastante fornida sosteniendo a un niño regordete de aspecto saludable sobre una de sus grandes piernas.

—Sí, es la madonna con el niño de Masaccio. Es la que Franco quiere que pinte en la pared.

—Pero la que has dibujado aquí no está bien —le dijo Maria Domenica—. La madonna de Masaccio tiene pinta de que le encante la pasta; la tuya es demasiado delgada.

Vincenzo se echó a reír.

—Bueno, mi madonna se pasa el día de pie. No puede engordar.

—¿Y qué harás cuando hayas terminado el dibujo? ¿Cuál es el siguiente paso para hacer un fresco? —Maria Domenica estaba fascinada.

—Es un proceso bastante largo —comenzó a explicar Vincenzo—. No se puede ir deprisa, así que tendré que pasar aquí algún tiempo.

—No sé por qué no me sorprende —bromeó Maria Domenica.

—No, no, hablo en serio. Hay que hacerlo bien. Antiguamente era todavía más difícil hacer un fresco. Entonces se usaba yeso mojado y hacían falta varias personas trabajando al mismo tiempo. Podía armarse bastante desorden.

—Pues a nosotros no nos interesa eso.

—No, desde luego que no. —Vincenzo dio la vuelta a la página y arrancó una hoja en blanco de su bloc de dibujo. Se la tendió a Maria Domenica junto con un lápiz—. Dibuja algo.

—¿Qué?

—Sé que te fascina el arte, pero quiero ver si tienes talento —le dijo—. Así que dibuja algo.

—No puedo, estoy trabajando.

—El local está medio vacío. Deja de poner excusas.

—Pero ¿qué voy a dibujar?

—Lo que quieras. —Vincenzo agitó la mano en el aire—.

Hay cientos de cosas aquí que podrías dibujar si quisieras. Pero si no se te ocurre nada mejor, dibújame a mí.

Maria Domenica agarró el lápiz con la mano y miró fijamente el trozo de papel en blanco. Se sentía cohibida, torpe, estúpida. No sabía por dónde empezar.

—Bueno, si vas a dibujarme, tendrás que mirarme —le dijo Vincenzo.

Ella se ruborizó. Aun así, levantó los ojos hacia él y sostuvo su mirada.

—No sé si podré soportar dibujar algo tan feo —le dijo con atrevimiento.

Vincenzo echó la cabeza atrás y rió.

—Haz un esfuerzo, te lo aconsejo. A veces los feos son el mejor modelo.

Mientras Rita Pavone cantaba con voz susurrante en la máquina de discos, Maria Domenica observó al hombre que tenía delante. Estaban empezando a salirle arrugas en la cara, y si se lo miraba de cerca podía verse que su pelo moreno se estaba cubriendo de canas. Tenía una nariz recta y fuerte, unos labios gruesos y unos ojos marrones y peligrosos. Tenía el aspecto de un hombre que podía engordar con bastante facilidad. Tenía una incipiente papada y unas leves bolsas bajo los ojos que delataban su gusto por las cosas buenas de la vida. Había algo en él que ella encontraba irresistiblemente atractivo.

A Vincenzo no parecía importarle que lo mirara. Inclinó la cabeza y continuó perfeccionando su madonna. Ella reparó en su seguridad: dibujaba con soltura y facilidad, moviendo con suavidad el lápiz por el papel.

—Dibuja —la apremió, sin alzar la vista del bloc de dibujo.

—Ya voy, ya voy. Estoy estudiando al modelo.

—No, te estás andando por las ramas. No empieces por los detalles —le aconsejó—. No respetarás las proporciones. Dibuja una forma vaga y luego trabaja los detalles.

De modo que empezó, al principio con nerviosismo, dibujando la forma de la cabeza, los fuertes hombros y los brazos.

—No te preocupes si te equivocas. Tengo más papel —le dijo Vincenzo.

La nariz resultaba difícil. Era tan recta y escultural en el modelo real que resultaba casi imposible hacer que pareciera natural sobre el papel. El pelo también presentó problemas, por no hablar de sus desmesuradas cejas, tan largas y rizadas que dominaban totalmente su rostro.

Mientras ella dibujaba, Giovanni pasó por detrás de su silla y miró por encima de su hombro.

—Es fantástico. Qué bien se te da —dijo con admiración. Pero ella estaba demasiado concentrada para dedicarle siquiera unas palabras y, tras unos segundos de silencio, el muchacho se marchó decepcionado.

Al final no se sintió descontenta con lo que había dibujado. No estaba tan mal para ser su primer intento, aunque decididamente algo fallaba en la nariz y había sido imposible captar la alegría de sus ojos. El hombre del dibujo era de una sensualidad vulgar. Resultaba agradable pero parecía totalmente de fiar. Y debía hacer algo con aquellas absurdas cejas.

Vincenzo le quitó el dibujo y lo evaluó.

—¿Lo ves? Una vez empezado no ha sido tan difícil, ¿verdad?

Ella esperó más comentarios, pero él ya había retomado su propio dibujo.

—Pero ¿te gusta? —preguntó—. ¿Crees que se parece a ti? ¿Tengo talento?

Vincenzo dejó el lápiz, se recostó y sonrió.

—¿Qué te parece a ti? ¿Estás contenta con él?

—Bueno —Maria Domenica vaciló—, creo que no es exactamente igual que tú, pero pienso que en cierto sentido he captado la esencia de tu persona: tu espíritu.

Él asintió con la cabeza.

—¿No vas a decirme lo que piensas? —volvió a preguntar Maria Domenica.

Él sonrió y negó con la cabeza. Metió la mano en su gran bolso negro de lona y sacó un cuaderno nuevo de dibujo y un puñado de lápices.

—Ten, para ti —dijo colocándoselos en las manos.

—No puedo aceptarlos. Deben de haberte costado muy caros. —Trató de devolvérselos.

Vincenzo levantó las manos.

—Son un regalo. Acéptalos con el ánimo con el que se te han dado. Lo único que te pido es que los utilices. No te lo tomes demasiado a pecho, simplemente dibuja. Dibuja a tu madre, a tu niña, a tu hermanita gorda. Dibuja a Franco sirviendo café, a Giovanni limpiando la barra y a los viejos jugando a las cartas. Llena las hojas.

—Pero ¿por qué? Nunca seré una artista de verdad como tú. Tendría que asistir a clases o recibir un curso en la universidad, y no puedo aspirar a eso.

—Mucha gente asiste a esos cursos. Al final salen con un diploma y se llaman a sí mismos artistas. Pero solo su trabajo demuestra si son buenos; no importa qué diga el diploma.

—Pero ¿cómo voy a aprender a pintar?

Vincenzo se rió.

—¿Acabas de coger un lápiz y ya quieres pintar? Cada cosa a su tiempo, Maria Domenica. —Agitó el dibujo de ella con la mano—. A cambio del papel y los lápices exijo tu primera obra. La colgaré en una pared, te lo prometo. Siempre que sea tu primera obra. ¿Hiciste algo en Roma? ¿Te animó ese chico rubio inglés a dibujar?

—No. —Ella se mordió el labio—. Le gustaba enseñarme sus obras... Muchas de ellas eran preciosas... pero nunca me propuso que lo intentara.

—Probablemente le preocupaba que fueras una rival demasiado buena para él.

Maria Domenica hizo una mueca y rió.

—No te subestimes —le dijo Vincenzo con expresión seria, y empezó a guardar el montón desordenado de papeles en el bolso de lona—. Eres capaz de mucho más de lo que crees.

Alentada por sus palabras, Maria Domenica se movió por el café en un estado de emoción apenas reprimida durante el resto del día. Le rondaban la cabeza las múltiples cosas que podía dibujar y el modo en que lo haría. Miró al chico con la cabeza descubierta que pasó zumbando sobre una Vespa, a su novia sentada detrás de él, y se preguntó cómo podría reflejar el viento que les agitaba el pelo. Cinco minutos más tarde, pasó un granjero montado en un carro de madera tambaleante tirado por un par de bueyes blancos. Era una escena que le resultaba familiar, debía de haber visto a aquel anciano miles de veces, pero ahora estaba deseando coger el cuaderno y dibujarlo. Resultaba muy extraño, pensó, que algo que esa mañana, al salir de la cama, carecía para ella de importancia fuera ahora lo único en lo que pensaba.

Cuando Franco le dijo que debería irse a casa, no se entretuvo hablando como siempre ni ayudó a limpiar. Metió a Chiara en el cochecito, con el cuaderno de dibujo y los lápices a su lado, y recorrió las polvorientas calles que llevaban a su casa medio andando, medio corriendo.

Cuando entró de repente en la vieja y fea casita, encontró a Marco trasteando en la cocina en busca de algo para picar.

—Deprisa, siéntate en la silla —le dijo ella con voz entrecortada.

—¿Qué?

—En la silla. Siéntate. Coge a la niña. Y ahora no te muevas.

—¿Qué demonios estás haciendo?

Maria Domenica ya había sacado el cuaderno de dibujo y los lápices y estaba retirando una silla de la mesa de la cocina.

—Voy a haceros un dibujo a ti y a Chiara.

Marco parecía confundido, pero no reticente.

—¿Cuánto tardarás? ¿Puedo moverme o tengo que estar totalmente quieto? ¿Y si la niña se echa a llorar o se lo hace encima o algo por el estilo?

Pero Maria Domenica no estaba escuchando; se limitaba a mirarle fijamente. El lápiz empezó a moverse con agilidad por el cuaderno; fue como si hubiera entrado en trance.

—Me están empezando a doler los brazos. Esta niña pesa cada vez más —dijo Marco en medio del silencio.

Cinco minutos después:

—Maria Domenica, ¿tengo que estar aquí sentado toda la noche? ¿Y la cena?

Veinte minutos más tarde:

—Esto se está volviendo aburrido. Me voy a mover.

—No, no, ya casi estoy. —Maria Domenica le mostró el dibujo—. Mira, es aproximado, pero luego puedo añadirle algunos detalles.

Marco dejó a la niña y se acercó para mirarlo. Parecía hipnotizado por el dibujo.

—Se parece mucho a mí —dijo, con cierta sorpresa en la voz—. Tal vez tenga los ojos un poco más grandes en la realidad, pero eso es todo.

Comenzó a quitarse rápidamente la camisa.

—Dibújame otra vez, *cara* —dijo, estirándose en el suelo y sacándose los pantalones—. Pero esta vez, desnudo.

Cuando empezó a dibujar, Maria Domenica se dio cuenta de que en realidad nunca se había fijado en su marido: sus pestañas negras, las superficies regulares de su rostro y su piel suave como un huevo. Marco llevaba puesto un sombrero de ala ancha durante el día para no quemarse, pero durante las largas horas de trabajo en el campo siempre acababa dándole el sol y se tostaba hasta adquirir un pálido tono caramelo. Los mechones que se había dejado crecer hacían que le sudara la nuca y por eso al final se los cortó; ahora llevaba el pelo corto y ligeramente alisado con Brylcreem. Mientras se esforzaba por plasmar su esencia sobre el papel, Maria Domenica entendió poco a poco qué veían las chicas como su hermana en Marco.

—¿Estoy mejor de este lado? —preguntó él en tono serio, moviendo la barbilla hacia un lado y luego hacia el otro—. ¿O de este?

—Tienes unos rasgos muy regulares —le aseguró ella—. Estás bien por ambos lados.

Cuando Franco empezó a sentir hambre, no le pidió a su mujer que dejara el lápiz y se pusiera el delantal. Se envolvió con una sábana a modo de toga, buscó en la nevera y llenó un plato hasta arriba de queso, salami, aceitunas, pan, tomates del jardín y anchoas. Lo colocó en el suelo, y no en la mesa de la cocina, y se acurrucó junto a ella recostado sobre unos viejos cojines. Allí tumbado, envuelto en la sábana mientras comía con los dedos, parecía tan decadente y satisfecho como un emperador romano. Maria Domenica pasó la hoja y empezó a dibujarle de nuevo.

Incluso cuando se hizo tarde y Marco se fue a la cama, ella no pudo separarse de su cuaderno de dibujo. Bajo la luz de una bombilla desnuda, Maria Domenica llenó las hojas blancas que su nuevo amigo Vincenzo le había dado.

Al final, cansada, se sentó en la silla con brazos y durmió un par de horas. Cuando el débil llanto de Chiara la despertó, le dio la impresión de que acababa de cerrar los ojos. Y a pesar de ello, se sentía ligera y llena de energía. Esparció por la mesa de la cocina los dibujos que había hecho por la noche para poder examinarlos.

Había uno que estaba bien, en el que Marco aparecía comiendo uvas, pero el primero que les había hecho a él y a Chiara sentados en la silla había salido mal. La niña parecía rígida y artificial, como una muñeca de porcelana. Maria Domenica se preguntaba cómo podía reflejar la esencia de un bebé.

Le dejó a Marco los dibujos desperdigados por la cocina. Seguro que querría verlos, pero ella no podía esperar a que despertara. Todavía quedaban algunas hojas vacías en el cuaderno, y sabía quiénes podían ocuparlas si iba al pueblo lo suficientemente temprano: Giovanni, que todavía era un muchacho pero estaba hecho casi un hombre, mirándola con adoración; Gina Rossi haciendo guirnaldas con los limones de su puesto del mercado; Franco abriendo el café Angeli; el sacerdote picoteando como un viejo cuervo y quejándose en la puerta de la iglesia donde la habían obligado a casarse. Veía claramente cada dibujo en su imaginación, y no podía esperar a plasmarlos sobre el papel. Después de dar de comer y cambiar a su dulce y mansa hija, la metió otra vez en el cochecito y recorrió la larga y recta carretera que conducía a San Giulio.

Rosaria también iba caminando, pero se movía pesadamente, hecha una furia, dando patadas al polvo y levantando una nube que cubría sus piernas con una capa de suciedad de color dorado. No podía creer que su *mamma* le hubiera hecho aquello. Le había cogido prestado el coche una sola vez y ahora Pepina escondía las llaves.

Las había estado buscando esa mañana por toda la cocina. Había tanteado en las altas estanterías, bajo las hogazas duras de pan, incluso había mirado dentro de las cazuelas y las ollas. Finalmente, no le había quedado más remedio que ir a casa de Marco andando. El camino se extendía interminable ante ella, que se movía pesadamente, avanzando con dificultad. Cuando llegara, Marco ya se habría ido al campo.

Cogió un palo y empezó a golpear los pequeños arbustos secos y las malas hierbas que encontraba a su paso, levantando más polvo. Mantener una aventura amorosa en secreto estaba muy bien en la teoría, pensó Rosaria. Pero en la práctica equivalía a soportar largas y tediosas horas en las que había que fingir que todo era normal mientras esperaba a que llegaran los escasos momentos de placer. Ella quería más.

Su hermana dormía con Marco todas las noches, pensó con amargura. Él la tocaba, respiraba junto a ella, y tal vez incluso a veces hacía el amor con ella. Nunca se había atrevido a preguntárselo. Los celos le subieron a la garganta en forma de bilis, y le entraron arcadas como el día que había insistido en comer unas sobras de pescado que llevaban cuatro días en la nevera. En aquella ocasión se había sentido mal, pero ahora se sentía todavía peor.

La ira le dio audacia. No se molestó en detenerse fuera de la casa y esconderse entre los arbustos hasta asegurarse de que Maria Domenica se había ido a trabajar. ¿Qué más daba si su hermana aún no se había marchado? Siempre podía inventar una excusa para justificar su presencia allí tan temprano.

Sin embargo, la casa estaba en silencio y la cocina se hallaba vacía y desordenada. ¿Qué eran todos aquellos papeles esparcidos por la habitación? Rosaria cogió una hoja y la observó más de cerca. Inmediatamente lo reconoció. Era un dibujo de Marco, tumbado lánguidamente en las baldosas blancas y negras del suelo de la cocina, totalmente desnudo. Lo arrojó al suelo y cogió otro y otro. Un suspiro escapó de su garganta, las lágrimas asomaron a sus ojos, y se sorbió las narices, furiosa.

—¿Estás resfriada, Rosaria? —Marco tenía voz de sueño; estaba en la puerta, desnudo—. No quiero que me pegues tus microbios. No quiero ponerme enfermo.

Ella ocultó su cara mojada de lágrimas bajo el velo espeso de su pelo.

—No, no tengo microbios. Estoy bien. No tienes por qué preocuparte —mascullό.

—Ah, has encontrado los dibujos de Maria Domenica. —Se acercó y se quedó junto a ella mirando la pequeña galería de retratos de Marco que reposaba sobre la mesa de la cocina—. No están mal, ¿eh?

Estaba tan cerca de ella que Rosaria podría haber alargado la mano y tocarle, pero no lo hizo. En lugar de ello mantuvo los brazos cruzados rígidamente, resguardada tras la barrera de su pelo.

—Este es el que más me gusta. —Marco cogió el dibujo de emperador romano—. ¿Quién habría pensado que Maria Domenica resultaría ser una artista, verdad?

Rosaria dejó escapar un suspiro siseante.

—Vamos, reconócelo, no están nada mal —insistió él—. Este se parece realmente a mí. No tenía ni idea de que supiera dibujar.

—Pues a mí no me sorprende. —Rosaria estaba enfurruñada.

—¿Dibujaba en casa cuando erais niñas?

—Nunca.

—¿Y cómo sabes que podía dibujar tan bien?

Rosaria se encogió de hombros.

—Por las compañías que frecuenta, ¿no crees?

Marco empezaba a irritarse.

—Deja de hablar en clave. Suelta lo que tengas que decir. —Nunca había empleado aquel tono impaciente con ella.

—Me refiero a ese artista que siempre está en el café Angeli. Se llama Vincenzo no sé qué. Parece que están muy unidos; siempre tienen las cabezas pegadas. Se pasan todo el día susurrándose secretos. Creo que se conocen de Roma o algo así.

—¿Qué estás diciendo, Rosaria? —Marco hablaba con cautela.

—No estoy diciendo nada. —Ella se había puesto a la defensiva—. No la estoy acusando de nada. Lo único que sé es que él siempre la está mirando y dijo que se acordaba de ella de Roma... Es todo lo que sé.

Marco alzó uno de sus delgados brazos y apartó los dibujos de la mesa con un movimiento suave.

—No voy a permitir que me dejen en ridículo —dijo en tono vacilante—. Al principio no quería casarme con esa putita, y ahora me dices que se deja ver con otro hombre delante de todo el pueblo.

—No, no he dicho eso. —Rosaria temía haber ido demasiado lejos—. Solo he dicho...

Pero ya era demasiado tarde. Marco estaba de rodillas, junto al montón de papeles que había tirado de la mesa, rompiéndolos en pedazos hasta convertirlos en confeti.

—Lárgate —le gritó a Rosaria, con la cara roja y los ojos inyectados en sangre—. Estoy harto de toda tu familia. Yo tenía una vida feliz antes de que todos vosotros aparecierais y me la arruinarais. He dicho que te largues. ¡Fuera!

—Marco, por favor, estás exagerando. Lo único que he dicho es...

—¡Fuera! —Marco se había puesto de pie y se dirigía hacia ella, con la mano abierta; parecía que iba a darle una bofetada. Rosaria salió de la casa a toda prisa y, levantando otra nube de polvo amarillento, se marchó corriendo a casa.

Quería llorar, pero no le salían las lágrimas. Su cuerpo se estremeció entre violentos sollozos mientras corría. Ahora Marco la odiaba. Lo había echado todo a perder con sus estúpidos celos. Entonces se lo imaginó tumbado en el suelo a cuadros mientras Maria Domenica le dibujaba una y otra vez, y sintió tal envidia que notó un sabor metálico en la boca.

Cuando Maria Domenica se encontró a Vincenzo fuera del café Angeli se puso exultante de emoción. Estaba apoyado en un muro bajo, fumando uno de sus cigarrillos liados, esperando a que ella abriera la gran puerta de cristal y le dejara entrar.

—Te alegrará oír que he decidido dejar de hacer bocetos —le dijo, soltando alguna que otra hebra de tabaco por los labios—. Ya he hecho suficientes dibujos. Si mi madonna no sale ahora, no saldrá nunca. Así que voy a empezar a trabajar en la pared. Puede que organice un poco de desorden, pero procuraré no molestarte.

A Maria Domenica no le importaba algo tan trivial como el desorden. Apartando suavemente el pie regordete de Chiara, sacó del cochecito el cuaderno de dibujo casi terminado y buscó los lápices.

—He estado dibujando toda la noche —le dijo rápidamente—. No podía parar. Si tienes tiempo, me gustaría hacer otro dibujo antes de que empecemos a trabajar. Quiero dibujarte otra vez para ver si puedo retratarte mejor que ayer.

—Vale, vale. —Vincenzo dejó que ella lo empujara hacia una silla—. Solo te pido que me hagas un café y podrás hacer conmigo lo que quieras.

Hoy todo parecía más fácil. La nariz larga y recta, las cejas pobladas, los pliegues de carne bajo la mandíbula, ninguno de aquellos elementos presentó excesivas dificultades al lápiz de Maria Domenica. Y mientras dibujaba se estremecía de alegría.

La rutina de la mañana en el café comenzó sin ella. Franco se ató su delantal blanco almidonado alrededor de la cintura y se colocó detrás de la máquina Gaggia. Los clientes habituales entraban a tomar un *espresso* antes de emprender el trabajo del día. Maria Domenica estaba tan concentrada en su cuaderno que apenas oía el ruido de la puerta al abrir y cerrarse.

Pero al oír el nombre de su marido volvió bruscamente a la realidad.

—Ah, Marco, *buongiorno* —estaba diciendo Franco—. Últimamente no te dejas ver por aquí. ¿Qué te pongo?

—Un *espresso* —respondió él secamente, sin apartar la mirada de su mujer, que se encontraba en la mesa del rincón dibujando al extraño de pelo moreno.

—Marco. —Maria Domenica alzó la vista, todavía aturdida tras abandonar su estado de concentración—. ¿Qué haces aquí? ¿Has visto los dibujos que te he dejado en la mesa de la cocina?

Él asintió con la cabeza y le pidió otra cosa a Franco en *staccato*.

—Y un whisky.

Marco se acercó a la máquina de discos dando sorbos al café y al whisky. Cuando pulsó bruscamente los botones con los labios fruncidos y seleccionó un par de canciones, el lápiz de Maria Domenica comenzó a moverse más despacio sobre el cuaderno. Se sentía incómoda. Pasaba algo, pero no lograba adivinar qué.

Marco tomó otro café y otro whisky.

—¿No es un poco pronto? —comentó Franco con suavidad, pero él se limitó a gruñir a modo de respuesta.

Apoyado contra la máquina de discos, Marco se dedicó a mirar fijamente a su mujer y al extraño que tanto parecía cautivarla. Observó con los ojos entornados cómo Vincenzo liaba otro cigarrillo y finalmente se acercó a la mesa.

—Tú, ¿cómo te llamas? —preguntó Marco bruscamente.

—Vincenzo —respondió el artista y le tendió la mano, pero Marco la rechazó y se quedó con los brazos pegados a los costados—. ¿Qué tal? —dijo el hombre a pesar de todo.

—¿Me haces uno de esos? —Marco señaló con la cabeza el tosco cigarrillo.

—Claro, cómo no. —Vincenzo sacó otro papel de fumar, colocó un poco de tabaco, pasó la lengua por encima, lo lió y se lo ofreció—. ¿Quieres fuego? —le preguntó en tono cordial.

Marco retiró una silla, se sentó y se inclinó para encender una cerilla.

—Gracias —fue todo lo que dijo.

—He estado haciendo más dibujos, ¿sabes? He hecho un retrato de Vincenzo. —Maria Domenica se sentía inexplicablemente inquieta, y se daba cuenta de que estaba hablando con nerviosismo.

Marco asintió con la cabeza y se dedicó a beber y fumar. El silencio que se hizo entre ellos lo rompía únicamente el sonido de los tímidos trazos del lápiz de Maria Domenica. Al final dejó el cuaderno y se levantó.

—Ya es suficiente —declaró—. Tengo cosas que hacer.

Su marido y Vincenzo miraron cómo desaparecía tras la máquina de café, pero no dijeron nada. Se quedaron fumando, turnándose para echar la ceniza en el pequeño cenicero que compartían.

Maria Domenica estaba deseando que Marco se levantara y se fuera. Normalmente nunca se acercaba al café. Prefería evitarla durante el día; por ese motivo ella no conseguía imaginar qué hacía allí en ese momento.

Finalmente sus plegarias fueron atendidas. Marco apagó el cigarrillo, apuró su vaso de whisky, echó la silla hacia atrás y desapareció sin decir palabra.

—¿A qué venía esto? —le preguntó Franco.

—Quién sabe. —Maria Domenica hizo un gesto de rechazo con la cabeza dirigido a su marido.

—¿Va todo bien entre vosotros? —La preocupación de Franco venció su tendencia natural a no meterse en asuntos ajenos.

—Todo lo bien que ha ido siempre, supongo.

—Si hay algo que yo pueda hacer —prosiguió él en tono vacilante—, ya sabes que solo tienes que decírmelo.

—Lo sé. —Maria Domenica le tocó el brazo suavemente—. Claro que lo sé.

Vincenzo se había colocado de espaldas a ellos. Estaba mirando otra vez el trozo de pared en blanco. Ella comprendió que pasara lo que pasase, él no pensaba involucrarse. Solo estaba allí de paso.

Las cosas se descontrolaron en el café Angeli durante el resto del día. A Maria Domenica se le derramó la leche cuando estaba preparando un *cappuccino*. Marcello Bruni encontró un pelo en el pastel que estaba comiendo. Chiara estuvo lloriqueando detrás de la cortina roja. Cuando llegó el momento de meterla en el cochecito y llevarla a casa fue un auténtico alivio. El rostro de Franco reflejaba su preocupación al cerrar la puerta tras ella.

—Cuídate —dijo desde el otro lado del cristal.

Ella le dijo adiós con la mano y empezó a caminar.

Le daba miedo lo que encontraría cuando llegara a casa. ¿Estaría Marco furioso? ¿O lacónico? ¿O, peor aún, querría llevarla a la cama y desahogarse con ella? Aminoró el paso; no tenía prisa por averiguarlo.

Todo parecía bastante tranquilo cuando enfiló el camino que conducía a la granja de los Manzoni. Los búfalos estaban pastando en la escasa hierba amarillenta y proyectaban grandes sombras bajo el sol de la tarde. En las tomateras había tomates maduros que colgaban a la espera de que alguien los cogiera, y la albahaca amenazaba con empezar a granar.

La casa estaba vacía y la puerta bien cerrada.

—¿Marco? —dijo con voz vacilante mientras entraba en la oscura cocina mal ventilada.

Sintió que había algo raro, pero al principio fue incapaz de determinar qué. Entonces reparó en el montón de papeles blancos que había en el suelo de la cocina. Cogió el trozo que tenía más cerca y reconoció el trazo de su lápiz. Marco lo había destrozado todo, hasta el último dibujo. Se puso de rodillas en medio de todo aquel estropicio y se sintió desesperada y vacía, como una piedra. Aquello debería haber bastado para hacerla llorar, pero no le salían las lágrimas. Maria Domenica no supo cuánto tiempo permaneció allí de rodillas mirando lo que quedaba de sus breves momentos de felicidad.

Sintió la presencia de Marco antes de poder verlo u oírlo: su puño cerrado se estrelló contra un lado de su cara. Gritó de dolor y Chiara gritó a su vez al oírla.

—Marco, no. —Trató de arrastrarse por las baldosas y cubrirse la cara con los brazos, pero los puños de él la alcanzaron una y otra vez—. Por favor, no, por favor —le rogó, mientras las manos cerradas de Marco, tan femeninas con sus finos dedos, la golpeaban con una fuerza totalmente masculina.

Sintió un estruendo en los oídos y notó en la boca el sabor acre de la sangre; aun así siguió rogándole.

—Por favor, para, Marco. No lo hagas, por favor. —Pero parecía como si su voz le enfureciera todavía más. Cogió un puñado de trozos de papel y, obligando a Maria Domenica a abrir la boca, intentó metérselos dentro. Ella se atragantó y escupió mientras luchaba por soltarse.

Los gritos de Chiara aumentaron de volumen y su cuerpo se puso rojo y rígido.

—Cállate, cállate, cállate —gritó Marco a la asustada niña.

El miedo en estado puro se abrió paso en medio del dolor. «No le hagas daño a mi niña. Por favor, no le hagas daño a mi niña», pensó Maria Domenica, pero no se atrevió a decirlo en voz alta.

Marco abrió la mano hecho una furia y le dio una bofetada en la cara. Había enroscado los dedos de la otra mano en su largo pelo moreno y parecía que se lo estuviera arrancando de raíz.

—¿Por qué? ¿Qué he hecho? —farfulló Maria Domenica, que seguía atragantándose con los trozos de papel—. Marco, por favor, para. Dime qué he hecho mal.

—Ya lo sabes, zorra. —El aliento le olía mucho a whisky. Debía de haber estado bebiendo todo el día.

—No lo sé. No lo entiendo. —Las lágrimas corrían por las mejillas de Maria Domenica, y las gotas saladas se mezclaron con la sangre caliente que brotaba del labio—. Marco, por favor, para y dime qué he hecho mal.

Él se echó al suelo junto a ella y le sujetó la cara a escasos centímetros de la suya. Ella intentó apartarse para evitar su apestoso aliento, pero él la agarró con fuerza.

—Mira, a partir de ahora las cosas van a ser así —dijo él, y ella sintió que el ritmo de los latidos del corazón de Marco disminuía mientras hacía un esfuerzo por calmarse—. Eres mi mujer y te quedarás aquí, en casa, ¿lo has entendido?

Ella solo pudo parpadear a modo de respuesta.

—Ya puedes olvidarte del café. No quiero que vuelvas allí nunca más. Iré por la mañana a ver a Franco y le diré que has dejado el trabajo. No volverás a hablar con él. ¿Y tu amigo el artista? Tampoco volverás a hablar con él. No me humillarás nunca más delante de todo el pueblo. No tienes ningún motivo para salir de la granja sola. Si necesitas ir al pueblo a comprar, mi madre irá contigo. Y si no, te quedarás aquí, donde no darás ningún problema.

Ella sabía que era mejor no discutir con él cuando estaba de aquel humor. Pero no era justo, ¿acaso no lo veía? Intentó explicárselo.

—Marco, no sé qué crees que ha pasado, pero estás equivocado...

Rojo como un tomate y escupiendo ira, la cogió de los hombros con las manos y la sacudió fuerte.

—No se te ocurra decirme que estoy equivocado. ¿Crees que soy tonto? ¿Crees que puedes tener otro hijo con ese artista cretino y criarlo bajo mi techo?

Entonces se puso de pie y Maria Domenica le observó, con

el corazón en la boca, mientras agarraba el mango del cochecito de Chiara.

—Se parece a su padre. —Se inclinó y su aliento ácido llegó al bebé—. Y seguro que pronto necesitará un guantazo como su madre.

Tras pronunciar esas palabras, cerró la puerta de la casa de un golpe y Maria Domenica oyó el rugido del motor mientras se alejaba.

Finalmente la intensidad del silencio la convenció de que no iba a volver. Por lo menos de momento. Se levantó con gran esfuerzo. El llanto de Chiara había cesado, y la sensación cálida y húmeda que notaba en sus mejillas se debía a la sangre y no a las lágrimas. Se limpió la cara con el trapo de la cocina y cogió a la niña.

Fuera se estaba haciendo de noche, pero Maria Domenica no se molestó en encender las luces. Se acurrucó en la silla con brazos, envolviendo con su cuerpo al bebé en actitud protectora, absorta en sus pensamientos. Por fin sus ojos se cerraron y el sueño hizo que todo se desvaneciera.

22

Cuando Maria Domenica se despertó al oír que Chiara lloraba de hambre, tenía el cuerpo agarrotado. Se levantó torpemente del sillón y parpadeó ante la luz del sol de primera hora de la mañana. Le dolía todo. El incidente de la pasada noche acudió a ella de golpe y se llevó la mano a la cara. Se le estaba formando una costra en una de las comisuras de la boca, notaba que la piel que rodeaba el ojo izquierdo estaba hinchada, y tenía la mejilla izquierda sensible al tacto. Sabía que cuando se mirase en el pequeño espejo cuadrado del cuarto de baño vería los cardenales y los cortes que habían provocado los puños de su marido. Se sentía tan vacía y derrotada como dolorida.

Todo le costó más esa mañana. Bañar, dar de comer y cambiar a Chiara, preparar una cafetera de café cargado para despertarse, mordisquear un trozo de pan duro mojado en agua y untado con aceite de oliva y tomate rallado... todo parecía llevarle horas. Cuando miró el despertador que había en el suelo, al lado de la cama, ya era casi la hora de comer. Aunque no importaba mucho. No tenía que ir a ninguna parte ni tenía nada que hacer después de recoger los trozos de papel que seguían esparcidos por el suelo.

Se quedó sentada a la mesa de formica rayada de la cocina, mordiéndose la piel de alrededor de las uñas y mirando fijamente las lisas paredes blancas. Estaban salpicadas de manchas rojas y marrones aquí y allá, en las zonas donde Marco había estampado la palma de su mano sobre algún mosquito lleno de sangre que había estado alimentándose en sus tobillos. Durante los meses estivales le acribillaban los insectos, a los que atraía su sabor.

Maria Domenica se preguntaba dónde habría pasado Marco la noche. Supuso que en la granja de sus padres. Probablemente Elena había estado mimando a su chico, le había mojado los nudillos magullados y le había tranquilizado diciéndole que había hecho lo correcto. Marco debía de haberles llenado la cabeza de tonterías y mentiras, y ahora estarían dispuestos a creer lo peor sobre ella. Al final, cuando se hubiera calmado, lo mandarían otra vez con ella. Pero tal vez Maria dispondría de un par de días.

A media tarde el calor parecía haber absorbido todo el oxígeno de la casita. Maria Domenica le puso a la niña un gorrito para el sol y la metió con delicadeza en el cochecito. No se atrevía a ir al pueblo, pero tenía que caminar para aliviar el agarrotamiento de sus piernas.

Las finas ruedas del cochecito no estaban pensadas para recorrer los caminos duros y llenos de surcos de la granja, y a medida que avanzaban, Chiara iba dando brincos y zarandeándose. Aunque parecía que aquello no le importara. Miraba a su alrededor con sus ojos serios; Maria Domenica estaba convencida de que, por muy pequeña que fuera, se empapaba de todo lo que veía. Parecía que observara cómo la casita y la granja situada detrás desaparecían a lo lejos mientras su madre empujaba el cochecito por los campos secos. Su carita se iluminó con una sonrisa al ver a los búfalos negros que pastaban tranquilamente bajo el sol en el terreno pantanoso que había junto al lago. Chiara estaba creciendo muy rápido, dentro de poco ya no sería un bebé, pensó Maria Domenica con tristeza. Sería una niña y la granja de los Manzoni sería todo su mundo.

Empujó el carrito hasta lo alto de una suave cuesta y se dio la vuelta para contemplar el paisaje. El cielo azul y los llanos campos amarillentos parecían extenderse a lo largo de kilómetros y kilómetros; sin embargo Maria Domenica se sentía atrapada. Más allá de los campos podía ver la carretera que llevaba a San Giulio y luego a Roma y a Florencia. Mucho más lejos había otros países llenos de gente extranjera.

—Suiza, Francia, Alemania, Inglaterra. —Maria Domenica pronunció los nombres en voz alta, saboreándolos. Para ella tan solo eran nombres que recordaba haber visto en la pizarra de la escuela y lenguas que había oído en el café de Roma.

Se quedó allí tranquilamente junto a su hija hasta que notó que el sol de la tarde estaba empezando a quemarle la piel. Suspirando, soltó el freno y agarró con fuerza el cochecito, que descendió sacudiéndose por el camino lleno de baches que conducía a la granja. Alguien había estado allí, seguramente Elena, y había dejado un paquetito de papel marrón junto a la puerta, en un lugar a la sombra. La puerta de la casa siempre estaba abierta, de modo que podía haber entrado con el paquete. Maria Domenica comprendió que su suegra no quería verla. Tenían que dejarla sola.

En el paquete encontró mozzarella fresca y unas rodajas finas de *prosciutto*. Y una nota. «Marco se ha ido unos días a la ciudad con su padre —decía—. Tienes que quedarte aquí. Te estaré vigilando.» Estaba firmada por Elena.

Maria Domenica desmenuzó la mozzarella y envolvió cada trozo de queso en una tira de *prosciutto crudo*. No era precisamente lo que su marido o su padre considerarían una comida, pero serviría. Sus dientes atravesaron el jamón graso y mordieron el suave queso. La comida la reconfortó. Mientras masticaba intentó pensar. Se había sentido deprimida. Se había sentido como si Marco la hubiera arrinconado. Pero ahora, mientras tragaba vorazmente y se metía otra bola de mozzarella en la boca, recordó que tenía gente a la que podía acudir.

Estaba Lucia, aunque lo único que podía ofrecerle era café y comprensión. Y también Franco: seguro que él la ayudaba. En esos momentos debía de estar preocupado por ella, preguntándose qué ocurría. Aun así, tal vez lo mejor era no acercarse al café Angeli. No quería buscarle más problemas a Franco de los que ya tenía. No, acudiría a sus padres. Cuando su padre viera lo que Marco le había hecho en la cara, tendría que detenerlo para evitar que lo matara.

La idea de huir era tentadora. Tentadora pero tal vez no demasiado acertada. Maria Domenica sabía que Elena tenía una vista perfecta de la casita desde la ventana situada encima del fregadero de su cocina. Ella misma había estado allí el domingo después de comer, fregando platos y mirando el pequeño edificio de color apagado que se suponía que debía considerar su hogar. Elena debía de estar allí ahora mismo observándola. Rara vez utilizaba su solemne sala de estar, con sus cojines duros y sus muebles perfectamente pulidos. Estaba reservada para las visitas importantes, una clase de invitados que casi nunca recibían.

No, Elena debía de estar en la cocina, escuchando la radio, limpiando superficies inmaculadas y mirando por la ventana de vez en cuando para vigilar a su nuera, tal como había prometido.

Para mayor seguridad, Maria Domenica aguardó a que se hiciera de noche. Entonces salió sigilosamente de la casita como una ladrona. El chirrido de las ruedas del cochecito le parecía ensordecedor. Estaba segura de que el ruido perturbaría el silencio de la noche y rezaba para que si su suegra oía algo pensara que se trataba del canto de un pájaro o el aullido de un animal.

Maria Domenica se alejó tan rápidamente como pudo de la

granja de los Manzoni. Con una mano empujaba el cochecito y con la otra cargaba el pequeño bolso en el que llevaba lo imprescindible. No pensaba volver nunca más a aquel lugar donde había sido tan infeliz. Se iba a su casa para siempre.

—A lo mejor papá nos hace una habitación para que podamos estar las dos juntas —le dijo a su hija dormida. No es que le importase realmente dónde iban a dormir. Dormiría encima de las baldosas de debajo de la mesa de la cocina si era necesario con tal de no tener que llevar otra vez a su hija a aquella miserable barraca.

El paseo a la luz de la luna era largo y, cargada con el bolso y la niña, el trayecto hasta la carretera principal se le hizo eterno. La cruzó con cuidado, mirando a un lado y a otro para ver los faros de los coches que se acercaban. No quería que la atropellaran. No ahora que estaba tan cerca de su casa.

Reconoció con gran alivio la forma baja y oscura de la granja. Esperaba que a esas horas no estuvieran todos en la cama profundamente dormidos.

—*Mamma*, papá —gritó, pero no hubo respuesta.

Alguien estaba todavía despierto. Maria Domenica vio la luz que salía de las rendijas de la persiana de una ventana. Abrió la puerta de la cocina y aspiró por la nariz. En el aire flotaban distintos olores —a pan cocido, a cazuelas llenas de salsa de tomate, a parmesano gratinado—, los olores de miles de comidas deliciosas que su madre había cocinado para su familia. Aquello bastó para que volviera a sentir hambre.

—*Madonna mia*, mírate. —Su madre estaba a su lado, inquieta y preocupada.

Maria Domenica sintió un profundo alivio. Se abandonó al consuelo que le ofrecían los brazos suaves y familiares de Pepina.

—Marco me ha pegado —susurró, y por fin las lágrimas corrieron por sus mejillas magulladas. No podía parar de llorar. Su cuerpo se estremeció entre sollozos y sintió el escozor de las lágrimas saladas que penetraban en los cortes de su cara. Intentó hablar, pero tardó una eternidad en poder articular las palabras. Cuando lo consiguió, solo pudo repetir como una tonta—: Marco me ha pegado.

Pepina observó su cara por un momento y luego apartó la vista hacia un rincón.

—Lo sé —respondió con gran pesar—. Lo sé todo.

—¿Qué te ha contado?

Pepina acarició el pelo de su hija y le limpió suavemente la cara con uno de los viejos pañuelos de Erminio.

—*Mamma?* —Los sollozos de Maria Domenica comenzaron a apagarse; sus ojos se abrían cada vez más a causa de la indignación—. ¿Qué te ha dicho Marco que he hecho? No puedes creerle. No es verdad, todo lo que te ha dicho es mentira.

Pepina dejó caer los hombros. Seguía sin poder mirar a su hija a los ojos.

—Reconozco que no esperaba que tuvieses tan mal aspecto. Me dijo que solo te había dado una bofetada y que te la merecías.

—¿Qué?

—Tranquilízate, Maria Domenica. No eres la primera mujer que recibe una bofetada o dos de su marido —dijo Pepina con voz grave y monótona.

—Papá nunca te ha pegado. Ni una vez.

—No, pero yo tampoco le he dado motivos para que me pegue. No me dedicaba a pasear sola por el pueblo arriba y abajo, ni a trabajar en un café, ni a pasarme el día hablando con hombres. Nunca puse en evidencia a mi marido con un artista melenudo. —Pepina estaba empezando a alzar la voz—. ¿En qué estabas pensando? ¿Cómo esperabas que reaccionara tu marido?

Maria Domenica se disponía a alegar sus razones, pero se tragó las palabras y en lugar de ello preguntó con calma:

—¿Dónde está papá?

—Se ha ido?

—¿Adónde?

—Marco y su padre vinieron a recogerlo. Se fueron al pueblo a hablar con ese amigo tuyo, Vincenzo, pero había desaparecido. Tu hermana Rosaria pensó que podrían encontrarlo en Roma, así que lo han seguido hasta allí.

Maria Domenica no podía creer lo que estaba oyendo.

—¿Cómo es posible que haya creído a Marco antes que a mí? ¿Es que no confía en mí?

—No, la verdad es que no. Confiaba en ti, pero un día te escapaste, ¿lo recuerdas? Y cuando volviste a casa embarazada perdió su confianza en ti. Yo me culpo por ello. Te di demasiada libertad cuando estabas creciendo. Pero ¿qué podía hacer? Tenía más hijas a las que vigilar. —Unas lágrimas calientes comenzaron a correr por las mejillas de Pepina. Hizo un gesto con la cabeza en dirección al bolso que Maria Domenica había puesto en el suelo junto al cochecito de Chiara—. ¿Has traído tus cosas? Lo siento, *cara*, pero no puedes instalarte aquí. Tu padre me ha dicho que tienes que quedarte en casa y esperar a tu marido. Que no debes deshonrar más a esta familia.

—No, *mamma*, por favor, deja que me quede. No me hagas volver. Por favor. —Las dos mujeres se abrazaron llorando. Maria Domenica sintió cómo el estómago de su madre se contraía con los sollozos y notó sus mejillas húmedas contra el cuello.

—Lo siento, *figlia*. Lo siento. —Pepina la estaba echando de la cocina al patio polvoriento. Le puso el bolso en las manos y giró el cochecito de Chiara hasta orientarlo en dirección a la granja de los Manzoni—. No me atrevo a desobedecer a tu padre. Tendrás que ir a tu casa, pero Rosaria o yo iremos a verte cada día. Y no dejaremos que vuelva a pegarte, te lo prometo.

Maria Domenica notó el último apretón de su madre en la

mano y, mientras la puerta se cerraba delante de sus narices, aspiró por última vez el dulce olor procedente de la cálida cocina. Entonces se dio la vuelta y caminó lentamente en medio del frío cada vez más intenso de aquella noche otoñal. Ni siquiera se había despedido.

SEGUNDA PARTE

New Brighton, Inglaterra, 1968

1

Los baños de New Brighton se hallaban junto a las aguas turbias y grisáceas donde el río Mersey desembocaba en el mar de Irlanda. Era una construcción baja y alargada de estilo *art déco*, construida cuando el lugar era un bullicioso pueblo costero lleno de obreros de la industria que acudían de excursión y veraneantes que se alojaban en la pensión ubicada carretera arriba. Su piscina al aire libre constituía un enorme atractivo, y las familias acudían allí en tropel los días calurosos de verano. Los niños jugaban en la profunda y amplia piscina y en las fuentes, se tiraban por los toboganes y deseaban que llegara el día en que fueran lo suficientemente mayores para poder subirse al trampolín más alto y lanzarse de cabeza al rectángulo oscuro que había debajo.

Sin embargo, el pueblo se hallaba ahora en su ocaso y su época de esplendor quedaba ya muy lejos. Todavía había un parque de atracciones con una noria, karts y caballitos, y, lo mejor de todo, las ollas donde los adolescentes con acné hacían dar vueltas a sus guapas novias en las vagonetas de colores brillantes hasta que gritaban o se mareaban, aunque no necesariamente por este orden.

Los baños de New Brighton seguían estando junto a la playa, tal vez un poco más deteriorados que antes. Durante los meses más cálidos, las familias de la zona seguían acudiendo y extendían sus toallas, se partían los dientes con las manzanas de caramelo y acababan con la piel tan roja que se pasaban los días siguientes quitándose unos a otros largas tiras de piel muerta de la espalda.

También había un pequeño café que trabajaba mucho en verano. El local tenía dos entradas. Una se hallaba en la calle lateral, de forma que la gente que iba vestida y que había estado caminando por el paseo podía hacer un alto en el camino y entrar a tomar una taza de té. La otra puerta daba directamente a la zona de la piscina y los niños empapados se pasaban el día entrando y saliendo a toda velocidad, abasteciéndose de refrescos con gas, algodón de azúcar rosa, helados y sándwiches de huevo con berros. Una valla de madera atravesaba el centro del local para evitar que los dos tipos de clientes se mezclaran... y para impedir que los jóvenes se colaran en la piscina por el café en lugar de abonar el precio de la entrada y pasar por el torniquete como se suponía que debían hacer.

El local olía a bañador mojado y a té. Tras la barra había una chica delgada de ojos negros y piel dorada untando bollos y rebanadas de pan blanco con mantequilla. Quizá tenía una nariz demasiado picuda y los ojos excesivamente hundidos para ser una auténtica belleza, pero su cabello caía sobre su espalda como si fuera agua y se movía con una elegancia y una fluidez que hacían que destacara entre las chicas fornidas y bronceadas que entraban y salían del café en bañador armando gran alboroto.

—¿Quiere un poco de azúcar, señora? —preguntó la chica morena, mientras le pasaba una bandeja con té y bollos a una anciana que, pese al calor que hacía, había entrado con abrigo y sombrero por la puerta de la calle.

—¿Qué? ¿Qué dices? —La anciana giró la cabeza y se inclinó hacia ella—. No logro entender una palabra de lo que está diciendo —anunció a todo el café.

Maria Domenica se encogió de hombros. Después de trabajar tres años en aquel lugar su inglés era suficientemente bueno, pero lo que ella no sabía era que su fuerte acento se había contagiado de la sonoridad con que se pronunciaban las vocales en el norte, y en ocasiones no resultaba fácil averiguar lo que estaba diciendo. Sin embargo, la niña que estaba medio escondida debajo de la barra no tenía aquellos problemas. Con la piel más pálida y el pelo más claro que su madre, Chiara se divertía sola, quieta y en silencio, con la cabeza inclinada sobre un libro ilustrado hasta que le decían que era hora de marcharse.

Ella y su madre eran forasteras allí, aunque la mayoría de la gente se mostraba amable con ellas. Si lo intentaban, lograban decir la palabra «Chiara» con sus extrañas voces cantarinas, pero Maria Domenica había renunciado a tratar de enseñarles cómo pronunciar su nombre.

—¿Maria de qué, querida? Es un nombre kilométrico, ¿no crees? —se quejaban.

De modo que terminaba diciéndoles:

—Llámeme Maria, es más fácil.

Le había costado bastante llegar hasta allí, pero en ningún momento había dudado de que lo conseguiría. Cuando su madre la rechazó aquella fría noche, acudió directamente a Franco en busca de ayuda; no al café Angeli, que a aquellas horas de la noche ya estaba cerrado, sino a su casa, tres calles más allá de donde se encontraba. Nunca había ido a verle allí.

Era una de las casas más antiguas del pueblo, oculta tras unos altos muros y construida alrededor de un patio empedrado. Franco había dejado la puerta medio abierta y, a través de una ventana iluminada, Maria Domenica vio claramente a su hijo Giovanni sentado a la mesa de la cocina tras un montón de libros; estudiaba hasta altas horas de la noche. Se estaba haciendo mayor y en su rostro se podía apreciar una barba incipiente y suave, aunque todavía era demasiado joven. Demasiado joven para oír la historia que Maria Domenica llevaba consigo.

En aquel momento vaciló. Se detuvo en la puerta sin saber qué hacer. Le bastó acariciar con la punta de los dedos la mejilla hinchada y dolorida y lanzar una mirada al rostro de su hija dormida para decidirse a entrar en el patio de Franco y atravesar la puerta de entrada.

Sorprendido al ver su cara maltrecha, Giovanni le tendió los brazos y la agarró con fuerza.

—¿Qué ha pasado? ¿Qué ha pasado? —le preguntó en un susurro.

Ella se separó de él. Le dijo que se sentara en un sillón, se colocó junto a él y dejó que le cogiera la mano.

—Marco me ha pegado —dijo en voz baja—. Se ha vuelto completamente loco y todavía no sé por qué. Creo que tiene celos de Vincenzo. Piensa que hay algo entre nosotros dos.

Giovanni la miró a los ojos.

—¿Y lo hay?

—No seas ridículo. Apenas lo conozco.

—Lo siento, Maria Domenica, lo siento. —Le apretó la mano con fuerza y escuchó en silencio mientras ella le contaba cómo su madre la había rechazado y la había mandado a casa con Marco.

—No puedo volver a esa casa. Tengo miedo de que vuelva a pegarme. O peor aún, de que pegue a Chiara —le dijo.

—¿Qué vas a hacer?

Ella sacudió la cabeza y dejó caer los hombros, derrotada.

—Yo sé qué hacer. —Giovanni se envalentonó y su voz sonó más grave y fuerte—. Iré a buscar a Marco. Le diré qué pienso de los hombres que pegan a sus mujeres. Y si tengo que hacerlo, le daré un puñetazo a ese cabrón.

—No, no, no puedes hacer eso.

—Sí que puedo —insistió Giovanni—. Soy tan fuerte como él, y casi igual de alto.

—Pero yo no quiero. No serviría de nada.

—¿Y qué puedo hacer?

—No estoy segura, pero lo que no quiero es que hagas algo que os dé problemas a ti y a Franco. Tenéis que llevar un negocio, no podéis permitiros involucraros.

—No te preocupes por mi padre y por mí. Podemos cuidar de nosotros.

—Yo también puedo cuidar de mí misma, Giovanni. Lo hice durante un año en Roma. Puedo volver a hacerlo si me veo en la obligación.

—No te marches otra vez, por favor, Maria Domenica. —El muchacho parecía inquieto.

—Pero tengo que hacerlo. Sería mejor para todos que no estuviera aquí, ¿no crees? Que no existiera.

—No nos dejes.

—¿Qué otra elección me queda?

Giovanni miró a Chiara, que dormía plácidamente en el cochecito. Por un instante no dijo nada. A continuación se levantó y empezó a buscar en un gran cesto de mimbre lleno de sobres, bolígrafos y monedas. Sacó una llavecita de bronce y abrió el cajón de arriba del escritorio de madera pulida.

Maria Domenica trató de retirar la mano cuando Giovanni le colocó un grueso fajo de billetes en ella.

—Sí, cógelo —la instó—. Mi padre querría que te lo diera.

El muchacho le dio un beso en la mejilla, le rodeó los hombros con los brazos y la abrazó.

—¿Volveré a verte?

—Puede que no.

—¿Adónde irás?

Ella vaciló por un momento. ¿Cómo podía dejar atrás a su familia por segunda vez? Su madre y su padre la querían y creían que estaban haciendo lo correcto. Pero a ella solo le quedaba aquella opción. Era ahora o nunca.

—Creo que esta vez iré más lejos de Roma, Giovanni. Por

favor, dile a mi padre que no intente buscarme. Y dile a Franco que lo siento.

Cuando empezó a hacerse de día tomó el primer autobús de la mañana a Nápoles, y luego subió a un tren en dirección al norte. Los vagones estaban llenos, pero una familia de Salerno le hizo sitio apretujándose hasta dejarle medio asiento libre. También compartieron con ella su comida: pan duro, *pecorino* salado y mortadela rosada y grasienta. A cambio, ella les cantó canciones a los niños y les contó cuentos.

Cambió de tren en Roma y poco a poco el paisaje que se veía al pasar empezó a resultarle desconocido: los campos se volvieron más verdes, los cipreses salpicaban las colinas, y el aire que le daba en la cara a través de la ventanas abiertas se volvió más frío.

Al llegar a los Alpes Maria Domenica se dio cuenta de que disminuía la tristeza que había sentido hasta entonces, mientras pegaba la nariz a la ventana y se empapaba de la belleza de las montañas cubiertas de nieve.

Cuando llegó a la frontera con Suiza se encontró con un problema. No podía pasar sin la documentación adecuada.

—Necesita el pasaporte —le gritó el agente—. ¿Dónde está su pasaporte?

De modo que Maria Domenica tuvo que bajar del tren y hacer cola durante medio día fuera de la oficina del ayuntamiento. El pasillo, que olía a bolas de naftalina y a zapatos pulidos, no tenía ningún asiento, así que cuando se le cansaron las piernas se sentó en el suelo de mármol junto al cochecito de Chiara.

Por fin le llegó el turno y se ubicó al otro lado del escritorio donde aguardaba un hombrecillo oficioso de ojos duros y con un bigote perfectamente recortado. Al principio probó con las lágrimas, pero el hombre se limitó a sacar un pañuelo de papel de una caja y siguió trabajando en sus expedientes hasta que ella se enjugó los ojos y dejó de llorar. Entonces, Maria Domenica sacó unos billetes del fajo y se los tendió. Él se los metió en el bolsillo superior de la chaqueta y tamborileó con los dedos en el escritorio hasta que le dio un par de billetes más.

Merecía la pena. Con la documentación adecuada le permitieron subir al siguiente tren y cruzar la frontera de Suiza y luego la de Francia. Sacó unos cuantos billetes más del fajo de Franco y pagó un poco más para viajar en litera. De noche los asientos se plegaban y de las paredes del vagón salían seis pequeñas literas. Hacía calor y el espacio era reducido, pero dormirse en un lugar y despertar en otro completamente distinto resultaba romántico. Le pareció que el aire de Francia olía raro. Olía a extranjero.

En Calais tomó el transbordador que cruzaba el canal de la Mancha. Nunca había viajado en barco y cuando desembarcó en Dover no sentía el menor deseo de repetir la experiencia. El balanceo les provocó ganas de vomitar tanto a ella como a Chiara, pero mientras ella consiguió contener la bilis amarga que le subía por la garganta, su hija, como era natural, no tuvo tantos escrúpulos. Las miradas enfadadas de los demás pasajeros ante los abundantes sollozos y los vómitos de Chiara durante toda la noche hicieron que Maria Domenica se retorciera, inquieta.

En Dover cogieron un tren con destino a Londres. Había pensado quedarse allí un tiempo y disfrutar de la ciudad, pero no era lo que ella esperaba. Todo era demasiado grande, desde la concurrida estación de tren a las calles llenas de tráfico. No sabría por dónde empezar a explorar una ciudad como aquella, de modo que siguió adelante y tomó otro tren hacia el norte.

Al final terminó allí, en New Brighton, donde alquiló unas habitaciones en la planta superior de una alta casa victoriana ubicada en Egremont Promenade. La casa daba al río, algo que al principio Maria Domenica pensó que sería bonito, pero el fango espumoso, grisáceo y sin peces del río Mersey era un pobre sustituto del mar Mediterráneo. Aun así, por la noche, las luces de Liverpool centelleaban al otro lado del río con cierto colorido; cuando Chiara se quedaba dormida, ella se pasaba horas mirándolas por la ventana.

Cuando decidió buscar trabajo se centró en lo que mejor sabía hacer. Preguntó en los cafés del pueblo hasta que encontró uno donde le dijeron que necesitaban a una persona. En lugar de preparar tazas de *espresso*, hacía té. Y en vez de porciones de pizza y pasteles dulces, servía sándwiches de paté de pescado y donuts con mermelada.

Chiara iba al trabajo con ella cada día, como había hecho en el café Angeli. Al principio los dueños tenían sus reservas.

—¿No puedes buscar a una niñera o algo parecido, Maria, cariño? —le habían preguntado.

Pero al ver que la niña era un ángel y que para su madre era muy importante no separarse de ella la dejaron en paz.

—Estamos muy contentos de haberte contratado, ¿sabes? —le decían a menudo el señor y la señora Leary—. Nunca habíamos tenido a alguien que trabajara tan duro. Jamás.

El señor Leary tenía la cara alargada y los dientes torcidos como un caballo; su esposa era una mujer gorda cubierta de lunares y pecas. La pareja se ganaba aceptablemente la vida con el café; excepto durante los meses de invierno, en los cuales la puerta que daba a la piscina vacía permanecía cerrada y pocos paseantes se aventuraban a andar por el paseo expuesto al viento. Durante esa época Maria Domenica trabajaba menos horas, lo cual le dejaba tiempo para pasear por las calles con su hija, debidamente abrigada con jerséis y guantes. Recorrían kilómetros explorando las calles, los caminos y las callejuelas que había entre New Brighton y el pueblo vecino de Wallasey. Mientras paseaban por las aceras de piedra gris, Maria Domenica recorría con la vista los rostros de la gente que encontraban al pasar, como si estuviera buscando algo o a alguien. Cuando veía una cabeza rubia que destacaba entre el conjunto implacablemente gris, se detenía y miraba un momento antes de soltar un leve suspiro y proseguir la marcha.

—¿Qué haces aquí, querida? —le preguntó la señora Leary una vez que pasó junto a ellas en coche. Luego, insistió en llevarlas a casa—. Hace un frío que pela. Deberías quedarte en casa.

Por suerte allí se estaba calentito. Su casero, el señor Fox, tenía un horno Aga en su larga y estrecha cocina que mantenía la casa caldeada todo el tiempo. Junto a ella había unos recipientes de plástico llenos de misteriosos líquidos burbujeantes.

—Vino de remolacha, vino de zanahoria y vino de moras —le dijo el señor Fox, dando unos golpecitos orgullosos en cada recipiente.

Maria Domenica hizo una mueca.

—En casa lo hacemos con uvas —le dijo educadamente.

—Ah, espera a probar este, querida. No querrás volver a probar ese puñetero vino de uva, te lo aseguro.

El señor y la señora Fox tenían un hijo llamado Alex. Estaba en el paro, pero siempre se encontraba ocupado. La mayoría de las veces lo único que Maria Domenica veía de él eran unas piernas que asomaban debajo del viejo coche averiado en el que estuviera trabajando.

Cuando Alex no estaba reparando coches, se encerraba en la sala de estar y escuchaba discos de los Beatles, el grupo que se había creado en la ciudad situada al otro lado del río Mersey. Maria Domenica oía a veces la música que resonaba a través del suelo y recordaba por un instante que, pese a sus súplicas, Franco nunca había accedido a incluir alguna canción de los Beatles en su máquina de discos. La mayor parte del tiempo procuraba no pensar en lo que había dejado atrás. Era más agradable centrarse en el futuro, planear y soñar con él.

En verano tenía menos tiempo para pasear, pero los Leary le ofrecieron que se tomara los lunes libres y Maria Domenica los dedicó a recorrer todos los lugares que pudo. A veces echaba una ojeada al pasar frente a los pubs y las casas de apuestas; oscuros lugares para hombres donde nunca se atrevía a detenerse. Una vez vio una clase de bellas artes en medio de un parque y se quedó allí sentada durante horas observando cómo los estudiantes iban y venían, hasta que Chiara finalmente perdió la paciencia y la arrastró hasta los columpios y el estanque con patos.

El verano fue agradable. Maria Domenica nunca había imaginado que Inglaterra pudiera ser tan seca y cálida. Procuraba no pensar en su casa, pero en ocasiones no podía evitar inclinar la cabeza hacia el sol y entornar los ojos de forma que lo único que veía era una porción de cielo azul; entonces imaginaba que estaba otra vez en casa, tumbada boca arriba bajo los melocotoneros del huerto de sus padres.

Un lunes, Maria Domenica vistió a Chiara con ropa ligera y un gorrito para protegerla del sol y se preparó para emprender su habitual excursión.

Al salir encontró escondido en la cocina a Alex, que se puso rojo como un tomate e intentó llamar su atención nerviosamente.

—¿Qué, de paseo? —preguntó.

—Eso es —afirmó ella—. Había pensado coger un poco de pan duro e ir al parque. Chiara quiere dar de comer a los patos.

Él echó un vistazo por la ventana hacia el cielo despejado.

—Hace un día demasiado bonito para ir al parque. ¿Por qué no vais a la playa? —propuso vacilante—. Allí la niña puede hacer castillos de arena.

Aquella era la conversación más larga que Alex había mantenido con ella, y Maria Domenica estaba sorprendida.

—¿La playa? —respondió ella como una tonta—. ¿Qué playa?

—Ya sabes, más allá de los baños, siguiendo Harrison Drive hacia arriba. Es muy bonito y hay arena —le dijo él—. Espera, voy a sacar un cubo viejo y una pala para la niña, y luego os llevaré a las dos.

Ella intentó negarse, pero Alex ya estaba revolviendo el cobertizo en busca del prometido cubo y la pala. Apareció con algo sucio y cubierto de telarañas en la mano, y su rostro ligeramente cómico se sonrojó de regocijo.

—Solo necesita que la limpies un poco en el mar —insistió—. Vamos, querida, sube al coche y vámonos.

—¿Qué coche? —Maria Domenica miró los tres cacharros oxidados que estaban aparcados en el camino de entrada. En su opinión, ninguno de ellos parecía una opción plausible.

Incluso Alex, que estaba radiante y entusiasmado, pareció desconcertado por un instante.

—Esto... déjame ver —murmuró—. Los frenos del Austin necesitan un ajuste, y no sé qué tal funcionará el Morris. ¿Y el Triumph?

La puerta del coche chirrió de forma alarmante cuando Alex la abrió para que ella entrase; el asiento del pasajero estaba roto y lleno de bultos. Pero Maria Domenica entró apretujándose y colocó a Chiara sobre sus rodillas; tras intentar varias veces encender el motor y conseguir que este soltara unas cuantas nubes de humo, partieron.

—Ponte cómoda y llegarás más lejos —gritó Alex, y aceleró. Maria Domenica lo miró, burlona—. Al menos eso es lo que solía decirme mi abuela —añadió apresuradamente.

La playa era grande e inhóspita. En lugar de taparse con la sombrilla, que se había quedado en su casa, Maria Domenica tuvo que acurrucarse debajo de un cortaviento a rayas que protegía de la fuerte brisa que soplaba en el turbio mar de Irlanda y les arrojaba arena a la cara.

—Bonito día. —Alex saludó con la cabeza a una familia de bañistas que tomaban el sol junto a ellos y extendieron sus toallas en la arena.

—Precioso —asintieron ellos, estirando sus largas y blancas piernas con deleite.

Maria Domenica pensó que estaban mal de la cabeza. Observó cómo Alex se quitaba rápidamente la ropa que cubría su pálido cuerpo. Se le marcaban todas las costillas y estaba rígido como una tabla de planchar.

—Puedo taparte con una toalla si quieres cambiarte —le propuso él, abriendo mucho sus pálidos ojos azules.

—No, no, estoy bien así —respondió ella.

—¿No vas a bañarte?

Maria Domenica miraba aquel lugar con recelo. A su derecha podía ver las grúas y las naves de los muelles que bordeaban el estuario del Mersey. Delante de ella, la arena marrón se extendía hasta las olas grises que se juntaban con el cielo despejado. A su izquierda, en la playa lisa y alargada, había familias que jugaban al críquet, construían castillos de arena y disfrutaban del día con todas sus ganas.

—Bueno, voy a darme un chapuzón —declaró Alex—. Cuando salga le compraré un helado a la niña.

Maria Domenica se quedó mirando cómo se metía en el agua corriendo torpemente. Supo el momento exacto en que él notó el agua fría. El muchacho se detuvo ligeramente, dio un brinco y alzó de repente los hombros hacia las orejas.

—Chiara, ¿quieres que vayamos a mojarnos los pies? —inquirió ella.

Su hija la miró con sus serios ojos marrones, sujetando el cubo con una mano y la pala con la otra.

Maria Domenica le ofreció la mano.

—Venga, dame la mano y vamos a jugar en el agua.

Chiara negó con la cabeza.

—Helado —dijo con una vocecilla llena de determinación.

—Eso es, helado. *Gelato*. Di *gelato*, Chiara. Hazlo por mí.

Al oír las palabras extranjeras Chiara se tapó los oídos con las manos, arrugó la cara y gritó:

—Helado, helado, helado.

Algunos curiosos asomaron la cabeza por encima de sus cortavientos. Maria Domenica le apartó las manos de los oídos con delicadeza.

—Vale, vale, helado —dijo en inglés, empleando un tono tranquilizador—. Dentro de un momento, cuando vuelva Alex, te compraremos un helado.

Se apartó un instante de su hija. A pesar de la brisa, la sensación cálida del sol sobre su piel era agradable. Se recostó apoyándose con los codos y se puso a tomar el sol.

Alex salió corriendo del agua helada más rápido de lo que había entrado y secó su cuerpo rosado y reluciente con una toalla áspera.

—Brr, qué bien sienta —declaró, dirigiéndose a nadie en particular, y luego, girándose hacia Chiara, añadió—: Bueno, cariño, primero vamos a por el helado y luego haremos un castillo de arena inglés como Dios manda, ¿vale?

Chiara asintió con la cabeza y dejó que la llevara de la mano hasta la camioneta de los helados. Volvieron con unos conos de color anaranjado con unas bolas amarillas de helado encima, de las que sobresalían unas barritas de chocolate.

—Aquí tienes. —Alex le ofreció uno con una mano—. Tu cucurucho.

Alex y Chiara compitieron a ver quién acababa su helado primero; lo chupaban, se manchaban de chorretones y reían. Luego se dejaron caer sobre la arena y empezaron a cavar y a construir. Gran parte de la rigidez de Alex pareció desaparecer mientras jugaba con su hija. Primero dibujaron la figura de un barco, luego lo rodearon de castillos de arena y por último Alex enterró a Chiara en la arena y le dejó la cabeza y los pies al descubierto. Parecía incansable.

—¡Qué día tan fabuloso! —dijo finalmente.

Maria Domenica reparó demasiado tarde en que la piel de Alex se estaba poniendo demasiado rosa.

—Te estás quemando —le advirtió.

Alex tanteó en su bolsa de la playa y sacó una botella pegajosa de bronceador Ambre Solaire y le preguntó:

—¿Podrías ponerme un poco de esto en la espalda?

Ella quería decir que no, pero se dio cuenta de que no podía. Así que más que masajearle la piel, le repartió la loción por la espalda dándole palmadas y golpecitos con la mano. Su tacto resultaba extraño. Tenía la piel llena de pecas y granos rojos con la punta blanca.

Él sonrió.

—Qué bien —le dijo.

Incómoda, Maria Domenica se puso boca arriba en su toalla para que le diera el sol en los hombros. Debió de quedarse dormida porque al despertar se dio cuenta de que había dejado de hacer calor y se había levantado la brisa.

Alex estaba desmontando el cortaviento.

—Vamos —le dijo—, ayúdame a meter todo esto en el coche. De camino a casa podemos parar a tomar pescado frito con patatas, ¿vale?

Chiara lo miraba y sonreía. La niña tenía arena mojada en los pies, en las rodillas y pegada al pelo. Llevaba el bañador caído cómicamente por detrás. Estaba muy sucia, según pudo ver Maria Domenica, y también feliz.

Cuando llevaban recorrida una cuarta parte del trayecto hacia casa, el Triumph se paró dando sacudidas; por mucho que

Alex lo intentó, no consiguió volver a ponerlo en marcha. Al final tuvieron que empujarlo hasta la cuneta y recorrer el resto del camino a casa andando. Alex no dejó que aquello empañase su buen humor. Por el contrario, subió a Chiara sobre sus hombros y se puso a galopar por la carretera gritando:

—Catacloc, catacloc, catacloc, arre. Soy un caballo.

La niña no podía dejar de reír.

2

A Maria Domenica le gustaba levantarse temprano. Ahora no había pan que preparar ni gallinas a las que dar de comer, pero estaba acostumbrada a salir de la cama con la primera luz del día y no podía romper ese hábito.

Normalmente tenía la casa para ella sola a esas horas. Algunas mañanas se entretenía en la cocina preparándole tostadas y jamón a Chiara y limpiando lo que Alex o su padre habían dejado la noche anterior. Otras veces iba a buscar el periódico al buzón y leía atentamente algún artículo en un intento por mejorar su inglés. Su dominio de la lengua era bastante bueno a esas alturas, aunque seguía pensando y soñando en italiano.

Esa mañana estaba bajando la escalera cuando oyó un silbido. Alex ya estaba levantado y deambulaba por la cocina en pijama.

—Buenos días, querida. —Le dedicó a Maria Domenica una sonrisa soñolienta—. ¿Te apetece una taza?

—Te has levantado temprano. ¿No podías dormir? —le preguntó ella.

—No, no. Solo quería empezar bien el día. —Vertió leche en un bol con cereales y los machacó con el dorso de la cuchara. Inclinado sobre el fregadero, comenzó a zamparse el desayuno—. Voy a poner agua a hervir, ¿vale? —dijo entre bocado y bocado.

Ella notó que sus ojos la seguían mientras ponía la mano en la panera para sacar el pan. Cohibida, puso una rebanada sobre la parrilla y esperó a que se tostara. El silencio entre los dos se hacía incómodo, y Maria Domenica se devanó los sesos buscando algo que decir.

—Así pues, ¿qué planes tienes para hoy? —dijo finalmente.

—En realidad, si no te importa, había pensado ir contigo a los baños. —Había acabado de comer y estaba llenando el hervidor de agua.

—Pero yo estaré ocupada trabajando.

—Sí, ya lo sé. Había pensado que podría jugar con la niña mientras tú trabajas. Hacer que se divierta un poco en la piscina, procurar que esté entretenida. Debe de aburrirse estando todo el día en el café sin ti.

—A ella no le importa. —Maria Domenica se puso a la defensiva.

Alex captó rápidamente el tono de su voz.

—No, claro que no —dijo él alegremente—. Pero es más divertido darse un baño y jugar en los toboganes.

Parecía que no podía hacerle desistir. Llevaba el bañador enrollado dentro de la toalla, y su bolsa con el bronceador estaba esperando junto a la puerta trasera. Maria Domenica masticó distraídamente un trozo de la tostada de Chiara.

Normalmente, Alex era una presencia invisible en la casa. Ella lo oía detrás de las puertas y a través de las paredes, veía sus platos sucios en el fregadero o su mono grasiento arrugado en el suelo del cuarto de baño. Aquella era una casa grande, con cuatro plantas, y Maria Domenica disponía de una habitación y un cuarto de estar en el piso superior. De todos modos, pasaba fuera la mayor parte del día, con lo cual no era de extrañar que ella y Alex apenas se encontraran cara a cara. Ahora estaba empezando a darle la impresión de que lo había visto más en los últimos días que durante los tres años anteriores. Tenía sus sospechas acerca de lo que estaba pasando, pero esperaba estar equivocada.

Después de beber el té y tomar el desayuno, se movieron torpemente por la estrecha cocina; Maria Domenica mantuvo la distancia con él en todo momento.

—Muy bien —dijo Alex por fin, y apuró su taza—. Me voy a vestir y veré si consigo poner en marcha el Morris.

—No hace falta, podemos ir caminando. Solo se tarda media hora.

—Acabarás rendida si no te cuidas un poco —Alex le dedicó una amplia sonrisa—. De todas formas, creo que ya sé cuál es el problema. No tardaré mucho en arrancarlo. Está tirado.

Al final resultó que no estaba tan tirado. Maria Domenica oyó que el motor tosía mientras ella y Chiara se lavaban y vestían. Pero cuando estaban cepillándose los dientes y dieron con una de las sandalias de Chiara que había desaparecido misteriosamente, Alex consiguió encender el vehículo.

—¿Castillos de arena? —preguntó Chiara, esperanzada, mientras Alex le abría la puerta del coche con un movimiento ampuloso.

—Hoy no, cariño. —Señaló un flotador que la estaba esperando en el asiento trasero—. Hoy vamos a aprender a nadar.

—¡Qué bien! —exclamó, y se deslizó en el interior junto al aro hinchable.

Maria Domenica sonrió a su pesar.

—Es muy amable por tu parte —le dijo a Alex.

El coche salió del camino de entrada dando bandazos.

—Bah, no es nada. Me cae bien tu niña. Nos lo pasamos bien juntos. De todas maneras, tengo tiempo de sobra.

—Supongo que sí —dijo ella, pensativa—. ¿Te importa si te hago una pregunta?

—Adelante.

—¿Por qué no buscas trabajo?

Él se echó a reír.

—Me recuerdas a mi padre.

—No, en serio, ¿no te aburres en todo el día?

—No me he aburrido en mi vida, te lo prometo. De todos modos, me entretengo con los coches y saco algo de dinero cuando vendo uno. Lo suficiente para ir tirando. ¿Responde eso a tu pregunta? —Alex apartó los ojos de la carretera un momento y lanzó una mirada a Maria Domenica.

—Supongo que sí.

—¿Puedo hacerte ahora yo una pregunta?

Ella asintió con la cabeza.

—¿Qué hace una chica italiana tan guapa sola con su hija en un sitio como este?

—Bueno... me apetecía cambiar, no quería pasarme toda la vida en Italia, supongo.

—Sí, pero ¿por qué aquí? Este es un pueblo de mala muerte, ¿no crees?

—Un amigo mío me dijo que vivía aquí —comenzó ella poco a poco—. Pero me parece que se ha marchado. Al menos no consigo encontrarlo.

—¿Tu novio?

—Más o menos.

—¿El padre de la niña? —preguntó él con el mismo tono neutral.

Maria Domenica movió la cabeza.

—Has hecho más de una pregunta —le dijo—. Ahora me toca preguntar a mí. ¿Es difícil conducir?

Él rió.

—Menudo cambio de tema. La respuesta es no. Una vez que le coges el tranquillo está chupado. ¿Te gustaría que te enseñara?

Ella vaciló.

—Puede que no se me dé bien.

—Mira, si yo puedo hacerlo, cualquiera puede. Te diré lo que haremos: conseguiré unas placas con la L para el coche y el próximo día que tengas libre puedes intentarlo, ¿vale?

—Vale —asintió ella.

Durante el resto del breve trayecto Maria Domenica observó con atención cómo él cambiaba de marcha, miraba por el retrovisor e indicaba cuidadosamente si giraba hacia la izquierda o la derecha. Sentía un estremecimiento de emoción. Iba a aprender a conducir. Por un instante se sintió ligera y libre. Su futuro estaba allí, desplegándose ante ella. Había tantas posibilidades... podía pasar cualquier cosa. Estaba deseando ver cómo se desarrollaba su vida.

Alex descendió lentamente por la colina. Las hileras de tiendas y casas adosadas desaparecieron y se encontraron frente a la amplia extensión del puerto. El cielo era tan azul esa mañana que incluso el mar parecía menos denso e insondable de lo normal.

—Otro día precioso. Seguro que hace un calor abrasador —comentó Alex mientras pasaban por el parque de atracciones y el minigolf. Los baños de New Brighton estaban enfrente, formando una grácil curva a lo largo de la línea del rompeolas, ofreciendo su lisa fachada a las turbias olas. Desde allí la instalación podría parecer un edificio municipal más de no ser por los postes de colores brillantes de los altos trampolines que sobresalían por encima del tejado.

—Nadar, nadar, nadar. —Chiara brincaba emocionada en el asiento trasero.

—Tendrás cuidado con ella, ¿verdad? —Maria Domenica se volvió hacia Alex con una repentina cara de ansiedad.

—Claro que tendré cuidado —prometió él—. No tienes por qué preocuparte. Nos lo vamos a pasar en grande.

El cielo azul era como una respuesta a las oraciones de los amantes del sol, que acudieron masivamente, llenando las terrazas con bancos de madera que se elevaban alrededor de la piscina como en un anfiteatro.

En el café anduvieron ajetreados todo el día, pero, pese a lo ocupada que estaba, Maria Domenica no podía evitar mirar de vez en cuando el espacio situado debajo de la barra que normalmente ocupaba Chiara; enseguida descubría con un sobresalto que no estaba allí.

No los vio por ninguna parte hasta pasada la hora de comer. Entonces divisó a Alex, que se dirigía hacia el café seguido de Chiara; parecía cansada pero contenta. Tenía el pelo moreno húmedo y alisado y su piel estaba adquiriendo un tono dorado. Parecía una auténtica niña italiana, y Maria Domenica casi se sorprendió cuando su hija abrió la boca y salieron de ella unas palabras en inglés.

—Mamá, tengo hambre —se quejó.

—A mí tampoco me vendría mal comer algo —añadió Alex.

Mientras untaba el pan con mantequilla y cortaba queso y tomate en rodajas, Maria Domenica escuchó el relato de lo que habían hecho durante el día. Habían aprendido a nadar en la parte de la piscina donde menos cubría, habían jugado en la fuente, habían hecho amistad con un niño travieso que había estado salpicándolos, y se habían tirado por el tobogán pequeño, pero no por el grande.

—Debéis de estar agotados —dijo ella riéndose, mientras le servía un sándwich a Alex y a su hija un plato lleno de rebanadas de pan con queso.

Chiara arrugó la nariz en señal de desaprobación.

—Puaj —exclamó.

—¿Cómo que «puaj»? Tiene una pinta riquísima —le dijo Alex.

—¡No! ¡Puaj! —La niña apartó el plato.

—Bueno, pues si tú no lo quieres me lo comeré yo —afirmó él encogiéndose de hombros, e hizo ver que devoraba una rebanada de pan. Maria Domenica trató de ocultar su sonrisa—. Mmm, está de rechupete —dijo suspirando.

Chiara le arrebató el plato y empezó a mordisquear la comida. Cuando Maria Domenica volvió minutos más tarde con unas copas de soda con helado, los dos estaban comiendo juntos amigablemente. Formaban una extraña pareja, pensó. Nadie los habría tomado por padre e hija, sin embargo parecían llevarse bien.

La señora Leary, la dueña del café, había estado todo el día sonriendo de oreja a oreja como hacía cuando el local estaba lleno, pero ahora estaba todavía más radiante y les hacía señales con la mano desde detrás de la barra. En cuanto tuvo ocasión, se acercó furtivamente a Maria Domenica y susurró:

—No me habías dicho que tenías novio, picarona.

—¿Qué?

—Por fin has encontrado a un chico. Y muy guapo. —Hizo otra alegre señal a Alex con la mano.

—Oh, no, no somos novios —se apresuró a corregirla Maria Domenica—. Es el hijo de mi casero. Solo somos amigos.

—Conque solo amigos, ¿eh? —Otra amplia sonrisa iluminó el rostro de la señora Leary, y sus pecas y lunares desaparecieron entre los pliegues de sus arrugas—. Venga ya, Maria. Basta mirarlo para ver que le atraes.

Maria Domenica no quería atraer a nadie, y mucho menos a Alex. Le gustaban las dos pequeñas habitaciones que tenía alquiladas en la casa alta y estrecha donde vivía, y temía que una situación embarazosa con el hijo del casero hiciera que la obligaran a marcharse. Tendría que evitarlo por un tiempo hasta que se le pasara el enamoramiento. Era una lástima porque a Chiara le gustaba mucho, pero no había más remedio. Los hombres traían problemas; hasta el momento lo habían echado todo a perder en su vida. Por muy simpático que pareciera, no iba a dejar que Alex arruinara lo que le quedaba.

3

Evitar a Alex no era difícil, era imposible. Había adquirido el extraño hábito de presentarse por casualidad allí donde ella iba. Chocaba con ella en la verdulería y la ayudaba a llevar la compra. O bien al volver a casa después del trabajo, Maria Domenica oía el ruido familiar del motor del Morris y acto seguido él se paraba para llevarla. Siempre había una sonrisa cordial en el rostro de Alex y nunca se olvidaba de mimar a Chiara. A menos que fuera brusca, no conseguiría librarse de él.

Tal como había prometido, cuando ella tuvo un día libre Alex apareció con unas placas con la L para el coche.

—¿Estás lista para aprender a conducir? —le preguntó.

—Oh —dijo ella, vacilante—, no sé.

—Vamos, la semana pasada estabas entusiasmada.

—Sí, pero...

—Inténtalo, Maria. Entra en el coche.

Se dirigió al lado del pasajero por la fuerza de la costumbre.

—Ah, no —le dijo Alex—. Ven aquí.

Se hacía extraño tener el volante delante. Maria Domenica miró como una tonta los mandos del coche, como si nunca hubiera visto algo parecido. Chiara se encaramó al asiento trasero.

—¿Conducir? —preguntó, esperanzada.

Maria Domenica giró la llave de contacto y el motor arrancó con un tosido.

—Muy bien, recuerda: retrovisor, señal, maniobra —indicó Alex.

—Alex, no sé maniobrar, ni siquiera sé cómo hacer que este trasto se mueva. —Maria Domenica se echó a reír, nerviosa.

De modo que Alex apagó el motor y volvió a empezar desde el principio; le explicó qué eran el embrague, el acelerador, el freno y las diferentes marchas. Era un profesor con una paciencia notable, y cuando Chiara empezó a aburrirse y a quejarse en el asiento trasero, se limitó a girarse y decirle en tono autoritario:

—Silencio, tu mamá está concentrada.

Al final de la lección, Maria Domenica solo había conseguido dar una vuelta a la manzana una vez y la mayor parte del tiempo había avanzado a trompicones, pero Alex parecía encantado con sus progresos.

—Seguiremos la semana que viene —le prometió.

—De acuerdo —respondió ella.

—Y ahora, mis honorarios.

—¡Oh, tus honorarios! —Ella ni siquiera había pensado que querría que le pagara.

—Eso es, a cambio de sacar tiempo de mi apretada agenda para darte clases de conducir, creo que tú deberías sacar tiempo para venir conmigo a admirar alguna obra de arte.

Por un momento Maria Domenica pensó que quería ir con ella a una galería de arte.

—¿Te gusta el arte? —preguntó sorprendida.

—Sí. Me encantan los musicales, y en el cine que hay a la vuelta de la esquina hacen una sesión especial —prosiguió él, entusiasmado—. Esta semana ponen *Sonrisas y lágrimas*. Yo ya la he visto, pero me encantaría volver a verla. ¿Vendrás conmigo esta noche?

Tras caer en la cuenta, Maria Domenica buscó desesperadamente una excusa.

—¿Y Chiara? —intentó—. ¿Quién cuidará de ella si me voy al cine?

—No hay problema. Mi padre y su novia Maureen estarán encantados de cuidar de ella.

Maria Domenica había visto a Maureen un par de veces. Era una chica peculiar; tenía el pelo fino, llevaba gafas de culo de botella y parecía haber nacido para hacer de canguro.

—Vamos —dijo Alex en tono zalamero—. Me lo debes. Te he dado una clase de conducir, ¿recuerdas? Es lo menos que puedes hacer.

La había puesto contra las cuerdas y Maria Domenica supo que no tenía elección.

—De acuerdo. —De repente se acordó de sus modales y añadió—: Será divertido, gracias.

No sabía cómo, pero Alex consiguió llevarla a la última fila del cine. Tras dejar unas chocolatinas con envoltorio de celofán sobre el regazo de Maria Domenica, se sentó junto a ella en la oscuridad. Ella oyó cómo acercaba su brazo antes de notar su peso y su calor. Con cierta rigidez, dejó que lo apoyara sobre su hombro. Era una cita, pensó mientras se iluminaba la pantalla. Todos sus planes para evitar a Alex habían fracasado estrepitosamente.

El telón se retiró y se oyó una música de instrumentos de cuerda al tiempo que una voz comenzaba a cantar.

«Las montañas están vivas...» Julie Andrews cantaba con tanto entusiasmo que parecía que la voz le saliera de los pies mientras daba saltos por los Alpes suizos.

Cuando los niños de Von Trapp aparecían bailando alrededor de una fuente vestidos con ropas hechas con viejas cortinas, Alex ya tenía el brazo alrededor de los hombros de ella y jugaba distraídamente con su pelo. A ella no le molestó tanto como había imaginado.

—Ha estado muy bien —le dijo él más tarde, e hizo girar el

coche para meterlo en el camino de entrada. Ella pensaba que entonces se inclinaría y le daría un beso, pero se limitó a sonreír—. Deberíamos repetirlo —dijo de pasada—. La semana que viene ponen *My Fair Lady*, ¿te gustaría verla?

—Tal vez.

—El cine es bueno para tu inglés. Te puede ayudar un poco.

—¿Acaso no hablo bien inglés? —preguntó ella, ligeramente ofendida.

—Maria, querida —él sonrió de nuevo, aunque esta vez de forma más tímida—, tú lo haces todo bien.

4

Como siempre, la sonrisa de la señora Leary desapareció con el verano. La ola de calor terminó, la multitud de gente que acudía a los baños de New Brighton empezó a disminuir y las colas en el café se hicieron cada vez más cortas.

—Me parece que dentro de poco vamos a tener que recortar tu horario —le dijo a Maria Domenica en tono abatido un día que el local estaba particularmente vacío.

—Aun así ha sido un buen verano, ¿verdad?

—Oh, sí, no ha estado mal. Hemos hecho suficiente dinero para aguantar el invierno, y eso es lo importante.

Pasar menos tiempo en el café fue un alivio. Maria Domenica estaba cansada de mirar las lisas paredes blancas y las superficies de las mesas de formica roja. Cada año que pasaba el lugar tenía un aspecto más destartalado. La señora Leary no estaba dispuesta a gastar dinero en reformas. Nadie iba allí por la decoración, señalaba. Aun así, era un local lúgubre y cuando estaba vacío había eco. Maria Domenica no lamentaba perderlo de vista durante un par de meses.

Lo que ella quería era pasar más tiempo en las dos acogedoras habitaciones que tenía alquiladas. Y había muchas cosas que ver. Alex la había llevado por fin a ver arte de verdad, el que colgaba de las paredes de la Walker Art Gallery, para lo cual tuvieron que atravesar el Mersey en transbordador hasta Liverpool; Maria Domenica volvió con una bolsa enorme con postales y carteles. Él se pasó prácticamente un día entero ayudándola a clavarlos en las paredes.

—Nunca me ha entusiasmado la pintura —admitió él—. Pero la verdad es que estas cosas animan la habitación.

Alex se había convertido en su leal compañero. Hacía tiempo que ella había dejado de corregir a la señora Leary cuando se refería a él como «tu chico». Ahora le dejaba que le cogiera la mano, e incluso él se había atrevido a besarla un par de veces dentro del coche. Había sido un beso muy casto, más bien un roce de los labios. Alex parecía darse cuenta de que si se excedía o se precipitaba tentaría la suerte.

Ahora que iba a tener más tiempo libre, Maria Domenica suponía que ella y Alex se verían todavía más a menudo. Él le había prometido que la llevaría otra vez a Liverpool a visitar la galería y le había dicho que esta vez recorrerían las calles más alejadas del centro y se acercarían a echar un vistazo al Cavern Club, donde los Beatles habían comenzado su carrera. A Chiara le hacía mucha ilusión. Le gustaba ir en la cubierta del transbordador y ver cómo las gaviotas revoloteaban y chillaban por encima de sus cabezas. Claro que cuando hiciera frío de verdad no sería tan divertido ir allí arriba.

—Señora Leary, ¿mañana puedo tomarme el día libre? —preguntó Maria Domenica sin pensárselo.

—No veo por qué no. No creo que este sitio se vuelva a llenar. Tómate el tiempo que quieras.

Sin embargo, cuando llegó a casa y quiso compartir sus planes con Alex, no lo encontró. Más tarde, por la noche, oyó que alguien cerraba de golpe la puerta de la entrada y supuso que debía de ser él, pero estaba demasiado cansada para molestarse en bajar la escalera. No importaba, pensó, le pondría al corriente por la mañana.

Esa noche soñó con Alex y aunque al despertarse, un poco

más tarde de lo normal, no recordaba exactamente el sueño, retenía aún en su cabeza la imagen de su boca inclinada sobre ella y de sus risueños ojos... y un estremecimiento le recorría todo el cuerpo.

Cuando bajó la escalera bostezando ostensiblemente se encontró al señor Fox, que salía corriendo por la puerta.

—¿Sigue Alex en la cama? —preguntó ella.

—No, si hubieras llegado antes...

—¿Se ha ido? Bueno, ¿sabe a qué hora volverá?

—A la hora de siempre, supongo. No dijo que fuese a llegar tarde.

Tras pronunciar esas palabras, su casero se marchó y Maria Domenica se quedó sola con su día libre por delante.

Estaba confundida. ¿Qué diablos había querido decir con «a la hora de siempre»? En el caso de Alex nunca había una hora fija. Como no tenía ningún trabajo que le atase a una rutina, vivía su vida en función de su reloj interno.

Se sentía ligeramente desconcertada. Al fin y al cabo, Alex siempre estaba allí cuando ella lo necesitaba. Estaba disponible a todas horas. Y ahora que ella se había tomado el día libre, le daba por desaparecer y dejarla sin saber realmente qué hacer.

Su hija se había despertado y estaba bajando la escalera deslizándose sobre el trasero de escalón en escalón, con su osito de peluche en una mano y una manta rosa sucia en la otra. Intentaba con escaso éxito chuparse el pulgar de la mano que sostenía el osito.

—Chiara, sácate el dedo de la boca y ven a decirme qué quieres hacer hoy —le ordenó Maria Domenica—. ¿Quieres que vayamos a dar un paseo como siempre?

La niña respondió enfurruñada.

—No. No quiero pasear, quiero conducir.

—No podemos conducir, todavía no tengo el carnet y Alex

no está en casa para llevarnos. Estamos solas tú y yo, como en los viejos tiempos. Así que tendremos que ir de paseo.

—Quiero ir con Alex, quiero conducir.

Dios, qué cabezota era su hija. A veces incluso veía en ella algunas semejanzas con Rosaria. Podía ser la niña más dulce del mundo, pero cuando se empecinaba en algo le hacía la vida imposible hasta que se salía con la suya.

—No podemos conducir, pero podemos coger el transbordador —propuso ella—. ¿Qué te parece?

Una sonrisa iluminó la carita morena de Chiara y subió la escalera para ponerse ropa de abrigo para el corto viaje en barco.

Tomaron el autobús que llevaba a la terminal del transbordador. Allí Maria Domenica descubrió que comprando un billete se podía atravesar el río Mersey de un lado a otro tantas veces como se quisiera siempre que no se saliera de la embarcación. No estaba exactamente permitido, pero a los barqueros no les molestaba hacer la vista gorda, sobre todo si quienes se divertían en la cubierta eran una chica de ojos oscuros y aspecto exótico y su bonita hija.

Compraron carne y pastel de patata para comer en la cafetería que había abajo. Todo estaba muy malo, así que dejó que Chiara utilizara gran parte de la comida para dar de comer a las gaviotas que perseguían al transbordador.

Había tardado un poco, pero Maria Domenica estaba empezando a apreciar la belleza del lugar que había escogido para establecer su hogar. Sombras negras de tonos mate abrazaban la línea de la costa de Liverpool, monumentos de una época en que todo aquello era un puerto próspero. Los edificios construidos con piedra porosa habían absorbido durante años el humo que despedía la creciente ciudad industrial hasta que sus fachadas, con el paso del tiempo, se habían vuelto del color del ébano. Maria Domenica vio cómo el río turbio se juntaba con los negros edificios bajo un cielo de granito, y su ojo de artista supo captar el dramatismo de la escena. Sintió la tentación de comprar papel y lápices para ver si podía dibujar lo que veía. Pero el recuerdo de lo que había ocurrido con sus últimas tentativas estaba demasiado vivo y decidió resistir al impulso.

5

Fue un otoño con todas las de la ley. Las calles estaban cubiertas por una alfombra de hojas doradas que se arremolinaban y salían dando vueltas cuando el viento arreciaba. Los días eran cada vez más fríos y cortos, y Maria Domenica tenía tan pocas ocasiones de ver el sol como de atisbar a Alex.

Cuando por fin logró resolver el misterio de su desaparición se sintió aliviada: había encontrado trabajo. Ayudaba al mecánico de un garaje que había calle abajo. Había mucho trabajo y Alex tenía interés en hacer todas las horas extra que podía. Su piel rosada adquirió un tono ligeramente más intenso cuando le dijo que quería ahorrar algo de dinero. Luego metió la cabeza debajo del capó de uno de sus coches desvencijados y se puso a tararear una tonada discordante que hizo que a ella se le quitaran las ganas de hacer más preguntas.

El trabajo absorbía la mayor parte del tiempo de Alex. No habían vuelto a tener ocasión de realizar otra de sus clases de conducir y solamente habían podido ir al cine un par de noches.

—Me alegro de que estés trabajando duro —le decía ella, pero no lo pensaba de verdad. Había descubierto que echaba de menos tenerle a su alrededor. Incluso Chiara, que era una niña de temperamento alegre, se sentía decaída y abandonada.

De modo que cuando Alex apareció y le preguntó si quería ir a cenar fuera, Maria Domenica se sintió casi emocionada.

—Pero no te gastes en un restaurante ese dinero que tanto te ha costado ganar —le dijo, aun así—. Nos lo pasaremos igual de bien si compramos pescado frito con patatas y nos lo comemos en el paseo.

—No, quiero llevarte a cenar como es debido a algún sitio agradable —insistió.

—Pero no podemos... No tengo nada que ponerme.

—No seas tonta, tienes un montón de ropa. Tú siempre estás guapa —dijo él con una amplia sonrisa.

Los restaurantes elegantes nunca habían formado parte de la vida de Maria Domenica, de modo que no pudo evitar ponerse nerviosa cuando tuvo que vestirse para salir. Los pocos vestidos que tenía en su armario acabaron desperdigados por la habitación mientras se probaba faldas y blusas y descartaba lo que no le gustaba, tratando de elegir el mejor conjunto. Se decidió por un vestido de color crema con un cinturón que le llegaba hasta la rodilla. Aunque al salir de casa se sentía cómoda, en cuanto entró en el restaurante supo que aquel no era su lugar. El local era muy lujoso, estaba muy iluminado, y el maître era excesivamente rígido y arrogante. El empleado enseguida se dio cuenta de que eran el tipo de clientes que cenaban fuera muy de vez en cuando, y no vio la necesidad de intentar ganárselos. Las cosas no mejoraron cuando los llevaron a su mesa. Había demasiados cubiertos para Maria Domenica, demasiados platos y un menú larguísimo lleno de palabras extrañas en francés.

Ella y Alex conversaron en voz baja, temiendo perturbar la santidad de aquel lugar. Maria Domenica casi se sintió en la obligación de arremangarse y echar una mano en la cocina, o como mínimo de servir algunas mesas. Pero se limitó a decirle a Alex:

—Qué bonito es esto. Cuánto lujo. —Él asintió con la cabeza y tragó un bocado. Parecía nervioso y estaba más sonrosado de lo normal.

Habían comido el primer plato y estaban empezando el segundo cuando Alex se metió la mano en el bolsillo y sacó una cajita cuadrada que deslizó a través de la mesa.

—Maria, ¿quieres casarte conmigo? —preguntó con una voz apenas audible.

Ella lo miró totalmente conmocionada.

—Te quiero —prosiguió él—. Quiero que seas mi esposa.

Maria Domenica se sentía como si estuviera actuando en una película y alguien se hubiera olvidado de decirle la siguiente frase. Buscó una respuesta desesperadamente.

—Alex, no puedo. Lo siento, pero no puedo.

A continuación vio horrorizada cómo a Alex comenzaban a caerle lágrimas por la cara. Todo el mundo estaba mirando: los camareros, los demás clientes y el hombre que tocaba el piano en el rincón. Pero a pesar de ello Alex siguió llorando en silencio. Maria Domenica, a su vez, sintió que los ojos se le empañaban de lágrimas.

—Alex, me gustas de verdad —logró decir—. Te considero mi mejor amigo, pero no puedo casarme contigo. Es imposible.

Él la miró por encima de los platos llenos de carne, patatas y una salsa cremosa.

—¿No quieres mirar el anillo por lo menos? Es una esmeralda.

—No, guárdalo, Alex. Por favor, guárdalo.

Intentaron comer, pero de repente pareció que la comida era imposible de digerir. Cuando el maître los acompañó a la salida, Alex tenía los bolsillos más ligeros y el estómago vacío. Su cuerpo volvía a estar rígido como una tabla de planchar y evitaba mirar a Maria Domenica a los ojos.

Ella deseaba explicarle que tenía una buena razón para decirle que no: ya estaba casada. En Italia había una persona llamada Marco que decía que era su marido, a pesar de que nunca la había amado. Y aunque podía enlazar las palabras en su mente, le resultaba imposible pronunciarlas.

Emprendieron el camino de vuelta en silencio; cuanto más tiempo permanecían callados, más difícil se hacía hablar. Para Maria Domenica fue un alivio poder echar a correr escaleras arriba hasta el santuario de sus habitaciones y escapar de la mirada de reproche de Alex y del ostensible bulto de su bolsillo, donde se hallaba el anillo de compromiso. Pero si pensaba que iba a poder dormir, estaba equivocaba. Se quedó despierta entre sus limpias sábanas blancas, escuchando el tictac del reloj y sintiéndose como si se hubiera olvidado de cómo se dormía, como si no fuera a dormir nunca más.

Le pareció absurdo quedarse allí tumbada, de modo que se levantó y se dirigió al sillón que tenía orientado hacia el oscuro río y las luces de Liverpool. Acurrucada y abrazando una almohada contra su pecho, contempló la vista e hizo un esfuerzo por ordenar sus pensamientos.

En primer lugar, estaba casada. Volver a casarse supondría infringir la ley. Pero si hubiera sido libre, si el divorcio hubiera sido una opción, ¿habría aceptado el anillo de Alex? Ella no le quería. No sentía pasión cuando le miraba ni la menor excitación cuando él la tocaba.

Por otra parte, si se casaba con Alex, podría vivir en aquel antiguo caserón para siempre. Él era agradable, nunca le levantaría la mano y jamás la abandonaría. El amor que él le profesaba conseguiría que se sintiera cómoda y a gusto, y ella cuidaría de él. Quizá con aquello bastaba para casarse, tal como le había dicho su tía Lucia.

Maria Domenica echó un vistazo al reloj. Era la una de la madrugada; él debía de estar durmiendo en la cama a esas horas. Salió de la habitación sin hacer ruido, procurando no despertar a Chiara, y bajó la escalera.

La puerta de Alex estaba entornada y, aunque no podía verlo en la oscuridad, oía su respiración. Se quedó allí un rato, oyendo su ritmo constante. Estaba a punto de hacer algo. Si atravesaba aquella puerta cometería el acto más descabellado de su vida, y al mismo tiempo el más sensato.

Lo que le preocupaba no era la idea de infringir la ley. Las leyes estaban hechas por hombres corruptos, y siempre habría alguien dispuesto a aceptar un fajo de billetes a cambio de solucionarlo todo, como había hecho el agente de la frontera suiza. Y en cuanto al hecho de presentarse ante Dios y prometer que sería fiel a Alex hasta que la muerte los separase... tampoco le asustaba. Ningún dios sensato esperaría que se quedara con un hombre capaz de hacerle daño y amenazar con hacérselo también a su hija, ¿no?

Lo que le daba miedo era que no pudiera tener ningún sentimiento de pasión por Alex. Trató de imaginarse tumbada a su lado y dejando que la tocara con sus ásperas manos. Se imaginó las largas piernas de él entrelazadas con las suyas, y su piel contra la de ella, pero no parecía posible, ni mucho menos probable. Vaciló ante su puerta, con los ojos acostumbrados ya a la oscuridad y capaces de distinguir su silueta en la cama.

Los pies avanzaron antes de que su cerebro hubiera accedido a dar aquel paso. Notó la arena que había bajo las plantas de sus pies descalzos y, de entre todas las cosas, su mente reparó en que hacía tiempo que Alex no pasaba el aspirador por la alfombra. Retiró sus sábanas viejas y sucias y se metió en la cama junto a él. Apoyó la mejilla contra su pecho y notó cómo subía y bajaba con su respiración.

Él la rodeó con sus brazos de forma refleja. Entonces se despertó sobresaltado y susurró, incrédulo:

—¿Maria?

—Alex, la respuesta es sí.

—¿Qué?

—La respuesta es sí, me casaré contigo.

—¿De verdad?

—Sí, sí.

—Entonces, ¿por qué dijiste antes que no podías? Yo pensaba que...

Ella interrumpió sus palabras con un beso. No un roce de labios o un beso entre amigos, sino un beso de verdad. La lengua de ella se introdujo entre sus labios y Maria Domenica se arqueó y se apretó contra él. A continuación notó cómo el cuerpo de Alex respondía al suyo.

—Dios, eres tan hermosa... Soy tan afortunado —dijo él gimiendo.

—No, yo soy la afortunada. —Volvió a besarle—. No puedo creer lo afortunada que soy.

Él deslizó sus manos tímidamente por el cuerpo de Maria Domenica, y ella notó el áspero tacto de sus palmas, curtidas por el contacto con los motores de los coches. Al frotarlas por su piel, ella sintió un hormigueo.

Alex se colocó encima de ella y Maria Domenica abrió las piernas para acomodarse a él. Por un momento pensó que ahora sabía cómo se sentía una puta, aunque ella se estaba acostando con Alex a cambio del afecto y la seguridad que él podía ofrecerle, y no de dinero. A continuación él la besó y, sorprendida por el deseo que despertaba en su cuerpo, se olvidó de todo lo demás.

Alex era un amante atento. La acarició y la besó durante lo que parecieron horas y luego, por fin, la embistió. Maria Domenica oyó un gemido y se dio cuenta de que lo había emitido ella misma. Alex comenzó a embestir con mayor urgencia; sus cuerpos se volvieron resbaladizos y su respiración entrecortada. Por primera vez en su vida, Maria Domenica sintió que un orgasmo se elevaba en su interior. Y durante un instante insoportablemente delicioso alcanzó el clímax del placer; a continuación, jadeó y se estremeció con el estallido final.

Después Alex posó una mano sobre su vientre y le susurró al oído:

—¿No sería maravilloso que ahora mismo se estuviera concibiendo un bebé aquí dentro?

—Mmm —contestó ella, con la mente todavía abstraída por la intensidad con que había respondido su cuerpo.

—Nos casaremos pronto, ¿verdad? No veo ningún motivo para que aplacemos el compromiso.

—Sí.

—Espera un momento. —Salió de la cama de un salto y empezó a rebuscar entre la ropa que había dejado amontonada encima de la alfombra sucia.

—Vuelve a la cama, Alex —dijo ella, con voz soñolienta.

—Un momento, un momento —susurró él—. Ah, aquí está.

Se metió otra vez bajo las mantas y tomó la mano izquierda de ella. Acto seguido, deslizó con cuidado el anillo con la esmeralda en su dedo.

—Parece que encaja perfectamente —le dijo en la oscuridad—. Pero no podremos ver cómo te queda hasta que sea de día.

—Debes de haber trabajado mucho para poder pagar el anillo y la cena.

Él rió.

—Bueno, la cena sí que está pagada, pero todavía me falta pagar una parte del anillo —admitió él—. De todas formas, no tardaré mucho en saldar la deuda. Voy a trabajar muy duro y voy a cuidar de ti y de Chiara, te lo prometo. ¿Maria Domenica?

—Sí.

—Si hay algo que no quieres contarme sobre Italia y el padre de Chiara, ya sabes, sobre el motivo por el que viniste a New Brighton y todo eso, no pasa nada. No me importa el pasado, solo el futuro.

Maria Domenica se quedó dormida con la cabeza apoyada sobre el pecho de Alex, rodeada por sus brazos. Su piel olía a jabón, aunque sus sábanas no desprendían la misma fragancia. A través de la ventana abierta podía oír el sonido de las olas que chocaban contra el malecón. Se sentía protegida y segura. Se prometió que pasara lo que pasase, nunca haría daño a aquel hombre que dormía junto a ella.

6

Cada vez que Maria Domenica veía el brillo de la esmeralda que llevaba en el dedo se asustaba. La gente la abrazaba y la besaba, y le daba la enhorabuena. Parecían más emocionados que ella.

—Me alegro tanto por ti, querida —le dijo la señora Leary, rozándole la cara con su mejilla velluda—. Nadie lo merece más que tú.

Maria Domenica mostraba el dedo anular de la mano izquierda para que los escasos clientes que se encontraban por casualidad en el café pudieran verlo bien.

Los planes para la boda se estaban llevando a cabo prácticamente a pesar de ella. Para su alivio, Alex no había insistido en que se celebrase por la iglesia, de modo que habían reservado un hueco de quince minutos en el registro civil. Su casero, el señor Fox, que ahora quería que le llamara «papá», solía comprar una botella de champán cada semana, cuando recibía la paga; los Leary habían estado meditando y se les había ocurrido un plan para el banquete nupcial.

—Puedes celebrarlo en el café, querida —le dijo la señora Leary, emocionada—. El señor Leary llamará a los pintores la semana que viene y arreglarán todo el local. Pondremos flores y manteles de lino, habrá de todo. No lo reconocerás.

—Es muy amable por su parte, señora Leary —dijo Maria Domenica, sonrojada.

—No tienes por qué agradecerlo. Es lo menos que podemos hacer. Has sido una joya para nosotros todos estos años, una joya. El señor Leary y yo no nos cansamos de decirlo. Las chicas que habíamos tenido trabajando antes que tú, bueno, no imaginas cómo eran. Será un placer darte una despedida como Dios manda el día de tu boda.

En cuanto a Alex, a veces parecía entusiasmado, pero había otras ocasiones en que Maria Domenica notaba que le estaba dando vueltas a algo.

—¿Qué pasa? —le preguntaba ella repetidamente. Pero él se limitaba a sacudir la cabeza y respondía:

—Nada. En mi vida he sido tan feliz.

Finalmente, una noche que estaban acurrucados en el sofá de la sala de estar escuchando discos, él le confesó qué ocurría.

—Lo siento de verdad, Maria. He estado ahorrando como un loco, pero no voy a poder pagar la luna de miel que había pensado.

—Alex, yo no contaba con ninguna luna de miel.

—Ya lo sé, pero me hacía mucha ilusión por ti. Quería llevarte a Italia. Quería conocer a tu familia.

Maria Domenica se quedó petrificada. Vio la casita en la que había crecido, rodeada de polvo y melocotoneros, y le entraron muchas ganas de volver a verla. Pero la idea de presentarse allí, acompañada de Alex, tener que dar la cara ante sus padres y Franco, ver a la gente de San Giulio y a la familia de la granja Manzoni, por no hablar de Marco, hacía que le entrasen escalofríos. Cogió a Alex de los brazos.

—Prométeme que nunca me pedirás que vuelva allí.

—Pero ¿por qué?

—Dijiste que nunca preguntarías. Dijiste que no te importaba el pasado, solo el futuro.

—Sé lo que dije, e iba en serio, pero ¿estás segura, Maria?

Tienes familia allí, ¿no? ¿No quieres verlos? ¿No crees que deberían saber que vas a casarte?

Maria Domenica estaba haciendo esfuerzos por no llorar.

—Prométeme que no volverás a hablarme de Italia o no me casaré contigo. Ahora soy inglesa. Me llamaré Maria Fox y seré inglesa. Tan inglesa como ellos —dijo señalando con la cabeza en dirección al disco que había puesto en el plato—, como los Beatles.

—No lo entiendo.

—No hay nada que entender. Simplemente acepta las cosas como son y todos seremos felices.

Alex guardó silencio durante un instante. Ella permaneció sentada junto a él sin hacer ruido y le dejó pensar. Era un silencio amigable; a ella no le preocupaba demasiado. Por fin él habló.

—Quiero que seas feliz, Maria —le dijo—. Tal vez algún día confíes en mí lo suficiente para hablarme de Italia, pero hasta entonces te prometo que no volveré a pedírtelo. ¿De acuerdo?

—De acuerdo.

—Así que no vuelvas a decir que te echas atrás con la boda.

Ella sonrió.

—No, no te preocupes. No lo haré.

Él también sonrió y se levantó del sofá lentamente para poner la cara B del disco.

De todas formas, pese a la promesa que había hecho, Maria Domenica se sentía inquieta. Cuando tenía un rato libre no podía resistir la tentación de ponerse sus zapatos más cómodos y lanzarse a las calles. Andaba a lo largo del entramado de caminos que se extendían desde el paseo y llegaban hasta más allá de las grandes casas con jardines y de las tiendas situadas aún más lejos. Se asomaba para mirar por encima de los estantes con bollos y panes en los escaparates de las panaderías y husmeaba en los pubs y las casas de apuestas.

—Ay, perdón —decía cuando alguien se la quedaba mirando—. Estoy buscando a alguien.

Se estiraba la manga izquierda de la chaqueta para tapar completamente el anillo y seguía caminando.

A veces encontraba caras conocidas: la mujer de la lanería donde había comprado el hilo para hacerle a Chiara su primer jersey de invierno, o el hombre de la verdulería que vendía las patatas podridas. Pero tras lanzarles una rápida mirada o saludarles con la mano, seguía caminando.

Procuraba que Chiara se lo pasara bien dando patadas a los montones de hojas caídas mientras caminaban o haciendo un alto para dar de comer pan duro a los patos del parque. Los días lluviosos saltaban en los charcos para ver quién era capaz de salpicar más, y cuando salía el sol volvían por el paseo para que Chiara pudiera buscar cangrejos entre los charcos de las rocas.

Sin embargo, a pesar de sus esfuerzos, la niña le daba a entender discretamente que prefería ir a otro lugar.

—¿Transbordador? —preguntaba educadamente cuando salían de casa cada mañana—. ¿Coche?

—No, cariño, hoy nos vamos de paseo.

La niña entonces se mostraba desanimada.

—Vale, paseo —decía con un leve desaliento.

A medida que se acercaba el día de la boda, Maria Domenica comenzó a ampliar la zona de búsqueda y sus paseos empezaron a abarcar cada vez más terreno. Miraba más detenidamente a los hombres que encontraban al pasar, imaginando a este sin barba y a aquel con el pelo más claro. Pero cada tarde, al doblar la última esquina y recorrer el largo tramo hasta casa, tenía que hacer un esfuerzo para no mostrar su decepción.

—Qué será, será —se decía a sí misma—. Lo que tenga que ser será.

Se obligaba a recordar que Alex era un buen hombre y que tenía suerte de estar con él. Compartían una amistad; ya nacería entre ellos la pasión. Seguro que no tardaría en llegar el día en que el anillo dejara de pesarle en el dedo y sintiera por fin que estaba enamorada de él.

Supo que había llegado el momento de dejar de caminar y de dejar de huir de una vez por todas. Ahora podría quedarse en aquella alta y antigua casa situada junto al río. Su hija empezaría pronto la escuela, y ella se presentaría al examen de conducir para poder llevarla cada día en uno de los coches de Alex. Limpiaría todos los rincones de la casa; quitaría los recipientes de vino amontonados en la estrecha cocina y su espacio lo ocuparía el olor del pan hecho en el horno. En verano, ella y Chiara se pondrían más morenas que nadie, y al final eso haría que destacaran. Alex arreglaría coches, ella serviría té y sándwiches y los años pasarían. Se harían viejos y Chiara crecería, pero por lo demás nada cambiaría. De repente aquella idea ya no parecía tan mala.

7

Maria Domenica nunca había visto llover de aquel modo. Del cielo tormentoso caían con fuerza unas gotas enormes que desbordaban los canalones y las alcantarillas y el agua se precipitaba por las calles como un río. Por la ventana, era imposible determinar dónde terminaba el Mersey y dónde empezaba el paseo. Las olas saltaban por encima del rompeolas y llegaban hasta la casa antes de volver a retroceder. Aquel era el día de su boda, pensó Maria Domenica, mirando desconsolada la tormenta. ¿No se suponía que tenía que hacer sol?

—Brr, está lloviendo a cántaros. —La señora Leary estaba en el umbral de la puerta principal, con un impermeable de plástico brillante que no paraba de chorrear—. Tal vez deberías proteger la entrada con sacos de arena. El tiempo empeorará todavía más, y si el río sigue subiendo tendrás un buen problema.

Maria Domenica miró en dirección al estuario y al furioso mar de Irlanda y pensó que la mujer estaba en lo cierto. Las olas crecían cada vez más y la tormenta estaba arreciando.

—A lo mejor deberíamos cancelar la boda —propuso.

—No digas tonterías, la tormenta pasará. Y no vamos a dejar que arruine tu gran día. —La señora Leary la cogió del brazo y la arrastró por el largo pasillo en dirección a la cocina—. Ven aquí, Maria, querida. Tengo algo para ti. —Sacó del bolsillo un pequeño pañuelo blanco de lino con un bordado de flores azules—. Es para que lo lleves contigo.

—Oh, gracias. —Maria Domenica estaba confundida, pero era demasiado educada para rechazar aquel extraño regalo.

—Es una tradición —le explicó la señora Leary—. La novia debe llevar algo viejo, algo nuevo, algo prestado y algo azul. El pañuelo es viejo, prestado y azul, y supongo que el vestido tendrá que servir de objeto nuevo.

El vestido estaba arriba colgado en el armario, envuelto todavía en plástico. Era de seda blanca fina, estaba cortado al bies, y tenía un corpiño con capullos de seda rosa que le subían por un hombro. Estaba totalmente pasado de moda y llevaba tiempo escondido en la parte trasera de la tienda; la dependienta estaba tan contenta de venderlo que había accedido a hacerle un gran descuento. Con el día que hacía, Maria Domenica podía morir congelada con aquel traje tan ligero, pero le daba lo mismo.

Chiara también llevaría un vestido nuevo. Tenía una falda larga con capas y más capas de tul, y con él parecía el hada que corona el árbol de Navidad en vez de una dama de honor.

—Mamá se va a casar con Alex y yo voy a ayudarles —le decía a todo el que la escuchaba.

Estaba muy nerviosa con la boda y apenas había dormido la noche anterior. Maria Domenica también la había pasado dando vueltas en la cama. Había tenido unos sueños en los que aparecía su casa; eran tan reales que se había despertado sobresaltada más de una vez, y ahora tenía el aspecto que solía tener cuando no había descansado bien. Su piel de color aceituna se había vuelto pálida y unos círculos negros rodeaban sus ojos hundidos. Se los frotó con fuerza con el dorso de la mano.

—No hagas eso —dijo la señora Leary chasqueando la lengua, y le apartó la mano dándole una palmada—. Si te los frotas se te pondrán rojos e hinchados. Haz lo que yo te diga: vete arriba y quédate tumbada media hora con una rodaja de pepino en cada ojo. Luego te encontrarás perfectamente.

Maria Domenica podría haberlo probado si hubiera podido disponer de media hora libre. Pero apenas se había despedido de la señora Leary cuando apareció el señor Fox y la llamó por señas a la sala de estar. Tenía el aire furtivo de alguien que quiere hablar de algo discretamente.

—¿Tienes un minuto, querida? —preguntó.

El señor Fox —o papá, como ahora quería lo llamara— tenía el aspecto que ella imaginaba que tendría Alex al cabo de veinte años. El trabajo en la oficina había hecho de él un hombre debilucho. Tenía los brazos y las piernas flacos, pero su cintura se estaba redondeando. Solía adoptar una postura desgarbada cuando estaba de pie, y la barriga y el pecho le caían flácidamente bajo las camisetas de nailon que siempre llevaba. Su rostro se parecía al que tendría Alex si le crecieran la nariz y las orejas y su piel rosada empezara a arrugarse. No era un hombre atractivo, pero tenía una sonrisa afable y unos modales tranquilos. A Maria Domenica siempre le había caído bien.

—Sí, señor Fox, tengo un minuto —le dijo ella.

—Papá —la corrigió él con delicadeza.

—Perdón, papá.

El hombre se frotó las manos con nerviosismo.

—Quería hablarte de algo. Alex me ha contado que tu familia no puede venir a la boda, así que me preguntaba qué te parecería si fuera yo el que te lleva ante el juez. *In loco parentis*, por así decirlo.

Solía hablar rápido y en voz baja, y a Maria Domenica a veces se le escapaba alguna que otra palabra. Pero ese día no tuvo problemas para entenderle. Por un momento pensó en su padre, tan corpulento y animado que de haber estado en la habitación habría hecho que el señor Fox se confundiera con el dibujo del desvaído papel de la pared.

—Me encantaría que fuera usted quien me llevara —logró decir ella—. Se lo agradezco de verdad.

—No, soy yo el que te lo agradece, Maria. —Las palabras le salieron a borbotones—. Le has hecho mucho bien a nuestro Alex. Antes de que lo aceptaras era un inútil, de verdad. No quería trabajar y le daba igual desperdiciar su vida. Yo ya no sabía qué hacer con ese muchacho.

Maria Domenica murmuró algo ininteligible.

—En fin, me alegro mucho de que te conociera, y no tengo nada más que decir sobre el tema —prosiguió—. Así que bienvenida a la familia.

Tras esas palabras, la cogió entre sus delgados brazos y la estrechó contra su camiseta de nailon a rayas. Despedía un fuerte olor a loción de afeitado y a tabaco, y no resultaba del todo agradable estar apretujada contra su pecho blando. Maria Domenica se mantuvo rígida hasta que la soltó.

—Vamos —le dijo él—. Ve a ponerte guapa para el día de tu boda.

Ella escapó agradecida, pero solamente consiguió subir la mitad del primer tramo de la escalera antes de que volvieran a abordarla. Esta vez fue Alex, que estaba afeitado, rígido y sonrojado a causa de los nervios. La miró como si fuera lo más hermoso que había visto en su vida, y por un momento ella se asustó.

—Ya sé que se supone que no tenemos que vernos antes de la boda —dijo—, pero tengo algo especial para ti y quiero dártelo ahora.

—¿Es algo que quieres que lleve puesto?

—No. Vaya, ¿te gustaría llevar algo nuevo? —Estaba tan ansioso por complacerla que resultaba casi insoportable.

—No tienes que hacerme más regalos, Alex —respondió ella con delicadeza—. Ya me has dado bastantes.

—Esto es distinto. —Él le dedicó una sonrisa misteriosa y

desapareció, subiendo a saltos el siguiente tramo de la escalera hasta su habitación.

Maria Domenica oyó un frenético murmullo y a continuación Alex volvió a aparecer sosteniendo una bolsa de papel que tenía impresas las palabras MATERIAL ARTÍSTICO LIVERPOOL.

—Fue una idea un poco loca. Puede que no te guste —le dijo él, colocándole la bolsa en las manos. No hacía falta abrirla. Maria Domenica supo qué contenía en cuanto la tocó.

—Un cuaderno de dibujo y unos lápices. —Estaba sorprendida—. Oh, y acuarelas de colores. Alex, ¿qué te ha hecho pensar que yo quería algo así?

—No lo sé, como te gustaron tanto los cuadros de la Walker Art Gallery, pensé que a lo mejor querrías probar. Pero si no te gusta, supongo que podré cambiarlo. O puedes dárselo a Chiara para que juegue.

—No, claro que me gusta, Alex. Me encanta. —Apretó la bolsa con fuerza contra ella—. Es el mejor regalo que podrías haberme hecho. —Se acercó y juntó sus labios con los de él—. Muchísimas gracias.

A Alex se le quedó tal cara que parecía que hubiera salido el sol.

—También me he enterado de que hay unas clases de arte —continuó, entusiasmado—. Las dan los martes por la noche en un centro de educación para adultos que está cerca. Puede que incluso te acompañe y pruebe qué tal se me da. ¡Podría ser un talento por descubrir!

Maria Domenica volvió a besarle a toda prisa mientras se lanzaba escaleras arriba como una flecha hacia su habitación, con el fin de prepararse para la ceremonia nupcial. Se sentía liviana y feliz. El cuaderno de papel que llevaba en la mano parecía una señal de que, por fin, estaba tomando el camino correcto en la vida.

No hubo nada en aquella boda que le recordase a la anterior. Esta vez no hubo iglesia, tan solo una simple oficina del registro civil con unas sillas de plástico naranja y un gran escritorio de madera tras el que había un hombre sonriente.

Alex estaba a su lado, nervioso e incómodo dentro de su traje, y a Maria Domenica le dio la impresión de que estaba ansioso por zanjar aquella parte del día. Al otro lado se encontraba el hada Chiara, que sostenía un ramo de flores de seda blanca y sonreía de forma encantadora a los invitados como si fuera una niña nacida para el estrellato.

Puede que no llenaran las largas filas de sillas de la estancia, pero todas las personas importantes se hallaban presentes. El señor Fox y su tímida novia Maureen estaban sentados junto a unos radiantes señores Leary. Fred, el mecánico que había contratado a Alex, había llevado a su novia, la espantosamente moderna Brenda. En la parte de detrás estaban Bob y Tony, dos antiguos compañeros de clase con los que Alex tomaba de vez en cuando unas pintas de Bass en el pub Farmer's Arms que había a la vuelta de la esquina.

Resplandeciente con su vestido de capullos, Maria Domenica se sentía hermosa, querida y rodeada de amigos. Era una maravillosa sensación y a medida que pasaba el día se fue haciendo cada vez más intensa.

La única música que sonó en la cena nupcial fue el sonido de la lluvia que azotaba las ventanas del café. Fuera, el viento había convertido la piscina en un mar en miniatura, pero allí dentro se estaba caliente y había champán para beber y cajas con vino de remolacha y zanahoria del señor Fox para el que aún tuviera sed.

La señora Leary había realizado un esfuerzo excepcional para lograr que la cena fuera especial. Había sacado los manteles blancos de lino que había prometido, le había quitado la corteza a los sándwiches, había cortado los canapés de hojaldre con salchicha en un ángulo determinado y había hecho un abundante uso de servilletas de papel. En el centro de la mesa estaba la tarta que ella misma había preparado, glaseado y coronado con un novio y una novia de plástico. Junto a ellos había colocado cuidadosamente un hada del árbol de Navidad.

—Soy yo —exclamó Chiara, encantada—. Estoy en la tarta. ¡Soy una dama de honor!

Maria Domenica se echó a reír y miró a su hija y luego a su marido, que le dedicó a su vez una sonrisa.

—¿Eres feliz, señora Fox? —le preguntó Alex tímidamente.

—Muy feliz —respondió ella con su fuerte acento italiano, y decía la verdad—. Me siento... me siento... supongo que me siento como si por fin fuéramos una familia.

TERCERA PARTE

Londres, Inglaterra, 2000

1

Una abundante capa de harina cubría todas las superficies. Se extendía como un manto sobre la encimera, revestía la cocina y tapaba la tostadora. Nubes de polvo se habían depositado en el suelo formando una película arenosa, y cuando la harina se pegaba a la suela de algún pie que pasaba por encima llegaba hasta el pasillo enmoquetado.

Incluso el aire estaba lleno de harina. Se metía en los pulmones de Chiara, en los poros y le salpicaba el pelo. Parecía una alocada cortesana francesa que hubiera llegado del pasado completamente cubierta de polvo.

Pero lo peor, era que cada vez que cogía el rodillo sentía que la depresión la invadía tan profundamente como la harina había invadido su cocina. Día tras día, el aroma dulzón y empalagoso de la harina que llenaba su pequeño apartamento le provocaba náuseas; sentía un gran alivio cuando abría una de las ventanas de guillotina y sus fosas nasales respiraban el olor de las calles de Londres. Ningún pan redondo, ninguna *ciabatta*, ninguna tostada ni ningún pan de tomate podían competir con el olor acre y metálico del humo del tráfico y el rancio hedor de los cubos llenos de basura que debería haberse recogido el día anterior.

Cuando Chiara le propuso a su editora, Janey, la publicación de un libro sobre pan casero, no parecía mala idea. En aquel momento se encontraban en el restaurante Ivy, comiendo sus croquetas de salmón y reconociendo a los famosos por encima de sus menús. Aunque probablemente el pan no había vuelto a entrar en su organismo desde que los carbohidratos fueron proscritos a finales de los noventa, a Janey le cautivó la idea.

—El pan casero —dijo en voz baja—. Podrías hacer que el pan volviera a ser sexy. El pan casero podría ser la nueva jardinería. Este es el momento perfecto. La gente vuelve a sus casas, busca lo tradicional, los valores sólidos. El pan casero se los puede ofrecer. Aunque, por supuesto, tus recetas deben conseguir que el proceso sea menos complicado y que no requiera tanto tiempo para que pueda encontrar un hueco dentro de sus ajetreadas vidas.

—Hum, sí, claro —murmuró Chiara en señal de conformidad, mientras se preguntaba cada vez más aterrorizada cómo iba a conseguirlo.

Janey se inclinó hacia delante, emocionada. Retiró con una mano la cortina que formaba su liso pelo rubio. Había introducido la otra mano en la cesta del pan y estaba acariciando amorosamente un panecillo de nueces.

—Podría conseguirte un programa de televisión o una cuña en algún programa de radio sobre cocina. Además, podríamos conseguir muchos patrocinadores. Tal vez pudiéramos asociarnos con alguna marca de harina. O podrías sacar tu propia línea de fuentes antiadherentes para horno. Tengo que pedirle al equipo que prepare una estrategia de marketing adecuada, pero veo un montón de oportunidades de inversión.

Chiara dejó escapar un leve suspiro y puso sus grandes ojos marrones en blanco. Lo que a ella le gustaba era la comida. Hacer la compra en los puestos del mercado donde estaban amontonadas las relucientes y moradas berenjenas, los champiñones manchados de tierra, los pimientos rojos maduros y las alcachofas con sus duras y prietas hojas verdes rodeando el corazón.

Le encantaba extraer su botín e imaginar el partido que les sacaría a aquellos alimentos echándoles un montón de salsa de chile o friéndolos en aceite. Pero sobre todo le gustaba comerlos; probarlos ávidamente mientras cocinaba; chuparse los dedos y lamer las cucharas; echar la comida en platos y cuencos o, a veces, comer más de lo aconsejable directamente de la cazuela. Las estrategias de marketing y las oportunidades de inversión estaban muy bien, pero ella no tenía la culpa de que no le despertaran la misma pasión que una bandeja de tomates asados a fuego lento y aliñados con vinagre balsámico o un buen trozo de ternera cocinado con vino tinto y cebolla hasta que la carne se desprendiera fácilmente del hueso.

—¿Y cómo titularías el libro? —Janey, siempre con su mentalidad de mujer de negocios, la devolvió a la realidad—. *¿La reina de la cocina inglesa y el pan nuestro de cada día?*

—¿Qué? —Chiara tiró de sus cortos mechones de pelo castaño, un tic nervioso que había jurado que abandonaría.

—Es broma, es broma —la tranquilizó Janey. El panecillo de nueces estaba ahora en su plato, pero todavía no había sentido la tentación de hincarle el diente. En lugar de ello, lo estrujó entre sus dedos como si de un juguete antiestrés se tratara—. El pan es auténtico, ¿no crees? Hay algo genuino en él. Se puede confiar en alguien que hace pan. Es algo honesto.

Chiara dejó de escuchar y centró su atención en lo que quedaba de su croqueta de pescado. No tenía a nadie a quien echarle la culpa y lo sabía. Durante los años que había trabajado en las cocinas estresantes y llenas de humo de los restaurantes de Londres había soñado con publicar un libro de recetas. En su tiempo libre se entretenía probando nuevas ideas en la cocina de su piso. Se le daba bien la cocina; siempre había sido así. De niña ayudaba en la cocina a su madre, Maria, prácticamente desde que empezó a andar. Al principio la dejaba que subiera a una silla y removiera la salsa del asado de los domingos para que no se pegara; luego, pasó a extender la masa con el rodillo cuando su madre hacía un pastel, reservando las sobras para preparar tartas de mermelada y empanadas.

Cuando volvía la vista atrás, los olores de las comidas estimulaban más la memoria de Chiara que cualquier otro suceso o momento. Todavía conservaba un recuerdo muy vivo de los platos que hacían en invierno: las salchichas de cerdo, arrugadas tras hervir a fuego lento en una salsa espesa de cebolla; las enormes y reconfortantes porciones de pastel de carne con patatas coronado con una corteza crujiente de cheddar, o los platos de bacalao al horno y patatas onduladas que tanto les gustaba envolver en un trozo de suave pan blanco untado con mantequilla y que luego devoraban mientras las patatas calientes se fundían con la mantequilla que les chorreaba por las manos.

También recordaba los momentos que había pasado con su padre, Alex, sentados por la tarde en el paseo mientras el cielo se teñía de color rosa y dorado, escuchando el sonido de las olas que chocaban contra el malecón y comiendo pescado frito con patatas de un cucurucho de papel de periódico y puré de guisantes de un envase de plástico. O gastándose el dinero del billete de autobús en manzanas de caramelo en el salón recreativo y luego teniendo que volver a casa andando.

Era prácticamente inevitable que Chiara terminara ganándose la vida cocinando, aunque la comida que ella hacía bajo la supervisión de los chefs más selectos de los restaurantes de Londres era diferente: montoncitos inmaculados de ingredientes exquisitos colocados en finos platos de porcelana y preparados entre el calor, el ruido y a veces el miedo. Había muchas cosas que no le habían gustado de aquellos años de cocinera. Las horas se hacían eternas y los chefs solían gritar. Pero gracias a su infancia pasada en la estrecha cocina de su madre, nunca había perdido su amor por la comida tradicional inglesa. Había tanta gente que la había cocinado mal durante tanto tiempo que al final habían olvidado lo satisfactoria que podía llegar a ser si se hacía como es debido. Esto era lo que se había propuesto ofrecer en su libro: recetas para que la gente preparara comida inglesa sana y sabrosa.

Por desgracia, a nadie le había parecido una buena idea para un libro. De hecho, había recibido tantas cartas de rechazo por parte de agentes y editores que se había planteado empapelar con ellas la pared de su dormitorio. Janey había sido la única que había visto las posibilidades de aquella propuesta y le había asegurado que podía llevarse a cabo.

—Chiara, creo que has dado en el clavo —le dijo en su primer encuentro—. Has reinventado la cocina inglesa para la generación de los productos bajos en grasa y que no tiene tiempo para nada. Esto va a ser un bombazo.

Chiara se sentía tan agradecida que habría estado dispuesta a cualquier cosa. Le había dado permiso a Janey para que rebautizara todas sus recetas con unos nombres horribles —«¡Fantástico estofado de Lancashire!» y «Croquetas crujientes y cremosas» eran dos que le venían a la cabeza— y había accedido a posar para la foto de la portada sentada en un trono, con una corona en la cabeza y un gran calabacín en la mano en lugar de un cetro. El libro se tituló *La reina de la cocina inglesa*, y Janey no se equivocaba: fue un bombazo. Se publicaron extractos en los periódicos y ella llegó a aparecer tanto en la televisión y la radio que se convirtió en una pequeña celebridad; los libros todavía seguían desapareciendo de las estanterías de las librerías. Chiara, bastante perpleja, había perdido ya la cuenta del número de reediciones que se habían hecho.

Janey empezó a insistir para que escribiera un segundo libro.

—Tenemos que capitalizar tu popularidad —le señaló.

El problema era que Chiara tenía la impresión de que sus conocimientos solo daban para un libro. Había tardado bastantes años en perfeccionar las recetas de *La reina de la cocina ingle-*

sa. Eran buenas, estaba segura de ello, pero no tenía ni idea de qué podía hacer a continuación.

—¿No te han sobrado recetas? ¿Por qué no les vuelves a echar un vistazo y miras a ver si se te ocurre algo? —le propuso Janey.

Pero las notas de Chiara no le aportaron ninguna sorpresa y no se le ocurría ninguna idea. Empezó a temer que había perdido la capacidad para hacer algo que antes le salía de forma natural. Llegó un momento en que cada vez que trataba de pensar en su segundo libro, le entraba el pánico y se le saltaban las lágrimas al tiempo que sentía náuseas.

Janey le dijo que era normal; el segundo libro siempre era muy difícil. Lo único que debía hacer era relajarse y dejarse llevar. Pero aquel consejo bienintencionado no le sirvió de ayuda. El tiempo pasaba asombrosamente rápido; Chiara ocupaba sus días con la comida, y su segundo libro estaba sepultado en una zona olvidada de su cerebro; la que también ocupaban temas como los planes de pensiones y la declaración de la renta.

La comida en el restaurante Ivy había sido un intento para animarla. Janey había llevado una lista de ideas que Chiara se esforzó por leer al revés. Creyó leer *La reina de la cocina esquimal*, aunque puede que pusiera «escandinava». Fuera lo que fuese, se le cayó el alma a los pies. Había mirado hacia la cesta del pan, que contenía unos panecillos de nueces delicados como huevos de pájaro en un nido, y fue entonces cuando soltó:

—El pan, voy a hacer un libro sobre el pan. Ya sabes, panes campestres, panes con distintos sabores, panes rellenos, *calzone*, panes dulces. Las posibilidades son infinitas.

Y así fue como se encontró de repente encerrada en su pequeña cocina, rebozada de harina, levadura y masa fermentada, y con el horno al máximo. Se sentía como las generaciones de mujeres que habían hecho aquello antes que ella, inclinadas sobre un trozo de masa, trabajándola, dándole forma y estirándola. Se habían quemado sostenes, se había luchado por la igualdad de los derechos y allí estaba ella, llenando el horno de bandejas y más bandejas repletas de montoncitos de pasta y mirando ansiosamente a través de la puerta de cristal mientras crecían hasta convertirse en panes.

—Qué imagen. Solo te falta un delantal rosa con volantes para parecer la perfecta ama de casa. —Harriet, su mejor amiga, estaba apoyada tranquilamente en la puerta, con un martini en una mano y la correa de Salty, su lebrel irlandés, en la otra.

—¿Qué estás bebiendo? —Chiara se puso a oler—. ¿Puede ser... alcohol?

—Un martini de chocolate, para ser exactos. Vodka, crema de chocolate blanco, un chorro de vermut y virutas de chocolate blanco flotando por encima. Está delicioso.

—¿Me preparas uno? ¿O quizá dos?

—Querida, me gano la vida bebiendo. Tú sigue cocinando. Te haré uno cuando hayas terminado de trabajar.

En realidad Harriet no se ganaba la vida bebiendo. Dirigía un club privado llamado La Oficina, donde unos pocos miembros selectos, generalmente con inclinaciones literarias, pillaban unas borracheras increíbles seis noches a la semana.

—No estoy borracha, querida, solo un poco achispada —solía decir Harriet.

Ella y Harriet se conocían desde que tenían dieciocho años, cuando coincidieron en la universidad. Su madre, Maria Domenica, preocupada porque no tuviera amigos, le había aconsejado que llamara a la puerta de las habitaciones situadas a los lados y enfrente de la suya en el pasillo de la residencia, y se presentara a sus ocupantes. Nerviosa, Chiara le había obedecido; conoció a Harriet tras la puerta de la habitación de enfrente. Era una chica glamourosa, tenía el pelo moreno y llevaba un vestido de seda amarillo a la moda de los años veinte. Guardaba una caja con botellas de un vino tinto bastante decente en su armario; abrió una con Chiara, que había crecido en Merseyside y no había conocido nunca a nadie tan exótico. Se quedó prendada de Harriet desde el primer momento, e incluso cuando acabaron la universidad y se trasladaron a Londres, fue incapaz de dejar de verla.

Pasaron los siguientes años en uno de los callejones más anónimos que cruzaban la zona situada entre Oxford Street y Shaftsbury Avenue, popularmente conocida como el Soho. Lo que en su día fuera una zona llena de colorido y de reputación ligeramente dudosa, llena de artistas, escritores y aristócratas disolutos, había cambiado mucho desde aquella época. Ahora, si querían comprar verdura en el mercado de Berwick Street, tenían que abrirse paso entre las jeringuillas de los yonquis que encontraban al entrar en la zona baja y atravesar grupos de jóvenes modernos que bebían café de Starbucks en vasos de cartón.

Ella y Harriet también habían cambiado. Habían dejado atrás la veintena y habían conseguido dinero y éxito a medida que se hacían mayores. No tenían por qué seguir viviendo apretujadas en su estrecho ático, pero aun así se habían quedado allí, aferrándose a lo poco que quedaba del viejo Soho y de sus antiguas vidas.

El club privado de Harriet ocupaba dos pisos de una casa adosada de estilo georgiano. Las persianas siempre estaban bajadas y la iluminación era muy tenue, para poder ocultar las capas de polvo y la pintura que se desprendía de las paredes. Los teléfonos móviles y la música estaban prohibidos, de modo que el único sonido que había era el ruido de las botellas de champán que se descorchaban y el murmullo constante de las ingeniosas conversaciones. Había una gran sala principal, amueblada con sillas de distintos estilos, mesas y viejos sofás de cuero, donde la gente comía y bebía. Las mesas estaban adornadas con cuencos llenos de limones, y había velas que chisporroteaban encima de sus platillos. Al lado había una pequeña habitación ocupada casi enteramente por una enorme cama con cojines amontonados que era el lugar al que los miembros se podían retirar un rato si se sentían demasiado «achispados».

Con Salty, su gigantesco lebrel irlandés, siempre a su lado, Harriet nunca tenía problemas con los miembros más rebeldes, por muy ebrios que estuvieran. Cuando acababa la noche, tras cerrar la puerta detrás del último cliente, subía el tramo de la irregular escalera de madera que llevaba hasta el diminuto apartamento del piso superior que compartía con Chiara.

A aquellas alturas su amistad se había convertido en una especie de matrimonio; mejor que un matrimonio, pensaba siempre Chiara. Rara vez discutían y cuando sus amantes pasaban por allí no lograban arrebatarles su intimidad por mucho que lo intentaran. Al final del día, Chiara y Harriet se contaban sus secretos. No podían concebir otra forma de vivir.

A nadie le alegró más el éxito de *La reina de la cocina inglesa* que a Harriet. En La Oficina se bebieron docenas de botellas de champán con los correspondientes brindis que la dueña dedicó a Chiara y a su inteligencia. Ahora su amiga se estaba interesando vivamente por su segundo libro.

—¿Qué es esto? —Olió los panes que Chiara había dejado enfriando en los estantes metálicos.

—Pan de aceitunas blanco, pan de aceitunas con harina integral y pan de aceitunas con granos enteros —respondió Chiara en tono cansino.

—¿Y qué tal?

—Están todos asquerosos —se quejó—. Deberías llevártelos al club y servírselos a los que estén más borrachos con un queso de cabra fuerte.

—¿Tú crees? —dijo Harriet, recelosa.

—Sí, quítalo todo fuera de mi vista.

—¿Chiara?

—¿Hum?

—¿De verdad te gusta el pan?

—Antes sí, Harriet. Me encantaba el pan. Pensaba que era la esencia de la vida. Pero ahora ya no.

Harriet dio un sorbo a su martini y lamió las virutas de chocolate blanco que se habían quedado en sus gruesos labios.

—Entonces —dijo con expresión pensativa—, ¿te has planteado que a lo mejor la idea de escribir todo un libro de recetas es un error?

Chiara soltó el pan que había estado trabajando y se llevó las manos a los costados.

—Todo esto es un error, ¿verdad? —dijo desconsolada—. Oh, Dios, ¿qué voy a hacer? Janey me matará.

—Que se joda Janey.

—Sí, claro, pero no es tan sencillo. He firmado contratos, he hecho promesas, he escrito mi nombre en la línea de puntos. Probablemente ella tenga derecho a matarme si no escribo el maldito libro sobre el pan.

Harriet le puso el vaso de martini en la mano.

—Bebe —la apremió—. Es lo único que te queda.

Chiara dio un gran trago y se echó hacia atrás de la impresión.

—Santo Dios, está fuerte.

—Es alcohol puro, querida. Suele ser fuerte.

—No sé cómo puedes beber esto.

—Me lo bebo, querida, porque en eso consiste mi trabajo. Y me entrego a él, como tú haces para poder darle al populacho alguna idea para cenar cada noche.

—Entonces, ¿crees que el populacho preferiría comer pan de aceitunas blanco, de harina integral o con granos enteros?

Harriet levantó la mano.

—Un momento —dijo. Arrancó con cuidado un pedazo crujiente de cada pan. Se metió el primer trozo en la boca y lo masticó lentamente con una expresión neutral en el rostro. A continuación cogió el vaso de martini—. Tengo que limpiarme el paladar.

Repitió el procedimiento con el segundo y el tercer trozo y sonrió a Chiara.

—No está asqueroso, está bueno. Se lo daré de comer encantada a los miembros del club con o sin queso de cabra. Pero aun así, pienso que deberías replantearte la idea del libro. No estás entusiasmada con él. El motivo de que el otro libro tuviera tanto éxito fue tu pasión por la comida inglesa, no los nombres que Janey puso a las recetas ni la absurda foto de la portada.

Chiara adoptó una expresión triste.

—Ya lo sé —afirmó.

—Te diré qué quiero que hagas. Vas a bajar al club con Salty y conmigo y te vas a tomar un par de copas antes de cerrar. Y mañana te coges el día libre, lo que quiere decir que no habrá pan. Nada. ¿Lo has entendido?

—Sí, evitaré el pan cueste lo que cueste.

—Muy bien. Y en vez de hacer pan, dedícate a pensar. Piensa en lo que realmente quieres hacer. Qué tipo de comida te apasiona, despierta tu curiosidad y hace que te sientas viva. Y luego escribe un libro sobre ello.

—¿Sabes una cosa, Harriet? —Chiara sonrió—. Para ser alguien que siempre está borracha, eres increíblemente sabia.

2

Chiara abrió los ojos cuando los primeros rayos de luz grisácea penetraron a través del cristal sucio de la ventana y rozaron las paredes encaladas de su cuarto. Por mucho que lo intentara, no podía seguir durmiendo después de que amaneciera. Harriet era capaz de quedarse dormitando la mitad del día si tenía la posibilidad, en cambio Chiara tenía que sacar las piernas de la cama y estirar sus miembros encogidos en cuanto se despertaba.

En su habitación no había más espacio que en cualquier otra parte del pequeño piso. La cocina era un simple pasillo con algunos arreglos, y Harriet dormía en lo que debería haber sido la sala de estar, lo que dejaba a Chiara el espacio justo para colocar una cama individual, una barra para colgar la ropa, un escritorio para el ordenador portátil y unos montones ordenados de libros de recetas y de revistas de cocina para inspirarse. Afortunadamente, nunca había sido muy aficionada a las posesiones. En su opinión, las cosas acababan agobiando. Y aunque le encantaba el Soho, la idea de que ella y Harriet pudieran recoger sus pertenencias en pocos minutos y marcharse cuando quisieran le resultaba atractiva.

Medio dormida, se miró en el espejo de la pared. Todavía tenía su corto pelo castaño tieso a causa de la harina, y sus grandes ojos marrones pegajosos por el sueño. Chiara tenía una cara risueña. Era un rostro franco, ingenuo incluso. Su piel estaba salpicada de pecas, y aunque en verano adquiría rápidamente un tono caramelo con el sol, ahora tenía la palidez propia de una persona que trabaja en la cocina. Aun así, sabía que podía ponerse guapa si empleaba media hora y el suficiente surtido de productos para el pelo y de maquillaje, pero esa mañana no pensaba tomarse esa molestia. Era su día libre e iba a aprovechar al máximo cada segundo. Se puso un jersey negro y unos vaqueros, intentó pasarse la mano por su imposible pelo, y listo.

Encontró a Salty amodorrado, tumbado a lo largo del pasillo enmoquetado. El perro levantó la cabeza cuando oyó sus pasos y golpeó esperanzado el suelo con la cola.

—¿Quieres ir a dar un paseo? —La cola golpeó el suelo más rápido y más fuerte—. Pues venga, levántate, perezoso.

Londres estaba hermosa a esas horas, sobre todo los fines de semana. Piccadilly Circus estaba prácticamente desierto, y Chiara caminó con paso enérgico por delante de Fortnum & Mason y el Ritz, sintiéndose como si el West End fuera solo suyo.

Era primavera, los narcisos brotaban en el suelo de Green Park. Allí había otros paseantes matutinos, algunos de ellos con perros; Chiara le quitó un rato la correa a Salty para que jugara con un caniche alborotado llamado Fergus, luego volvió a atarlo y continuó con su paseo por delante de Buckingham Palace y enfiló el camino que bordeaba el lago de St. James' Park.

Mientras caminaba trató de averiguar por qué no era más feliz. Al fin y al cabo, lo tenía todo a su favor. Estaba en forma, tenía salud, era la autora de un libro de cocina que había obtenido un éxito increíble y no era demasiado fea. Tenía buenos amigos y buena suerte. Su vida era plena. Entonces, ¿por qué se sentía tan... triste? Era como si la felicidad que deseaba se encontrara justo al alcance de la mano, pero ella estuviera demasiado aturdida para darse cuenta.

Salty alzó su cabeza grande, peluda y gris hacia ella y resopló con satisfacción. Los perros son los más sensatos, pensó Chiara. Si alguien les da comida, un lugar donde dormir, un poco de afecto y un paseo cada día, ya son felices. No parecía que Salty tuviera nunca las depresiones ocasionales que ella padecía.

Ya casi habían vuelto al Soho. Chiara se moría de ganas de tomar una taza de café cargado, de modo que se dirigieron al bar Italia, donde escogió una de las mesas de la terraza y pidió un *cappuccino*. Ató a Salty a la pata de la silla de forma que pudiera tener las manos libres y rodear la taza para entrar en calor. Puede que estuvieran en primavera, pero en Frith Street soplaba un aire frío.

Salty divisó a Harriet antes que ella. Prácticamente arrastró la silla hasta el medio de la calle. Harriet sonrió y les saludó con la mano. Su figura glamourosa destacaba mientras caminaba por el Soho, incluso vestida con unos viejos vaqueros y un poncho rojo con flecos. Los hombres siempre se giraban para mirarla cuando pasaba, pero ella rara vez se molestaba en prestarles atención. A Harriet le gustaban los hombres, pero le gustaban a su manera. Se buscaba a un amante de vez en cuando y entonces era tan insaciable con el sexo como con los martinis. Pero Chiara solo le había oído dirigir las palabras «Te quiero, cariño» a ella y a Salty. No tenía tiempo para enamorarse locamente o para dejar que le rompieran el corazón. Con el paso de los años había sufrido algunos desengaños, y a menudo Chiara deseaba que pudiera volver a ser la de antes.

—¿Qué haces en la calle a estas horas? —le dijo—. ¿Se ha incendiado el piso?

—No, querida. Me he despertado y he visto que te habías ido; he pensado que lo mejor sería que te localizara antes de que sucumbieras a la tentación de comer ese producto hecho a base de trigo cuyo nombre no me atrevo a pronunciar.

—La verdad es que me estaba planteando pedir unas tostadas con crema Marmite.

Harriet le lanzó una mirada feroz.

—Pero entonces me he acordado de que hoy era el día sin pan —añadió.

—Chis, no hables de ello. Ni siquiera pienses en ello. —Harriet se dejó caer en una silla y permitió que Salty posara su enorme cabeza sobre su regazo—. Dile a ese chico tan guapo que me traiga café —pidió.

El camarero italiano era atractivo, tenía un fuerte acento y chapurreaba el inglés.

—Aquí tienes tu *cappuccino*, preciosa —dijo sonriendo a Harriet, y se le formaron unos hoyuelos en las mejillas. Chiara estaba acostumbrada desde hacía mucho tiempo a ser la amiga fea, y no le importaba que el sexo masculino no le hiciera el menor caso cuando Harriet estaba a su lado, pero todo tenía un límite.

—Eh, ese *cappuccino* es mío. Tráele otro a ella —dijo.

Él le lanzó una mirada abatida y luego, mirando a Harriet, se encogió de hombros en un gesto teatral.

—Te traeré el *cappuccino* en un momento —dijo sucintamente.

Harriet se echó a reír.

—Qué temperamental —comentó mientras el camarero entraba otra vez en el café pavoneándose—. A lo mejor tendrías más suerte con él si le hablaras en italiano.

—Sí, añadiré «aprender italiano» a mi larga lista de asignaturas pendientes si así les parezco más atractiva a los camareros de la zona.

—De todos modos, debes de saber un poquito.

—¿Y eso por qué?

—Tienes nombre italiano y sangre italiana.

—Tú pareces más italiana que yo. —Siempre había envidiado un poco el pelo negro azabache de Harriet y su piel de color aceituna.

—Sí, ya lo sé, pero lo mío es solo superficial. Tú eres auténtica. —Harriet se recostó en su silla y la observó—. ¿Sabes? Siempre me ha parecido un poco extraño.

—¿El qué?

—Bueno, debes de tener algún familiar en Italia, ¿no? Y aun así, nunca has hecho el menor esfuerzo por encontrarlo. ¿Por qué?

—No lo sé. Supongo que por lealtad a mi madre. Ella nunca dejaba que le hicieran preguntas sobre Italia. Y eso por decirlo suavemente. Ni siquiera cocinaba comida italiana. No recuerdo una sola comida que no fuera inglesa.

Harriet arrugó la nariz.

—Qué raro —dijo pensativa—. De todas formas, si yo fuera tú, querría saber más. Es tu historia personal, ¿no? El lugar del que procedes forma parte de lo que eres. Y como tú no sabes exactamente de dónde vienes, ¿cómo vas a poder comprender realmente quién eres?

—Qué profunda y trascendente te has puesto, y eso que todavía no te has tomado ningún café —bromeó Chiara.

—Sí, ¿dónde está el chico con mi *cappuccino*?

Finalmente, cuando tuvieron suficiente cafeína en la sangre para trajinar hasta la hora de irse a la cama, se marcharon del bar Italia y pasearon lentamente por las calles llenas de restaurantes y *brasseries* que empezaban a abrir y a prepararse para recibir a los clientes del día.

—Cuántos tipos de comida —dijo Chiara lánguidamente mientras pasaban por delante de restaurantes tailandeses, vietnamitas, franceses y húngaros. Echó un vistazo a los menús —odas a la hierba luisa, poemas a la paprika—; su estado rayaba en la desesperación.

—La verdad es que no sé por qué hay tantos —asintió Harriet—. A mí me basta con un buen trozo de queso y una pera madura.

—¿De verdad son necesarios? ¿Los libros de cocina, las revistas de comida, las páginas web con recetas?

—No es cuestión de necesidad, ¿no crees? —señaló Harriet—. Es cuestión de demanda. La gente quiere libros de recetas porque sigue comprándolos, aunque luego no prepare nunca una sola comida de las que aparecen en ellos.

—Eso tiene que ser lo más deprimente —respondió Chiara—. Que haya ejemplares de *La reina de la cocina inglesa* sin tocar en las estanterías de todo el país. Sin un chorretón de «Caldo caliente de la abuela» ni una gota de «Salsa de perejil para comer en pareja» que manche sus inmaculadas páginas.

Harriet rió.

—No creas que no sé qué te propones —dijo—. Estás intentando convencerte de que no tienes que escribir otro libro, ¿verdad? Pues no te servirá de nada.

—¿De verdad tengo que escribir un libro de cocina, Harriet? ¿No podría hacer una guía de restaurantes de comida para llevar?

—Buena idea. Podrías llamarla *La duquesa de la comida preparada.* Janey haría que te disfrazaras de hamburguesa para la foto de la portada.

Chiara se echó a reír y miró su reloj.

—Vamos, te ayudaré a preparar el club para la hora de comer. Tú no dejes que me acerque a esa cosa fermentada, ¿vale?

Fue a Italia, y no al pan, a lo que Chiara estuvo dándole vueltas todo el día. ¿Y si tenía allí tías, tíos y primos, incluso tal vez alguna hermanastra o hermanastro? ¿Y si su verdadero padre estuviera allí? ¿Sería muy difícil dar con ellos? Y si conseguía localizarlos, ¿cómo la recibirían? El germen de una idea comenzó a crecer en su mente.

A media tarde, Harriet descorchó una botella de Barolo.

—¿Te apetece un buen vino italiano? —preguntó.

—Cómo no. —Chiara le acercó un vaso vacío. Bebió un sorbo y lo retuvo en la boca un instante para paladear su sabor pleno—. Mmm, es sublime.

—Está bueno, ¿verdad? —asintió Harriet.

—Podría beber varias botellas.

—Yo ya lo he hecho.

Chiara se río. Menos mal que tenía a Harriet. No había nadie como ella.

—Bueno —comenzó tímidamente—, se me ha ocurrido una idea. ¿Quieres oírla?

—Adelante —la animó Harriet.

—El libro de cocina es algo imposible, creo que es evidente. Cada vez que me propongo hacer pan me entran ganas de ponerme a chillar.

—¿Y qué vas a hacer en su lugar?

—Lo que tú me has sugerido. Voy a ir a descubrir quién soy.

Harriet se quedó confundida.

—No lo entiendo.

—Yo tampoco. No del todo —reconoció Chiara—. Seguramente es una idea absurda, pero he pensado... tomarme unas semanas para hacer de detective e intentar localizar a mi familia italiana. No sé... a lo mejor si consigo descubrir de dónde vengo, me resulta más fácil averiguar adónde voy.

Harriet asintió lentamente con la cabeza.

—¿De qué región de Italia eres? —preguntó.

—No lo sé. Es lo que te decía: es una idea a medio formar, en el mejor de los casos. Probablemente debería olvidarme y subir a hacer pan.

—Quédate donde estás —le ordenó Harriet mientras le volvía a llenar el vaso—, creo que merece la pena estudiar un poco más la cuestión. Si tuvieras que localizar a tu familia, ¿por dónde empezarías?

—Veamos. Supongo que iría unos días a casa, a Merseyside, para ver si puedo encontrar alguna pista.

—Así que lo único que tendrías que invertir es el dinero del billete de tren —comentó Harriet—. Creo que es un desembolso que merece la pena, ¿no te parece?

3

El tren se abría camino hacia el norte a través del paisaje inglés, con una hora de retraso, y sin vagón restaurante. Chiara sostenía una revista delante de sus ojos, pero tenía la mirada perdida en los campos verdes y los canales que se intercalaban con hipermercados Homebase y aparcamientos. A ese ritmo, Inglaterra iba a quedarse pronto sin campo. Un día una fina capa de cemento cubriría toda la tierra.

A menudo Chiara sentía claustrofobia en Londres. Era como si hubiera tanta gente en un espacio tan reducido que no quedara suficiente sitio para ella. En otra época esa sensación habría desaparecido en cuanto el tren se hubiera alejado de Londres. Pero los espacios verdes entre ciudades parecían disminuir, y esta vez, mientras el tren avanzaba traqueteando por los oscuros túneles que llevaban a la estación de Lime Street, se dio cuenta de que seguía sintiendo la misma claustrofobia de siempre.

Chiara no había llamado por teléfono para avisar de que iba de visita, así que la gente que estaba esperando en la puerta para recibir a los pasajeros no había acudido allí por ella. Se quedó de pie un momento intentando decidir la mejor forma de llegar a casa. El autobús que atravesaba el túnel del Mersey era la opción más rápida, pero descartó la idea. ¿Acaso no había preferido siempre el transbordador? Actualmente, el servicio no era tan regular —de hecho, ese transporte se había convertido en una atracción turística—, pero de todos modos iría caminando hasta el Pier Head y con un poco de suerte habría algún transbordador para llevarla a casa.

Caminó por la destartalada y orgullosa ciudad en dirección al río, balanceando su pequeña maleta en una mano, atenta al familiar acento cantarín que siempre le hacía saber que estaba en casa. Aquel era el lugar del que procedía; estaba sucio y en un estado bastante ruinoso, y la basura se amontonaba a los lados de la carretera, pero por algún motivo ella lo adoraba. Se preguntaba si en Italia habría una ciudad que le gustara tanto, un lugar donde se sintiera inmediatamente en casa como le ocurría en Liverpool.

Naturalmente, le había preguntado a su madre por Italia. Pero Maria Domenica siempre cambiaba de tema o se impacientaba con ella.

—¡Será posible! Estás intentando darme conversación cuando tienes la habitación hecha un desastre y a mí me queda un montón de ropa por lavar. Venga ya, chiquilla —le decía, apartándose el pelo largo, y luego se daba la vuelta y se marchaba. Al final pensó que era mejor no molestarla con preguntas.

Intentó sondear a Alex con delicadeza en busca de información, pero no obtuvo respuestas. Su voz resonaba desde el interior del coche que estaba arreglando:

—Italia, nunca he estado allí, cariño —le decía—. No puedo ayudarte.

A pesar de llamarse Chiara Fox, siempre había sabido que Alex no era su verdadero padre; era lo único que le habían contado.

—Se marchó y no sé dónde está —era todo cuanto le decía Maria Domenica cuando Chiara le preguntaba por su padre biológico—. Estuve años buscándolo y no encontré ni rastro de él, así que es inútil que lo intentes, cariño. Da gracias por haber tenido a un hombre tan maravilloso como Alex de padre y deja de preocuparte por cómo podrían haber sido las cosas.

Al final dejó de pensar en ello. Lo relegó a lo más profundo de su mente y se centró en las cosas reales, como el baloncesto para chicas, los deberes del colegio y, con el tiempo, los chicos. Chiara siempre había pensado que un día, cuando estuviera preparada, su madre le diría que se sentara y se lo contaría todo. Ese día sabría el nombre de su padre, lo que había sido de él y por qué no había querido saber nada de ella.

Tal vez Maria Domenica pretendía decírselo a su debido tiempo, pero no había tenido la oportunidad. Primero fueron los intensos dolores de cabeza que le hacían dar vueltas por la casa a toda prisa bajando persianas y corriendo cortinas, y la obligaban a acurrucarse durante horas en el sofá con los ojos fuertemente cerrados. Luego fue el turno de las visitas a los médicos y especialistas para que le hicieran pruebas y escáneres y, por último, el diagnóstico. Maria Domenica tenía un tumor cerebral.

—Nadie sobrevive a un tumor de este tipo —les había dicho el neurocirujano—. Lo único a lo que podemos aspirar es a que aguante el mayor tiempo posible y a mejorar su calidad de vida.

Lo primero que Maria Domenica perdió fue el habla y luego, a medida que el tumor iba apagando su cuerpo, la capacidad de leer y escribir. Todos los secretos que tuviera que contar quedaron en su interior. Sus ojos expresaban por sí solos la angustia y el terror que sentía. Chiara y Alex se turnaban para estar con ella —leían para ella, ponían música o simplemente le acariciaban la mano— hasta que cayó en el sueño del coma, del que nunca despertó.

Fue enterrada en tierra inglesa y en la ceremonia no se hizo ninguna mención a Italia. Chiara dejó solo a Alex en la casa alta junto al río y volvió a Londres y a las sofocantes y frenéticas cocinas donde se ganaba la vida. Pasó un tiempo hasta que consiguió marcar el teléfono de su casa sin que esperara oír la voz de su madre, con su forma de pronunciar las vocales según la costumbre de Liverpool y sus erres fuertes y sonoras. Suponía que Alex esperaría que visitara la tumba mientras estaba en casa. Ella odiaba ir allí, odiaba la idea de que su madre estuviera allí debajo, ahogada bajo capas de tierra húmeda.

Notaba el olor acre y salado del río y oía los chillidos de las gaviotas. Enfrente de ella se alzaban los grandes edificios que recordaba de su infancia como sombras negras. Los habían limpiado con arena hasta dejarlos como nuevos. Allí estaba el edificio Liver, coronado por dos figuras que parecían cigüeñas, y justo al lado, el elegante edificio Cunard. A su izquierda se hallaban los remozados Albert Docks, con sus tiendas, sus museos y su galería de arte, que demostraban el buen aspecto que podía ofrecer Liverpool si se hacía un esfuerzo. A su derecha, kilómetros de zona portuaria seguían pidiendo una reforma.

Tuvo que cubrir los últimos metros del desembarcadero corriendo y saltar a bordo del transbordador porque la sirena ya estaba sonando. La chimenea empezó a echar humo y la embarcación partió, balanceándose sobre las agitadas olas grises. Aunque soplaba un viento frío, Chiara se sentó en la cubierta. Allí era donde se sentaba con su madre hacía muchos años. Habían pasado días enteros en aquel transbordador cruzando el río una y otra vez. A ella le parecía increíblemente divertido, y su madre nunca se había quejado. Ella se contentaba con sentarse junto a Chiara, mientras el viento enredaba su largo pelo moreno, hasta que se hacía la hora de volver a casa a prepararle la cena a Alex.

Chiara había sido hija única y muy mimada. Pese a haberlo intentado durante años, su madre y Alex no habían conseguido tener otro hijo. Surgió la posibilidad de que se sometieran a un tratamiento médico, pero Alex se mantuvo firme y se negó a recurrir a los médicos y a sus ideas modernas.

—Chiara es mi hija, y no necesito ninguna otra —repetía obstinadamente. Por lo que respectaba a Maria Domenica, cada vez que Chiara le pedía una hermanita para jugar, se limitaba a encogerse de hombros y a decir:

—No todo el mundo se lleva bien con su hermana.

Chiara entornó los ojos ante la hilera de altas casas victorianas que bordeaba Egremont Promenade y reconoció la vivienda donde había crecido. Ahora que su mujer y su padre habían fallecido, debía de resultar muy raro para Alex estar completamente solo. Ella se habría alegrado si hubiera encontrado a otra persona, pero él palidecía ante la idea cada vez que ella se lo mencionaba.

—Tuve mucha suerte de conocer a tu madre —le decía—. Nadie tiene tanta suerte dos veces.

Habría sido un detalle por su parte haberle telefoneado y haberle avisado de que iba a ir, pensó en ese momento. A Alex nunca le habían gustado las sorpresas. Pero era demasiado tarde. Ya estaba de camino.

Sin embargo, Alex se alegró de verla.

—Para ser sincero, estas últimas semanas he estado volviéndome loco —le dijo—. Todo lo que hago, todos los lugares a los que voy, me recuerdan a tu madre.

Chiara le tocó el hombro suavemente.

—Papá, no puedes seguir así.

—No veo que tenga muchas otras opciones.

—Podrías buscar ayuda psicológica —propuso ella—. Podrías vender la casa y mudarte a otro sitio que no te trajera tantos recuerdos.

Él apretó la mandíbula tercamente.

—No, creo que no. Aquí soy feliz. Cambiar por cambiar no tiene sentido, cariño.

Chiara se fijó en lo delgado que estaba. Cuando su madre estaba viva y le preparaba opíparas y deliciosas comidas, él estuvo a punto de ponerse corpulento. Ahora estaba tieso y flacucho. Chiara decidió que se ocuparía de la cocina mientras estuviera allí y que le llenaría la nevera.

—Qué agradable sorpresa que hayas venido —dijo él, dedicándole una amplia sonrisa, y su piel se sonrojó de felicidad—. Había pensado ir a tomar una pinta más tarde con Bob y Tony al Farmers' Arms. Podrías venir. A ellos les haría ilusión verte.

—No —contestó ella, riéndose—. No voy a estropearles la noche a tus amigos. De todas formas, tengo cosas que hacer aquí.

—¿Qué cosas?

—De eso quería hablarte. Siéntate, pondré agua a hervir. Pero le costaba tratar aquel asunto. Le habló de la falta de inspiración que sufría para ocuparse del segundo libro y del fracaso de la idea del pan. Le hizo reír al describirle el día sin pan que se había tomado y cómo se había devanado los sesos buscando algo que consiguiera apasionarla de verdad.

—¿Y qué has decidido? —preguntó Alex, impaciente.

—Bueno, el caso es que no estoy segura de si podré llevarlo a cabo.

—¿Por qué?

—Porque es algo en lo que interviene otra gente además de mí, y no sé si podré encontrar a esa gente.

—Chiara, cariño, ¿de qué estás hablando?

—Vaya, ¿acaso que no ha quedado claro?

—En absoluto.

Chiara se llenó las mejillas de aire y espiró. Se tiró del corto pelo castaño con nerviosismo.

—¿Te cuesta decirlo? —preguntó Alex.

—Un poco, sí —respondió ella.

—Me gustaría pensar que no hay nada que no puedas decirme. Al fin y al cabo, soy tu padre.

Chiara aspiró y se preparó para llenar las mejillas y expulsar otra vez el aire.

—¿Cariño? —dijo Alex.

—Sí, eres mi padre y has sido fantástico —comenzó—. No podría haber pedido nada mejor. Pero el caso es que tengo otro padre en alguna parte y tal vez primos, tías y parientes, y me gustaría ir a Italia para encontrarlos. Si a ti te parece bien.

Alex se mostró arrepentido.

—Tu madre y yo no hemos sido justos contigo, ¿verdad?

—¿A qué te refieres?

—Tantas preguntas y ninguna respuesta.

Chiara le miró. No se atrevía a hablar.

—El problema es que yo no puedo darte las respuestas —admitió—. Tú madre tampoco habló conmigo de ese tema. Insistí un par de veces, pero no soltó prenda.

—¿Cómo pudiste dejar que te ocultara esa parte de su vida? —Chiara estaba casi indignada.

—Lo único que tienes que saber es que cuando conocí a tu madre yo era un perdedor. No tenía trabajo, no iba a ninguna parte, y no me importaba demasiado. Ella me aceptó cuando la mayoría de chicas me habrían evitado. Y yo le estaba... bueno, le estaba agradecido. No quería tentar la suerte. Por lo que a mí respecta, ella tuvo todo lo que deseó, y eso incluye el respeto de su privacidad en lo referente al pasado.

—Entonces, ¿no sabes nada? —Chiara no podía creerlo—. Ningún nombre, ningún sitio.

—Nada.

—Pues entonces más vale que lo deje. Volveré al puñetero pan.

Alex se quedó pensativo.

—Arriba hay cosas de tu madre. Un par de cajas llenas de dibujos que no me he visto con ánimo de abrir. Ella las guardó celosamente mientras estuvo viva, y a mí no me parecía bien inmiscuirme ahora. Pero tú eres su hija y en tu caso es diferente. Tienes todas esas preguntas, todas esas preguntas sin respuesta. A lo mejor encuentras algo en esas cajas que te ayude a responder a alguna de ellas.

—A lo mejor. —Chiara dio un sorbo a su té y deseó que fuera un Barolo italiano—. Les echaré una ojeada más tarde, cuando tú estés en el pub.

—Buena idea.

Chiara posó su taza sobre la repisa de la chimenea.

—Mientras tanto, ¿por qué no vas a ver si tienes alguna botella de vino y yo buscaré algo en la nevera para hacer la cena?

4

Las cajas estaban en el piso superior de la casa, en la habitación que Maria Domenica siempre había reservado para su uso personal. La butaca seguía allí, donde ella la había dejado, colocada de cara a la ventana para que pudiera contemplar la extensa vista de Liverpool por encima del río. A ella le encantaba aquella vista. Incluso le gustaba la horrible y enorme torre de cemento que antaño había albergado un asqueroso restaurante y dominaba todavía el horizonte con su lúgubre fealdad.

—A veces existe belleza en las cosas feas —le había dicho en una ocasión Maria Domenica—. En las fábricas y en las chimeneas con humo, en edificios que deberían haber sido derribados hace décadas o que incluso no deberían haberse construido. Ahí hay belleza. Solo tienes que saber dónde mirar para encontrarla.

Mientras se hallaba en la habitación que olía aún a su madre, Chiara recordó que a ella le gustaba quedarse allí durante horas mirando el paisaje, con su largo pelo moreno cayendo sobre el respaldo del asiento. Le gustaba mirar sobre todo cuando hacía mal tiempo, cuando la lluvia azotaba las ventanas y el mar de Irlanda arrojaba sus grandes olas, que daban nuevo impulso al río.

—Me recuerda el día de mi boda —comentaba a veces.

Chiara recordaba que su madre muchas veces tenía un cuaderno apoyado en la pierna y un lápiz en la mano, aunque los dibujos siempre desaparecían antes de que alguien pudiera mirarlos detenidamente.

Las cajas, pensó Chiara. Debían de estar en las cajas. Las encontró apiladas en el estante superior del armario. Las bajó una a una tambaleándose sobre un taburete y las dejó en el suelo junto a la butaca. Eran simples cajas marrones de supermercado, con frases impresas como JUDÍAS EN SALSA DE TOMATE HEINZ o PAPEL HIGIÉNICO KLEENEX, pero en la parte superior de cada caja su madre había escrito con rotulador negro sus iniciales, MF, y una fecha. Chiara abrió la caja más reciente y encontró lo que esperaba: dibujos a lápiz de las vistas que le gustaban a Maria Domenica y esbozos elaborados en un par de minutos de las personas a las que quería. Había uno de Alex asomándose por encima del capó de un coche y otro de alguien en quien se reconoció, jugando en el paseo con su primera bicicleta. Se dio cuenta de que su madre tenía verdadero talento. Eran unas obras toscas, pero había logrado plasmar la sonrisa perezosa y jovial de Alex y su intensa concentración mientras procuraba no caerse de la bici.

Pero los paisajes urbanos eran todavía mejores: grandes bloques de edificios que se cernían sobre el río Mersey. Los paisajes eran maravillosos. A Chiara le costaba creer que hubieran salido del lápiz de su madre.

La segunda caja contenía más material artístico. Maria Domenica no se había limitado a trabajar con lápiz. También había probado con las acuarelas y se había interesado por el carboncillo. Un par de dibujos de aquella caja eran menos refinados y revelaban inferiores dotes de observación. Al mirar la parte de abajo, Chiara vio las iniciales de su padre escritas en una esquina. Evidentemente no había tardado mucho en darse cuenta de que carecía de talento. En el fondo de la caja encontró más dibujos de su madre.

La última caja era la única opción que le quedaba. Si allí no había nada que la condujese a Italia, tendría que rendirse y volver a coger el rodillo de cocina.

Los primeros cuadernos representaban escenas familiares: la señora Leary sirviendo sándwiches en el café, niños tirándose a la piscina... Los baños de New Brighton habían desaparecido hacía mucho tiempo, ya que habían sido derribados cuando el ayuntamiento consideró que era demasiado caro mantenerlos. Chiara sintió una punzada de nostalgia al encontrar un dibujo en el que ella estaba subida orgullosamente al trampolín alto y otro en el que estaba embadurnándose la cara con algodón de azúcar.

Entonces, cuando la caja estaba a medio vaciar, los dibujos cambiaron. Ya no aparecían paisajes urbanos, sino escenas pastoriles. Una casa torcida rodeada de campo y árboles. Un búfalo pastando junto a un lago. Un hombre misterioso con cara de duendecillo y gafas con montura plateada poniéndose un delantal blanco detrás de una máquina de café anticuada. Parecían imágenes de Italia. Chiara se preguntó si su madre las habría dibujado a partir de sus recuerdos. De ser así, estaban increíblemente bien plasmadas.

En el fondo había un sobre cerrado con una dirección escrita con la letra de su madre y otro sobre, este sin cerrar, tan fino que no debía de contener nada. Metió los dedos en él y sacó una fotografía arrugada y descolorida en blanco y negro. En ella aparecía un hombre enigmático con una enorme barriga y ojos risueños, y una mujer, también de generosas dimensiones. Estaban vestidos con sus mejores ropas y la foto tenía cierto aire de formalidad. Chiara pensó que seguramente se trataba de una fotografía de boda tomada hacía mucho tiempo. Emocionada, sacudió el sobre y miró en el interior, pero no había nada más aparte de la foto.

Quedaba la carta. Chiara sabía que estaba invadiendo la intimidad de su madre y que ella no lo habría aprobado. Vaciló un momento mientras descifraba el nombre y la dirección del sobre. En él se leía: «Erminio y Pepina Carrozza, Fattoria di Carrozza, San Giulio (Campania), Italia».

Qué demonios, pensó, y abrió con cuidado el sobre. La carta que había dentro tenía tres páginas de extensión y estaba escrita completamente en italiano. Tan solo reconoció las palabras del encabezamiento: «*Cara mamma e papa*».

Chiara se quedó paralizada. Tenía la sensación de que por fin estaba empezando a desentrañar el misterio. Mirando la carta, trató de entender algo más. Reconoció su propio nombre y la palabra «Liverpool», pero todo parecía ininteligible. Harriet tenía razón: debería haber aprendido italiano. Pero una cosa estaba clara: Maria Domenica había escrito a su padre y a su madre a Italia y no se había decidido a enviar la carta. ¿Por qué? ¿Qué la había detenido? Ahora, Chiara tenía más preguntas que nunca.

Al final volvió a guardarlo todo en las cajas después de apartar tres cosas: la fotografía, la carta y el dibujo a lápiz de ella en el trampolín de los baños de New Brighton.

Bostezó y se estiró. No podía hacer nada más hasta que diese con alguien que supiera suficiente italiano para traducir la carta. Pero ahora se sentía más segura. Con la dirección, la foto y las palabras que su madre había escrito pero no había enviado a casa, tenía suficiente para empezar a investigar. Decidió que al día siguiente por la mañana se informaría de los vuelos más baratos, y luego iría a la ciudad a comprar uno de esos cursos de italiano en casetes. Le serviría para adquirir algunos rudimentos de la lengua antes de ir a Italia, aunque estaba segura de que la mayoría de la gente hablaría inglés. ¿Acaso hoy en día no lo hablaba todo el mundo?

Después de recoger las pistas y el dibujo, Chiara bajó. Necesitaba un trago. Buscó en los armarios de la cocina hasta que encontró una botella de vino francés malo. Sabía ligeramente a corcho, pero le daba igual. Lo que buscaba era el efecto del alcohol, no un sabor agradable.

Se llevó el vaso y la botella a la gran sala de estar con vistas al río, y se hundió en el sofá. Cuando Alex volvió a casa del pub, había apurado la botella.

—¿Bebiendo sola? —comentó él—. La primera señal de alcoholismo.

—Oh, yo ya he dejado atrás la primera señal —dijo Chiara riéndose—. Vivo con Harriet, ¿recuerdas? Beber es una cuestión de supervivencia.

—Y encima eres chef —observó Alex—. Que tienen fama de darle a la botella.

—Así es. Y además, puede que lo lleve en los genes. Puede que venga de una familia de bebedores empedernidos. Y parece que estoy a punto de descubrirlo.

—¿Qué había en las cajas? —preguntó Alex rápidamente.

—Dibujos y pinturas, montones y más montones, algunos muy buenos. Y esto. —Le mostró la foto y la carta—. Son las únicas pistas que tengo, pero por lo menos ahora tengo algo en que basarme.

Alex miró detenidamente a la pareja de la fotografía y la dirección que figuraba en el sobre.

—Lo siento, no reconozco nada.

—No esperaba que lo hicieras.

Él frunció el ceño y se sentó junto a ella en el sofá. Su aliento desprendía un agradable olor a cerveza, pero su cuerpo delgado estaba tan tenso y rígido como antes.

—Me siento como si te estuviera fallando —le dijo—. Debería ser capaz de darte alguna pista.

—Seguramente sabes cosas muy útiles, pero no eres consciente de ello. Si me hablaras un poco de mamá, tal vez sirviera de ayuda.

—Bueno, si tú quieres. Pero ¿de qué quieres que te hable?

Chiara se quedó un rato pensativa.

—Trata de recordar cuando ella se instaló en la casa, cuando yo era muy pequeña. ¿Qué te llamó la atención de ella? ¿Hacía algo que te pareciera extraño?

—Solía pasear —dijo Alex sin vacilar—. A lo mejor te acuerdas de aquellos paseos. Todos los días, cuando tenía un rato libre, te llevaba por todo el pueblo. Debía de recorrer cada calle más de una vez.

—¿Buscaba a alguien?

—Sí, creo que sí, pero nunca lo encontró.

Alex se levantó y se dirigió al armario del rincón. Sacó una botella de shiraz australiano.

—De cara al futuro, aquí es donde se guardan ahora las bebidas decentes —le dijo, mientras quitaba el tapón y se servía un vaso. A continuación le ofreció la botella a Chiara.

—Venga. De todos modos voy a tener resaca por la mañana, así que puedo seguir bebiendo —le dijo.

Él se volvió a sentar a su lado y bebió a sorbos con aire pensativo.

—Era muy especial con sus dibujos. Aunque yo la animaba todo lo que podía: la apunté a clases de arte, le compraba material, e incluso también yo lo intenté, ella se negaba a dejarme ver sus dibujos. Por supuesto, puede que tan solo fuera un problema de timidez o de falta de confianza, pero siempre me pareció que había algo más.

—¿Qué?

—No lo sé, como si le diera vergüenza, o miedo. Ni siquiera le gustaba que la mirara cuando estaba dibujando.

—Pero hay muchos dibujos de ti y de mí. Debiste de ver cómo los hacía.

—No, nunca, supongo que los hizo de memoria. —Apuró el vino y volvió a llenar el vaso—. Hay otra cosa que puede ser importante.

—¿Sí?

—Se comportó de forma muy rara con los detalles de la boda. En aquella época la gente solía enviar una foto de boda al periódico local para que la publicaran; Maria Domenica no me dejó. Ni siquiera me permitió incluir un anuncio en la columna de los nacimientos, las necrológicas y las bodas. Y cuando le propuse matrimonio, en un principio me rechazó. Pero no me dijo que no me quisiera o que no le gustara. Lo que me dijo fue: «No puedo casarme contigo. Es imposible». No lo he olvidado.

—¿A qué crees que se refería?

—No lo sé. Supongo que nunca he querido saberlo. Pero me da la impresión de que tú lo averiguarás. —Miró la foto de la fornida pareja—. Y si estas dos personas siguen vivas, darás con ellas.

Chiara sonrió.

—Tengo muchas posibilidades, supongo. El primer paso es encontrar a alguien que traduzca esta carta.

5

Era uno de esos raros días en los que el Soho parecía vacío. Incluso el bar Italia estaba desierto. Chiara no recordaba haber visto tantos taburetes vacíos junto a la larga barra, y la máquina de café permanecía en silencio. El camarero al que estaba buscando estaba fuera estirando las piernas en el bordillo de la acera, sosteniendo la bandeja redonda y plateada delante de él como si fuera un volante.

Chiara se arregló el pelo. Para lograr su objetivo quizá sería necesario recurrir al flirteo, o al menos a su encanto. Sintiéndose un tanto ridícula, esa mañana había escogido a propósito una ropa ceñida en lugar de los pantalones de chándal holgados o los vaqueros desaliñados que normalmente ocultaban su esbelta figura.

—Hola. —Sonrió de forma encantadora al camarero—. ¿Te acuerdas de mí?

Él negó con su cabeza morena y frunció el ceño.

Chiara prosiguió.

—El otro día estuve aquí con mi amiga Harriet, una chica muy guapa. Estuvimos tomando un *cappuccino* fuera.

—Tú y otras cien.

—Sí, pero nosotras teníamos un perro muy grande.

Él se encogió de hombros y volvió a fruncir el entrecejo.

—¿Quieres un *cappuccino*? —preguntó de mala gana.

Ella sacó la carta de su madre del bolsillo.

—No, en realidad me preguntaba si podría pedirte un favor. Tengo esta carta. Está en italiano y no consigo entender una palabra. Había pensado que tal vez tú podrías traducírmela. —Estaba tan desesperada por saber qué decía la carta que estaba a punto de reventar de impaciencia, pero resistió el impulso de ponérsela en las manos.

Él miró la carta con recelo.

—¿Es de un novio? —preguntó finalmente.

—No, no, es mucho más importante que eso. Es de mi madre y...

—Mira —la interrumpió él—, no tengo tiempo, estoy trabajando.

Chiara señaló en dirección a la fila de taburetes vacíos.

—Sí, pero ahora mismo no estás muy ocupado que digamos, y estoy segura de que solo tardarías unos minutos en traducirla. Por favor. Te estaría muy agradecida.

Él se puso rígido.

—Estoy trabajando.

—Bueno, ¿y luego tendrás tiempo? No te lo preguntaría si no fuera realmente importante.

Él cogió la carta a regañadientes. Su turno acababa a las seis, le dijo, e intentaría tenerla traducida para entonces, pero no le prometía nada. Chiara miró su reloj. Todavía era muy pronto. ¿Cómo iba a ocupar todo aquel tiempo?

De camino a casa entró en el supermercado y salió con una bolsa con productos de limpieza: una botella de limpiador Cif, otra de lejía y cosas para rociar y limpiar. Comenzó por la puerta del apartamento y fue avanzando hacia el interior, sacando la harina de las grietas, fregando el suelo y las paredes, e incluso limpiando la parte inferior del retrete y las zonas más recónditas del hueco de la ducha. Pero el piso era pequeño y no tardó mucho en limpiarlo todo de arriba abajo. Cogió la botella de

Cif y un trapo y bajó al club. Allí había mucho que limpiar. Estaba frotando las superficies, limpiando capas y capas de polvo, cuando Harriet la detuvo lanzándole una mirada siniestra.

—He retrocedido hasta la era de los dinosaurios —le dijo Chiara—. Deberías andarte con cuidado. Es posible que los arqueólogos se empeñen en precintar la zona y rascar la suciedad con los dedos en busca de fósiles.

—No es la suciedad precisamente lo que estás fulminando, sino el ambiente. Déjalo.

—Anda, por favor, déjame acabar con las estanterías y la repisa de la chimenea. Y luego con la pared del fondo. Venga.

—Pero ¿qué diablos te pasa?

—Estoy intranquila, no puedo calmarme. Tengo que esperar hasta la tarde para que el camarero me traduzca la carta y estoy de los nervios.

Harriet puso los ojos en blanco.

—Sí, ya lo sé. Debería haber dejado que se la llevaras tú. Seguro que habrías conseguido mejores resultados.

Harriet le quitó la botella de desengrasante de los dedos.

—¿Por qué no haces algo útil? Ve arriba y escucha otra vez esa cinta de italiano, a ver si aprendes alguna palabra. Y no te preocupes, esta tarde iré contigo al bar Italia y me aseguraré de que ha traducido la carta.

—Gracias. —Chiara le tendió también el trapo—. Eres una amiga de verdad.

Pero al final no fue necesaria la influencia de Harriet. Chiara atravesó la puerta del bar Italia a las seis en punto; nada más verla, al camarero se le empañaron los ojos de lágrimas.

—Qué carta tan bonita, y qué triste... —Le entregó la misiva y ella se dio cuenta de que el empleado del bar estaba disfrutando con el dramatismo del momento.

—¿Qué dice? —Chiara chilló como un caniche sobreexcitado—. Léenosla.

Él negó con la cabeza.

—Aquí no. Es mejor que nos sentemos en algún lugar tranquilo. Estas palabras no se pueden leer en un sitio ruidoso como este.

—Volvamos al piso —propuso Harriet.

—¿Estás de broma? —Chiara estaba fuera de sí—. Está a seis calles de aquí.

—Pues entonces subiremos hasta Soho Square, pero iremos deprisa.

El césped estaba recién cortado y la plaza olía todo lo fresco que podía oler algo situado junto a Oxford Street. Se sentaron en un banco, con el camarero en medio, y aguardaron impacientemente mientras él sacaba la carta del bolsillo.

Se aclaró la garganta e hizo una pausa dramática.

—¿Estáis listas? —preguntó.

—Sí —contestaron ellas al unísono. Chiara se preguntaba si Harriet deseaba estrangular al camarero tanto como ella.

—Dice así: «Queridos mamá y papá, espero que por la presente estéis bien. No encuentro palabras para decir lo mucho que siento haberme escapado de noche. Os prometí a los dos que me quedaría en San Giulio y lo decía en serio, os juro que lo decía en serio».

De repente se detuvo.

—Hay partes de la carta que están borrosas —comentó—. Creo que estaba llorando.

Chiara asintió con la cabeza, al tiempo que se le formaba un nudo en la garganta.

El camarero inclinó la cabeza y siguió leyendo:

—«En aquel momento huir me pareció lo correcto, lo único que podía hacer. Marco es un hombre malo. Es vanidoso, débil y celoso. Me hizo daño y tenía miedo de que también le hiciera daño a Chiara. *Mamma*, sé que creías que estabas haciendo lo correcto cuando me rechazaste aquella noche y me dijiste que volviera con mi marido. Pero estabas equivocada. El lugar de una mujer no está siempre junto a su marido. A veces una mujer puede estar millones de veces mejor sin él.

»Necesito que sepáis que he encontrado la felicidad. Estoy en Inglaterra, en un lugar cerca de Liverpool donde hay gente que me quiere y que también quiere a Chiara. Nadie me ha levantado la mano aquí ni ha amenazado a mi hija. Vivimos en una bonita casa y no nos falta de nada. Las dos hemos tenido mucha suerte.

»No me queda nada más que decir, solo que os quiero mucho a los dos. Cuando pienso que puede que no vuelva a veros se me parte el corazón. Quiero sentarme contigo en la cocina, *mamma*, y ayudarte a hacer pan. O cavar en el huerto y escoger un conejo para la cena de papá. Aquí hace frío. Quiero sentir el calor del sol que siempre brilla en Italia. Quiero comer pasta decente, beber el vino de *mamma* y hablar la lengua con la que crecí. Quiero disfrutar de algún momento debajo de los melocotoneros. Y sobre todo, quiero estar otra vez en Italia. Pero me da miedo volver. Por ahora me parece imposible.»

El camarero sacudió la cabeza.

—Aquí es donde se detiene. No podía seguir. —Se hizo el silencio por un momento y luego volvió a hablar—: ¿Tú eres la Chiara de la que habla?

—Sí.

—¿No ha vuelto nunca a Italia?

—No.

—Tiene que ir. Si se siente así, tiene que volver. Debes reservarle un billete de avión para hoy mismo.

—No, eso no es posible.

—Bueno, si no tienes dinero, pide un préstamo —dijo él.

Chiara apenas podía soportar pronunciar aquellas palabras.

—Mi madre está muerta —logró decir.

Él adoptó una expresión de congoja.

—Es terrible.

Ella asintió con la cabeza.

—Sí, lo es. Es terrible.

Harriet estiró el brazo y le cogió la mano.

—Cariño, siento que la carta sea tan triste.

—Por favor, no intentes ser amable conmigo. Me echaré a llorar y no podré parar.

—¿Qué quieres que haga entonces?

—¿Podemos quedarnos aquí un rato?

Harriet le apretó la mano.

—Sí, claro que sí.

De modo que los tres se quedaron sentados en el banco mientras oscurecía, viendo cómo la gente que volvía de hacer sus compras de última hora pasaban a toda prisa por delante de la verja del parque cargados de bolsas de plástico. Nadie se molestó en mirarlos. Se movían demasiado deprisa y estaban demasiado preocupados por llegar a la estación de metro o al pub, o por dirigirse a Chinatown para disfrutar de una cena barata.

Chiara se quedó mirando la extraña imitación de una cabaña de estilo Tudor situada en medio de Soho Square y se preguntó, como siempre hacía, por qué alguien se había tomado tantas molestias para construir algo que solo se podía usar como cobertizo para las herramientas. No tenía sentido.

—Todos aquellos años ella fue infeliz —dijo por fin—. Y yo nunca lo supe. Era mi madre y yo creía que hacía las cosas que hace una madre normal, nunca me molesté en pensar cómo se sentía. Y durante todo aquel tiempo se sintió terriblemente triste.

—No, eso no es exactamente lo que dice en la carta —protestó Harriet—. En absoluto.

—¿A qué te refieres?

—Desde luego estaba triste cuando escribió la carta. Pero les dice a sus padres que ha encontrado la felicidad y a gente que la quiere. Quería que supieran que ambas estabais a salvo.

—Dice que se le parte el corazón.

—Y también que ha sido muy afortunada.

La tristeza de Chiara se convirtió en rabia, como le ocurría muy a menudo.

—¿Afortunada? Más bien terca —dijo amargamente—. Demasiado terca para volver a Italia y pedir perdón. Más terca que una mula. No dejó que Alex pusiera más barandillas en la casa para ella, ni nos dejó bajar su cama al salón cuando se puso muy enferma. No, tuvimos que subirla y bajarla por esa maldita escalera un día tras otro. No quería una enfermera, ni extraños en casa, ni ir al hospital... y siempre se hacía lo que ella quería.

—Chiara, no estás siendo justa.

—Ya lo sé. Ojalá no hubiera encontrado esta carta. Ahora soy yo la que se siente mal. Se marchó de Italia por mí, dice que tenía miedo de que yo sufriera algún daño, y fue desgraciada el resto de su vida. Y todo por culpa mía.

El camarero seguía sentado en silencio entre ellas. Parecía confuso, como si le estuviera costando seguir el hilo.

—¿Nunca le mandó la carta a su familia? —preguntó cuando por fin hubo una pausa en la conversación.

—No, debió de pensárselo mejor.

—¿Y por qué no se la entregas tú? —Miró la dirección del sobre—. San Giulio, lo conozco. Está cerca de Nápoles, no muy lejos del mar. No es un lugar muy grande, pero tampoco es pequeño. Y Carrozza es un apellido muy común. No debería costarte mucho encontrarlos.

Harriet se quedó pensativa. Cogió el sobre de la mano del camarero y lo miró un rato.

—Estoy de acuerdo con... Dios, ¿cómo te llamas? Ni siquiera sabemos tu nombre.

—Eduardo.

—Estoy de acuerdo con Eduardo. Deberías entregar la carta, es lo correcto. Pero antes creo que tienes que prepararte para escuchar unas verdades bastante duras.

Chiara creía que tenía una ligera idea de qué duras verdades podían ser, pero quería oírlas en voz de Harriet, de modo que dijo:

—¿A qué te refieres?

Por un momento se hizo un incómodo silencio.

—Bueno —comenzó Harriet—, me refiero a... Eduardo, ¿por qué no lees la carta otra vez para que podamos escucharla detenidamente?

Y eso hizo, tratando de infundirle a su segunda lectura todo el dramatismo y el patetismo que había puesto en la primera. Chiara pensó que solo le faltaba soltar una lágrima.

Harriet volvió a apretarle la mano.

—La palabra que antes me llamó la atención es «marido». Creo que deberías hacerte a la idea de que quizá tu madre tenía un marido en Italia cuando se casó con Alex.

—Dios mío.

—Sí.

—Y supongo que ese marido, ese tal Marco del que dice que era un hombre malo, debe de ser mi padre.

—Parece lo más probable —convino Harriet.

La oscuridad había descendido como el telón de un teatro. No había luna ni estrellas, e incluso las luces de la ciudad parecían tenues. Desde allí podían oír el rumor del tráfico procedente de Oxford Street y Charing Cross Road, pero en medio de la plaza reinaba un silencio absoluto. Chiara sabía que no deberían seguir allí sentados. Alguien llegaría en breve para cerrar las puertas. Pero se veía incapaz de moverse. La idea de levantarse y recorrer las calles que llevaban a su casa la paralizaba. Eduardo le había rodeado un hombro con el brazo y Harriet seguía cogiéndole la mano. También ellos parecían encontrarse en éxtasis.

Vio cómo un niño sin hogar colocaba su saco de dormir en un portal de enfrente para pasar la noche. La vida era una mierda, pensó. El mundo era un lugar sombrío y feo y ya no podía soportarlo.

—Mi madre era bígama y mi padre un maltratador —dijo en voz baja—. Genial.

Eduardo olía bien. La colonia que debía de haberse puesto por la mañana se había evaporado hasta alcanzar un grado aceptable. Se apoyó en él buscando consuelo.

—Querida, me estoy congelando —dijo Harriet—. ¿Seguimos hablando de esto en mi precioso y calentito club? —Se apartó del banco, le tendió la mano a Chiara y la ayudó a levantarse—. Vamos, cariño.

—No pienso ir a Italia, Harriet —dijo ella en un tono casi agresivo—. Ni ahora ni nunca.

Harriet le habló con voz tranquilizadora.

—No tienes por qué ir si no quieres.

—Eso es, no tengo por qué hacer algo que no quiero hacer. —Soltó la mano de Harriet y, sin volverse a mirar a Eduardo, se marchó con paso airado mientras las lágrimas asomaban a sus ojos.

6

Chiara llevaba puesta demasiada ropa. Una camiseta de manga larga y unos gruesos tejanos no eran lo mejor para ver Italia. Sin embargo, estaba contenta de estar allí. Roma era una ciudad preciosa y su gente parecía mucho más animada que los londinenses que había dejado atrás. Vestían mejor, caminaban mejor y sin duda comían mejor. Cada comida era un motivo de regocijo. De modo que así era como se suponía que debía saber la pasta, pensó, sentada en la terraza de un café en la piazza Navona, y enroscó unos espaguetis en su tenedor. Paladeó el intenso sabor del tomate fresco, la fragante albahaca y el aceite de oliva. La idea de un libro sobre comida tradicional italiana ya había empezado a darle vueltas en la cabeza.

Mientras comía observó cómo dos niños se salpicaban con el agua de la fuente que había en el centro de la plaza. Era muy diferente a las fuentes simples y cuadradas de los baños de New Brighton donde había jugado de niña. Aquella era enorme y espectacular, llena de figuras heroicas y virtuosismo. La comida sencilla y la compleja arquitectura formaban parte del estilo italiano, meditó Chiara, y mojó un trozo de pan en el cuenco para rebañar la deliciosa salsa.

—*E buono?* —El camarero, un hombre mayor, le guiñó el ojo mientras retiraba el plato que ella había apurado.

—*Molto buono, grazie* —dijo ella con la seguridad de alguien que se había pasado quince días siguiendo un curso de italiano en casetes.

—*Ah, brava, brava! Parla italiano* —gritó él, y al sonreír de oreja a oreja se formaron unas arrugas cerca de sus ojos marrones.

Chiara también sonrió. Los hombres eran increíbles. Parecía que pensaran que tenían la responsabilidad de admirar a cada mujer que pasaba. Cuando se levantó oyó algunos silbidos de admiración y un par de «*Ciao, bella*», aunque nadie se atrevió a pellizcarle el trasero.

Era tentador quedarse en Roma y pasar los siguientes días recorriendo la ciudad desde el Coliseo a la plaza de España, u observando a la gente desde las terrazas de los cafés. Pero tenía que recordar que no había ido allí a hacer turismo. Dentro de la maleta, entre los calcetines y la ropa interior, había una carta, amarillenta por el paso de las décadas, que debía entregar a una familia de San Giulio. Su familia.

Cada vez que pensaba en ello se ponía enferma. No lograba imaginar su primer encuentro. ¿Le darían un abrazo o le cerrarían la puerta en las narices? Por la noche, en la cama del hotel, no pudo dormir preocupada por ello.

Harriet le había aconsejado que no se dejara llevar por el pánico.

—Concéntrate en encontrarlos; lo demás ya vendrá por sí solo —fue su consejo. Para ella era muy fácil decirlo, pensó Chiara amargamente. Ella estaba a salvo detrás de la barra de La Oficina, animada por el Barolo.

Fue Harriet quien la convenció de que viajara a Italia. Su insistencia, mezclada con la pasión de Eduardo, consiguió que se rindiera y se dejara meter en el avión. Ahora les estaba agradecida, no se habría perdido Roma por nada del mundo, pero a medida que pasaban los días había ido aplazando el viaje al sur.

No podía retrasarlo más. Movida por la superstición, metió

unas cuantas prendas de ropa en una mochila y dejó el resto en el hotel. Lo único que necesitaba era un par de mudas, un cepillo para su pelo rebelde, su ordenador portátil para las recetas, una cámara y, por supuesto, la carta y la foto. No quería tentar la suerte dando por hecho que pasaría en San Giulio más de un par de días.

La mochila estaba ahora a sus pies; en cuanto terminara el tiramisú y el café que tenía que traerle el camarero se dirigiría a la estación para tomar el tren a Nápoles. Desde allí, según su guía de viaje, solo le quedaba un trayecto en autobús hasta la piazza de San Giulio. Se lo imaginaba como un bonito pueblo, con edificios viejos de piedra e interesantes campesinos. Y la comida... Ardía en deseos de probar la comida. Aquella debía de ser la auténtica *cucina povera*, menos refinada que las comidas que había tomado en Roma, pero más sabrosa, o eso esperaba. Aunque no encontrara a su familia, estaba convencida de que habría suficientes cosas con las que disfrutar en aquel viaje.

No tenía prisa por llegar a la estación Termini. Según su plano de la ciudad, le esperaba un largo paseo desde la piazza Navona y decidió hacerlo relajadamente, disfrutando del olor dulce de la cebolla frita que se colaba por las puertas abiertas de los restaurantes y mirando en los escaparates de las tiendas aquella ropa tremendamente recargada que nunca se atrevería a ponerse.

Observar a la gente local resultaba muy entretenido. Conducían como locos o como si huyeran de un desastre, con una mano en el claxon y el pie pisando a fondo el acelerador, mientras tomaban las calles estrechas y atascadas a toda velocidad. A Chiara le sorprendía que los arcenes de la carretera no estuvieran llenos de coches estrellados y peatones moribundos, y estaba segura de que los turistas como ella, distraídos por la inesperada visión de alguna obra de arquitectura clásica o una hermosa fuente, podrían ser arrollados fácilmente por alguien que realizaba el trayecto de casa a la oficina en coche en un tiempo récord.

Incluso cuando no estaban en sus coches, los romanos parecían a punto de perder el control; hablaban con las manos tanto como con la voz, pasaban a una velocidad alarmante y sin el menor aviso de las carcajadas a la ira y luego volvían a reír. Y eran muy ruidosos. Mientras caminaba por las callejuelas, Chiara se fijó más de una vez en las ancianas vestidas de negro que mantenían conversaciones a gritos desde la calle con alguien asomado a un balcón siete pisos por encima. Lo más lógico hubiera sido que una de las dos personas se hubiera montado en el ascensor y se hubiera reunido con la otra, pero también hubiera sido algo muy anodino y muy poco italiano.

De repente Chiara se sentía extremadamente cursi, como un personaje de una novela de Jane Austen, con sus encantadoras maneras y sus tazas de té de porcelana. Nunca se había considerado una persona insensible hasta entonces, pero en comparación con la gente voluble que estaba conociendo, se veía como el mismísimo paradigma de la frialdad. Tenía una madre italiana y suponía que también un padre italiano, de modo que no podía imaginarse por qué había salido así. La frialdad inglesa debía de haber penetrado en ella por medio del viento helado que recorría el mar de Irlanda, subía por el río Mersey y hacía vibrar las ventanas de la alta casa adosada del paseo.

Cuando por fin llegó a la estación, se encontró con una pequeña confusión. El problema era que nadie parecía ponerse de acuerdo sobre dónde había que hacer cola para comprar el billete que necesitaba para viajar de Roma a Nápoles.

—Tienes que comprar un billete para el rápido. Yo no puedo vendértelo. Tendrás que ir a esa taquilla de ahí —soltó un vendedor de billetes en un italiano acelerado.

Así que esperó en la cola de otra taquilla, pero luego le dijeron:

—Tienes que comprar un billete para el rápido. Yo no puedo vendértelo. —Y la enviaron de nuevo a la cola de la que venía.

Chiara estaba sofocada, confundida y harta de hacer cola. Abrió la boca y empezó a gritarle al vendedor:

—¡Estoy harta, joder! Quiero comprar un maldito billete a Nápoles y no pienso moverme de aquí hasta que alguien me lo venda. —Sorprendida, se dio cuenta de que estaba comportándose como una auténtica italiana.

Era imposible que el vendedor de billetes hubiera entendido una palabra de lo que ella había dicho, pero reconoció el modo en que lo hizo. Aceptó tranquilamente su dinero y le entregó un billete haciendo gestos con la mano para que se fuera. Chiara se sentía agotada tras aquel acaloramiento. No podía imaginar cómo debía de ser actuar durante todo el día en aquel estado de excitación, día tras día; sin embargo, la gente que había a su alrededor sonreía y se reía más que sus reservados paisanos londinenses. Tal vez a la larga fuera más saludable dejar que las emociones aflorasen a la superficie.

Fue un verdadero alivio poder hundirse en uno de los asientos de ventanilla del tren, cuyo interior estaba increíblemente fresco y limpio, y que salió sin contratiempos a la hora exacta señalada en el tablero de la estación. Aunque para Chiara era un misterio que aquella gente tan caótica tuviera una red ferroviaria que funcionara, daba gracias de que lo hubiesen conseguido.

Bajó del tren en Nápoles y se adentró otra vez en la Italia real: caliente, confusa y absolutamente extraña. Había taxistas sentados sobre el capó de sus coches jugando ruidosamente a las cartas; una mujer gorda con un niño muy delgado, vestido tan solo con una mugrienta camiseta de hombre, pedía limosna; todo el mundo parecía hablar al mismo tiempo en un dialecto que sonaba de forma entrecortada y gutural para un oído acostumbrado al acento de Roma. La gente era más baja, más morena y más bulliciosa allí, y sus caras tenían rasgos más duros y vivos. Chiara estaba acostumbrada al ruido y a las multitudes, pero aun así casi se sintió amenazada mientras atravesaba el gentío que llenaba la estación; era una figura solitaria aferrada a una pequeña mochila. Tuvo que echar mano de todo su autocontrol para no volver corriendo al tren, que se la habría llevado de allí cómodamente y sin ningún percance. Esta debe de ser la forma de saber que por fin eres una persona adulta, se dijo. Cuando no quieres hacer algo, pero lo haces porque tienes que hacerlo.

Chiara tomó el autobús que la llevaría hasta la familia que tanto temía conocer. Dentro hacía calor y olía a cerrado, pero las ventanas estaban bajadas y, cuando empezaron a moverse, la brisa acarició su cara. La mayoría de los asientos estaban ocupados por madres con sus hijos. Ellas tenían cara de cansancio y varios kilos de más que les colgaban de los brazos y la barbilla, pero los niños eran simpáticos. Tenían unos ojillos como uvas pasas y miraban con curiosidad por encima de los asientos a la mujer flaca y pálida con el pelo corto peinado de punta. Chiara procuró fijarse en los niños en lugar de mirar la carretera. No conseguiría tranquilizarse observando cómo se comportaban los conductores italianos en las largas rectas de la *autostrada*, de eso estaba segura.

El campo era marrón, llano y seco. Aquella no era la Italia de las postales ni la que ella imaginaba. Miró su reloj; ya no podía faltar mucho. Efectivamente, el autobús se abrió camino por unas calles llenas de bloques de apartamentos que parecían haber sido construidos apresuradamente en los años setenta. Aquí y allá se podía ver un árbol, pero por lo demás no había espacios verdes. En cada edificio había numerosas antenas de televisión y ropa tendida secándose en las cuerdas de los balcones. Chiara se imaginó el sonido de los ladridos de los perros y el llanto de los niños que debía de acompañar la vida diaria en aquellas lúgubres cajas.

Ella esperaba ver bonitas casas de campesinos e iglesias antiguas y peculiares, pero no había nada de eso. Los tristes edificios de apartamentos se extendían hasta el final del trayecto del autobús.

La piazza donde se apeó era lo más parecido a algo pintoresco de todo lo que había visto. Las altas palmeras atravesaban la vieja piazza empedrada en dirección a una curiosa iglesia con las paredes de yeso desconchadas. Había coches aparcados de un extremo a otro, encajados donde había espacio, y las Vespa zumbaban alrededor de Chiara como mosquitos, conducidas por chicas guapas con la cabeza descubierta y el pelo al viento y jóvenes musculosos con camisetas ceñidas de manga corta. Había más jóvenes reunidos alrededor de la fuente seca del centro de la plaza y en los bancos situados bajo las palmeras. Se reían y charlaban con despreocupación, y a Chiara le parecieron mucho más hermosos que el entorno.

Se quedó de pie, con la mochila al hombro, y contempló la escena intentando decidir cuál sería su siguiente movimiento. En una esquina de la piazza vio un pequeño y anticuado café. Desde lejos solo podía leer las palabras escritas en letras doradas en la gruesa puerta de cristal: Il Caffè dei Fratelli Angeli. Decidió que iría a dar una vuelta y estiraría las piernas, que se le habían quedado entumecidas después del viaje en autobús. Cuando le entrase sed volvería al café y buscaría una mesa libre. No mencionaría todavía el apellido Carrozza. Primero quería familiarizarse con el lugar donde su madre debía de haber pasado su juventud.

Tenía que haber cambiado mucho desde la época de Maria Domenica. La mayoría de los apartamentos modernos no debían de estar entonces, y el pueblo seguramente no llegaba hasta el campo árido.

Caminó a la sombra de las palmeras y subió unos escalones de piedra gastados que conducían a la iglesia. Por un momento pensó entrar y echar un vistazo, pero se sentía demasiado intimidada. ¿Y si el sacerdote quería hablar con ella? ¿Y si quería saber qué estaba haciendo allí? Finalmente, siguió caminando y pasó junto a un puestecito adornado con guirnaldas de limones frescos. La anciana encorvada cuya cara arrugada asomaba desde detrás de las pálidas frutas amarillas la llamó y le hizo lo que parecía una invitación de algún tipo. Pero Chiara simplemente sonrió y siguió caminando.

Pasó por delante de las tiendas: la panadería, la carnicería y la lechería, donde había seis o siete ancianas con sus cestas en el brazo haciendo cola para comprar mozzarella fresca de búfala. A Chiara se le hizo la boca agua al pensar en el queso suave y tierno derritiéndose en su lengua, y decidió que no tardaría en probarlo.

A continuación, las tiendas dieron paso a más tristes edificios de apartamentos; su fealdad hizo que a Chiara se le quitaran las ganas de seguir. Dio la vuelta y volvió hacia el café que había visto en la plaza.

La gruesa puerta de cristal del café Angeli se abrió y Chiara se detuvo, asombrada. Nunca había visto un lugar tan extravagante como aquel. Cada pared estaba cubierta con frescos. Había Cupidos que se elevaban por encima de los taburetes rojos de cuero y una Venus saliendo de su concha justo detrás de la máquina de discos. Estaba sonando una antigua canción de amor italiana; no entendía la letra, pero el vibrato de la voz del cantante expresaba el lamento de un corazón roto.

Detrás de una larga barra de acero inoxidable había un hombre atractivo con el pelo moreno y las puntas canosas que limpiaba una enorme máquina de café Gaggia con un paño. Algunas arrugas surcaban su rostro duro, y poseía la figura esbelta de un trabajador que se pasaba el día de pie. Chiara pensó que debía de tener unos cuatro o cinco años menos que su madre y se preguntó si se habrían conocido. Era una idea que hacía que se estremeciera, en parte de emoción y en parte de temor.

—*Buongiorno.* —El hombre alzó la vista de la superficie que estaba limpiando y le sonrió de forma incitante. Tenía café molido en sus manos grandes y cuadradas y en el delantal blanco almidonado que llevaba atado a la cintura.

—Hola —respondió ella, todavía desconcertada por la extravagancia de lo que había tomado por un humilde café de pueblo.

El hombre la obsequió nuevamente con una amplia sonrisa. Sus dientes blancos destacaban sobre su piel morena.

—¿*Inglese* o *americana*? —preguntó.

—*Inglese*, soy inglesa. Disculpe, hablo un poquito de italiano, pero no mucho.

—Un poquito siempre es mejor que nada —contestó él. Hablaba un buen inglés, con mejor acento que el del camarero del bar Italia—. ¿Le apetece un café y tal vez algo para picar?

—Sí, por favor. —Se sentó en uno de los altos taburetes de cuero que había junto a la barra—. Un *caffè con latte* y un *panini*.

El hombre frunció ligeramente el ceño.

—Tengo mozzarella fresca del día con tomates y pan casero. Creo que le gustará más —le dijo—. Y es demasiado tarde para tomar café con leche. Es malo para la digestión. Le pondré un *espresso* y un vaso de *acqua minerale*.

El tono en que le habló era educado, pero no admitía réplica. Chiara asintió con la cabeza en señal de conformidad.

—Gracias —dijo.

Él se dispuso a preparar la comida y la bebida.

—Me llamo Giovanni Angeli —le dijo, asomando sus ojos marrones con largas pestañas por encima de la máquina de café.

—Yo me llamo Chiara.

El hombre se detuvo con el café en la mano.

—Chiara es un nombre poco común. ¿Cuál es tu apellido?

—Fox —respondió ella; él se encogió de hombros y dejó el café en la barra delante de ella.

Chiara le dio un sorbo. Estaba caliente y cargado; la cafeína hizo vibrar sus terminaciones nerviosas. Aquella era su oportunidad y si no actuaba pronto se le escaparía de las manos.

—Me apellido Fox, pero mi madre se apellidaba Carrozza: Maria Domenica Carrozza.

El apellido pareció resonar en las paredes y rebotar contra las pinturas. Incluso los Cupido parecieron quedarse inmóviles en pleno vuelo. Giovanni se quedó boquiabierto y, sin decir una palabra, se giró y apartó la sucia cortina de terciopelo rojo situada detrás de la barra.

—*Papà, papà, vieni qua subito!* —gritó.

Un hombre con un rostro afable y la espalda erguida apareció quejándose entre dientes. Por lo visto estaba echando una siestecita. Giovanni hablaba demasiado deprisa para que ella pudiera entender lo que estaba diciendo, pero reconoció su nombre y el de su madre: Maria Domenica Carrozza.

El anciano se quedó callado; sus ojos legañosos se abrieron desorbitadamente tras sus gafas de montura plateada mientras la miraba con incredulidad. Rodeó la barra y la cogió de la mano.

—*Venga, venga* —dijo, tirando de ella en dirección a la pintura de la madonna y el niño que había en medio de la pared saturada.

El rostro de la madonna le resultaba familiar. Tenía el pelo largo y liso, la nariz picuda y los ojos hundidos. El anciano estiró la mano y tocó la cara reverentemente:

—Maria Domenica —dijo con voz ronca, y a continuación su mano arrugada acarició el pelo suave del niño sentado sobre la rodilla de la madonna—. Chiara —añadió.

Chiara estaba confundida.

—Lo siento, no entiendo —dijo ella volviéndose hacia Giovanni. Las lágrimas caían por el rostro del hombre, recorriendo las arrugas y deslizándose por sus mejillas. No hizo el menor intento por enjugarlas. Cuando se giró de nuevo hacia el anciano, este también estaba llorando. La cogió de los hombros y la atrajo hacia sí para darle un abrazo. Chiara notó que le temblaba el cuerpo y le devolvió el abrazo sin saber por qué.

Finalmente Giovanni la cogió del brazo. Tenía la mano caliente y su tacto resultaba tranquilizador. Hizo que se sentara a la mesa situada cerca de la pintura de la madonna y el niño empujándola con delicadeza.

—¿Te llamas Chiara y tu madre nació en este pueblo y se llama Maria Domenica Carrozza? —preguntó con suavidad.

Ella asintió con la cabeza.

El hombre señaló la pintura.

—Déjame que te explique lo que mi padre, Franco, estaba intentando decirte. Esta madonna de la pared se pintó a imagen de tu madre, y los rasgos del niño son los tuyos.

El mundo se había vuelto loco, pensó Chiara. Aquellos italianos estrafalarios no decían más que tonterías y se comportaban como si estuvieran chiflados.

—No entiendo —repitió.

—No hay mucho que entender —le aseguró Giovanni, empleando un tono sereno y mesurado. A ella le inspiraba confianza—. Tu madre trabajó aquí para mi padre y él le tenía mucho cariño. Se marchó del pueblo hace muchos años y siempre tuvimos la esperanza de recibir noticias suyas, pero nunca ocurrió. Ahora tú estás en el café Angeli y es maravilloso. Parece un milagro que hayas vuelto a encontrarnos.

Giovanni estaba llorando a lágrima viva y Chiara empezó a temer la pregunta que sabía que llegaría.

—¿Qué tal está tu madre? ¿Qué tal está Maria Domenica? —preguntó Giovanni, tal como ella esperaba.

Ella se recostó en su silla y observó en silencio a los dos hombres: el anciano, con su aspecto de duende marchito, y el más joven, cuyos ojos aún brillaban de vitalidad. La expectación iluminaba sus rostros. No sabía qué decirles. Aquellos hombres querían a su madre, de eso estaba segura. Trató de encontrar una forma delicada de comunicarles la noticia del fallecimiento de Maria Domenica.

—Primero deberías decirle a tu padre que mi madre llevó una vida muy feliz en Inglaterra —comenzó—. Encontró a gente que la quería y una casa acogedora. Creo que siempre echó de menos Italia, pero Inglaterra fue para ella su segundo hogar.

—¿Y qué tal está ahora? —preguntó Giovanni con la voz de alguien que estaba empezando a sospechar la respuesta.

Los dos hombres se echaron otra vez a llorar cuando les contó la muerte lenta y silenciosa de su madre y su posterior búsqueda para encontrar a su familia italiana y, con suerte, a su auténtico padre.

—Quizá vosotros podáis ayudarme —concluyó Chiara.

—Bueno, podemos decirte dónde está su familia —le dijo Giovanni, secándose las lágrimas con la punta de su delantal y manchándose la cara de café—. Están donde siempre han estado, en su pequeña granja a las afueras del pueblo. Puedo llevarte, si quieres.

—No, prefiero ir sola —contestó ella sin vacilar.

—Bueno, en ese caso te indicaré el camino. Puedes llegar allí andando en veinte minutos. No es un paseo muy bonito, hay que seguir la carretera principal, pero es llano y se llega con bastante facilidad. Tu madre lo recorrió muchas veces en los viejos tiempos, a menudo empujando el carrito en el que ibas tú.

—¿Me traía aquí cuando era pequeña?

—Desde luego. Mientras ella trabajaba, tú te quedabas durmiendo en la cuna del cuarto que mi padre tiene detrás de la cortina. Recuerdo que te portabas muy bien. —Giovanni sonrió y ella le devolvió la sonrisa—. Mi padre tenía miedo de que te pasaras el día llorando y espantases a los clientes, pero solo te quejabas cuando tenías hambre o necesitabas que te cambiaran el pañal.

Giovanni y su padre eran un auténtico almacén de viejos recuerdos, y ella se moría de ganas de desempolvarlos y oír más sobre la vida de su madre en Italia. Pero había una pregunta más urgente que le daba vueltas en la cabeza.

—Mi padre, Marco, ¿está también en la granja? —preguntó.

Giovanni hizo una mueca que recordó ligeramente a la que había hecho cuando ella le había pedido un café con leche a una hora demasiado tardía.

—¿Tu padre? —Hizo una pausa y dijo bruscamente—: No, Marco no está allí. Se marchó del pueblo hace mucho tiempo. Los que sí están son los demás, y si quieres verlos creo que deberías ponerte en camino. Pero vuelve mañana, ¿lo harás? A mi padre y a mí nos gustaría hablar más contigo. Tenemos muchas preguntas que hacerte, como supongo que también debe de pasarte a ti.

Giovanni dibujó un mapa para que no se perdiese y los dos hombres le dieron un abrazo y la besaron al despedirse. Franco sostuvo su mano hasta el último momento, como si no quisiera que se marchara, y murmuró algo en su incomprensible italiano.

—¿Qué dice? —le preguntó a Giovanni.

—Dice que tienes que volver mañana. Te preparará su pizza especial. Era la preferida de tu madre.

Cuando les dio la espalda se sintió como si por fin tuviera amigos en Italia. Si las cosas no iban bien con su familia, podía volver allí. Franco y Giovanni cuidarían de ella, no le cabía la menor duda.

Mientras miraba cómo la espalda fuerte y esbelta de Chiara desaparecía por la puerta del café Angeli, un sentimiento de culpabilidad se reflejó claramente en el rostro de Giovanni. Tras asegurarse de que se había ido, se volvió hacia su padre y le preguntó:

—¿No deberíamos haberle contado algo más?

—¿Qué más quieres contarle?

—Que estoy seguro de que Marco no es su padre, que Rosaria es una zorra y que la recibirá con frialdad, que su madre tenía buenas razones para marcharse cuando lo hizo.

Franco gruñó. Su rostro estaba ahora lleno de arrugas y los pelos que le quedaban en la cabeza eran escasos, pero no había perdido un ápice de su energía.

—Creo que ya te has entrometido bastante en los asuntos de esa familia, ¿no te parece? —dijo lacónicamente—. Ya es hora de que las cosas sigan su curso natural. Lo que tenga que ser será.

Giovanni se fue otra vez a limpiar. Su padre nunca le había perdonado del todo lo que había hecho aquella noche hacía muchos años. No era el dinero lo que le reprochaba —le había dado a Maria Domenica hasta la última moneda—, sino que hubiera permitido que se fuera aquella mañana sin decirle una palabra. Giovanni todavía recordaba la ira de su padre, sus duras palabras cuando descubrió que ella había desaparecido y que nadie sabía dónde encontrarla.

Él alegó que había hecho lo que le pareció más correcto en aquel momento, pero Franco no quiso escuchar sus excusas. Después pensó algunas veces que quizá se había equivocado, pero él era muy joven y ella tenía la cara tan magullada y golpeada que le entró miedo. Recordaba que había intentado actuar con valentía y que había deseado protegerla, pero lo cierto era que temía que Erminio Carrozza y Gino Manzoni aparecieran en su puerta con una escopeta si sospechaban que él estaba involucrado en el asunto. Había hecho lo que pensaba que tenía que hacer. ¿Qué había de malo?

Frotó más fuerte la máquina de café. Por mucho que la limpiara, al día siguiente estaría otra vez cubierta de una capa reseca y dura de café, al igual que su ropa, su pelo y su piel. Todo acababa impregnado de un amargo olor a quemado. Guardaba la ropa de trabajo en bolsas de plástico atadas hasta que tenía tiempo para lavarlas; de lo contrario, el hedor invadía todas las habitaciones de la casa. Por lo menos Maria Domenica había escapado de aquel pueblo, pensó, de la monótona previsibilidad de la vida de allí, y de los olores acres y amargos. No había dejado que la lealtad a su familia o el deber la retuvieran. Pero ahora, inesperadamente, su hija había vuelto. ¿Quién sabía lo que encontraría allí?

7

Giovanni tenía razón en lo referente al paseo; era sencillo pero desagradable. Parecía que habían ampliado la carretera recientemente y que la habían transformado en una autopista de dos carriles. No habían respetado el paisaje, y a medida que avanzaba iba encontrando montones de tierra que le bloqueaban el camino. Los últimos edificios de apartamentos dieron paso por fin al paisaje; Chiara cruzó por delante de unas casas de dos plantas situadas en terrenos más extensos. Estaban pintadas con llamativos tonos de rosa, naranja y amarillo, como si sus propietarios, deprimidos por el panorama, hubieran intentado levantarse el ánimo recurriendo al color.

Estaba impaciente por llegar. La sensación de temor había ido aumentando, y sus piernas no le permitían avanzar tan rápido como ella deseaba.

Primero vio los melocotoneros y detrás de ellos una casita descuidada. Se detuvo donde comenzaba el camino de acceso y por primera vez pensó en el mejor modo de presentarse. No tenía sentido andarse con rodeos, decidió; sería directa. Les diría desde el principio quién era y por qué estaba allí.

Mientras recorría el camino de acceso, un perro de color pardo con el pelo enredado en una suerte de rizos de estilo rastafari empezó a tirar de la gruesa cadena y ladró histéricamente. Algunos pollos mugrientos se dispersaron delante de ella y levantaron una nube de polvo. Junto a la puerta de la cocina había un huerto lleno de malas hierbas, altas plantas de albahaca e indómitas tomateras.

Chiara atravesó el polvoriento patio y golpeó torpemente la gran puerta de madera antes de que tuviera tiempo de arrepentirse. Para su sorpresa, la puerta se abrió rápidamente y ella se quedó sin habla. En la entrada apareció el hombre más hermoso que había visto nunca. Sus ojos no eran marrones, pero tampoco verdes, y estaban enmarcados por unas pestañas tan largas y exuberantes que no parecían reales. Tenía la piel de color aceituna; parecía tan suave y tersa que podría incitar a una mujer a recurrir al Botox, y su pelo era tan liso como el ala de un mirlo. Chiara no pudo evitar reparar en los largos dedos que sostenían la puerta. Incluso sus uñas estaban pulidas y limadas.

—*Signora?* —dijo en tono interrogativo, alzando una ceja impecable.

Ella logró serenarse lo suficiente para poder decir tartamudeando:

—Hola. —Después se lo quedó mirando otra vez, esforzándose por encontrarle algún defecto.

—¿Te has perdido? —preguntó él en un inglés vacilante.

—No —dijo Chiara, tragando saliva, y negó con la cabeza.

—¿En qué puedo ayudarte, entonces? —preguntó el hombre.

Ella logró vencer la timidez que le despertaba su belleza y de repente lo soltó todo: quién era, qué estaba haciendo allí, por qué había escogido aquel momento para presentarse; una retahíla de palabras que debía de resultar difícil de seguir. Pero por lo visto él lo logró.

—Creo que será mejor que pases —le dijo cuando ella terminó.

Abrió de par en par la puerta para que pasara y Chiara entró directamente a la gran cocina rústica, por llamarla de algún modo. Una mesa de pino gastada y unas viejas sillas de vinilo rasgadas dominaban el centro de la estancia. Pegado a una pared había un antiguo aparador cuyas estanterías superiores crujían bajo el peso de unas hogazas de pan duras y redondas. Los armarios de la cocina eran muy dispares, y el viejo fregadero estaba lleno de grietas. Chiara advirtió que no había electrodomésticos como microondas o lavaplatos, pero encima de la antigua cocina había una cazuela grande borboteando y, a juzgar por las salpicaduras recientes de la pared, estaba llena de una salsa hecha con tomate. Se moría de ganas de levantar la tapa, oler el contenido y probarlo, hacer preguntas y tomar notas, pero sin duda aquel no era el momento adecuado para ello.

—Siéntate —dijo el adonis, retirando la silla menos deteriorada—. ¿Te apetece un vaso de agua?

—Sí, por favor, te lo agradecería.

Llenó un vaso con agua del grifo y ella recordó todas las advertencias que le habían hecho para que bebiera exclusivamente agua embotellada. Las puntas de los dedos de Chiara le rozaron fugazmente al coger el vaso de su mano. Ella sintió un escalofrío y él sonrió como un hombre que sabía exactamente el poder que ejercía sobre el otro sexo.

—Me llamo Paolo —le dijo.

—¿Eres...? Em... ¿Somos parientes?

Él se encogió de hombros. No parecía en absoluto desconcertado por la aparición de Chiara en la puerta de su casa.

—Primos, creo —respondió—. Quédate aquí, iré a llamar a mi *mamma*. Es tu tía, supongo. —Le dedicó otra sonrisa igual de imponente que la primera—. Se llama Rosaria. Ahora mismo está echando una siesta, pero seguro que querrá levantarse para conocerte.

Chiara esperó cinco minutos, diez, quince. Juraría que había oído el sonido de unas voces exaltadas, pero no estaba segura. Al fin se abrió la puerta y una mujer de aspecto avinagrado ocupó el umbral. Puede que hubiera sido guapa en el pasado, antes de que sus curvas perdieran elasticidad y su boca quisiera abandonar el fruncimiento que la deformaba, pero era imposible creer que guardara alguna relación con la esbelta y grácil Maria Domenica.

Tenía unos brazos grandes y llenos de bultos como dos bolsas de ropa sucia, unos ojos como dos uvas pasas arrugadas en una cara con forma de pastel, y un cuerpo hinchado que parecía ser una carga para ella. Entró pesadamente en la cocina; andaba como si se hubiera acostumbrado a sentir dolor en las rodillas.

—¿Rosaria? —preguntó Chiara en tono vacilante.

La mujer la obsequió con una sarta de palabras en italiano que sonaban más como una ofensa que como una cálida bienvenida.

—Lo siento, no entiendo.

Paolo entró con delicadeza.

—No te preocupes. Mi *mamma* todavía no se ha despertado del todo y tu visita le ha sorprendido un poco.

—Puedo irme y volver mañana o en cualquier otro momento si ella lo prefiere.

—No, quédate donde estás. Mi *mamma* siempre tiene hambre cuando se levanta. Le daré algo de comer y ya verás como le cambia el humor. Habla un poco de inglés (se lo enseñé yo) y en cuanto tenga el estómago lleno seguramente se acordará de algo.

Paolo colocó algunos platos en fila con pan, queso, aceitunas, berenjena cortada en tiras con aceite balsámico, salami y *prosciutto crudo*. Efectivamente, a medida que Rosaria masticaba parecía que se relajaba. Tan solo le ofreció que probara uno de sus platos; Chiara, que había visto las moscas que zumbaban alrededor de la comida y las pisadas de los pollos debajo de la mesa, dio gracias de que fuera así. Ella no era nada escrupulosa con la higiene de su propia cocina, pero aquello era demasiado.

Por fin Rosaria dejó de masticar, se limpió la grasa de la barbilla con la mano y dijo muy lentamente, separando las sílabas de cada palabra:

—Maria Domenica.

—Sí, Maria Domenica —respondió Chiara—. *Mia mamma.*

—Se escapó.

—Sí, lo sé.

—Y ahora tú estás aquí.

—Sí.

—¿Qué quieres de nosotros?

—En realidad tengo algo para vosotros: una carta que mi madre le escribió a sus padres Pepina y Erminio. Me parece que son los que salen en esta foto.

Sacó la fotografía arrugada en blanco y negro de su bolso y se la tendió por encima de la mesa. La expresión hosca de Rosaria no varió. Quizá era demasiado tarde, pensó Chiara, y los dos ya habían muerto.

Paolo se volvió y le brindó otro destello de su encanto.

—¿Pepina y Erminio? A esta hora suelen dar un paseo por el huerto cogidos de la mano como una pareja de jóvenes enamorados. Iré a buscarlos. En cuanto les hable de ti y de tu carta, vendrán tan rápido como se lo permitan las piernas.

Cuando se marchó, Chiara se encorvó ligeramente y se dio cuenta de que había estado manteniendo una postura artificial —metiendo la barriga y sacando pecho— para causar buena impresión. Incluso se sorprendió deseando haber dedicado unos minutos más a maquillarse debidamente en lugar de limitarse a ponerse rímel en las pestañas y un poco de corrector aquí y allá. Paolo era un hombre muy guapo y no parecía que hubiera una mujer por allí, lo cual tal vez no resultaba demasiado sorprendente teniendo en cuenta la suegra que habría tenido que aguantar.

Chiara no tuvo que esperar mucho antes de oír los gritos de

emoción y los jadeos de los dos ancianos que llegaban sin aliento. Una señora rolliza de pelo canoso atravesó la puerta, seguida de un hombre mayor todavía más rollizo. Se echaron encima de ella y empezaron a abrazarla, besarla y darle pellizcos en las mejillas.

—*Chiara, Chiara, bella Chiara* —dijeron al unísono.

Luego la mujer se sentó pesadamente en una silla, se sacó el delantal por la cabeza y comenzó a llorar desconsoladamente sobre la tela floreada. Rosaria puso los ojos en blanco y sacudió la cabeza, pero el anciano se situó al lado de su mujer y le acarició el brazo. Chiara no entendió lo que le dijo en voz baja, pero supo que eran unas palabras tranquilizadoras. Sacó la carta de la mochila, la desdobló y la colocó con cuidado sobre la mesa de madera de pino. Rosaria frunció los labios al ver el trazo de la letra de la carta amarillenta.

Cuando los sollozos de Pepina disminuyeron, Chiara le tendió la carta.

—De Maria Domenica —dijo simplemente.

Paolo cogió el papel de su mano.

—Yo la leeré. No tienen muy buena vista y nunca consigo encontrar sus gafas. Siempre están donde menos te lo esperas.

Comenzó a leer aquellas palabras que a Chiara ya le eran familiares con una hermosa voz que se correspondía con su hermoso rostro. Mientras leía, Pepina apretó con tanta fuerza la mano de Erminio que los nudillos se le pusieron blancos.

—*Mia figlia, mia figlia* —gritó cuando él acabó, y a continuación soltó otra retahíla de palabras en italiano.

Paolo hizo de traductor.

—Quiere saber dónde está su hija.

Chiara dio gracias a Dios porque aquella sería la última vez que tendría que comunicar la triste noticia a la gente que quería a su madre. Repitió más o menos las mismas palabras que había empleado con los dos hombres del café, pero nada podía suavizar el golpe. Una vez más, Pepina desapareció bajo su delantal y Erminio también se echó a llorar; sollozó con un desembarazo que Chiara no había visto hasta entonces en ningún hombre.

—Fue feliz —repitió Chiara desesperadamente—. Llevó una vida feliz. Conoció a otro hombre llamado Alex que la quiso mucho y ha sido como un padre para mí.

Rosaria se levantó y fue a remover la salsa que borboteaba en la cocina. Chiara lanzó una mirada a Paolo. Estaba leyendo la carta y pese a tener el ceño fruncido, en su rostro terso apenas había alguna arruga.

—Qué triste —dijo alzando la vista hacia ella—. Tu *mamma* nunca volvió a casa, y Pepina y Erminio se pasaron todos esos años esperándola. ¿Por qué no volvió?

—No lo sé —contestó Chiara—. Creo que a lo mejor fue porque tenía miedo de mi padre.

—¿Tu padre?

—Sí, mi padre, Marco.

—No. —Él negó con la cabeza—. Marco no es tu padre, es el mío.

—Pero, por lo que dice la carta, yo pensé que mi madre estaba casada con Marco.

Rosaria dejó de remover la salsa y soltó una risa estridente.

—¿Casada? —De repente había recuperado sus conocimientos de inglés—. Oh, sí, estuvo casada con él, pero eso no quiere decir que tú seas su hija. Estamos hablando de Maria Domenica... *Puttana!*

Chiara se sentía aturdida. La situación estaba empezando a escapar a su entendimiento. Parecía que estuvieran hablando de dos personas distintas. Ella conocía el significado de la palabra *puttana* y no describía a su madre. Ella no era una puta. Siempre había sido fiel a Alex; Chiara estaba segura de ello. Por un momento sintió el deseo infantil de llevarse las manos a los oídos y no continuar escuchando, pero la curiosidad pudo más.

—Pues si Marco no es mi padre, ¿quién es?

En la cara de Rosaria apareció una expresión de desprecio, y su voz adoptó un tono casi histérico.

—Puede ser cualquiera —dijo en italiano—. Aquel artista que hizo las pinturas de las paredes del café Angeli o algún hombre que conoció en Roma. Incluso puede ser Franco Angeli o su hijo Giovanni. Estaban unidos, muy unidos, y detrás de la cortina roja del local pudo pasar cualquier cosa. Probablemente se acostaba con ellos.

—No lo creo. —La voz de Chiara interrumpió la traducción de Paolo.

Pepina y Erminio alzaron la vista alarmados. Comenzaron a darle besos, a abrazarla y a pellizcarle las mejillas de nuevo.

—*Bella, bella* —repetían una y otra vez.

La voz áspera de Rosaria sonó de repente. Hablaba otra vez en un italiano furibundo, pero esta vez Chiara no tuvo problemas para interpretar su tono. Allí no era bien recibida; eso era evidente.

Cogió su mochila del suelo, dispuesta a disculparse y a marcharse. Erminio vio su leve movimiento y se dio cuenta de su intención; puso una mano sobre su hombro suavemente pero con firmeza.

Cuando se volvió hacia Rosaria, Chiara vio una mirada en los ojos del anciano que le permitió entrever al hombre que había sido. Habló de forma concisa y serena, pero aun así Chiara vio la ira que se ocultaba bajo sus palabras. Su actitud no admitía réplica; cuando terminó, Rosaria soltó la cuchara de madera que tenía en la mano y salió de la habitación airadamente.

Chiara miró a Paolo esperando alguna interpretación. Para su alivio, él no parecía preocupado por aquel intercambio de palabras y se limitó a sonreírle otra vez.

—Mis abuelos quieren que te quedes. Dicen que te prepararemos la habitación de al lado. Es donde solía dormir tu madre.

—No puedo, Paolo. Tu madre no quiere que esté aquí, salta a la vista.

—No te preocupes por ella. A veces es un poco gruñona. De todas formas, la casa no es suya, sino de mis abuelos, y ellos no quieren que te vayas a ninguna parte.

—¿No será un poco violento?

—Puede que sí, pero será todavía más violento si intentas marcharte. Les partirías el corazón otra vez. Míralos, ¿no querrás hacerles daño, verdad?

Chiara miró a la anciana pareja con sus caras morenas y arrugadas, su ropa descolorida y sus cuerpos regordetes. Aunque Pepina todavía tenía lágrimas en los ojos, los dos le sonreían esperanzadamente. Si se hubiera esforzado un poco más por aprender italiano, habría podido comunicarse con ellos. Tal como estaban las cosas, lo único que pudo hacer fue sonreír y repetir las palabras «*Grazie, grazie*».

Cuando se hizo de noche Paolo echó a los pollos fuera de la cocina y Pepina encendió velas a lo largo de la mesa. Sacaron sus mejores viandas para que ella las probara: un *prosciutto crudo* que había salado la propia Pepina; un grueso pedazo de queso parmesano; un plato de brécol cocido al vapor y pasado por una sartén con aceite de oliva, un poco de ajo y guindilla roja picante; un cuenco de calabacines pequeños cortados en rodajas y secados al sol que habían dorado en aceite y escabechado con vinagre, ajo y hojas de menta, y una mozzarella fresca que se deshacía en la boca y una cesta grande de un pan tan duro que Chiara temió por la integridad de sus débiles dientes ingleses.

Cada vez que Chiara pensaba que ya no había más comida, Pepina volvía a la cocina y traía más platos: bolas de arroz rellenas de queso y fritas en abundante aceite; hojas tiernas de parra pasadas por la sartén con ajo; unas extrañas habas que Paolo le dijo que se llamaban altramuces... A Chiara le daba la impresión de que iba a reventar, pero no podía decir que no a nada.

La comida había atraído a Rosaria a la cocina, pero comió en silencio y evitó mirar a Chiara a los ojos. Desprendía malas vibraciones, aunque nadie más parecía darse cuenta de que algo iba mal. Chiara tomó la iniciativa y se propuso probar una generosa porción de cada plato.

Erminio la miraba con aprobación mientras comía.

—*Mangia, mangia* —dijo, frotándose su pronunciada barriga.

—A mi abuelo le gustan las mujeres con apetito —explicó Paolo.

Chiara le pidió que volviera a hacer de intérprete y les dijera exactamente a sus abuelos por qué la comida que estaba probando era tan importante para ella. Ellos asintieron con la cabeza y sonrieron orgullosos cuando se enteraron de que se había ganado la vida trabajando de chef y de que estaba empezando a hacerse famosa como escritora de libros de cocina.

—Mi abuela siempre ha sido una gran cocinera, la mejor de la zona —le dijo Paolo—. Debes de haber heredado su talento.

—Supongo que sí —respondió Chiara, ligeramente aturdida. Era pariente de aquellas personas; se parecía a ellos. Aquello hacía que se sintiese más feliz.

Entonces se le ocurrió una idea. Le pidió a Paolo que tradujera otra cosa.

—¿Me podría enseñar? ¿Le puedes preguntar si querría mostrarme cómo hacer los platos tradicionales con los que creció mi madre? La comida que han cocinado durante generaciones las mujeres de la familia Carrozza. Verás, estoy buscando inspiración para mi segundo libro. Y me preguntaba si podría encontrarla aquí.

Paolo se lo preguntó; la anciana pareció tan emocionada que se puso en pie de un salto y fue hacia las sartenes que había en el fuego como si quisiera empezar inmediatamente.

Erminio hizo que se sentara otra vez. A continuación volvió a hablar con el mismo tono de autoridad y Paolo asintió con la cabeza.

—Mi abuelo dice que mañana a primera hora de la mañana Rosaria se quedará aquí limpiando la cocina, que está hecha un asco, y nosotros te llevaremos al pueblo a comprar ingredientes frescos. Luego, cuando hayamos descansado un poco, empezaremos a cocinar.

—Suena fantástico.

—Deberías irte pronto a la cama —le aconsejó—. Hoy ha sido un día muy importante para ti pero mis abuelos esperan que te levantes cuando amanezca. Aquí la única que se queda durmiendo hasta tarde es mi *mamma*.

Tumbada en la estrecha cama donde dormía su madre, Chiara olió las sábanas y la almohada e imaginó que podía captar la fragancia de su largo pelo moreno. ¿Qué sueños habría tenido mientras dormía allí? ¿Qué había deseado y qué le había pedido a Dios?

Ver a Maria Domenica a través de los ojos de su familia era como contemplar una vista predilecta desde una perspectiva distinta. Todo el paisaje resultaba familiar, pero ningún elemento estaba donde debería. Empezaba a pensar que no había llegado a conocer a su madre de verdad. Y en lo referente a su padre, no había hecho muchos progresos para resolver el misterio. De hecho, gracias a Rosaria, ahora tenía más candidatos que antes.

Cuando por fin se durmió, soñó con la cocina de la casa. Pero en el sueño aparecía una mujer esbelta y joven de ojos oscuros que se parecía a su madre; removía las salsas que bullían en la cocina y trabajaba la masa del pan. Se movía con rapidez y estaba llena de vida y de planes secretos para el futuro.

Chiara durmió profundamente. No se despertó ni siquiera cuando sonó un murmullo de voces en italiano y que en un par de ocasiones subieron el tono. Ella siguió durmiendo y soñando los sueños de otra persona.

Paolo y Rosaria estaban en la cocina en su pose habitual: Paolo tenía la cabeza apoyada en el hombro de su madre y ella le alisaba el pelo ya de por sí increíblemente liso.

—*Mamma* —le dijo con voz zalamera—. Tienes que comportarte, tienes que ser amable.

—¿Por qué tengo que ser amable? —Su voz tenía un tono duro y sonaba muy alta.

—Chis, vas a despertarla, y tengo que hablar contigo a solas. —Se recostó un poco más sobre el cuerpo blando de Rosaria y ella le besó suavemente la frente.

—Paolo mío, te quiero tanto que haría cualquier cosa por ti —dijo ella gimiendo—. Pero, por favor, no me pidas que sea amable con esa bastarda. No tiene ningún derecho a estar aquí. Lo estropeará todo, va a arruinar nuestras vidas. ¿Has oído cómo me ha hablado papá? Esto es solo el principio, cariño. Lo digo como madre, como hija. Maria Domenica era un pájaro de mal agüero. Hizo lo que quiso desde el principio hasta el final.

—Sí, *mamma*, pero ahora nos toca a nosotros. Lo único que tenemos que hacer es seguirle el juego. La ayudamos a que consiga las recetas para su próximo libro y luego, si somos pacientes, tendremos nuestra oportunidad de hacer mucho dinero.

Rosaria se retorció un poco y cambió la posición de la cabeza de Paolo colocándola sobre su pecho. Cuando sintió su peso sobre ella sonrió.

—No lo entiendo —murmuró—. ¿Cómo le vamos a sacar dinero?

—Confía en mí, ya verás.

—No, dime cómo. ¡Explícamelo!

Paolo levantó la cabeza con impaciencia.

—Ya la oíste. Adivínalo.

Ella abrió los ojos desorbitadamente y frunció los labios.

—No me hables así. Primero papá y ahora tú. Háblame bien.

Él volvió a apoyar la cabeza en el pecho de Rosaria y su voz recuperó su tono zalamero.

—Piensa en ello, *mamma*. Ha vendido miles y miles de copias de su último libro. Me ha dicho que es bastante famosa en Inglaterra, y que su cara ha aparecido en los periódicos y en la televisión. Si escribe otro libro y tiene éxito, nosotros también nos haremos famosos. Todo el mundo sabrá que ha aprendido las recetas italianas de nosotros; así es como haremos dinero.

—Sigo sin entenderlo.

—El turismo, *mamma*. Recibiremos turistas. Les cobraremos por alojarse en una típica granja de campo y aprender a cocinar la auténtica comida de la región, los platos que habrán leído en el libro de Chiara. Pagarán mucho dinero para aprender los secretos de la cocina de *mamma* Pepina. Confía en mí, he leído sobre esto. El turismo gastronómico está haciendo furor. La gente rica paga para poder disfrutar del privilegio de viajar por medio mundo y preparar platos en la cocina de otra persona.

—Pero fíjate en este lugar. Está muy descuidado. ¿Quién pagaría por quedarse aquí?

Paolo se encogió de hombros.

—Sí, claro, necesita una mano de pintura y una buena limpieza, pero es importante que sea rústico. Es lo que la gente busca: el ambiente.

Rosaria soltó una risa estridente.

—Sí, pues eso es precisamente lo que nos sobra a nosotros: ¡ambiente! En serio, Paolo, no veo por qué un turista va a querer venir a San Giulio. ¿No prefieren ir a lugares como Amalfi y Positano, esos pueblos tan bonitos al lado del mar? Nunca conseguirás traerlos aquí.

—No, *mamma*, creo que funcionará. Tendremos que invertir tiempo y tal vez un poco de dinero, imprimir folletos, pedir prestado un ordenador a alguien, empezar de cero, crear una página web. Pero si mi plan funciona, Chiara se encargará de hacer la mayor parte de la publicidad por nosotros. Ella será quien traerá a los turistas a San Giulio.

Rosaria debería sentirse feliz: tenía la barriga llena y Paolo estaba a su lado. Sin embargo, las palabras de su único hijo le habían dejado la fría sensación de vacío que experimentaba cada vez que otra mujer despertaba su interés.

—¿Te gusta esa chica? —preguntó bruscamente.

—No está mal.

—Es como todas las demás que ha habido antes que ella —le advirtió Rosaria—. Está deslumbrada por tu atractivo, Paolo mío. Pero nunca te querrá tanto como yo. Ninguna mujer te querrá tanto como tu *mamma*.

Paolo apretó su cara contra el cuerpo blando de su madre.

—*Mamma*, no te preocupes. No voy a dejarte. Tengo pensado utilizar a esa chica, lo entiendes, ¿verdad? Tú y yo vamos a hacer dinero. No podemos quedarnos aquí esperando a que los viejos se mueran. De todas formas, como siempre te digo, no tenemos ninguna garantía de que vayan a dejarnos algo. Probablemente, el tío Salvatore se lo quedará todo.

—No estamos tan desesperados por el dinero, *figlio*. Tu padre nos manda un cheque de vez en cuando. Siempre ha tenido ese detalle.

—Si mi plan funciona, *mamma*, podremos romper su cheque en pedazos y devolvérselo. Tendremos nuestro propio dinero.

Confía en mí. Puedes poner tu granito de arena ayudando a Chiara con las recetas y haciendo que se sienta a gusto.

Rosaria suspiró. Se acordó de qué guapa estaba con su vestido azul preferido, conduciendo temerariamente el coche de su madre hacia la granja de los Manzoni. ¿Adónde habían ido a parar todos aquellos años? ¿Cómo era posible que todo hubiera salido tan mal? Por un instante, pensar en el plan de Paolo, aun siendo ingenioso, le pareció agotador. No tenía energías para dirigirse hacia el futuro con él.

—*Mamma?* —La cabeza de Paolo descansaba ahora sobre la barriga de Rosaria.

—Lo haré si es necesario, Paolo, pero solo si es necesario.

8

Cuando Chiara abrió los ojos brillaba el sol. Intenso y resplandeciente, el astro rey iluminaba los rincones más sucios de la habitación, las paredes amarillentas que lucían marcas donde una vez había habido carteles clavados, y los montones de trastos, zapatos viejos y ropa usada que se habían almacenado allí desde que la habitación se usaba como cuarto de invitados. Al igual que el resto de aquella casa, la vieja habitación de Maria Domenica reflejaba una gran dejadez. Aquel lugar se estaba desmoronando. Pepina y Erminio eran demasiado mayores para mantener la casa en buenas condiciones, y Rosaria carecía de la voluntad necesaria. Si había más hijos, pensó Chiara, debían de haberse marchado y haber formado sus propias familias, pues allí no había visto rastro de nadie más.

Oyó el sonido de alguien que caminaba en la habitación de al lado; alguien viejo y lento, cuyos movimientos hacían pensar en una rutina bien ensayada. Chiara oyó cómo crujía la mesa de madera de pino de la cocina, como si algo estuviera ejerciendo presión sobre ella. Movida por la curiosidad, salió de la estrecha cama, se puso unos vaqueros y una camiseta y fue a investigar.

Pepina alzó la vista y sonrió al verla entrar en la cocina. El sol le daba en la cara, iluminando sin piedad su rostro arrugado. A Chiara le pareció que la anciana estaba cansada, pero aun así sus brazos mostraban vigor y sus manos parecían fuertes mientras, rítmicamente, trabajaba la masa sobre la mesa de la cocina.

—*Il pane* —explicó Pepina, y se apartó para dejar que Chiara la sustituyera en la elaboración del pan. En el viejo aparador de madera aún había un estante lleno de panes, pero era evidente que su abuela creía que iba a necesitar más, pues había colocado otro montón de harina gruesa en la mesa y había formado un hueco en el centro para echar levadura y agua templada.

Trabajaron codo con codo, amasando hasta que Pepina quedó satisfecha con su consistencia. Chiara sabía, sin que nadie se lo hubiera dicho, que en otra época su madre había ocupado aquel lugar junto a Pepina, ayudándola a preparar el pan del día. De repente se sintió muy próxima a Maria Domenica, más próxima incluso de lo que lo había estado cuando ella vivía. Estaba empezando a entender a su madre, a descubrir lo que había determinado su forma de ser. La pasada noche se había arrepentido de haber ido allí, pero esta mañana sabía que había hecho lo correcto.

Erminio y Paolo no se despertaron hasta que el olor del pan en el horno llegó a sus habitaciones. No había el menor rastro de Rosaria. Erminio tuvo que recurrir a su atronadora voz para que apareciera corriendo por el pasillo, con el pelo canoso suelto por encima de los hombros y la cara hinchada y soñolienta.

Lanzó una mirada maliciosa a Chiara y sus labios hoscos se estiraron en una media sonrisa.

—Buenos días, espero que hayas dormido bien —dijo rápidamente.

Eran las palabras más amables que había pronunciado hasta entonces. Chiara estaba sorprendida pero agradecida. Tal vez había superado el impacto inicial y estaba dispuesta a hacer que su sobrina se sintiese bien acogida.

—Parece que hoy tu madre se ha alegrado más de verme —le dijo a Paolo más tarde, cuando la llevó al pueblo con Pepina y Erminio, que iban apretujados en el asiento trasero.

—Te lo dije, mi *mamma* a veces se pone gruñona. Anoche cuando la viste estaba insoportable, pero estoy seguro de que de ahora en adelante su humor cambiará. Está encantada de que estés aquí, te lo aseguro.

La pareja de ancianos insistió en que Paolo tomara el camino más largo para que pudieran recorrer las zonas más antiguas del pueblo; pasaron por delante de unos edificios altos del color de la arena mojada, con sus patios a la sombra, ocultos tras elevados muros como un secreto.

—Mis abuelos dicen que esta es la parte del pueblo que más conserva el aspecto que tenía cuando tu madre era una niña. Entonces no había tantos apartamentos. San Giulio era un pueblecito rodeado de campos con búfalos.

—Es una lástima que haya cambiado tanto —dijo Chiara con tristeza.

—Oh, los cambios no son malos —dijo Paolo quitándole importancia—. Por aquel entonces había mucha pobreza y mucha gente vivía en unas condiciones muy duras. Mi abuelo me ha contado alguna vez que había familias tan pobres que tenían que compartir un plato de espaguetis para cenar. Ahora las cosas han mejorado.

Consiguieron encontrar aparcamiento en una esquina de la piazza, y Pepina encabezó la expedición de la compra con la cesta en el brazo. Era día de mercado y los puestos donde se vendían verduras frescas, carne y queso se alineaban a lo largo de la calle principal. Los vendedores les gritaban al pasar, alardeando de sus berenjenas de piel lisa, de sus calabacines dulces y de sus grandes alcachofas. Pepina era una compradora prudente y antes de comprar un producto le daba golpecitos, lo apretaba y trataba de regatear cuando consideraba que podía salirse con la suya. Parecía que conociera a todo el mundo; avanzaban despacio por la calle ya que a menudo tenían que interrumpir su marcha para presentar a Chiara a algún viejo amigo de la familia que se acordaba de su madre.

Algunos de los ancianos se emocionaban cuando se enteraban de quién era, la abrazaban, le daban besos, y no paraban de ofrecerle cosas. Chiara bebió educadamente un vaso de un líquido turbio y ácido que le tendió una anciana situada tras el puesto de los limones. Un frutero le puso en las manos una ciruela perfecta, y el vendedor de otro puesto, un salami entero. Pepina y Erminio parecían extraordinariamente orgullosos de ella.

—Es nuestra nieta —le decían a todo el que pasaba—. Quiero presentarte a nuestra preciosa nieta, Chiara, que ha vuelto a casa después de muchos años.

Cuando dieron la vuelta en dirección a la piazza, Chiara se acordó de los dos hombres del café Angeli. Debían de estar preguntándose qué había sido de ella.

—Paolo, ¿podríamos parar en el café antes de volver a la granja? Tengo que hablar con Franco y Giovanni.

Paolo pareció incómodo.

—Mis abuelos no van al café Angeli —le explicó—. No han ido allí desde que tu *mamma* se marchó. Creo que en cierto modo culparon a Franco y a Giovanni de lo que pasó, aunque no sé por qué. Luego se enteraron de lo de la pintura de la madonna y el niño y aquello ya fue la gota que colmó el vaso.

Ella frunció el ceño.

—Es una cuestión delicada, ¿verdad?

—Un poco —afirmó él—. Pero podemos sentarnos un rato en un banco a la sombra para que los viejos descansen. Así podrías tener una conversación rápida.

—No tardaré mucho —prometió.

El café Angeli estaba abarrotado. El murmullo de la conversación se elevaba por encima del chirrido de la máquina Gaggia, y los clientes vaciaban sus tazas de *espresso* más rápido de lo que Giovanni podía llenarlas. Aun estando tan ocupado, tuvo tiempo para levantar la vista de lo que estaba haciendo y guiñarle un ojo a Chiara.

—Le diré a papá que estás aquí para que te haga la pizza que te prometió.

No había espacio en la barra, de modo que tuvo que abrirse paso a empujones prácticamente hasta la zona de las mesas.

—No puedo entretenerme mucho porque mis abuelos y Paolo están esperando fuera, pero quería que supierais que todo va bien.

Él arqueó las cejas.

—Me alegro.

—Sin embargo, quiero hablar con vosotros. Me gustaría haceros algunas preguntas.

Giovanni miró la cola que se estaba formando delante de él y sacudió la cabeza.

—Tienes razón, ahora no es un buen momento, pero vuelve esta tarde sobre las cinco y media. Entonces esto estará tranquilo y podremos hablar todo lo que quieras.

Esa tarde pareció que las manecillas del reloj se hubieran movido por una fuerza añadida. Chiara se llevó una sorpresa cuando se dio cuenta de que Pepina y ella habían estado friendo, horneando, picando y batiendo durante cinco horas. Primero habían hecho una salsa con tomates, ajo, alcaparras, aceitunas y anchoas; luego, a fuego lento, habían cocido en ella trocitos finos de carne de ternera. A continuación habían preparado unas pizzas con unas bases finas como obleas a las que tan solo habían echado tomate, exquisito aceite de oliva y albahaca del jardín.

Utilizando sobras de la nevera, Pepina elaboró una densa y

deliciosa sopa minestrone. Por último, su abuela le enseñó cómo se freía. Chiara pensaba que dominaba aquella técnica desde hacía años, pero Pepina empleaba un método con el que conseguía un resultado mucho mejor.

Llenó una sartén negra de hierro fundido con aceite de girasol y la puso a calentar a la temperatura exacta; no tan caliente como para que la parte de fuera de la comida se quemase antes de que se hiciera por dentro, y no tan fría como para que la comida absorbiera el aceite y se volviera grasienta. Con una mano impregnaba de harina los deliciosos bocados y los mojaba en la mezcla para el rebozado o en pan rallado, y con la otra controlaba la comida que ya estaba chisporroteando en la sartén, examinándola y dándole la vuelta para luego sacarla en el momento adecuado.

La familia se agrupó alrededor para probar los *fritti* mientras todavía estaban calientes. Había calamares pequeños, sepia cortada en aros y colas de gamba rebozadas; todo estaba crujiente y lo aderezaron con unas gotas de zumo de limón. Se deshacían en la boca.

También había buñuelos fritos en abundante aceite con sabor a bacalao salado, aceitunas, alcaparras, piñones y uvas pasas. Soltando un gemido de placer, Chiara probó las alcachofas rebozadas con olor a *parmigiano* y se abalanzó sobre la mesa para hincarle el diente a los espárragos que su abuela había envuelto en *prosciutto*, rebozado en harina, huevo y pan rallado, y luego había frito en la sartén.

Pepina no se sentó a comer. Se dedicó a mordisquear mientras cocinaba, inclinándose por encima del fregadero.

—*Friggendo, mangiando* —le dijo a Chiara, que se volvió hacia Paolo para que tradujera aquellas palabras.

—La cocinera no puede permitirse sentarse cuando está haciendo *fritti* —le explicó él—. El aceite está caliente y es muy peligroso. Requiere mucha atención.

Sirvieron la comida en platos y cuencos y Paolo, con una pesada y vieja cámara al cuello, los colocó sobre la mesa y les hizo fotos desde todos los ángulos posibles.

—No sabía que fueras aficionado a la fotografía, Paolo —le dijo Chiara cuando apareció con la cámara.

—He hecho unas cuantas —respondió él, mirando la cámara y riéndose—. Ya sé que mi equipo no es nada del otro mundo, pero tengo buen ojo. Había pensado haceros unas fotos a ti y a Pepina cocinando juntas, unas en blanco y negro y otras en color; quién sabe, ¡a lo mejor algún día te interesa ponerlas en uno de tus libros de cocina!

Ella se sintió conmovida por su entusiasmo.

—Es una idea genial, Paolo. Si alguna vez se usaran en un libro, me aseguraría de que te pagasen por ellas.

Él alzó una mano.

—No, no, no hace falta. Estoy encantado de ayudar. Me gusta pasar el tiempo contigo, Chiara. —Sus ojos coincidieron con los de ella y Chiara sintió un ligero escalofrío que recorrió su cuerpo; se preguntó cómo sería besarle.

Durante toda la tarde se sintió un poco más viva de lo normal. De algún modo, el hecho de que él fuera algo prohibido lo hacía todavía más deseable. Mientras observaba cómo Paolo se inclinaba y retrocedía para obtener el ángulo correcto, entornando los ojos y chasqueando la lengua en señal de desaprobación, Chiara se sentía incapaz de sofocar lo que reconoció como puro deseo. Tenía que controlarse. Por lo que ella sabía, Paolo era medio hermano suyo y por tanto la última persona en el mundo por la que debería albergar aquellos sentimientos, pese a la certeza que tenían él y Rosaria de que Marco no era su padre. Aquello era deshonroso. Sin embargo, estaba segura de que la atracción era mutua. Lo vio en el modo en que él le tocó el hombro y orientó su cuerpo en el ángulo correcto para retratarla con la cámara. Parecía que aprovechase la menor oportunidad de rozarla o de posar sus ojos en ella. En una ocasión, cuando se inclinó para darle un consejo sobre las notas que ella estaba tomando, Chiara sintió su cálido aliento en la nuca y estuvo a punto de soltar un sonoro gemido.

El reloj, que seguía moviéndose a toda velocidad, había avanzado otros diez minutos y Chiara sabía que iba a llegar tarde a la cita con Giovanni.

—¿Puedo pedirte un favor, Paolo? —dijo, quitándose el delantal—. ¿Me podrías llevar al pueblo? Le prometí a Giovanni que estaría en el café a las cinco y media.

Él le dedicó una sonrisa perezosa.

—Antes a lo mejor deberías arreglarte un poco. Yo puedo esperar y estoy seguro de que Giovanni también.

Chiara se horrorizó al verse en el espejo. La comida le había salpicado la cara y se le había pegado al pelo, tenía la nariz roja y brillante, y era evidente que el poco rímel que llevaba no había soportado bien los cinco minutos que había estado cortando cebolla. Se lavó rápidamente la cara, se quitó un pegote difícil de identificar del pelo y miró en su neceser. Los pocos productos cosméticos que tenía habían estado dando vueltas allí dentro durante años. Rara vez se molestaba en ponerse maquillaje, y cuando lo hacía, parecía que se le corría en cuanto su cara se exponía al calor de una cocina. Pero ese día hizo un esfuerzo excepcional y se puso todas las capas que consideró necesarias para estar guapa: para igualar los tonos de su piel, conseguir que sus ojos parecieran más grandes y realzar sus labios. Aunque hacía grandes esfuerzos por olvidarlo, sabía perfectamente que ella y Paolo iban a estar solos en el coche al menos cinco minutos.

Él condujo despacio; miraba a Chiara tanto como a la carretera.

—Eres muy hermosa, Chiara —le dijo—. ¿Tu *mamma* era la mitad de hermosa que tú?

Ella rió, nerviosa.

—Oh, mucho más hermosa, ya lo creo.

—Pero tú te pareces mucho a ella, ¿verdad?

—Bueno, no mucho. Ella tenía la piel más morena que yo, era mucho más delgada, y tenía el pelo liso y sedoso. —Chiara tiró con tristeza de su pelo corto y áspero.

Él sonrió burlonamente.

—Me alegro. Eso significa que debes de parecerte a tu padre.

—¿No me parezco a Marco?

—No, no te pareces a Marco en absoluto, créeme. Supongo que debes de haber salido al pintor del café que dijo mi *mamma*, o al extranjero de Roma, o a quienquiera que sea tu verdadero padre. —Paró el coche frente al café Angeli, pero dejó el motor encendido—. No creo que seas medio hermana mía, Chiara. Creo que eres mi prima y eso me hace muy feliz.

Paolo se inclinó y tocó los labios de ella con los suyos. Chiara no se movió. Él la besó, al principio tímidamente y luego con mayor seguridad. Entonces se echó hacia atrás y le desabrochó el cinturón de seguridad.

—Llegas tarde, más vale que te vayas —dijo bruscamente—. Llámame si quieres que venga a recogerte.

Chiara notaba un calor abrasador en los labios y cuando abrió la puerta del café Angeli le temblaban las manos. No podía creer que hubiera dejado que Paolo la besara. Puede que él estuviera convencido de que no eran hijos del mismo padre, pero ella no estaba tan segura. Y sin embargo, había habido un momento en que hubiera dejado que le hiciera cualquier cosa.

Giovanni pareció darse cuenta de que sucedía algo. Estaba pasándole un paño a la máquina de café, como el día anterior, pero dejó el trapo en cuanto ella entró en el local.

—Ven y siéntate aquí —dijo llevándola hacia el taburete de cuero rojo—. ¿Estás bien? Parece como si te hubieras llevado un buen susto.

—No, no. —Chiara se llevó una mano a sus labios ardientes—. Estoy bien, de verdad. Todo va bien.

Él miró hacia la calle a través de la gran puerta de cristal.

—¿Te ha traído Paolo? —preguntó—. ¿Te ha molestado?

—No, más bien lo contrario. Ha estado encantador —aseguró ella, y se dio cuenta de que le gustaba que aquel hombre maduro y atractivo se mostrase tan protector con ella.

Giovanni se sentó a su lado y apoyó los codos en la mesa. Parecía más cansado que el día anterior; las arrugas de los ojos eran más profundas, y las canas más acentuadas.

—Uf, vaya día —dijo soltando un gemido—. No he parado. No nos vendría mal alguien que trabajase tanto como tu madre, te lo aseguro.

—¿Ella trabajaba mucho?

—Siempre estaba en movimiento. Hacía que yo pareciera un caracol —bromeó Giovanni. A continuación se puso serio—. Mi padre la quería como a una hija, ¿sabes? No ha hablado de ella durante años, pero anoche, cuando te marchaste, no conseguí hacerle callar. Hoy estaba agotado. He tenido que mandarlo a casa.

—Oh, es una lástima. Tenía muchas preguntas y confiaba en que él pudiera ayudarme a responderlas.

—¿Por qué no intentas hacérmelas a mí? Yo te diré todo lo que pueda. Conocí a tu madre y me caía muy bien. Hablábamos de vez en cuando y me confió algunas cosas.

Ella fue al grano.

—¿Soy hija de Marco?

Giovanni negó con la cabeza.

—Ella siempre dijo que no eras hija de él, y mi padre la creía. Se casó con él porque la obligaron. En aquella época no estaban bien vistas las madres solteras. Una mujer que quedaba embarazada antes del matrimonio caía en la deshonra... como Rosaria.

—¿Rosaria cayó en la deshonra?

—Así es. Unos meses después de que Maria Domenica desapareciera, todo el mundo se dio cuenta de que Rosaria estaba engordando mucho, y luego también ella desapareció. Pepina intentó hacer creer que el bebé era suyo, pero todo el pueblo sabía que Paolo era el hijo de Rosaria y que Marco era el padre. En otras circunstancias la habrían obligado a casarse con él, pero fue imposible porque Marco seguía casado con tu madre.

—¿Y no podían haber anulado el matrimonio?

Giovanni negó con la cabeza.

—Después de lo que le pasó a Maria Domenica, creo que Erminio habría preferido morirse de vergüenza antes que permitir que otra de sus hijas se casara con Marco. No, Rosaria se quedó en casa. Luego su hermano y sus hermanas se casaron. Ningún hombre la tocó nunca más.

—Dios, no me extraña que sea una bruja.

Giovanni se echó a reír y los años desaparecieron otra vez de su rostro.

—Esa mujer ha sufrido muchos desengaños —admitió él—. Pero si no recuerdo mal, siempre ha sido una bruja.

Las cosas estaban empezando a encajar, pero a Chiara todavía le quedaban muchas preguntas sin respuesta. Por ejemplo, ¿qué había sido de Marco?

Giovanni fue a por un vaso de Campari con soda y se sentó para concluir su relato. Era un hombre al que le encantaba hablar con las mujeres, y a Chiara le agradaba aquel rasgo.

—Los padres de Marco murieron en un accidente de coche —le dijo—. Habían estado bebiendo y una noche se salieron de la carretera. Marco heredó la granja y la vendió prácticamente en el acto por un buen precio a un promotor inmobiliario que quería construir casas y apartamentos. Utilizó el dinero para instalarse en Roma; lo último que supe de él es que dirigía un club nocturno. Si de veras quieres encontrarlo, no debería resultarte muy difícil dar con él. Al fin y al cabo, es la única persona viva que realmente sabe si es tu padre.

Chiara bebió un sorbo de Campari y asintió con la cabeza. No era tan mala idea. ¿Acaso no estaban allí los otros hombres que podían haber sido su padre?

Giovanni rió cuando le preguntó por el artista del que le había hablado Rosaria.

—Supongo que te refieres a Vincenzo. Él pintó muchos de los frescos que hay aquí, incluido el de tu madre. Pero es imposible que sea tu padre porque cuando tu madre lo conoció tú ya habías nacido. No, yo creo que lo más probable es que tu madre se enamorara de alguien durante el año que pasó en Roma.

Hablaron mientras apuraban un par de vasos más de Campari; Giovanni buscó en su cabeza tratando de recordar todo lo que podía sobre el pasado. Por muy triviales que parecieran sus historias, ella las escuchó atentamente, llena de agradecimiento.

—¿Hay alguien más con quien creas que debería hablar? —concluyó ella—. Alguien que conociera a mi madre lo suficiente para darme alguna pista sobre la identidad de mi padre.

Él meditó la pregunta detenidamente.

—Está Lucia, la hermana de Pepina, pero está tan senil que no creo que consigas nada. Vive en uno de los edificios de apartamentos más antiguos, al otro lado de la plaza. Tiene dos hijas, pero son estúpidas y tu madre nunca tuvo mucho trato con ellas.

—Iré a ver a Lucia —decidió Chiara—. Pero parece que Marco es la persona con quien debo hablar. Supongo que tendré que intentar localizarlo.

—Cleopatra, así se llama el club —dijo Giovanni en tono triunfal—. No me acordaba. Supongo que será un lugar llamativo si Marco ha tenido algo que ver con la decoración.

9

Los días pasaron volando. Chiara permaneció todo el tiempo entre las cuatro paredes de la cocina de Pepina que, pese a todo, dieron de sí una infinita variedad de posibilidades. La anciana le enseñó todo lo que sabía y cada tarde, después de terminar de cocinar y de lavar las cazuelas y sartenes, se daban un banquete con los platos que habían preparado. Algunos días el sabor de un sencillo plato de *pasta e fagioli* le parecía a Chiara la perfección hecha comida, y otros consideraba que un cuenco de col, arroz arborio, panceta y ajo hervidos a fuego lento en un caldo de pollo era lo único que le apetecía comer el resto de su vida. La comida era consistente y sabrosa. Sacaba el máximo partido de las verduras que ofrecía cada estación, pues la familia Carrozza, como mucha otra gente del pueblo, había sido tan pobre en otra época que no había podido permitirse comer mucha carne.

Por la mañana, Pepina la llevaba al huerto a ver las verduras que estaban listas para la recolecta. Mientras se movían entre las hileras descuidadas, sus piernas rozaban las plantas de albahaca y el aire se llenaba de su olor acre.

Pepina le enseñó cómo coger las alcachofas cubiertas de espinas antes de que se abriesen sus flores; luego metió entre sus hojas verdes y prietas ajo cortado en trozos grandes, perejil y sal y las coció al vapor en un poco de agua con aceite de oliva.

Chiara se moría de ganas de comerlas. Cuando estuvieron listas, mojó ávidamente cada hoja en el caldo aceitoso y se las fue metiendo en la boca.

También arrancaron de las plantas unos pimientos rojos brillantes, los frieron en aceite de oliva con un poco de cebolla, y luego los pusieron a hervir a fuego lento con unos tomates. Cuando Pepina vio que Chiara estaba de espaldas, intentó echar en la cazuela un ingrediente secreto.

—¿Qué era eso? —preguntó Chiara.

—Nada —le aseguró su abuela con los ojos demasiado abiertos y una sonrisa demasiado forzada para que fueran auténticamente inocentes.

Al final, tras insistir, Pepina cedió.

—Azúcar —confesó—. Un poco de azúcar para endulzar mi *peperonata.*

Chiara se sintió decepcionada. Había imaginado que se trataba de alguna hierba especial que solo conocía su abuela, pero en realidad no había ingredientes secretos. Solo una pizca de azúcar para lograr que el plato resultase excepcional.

Enredados entre las alcachofas, los pimientos y la albahaca del indómito huerto de Pepina, había unos lustrosos tomates pera que maduraban al sol. La tierra en la que crecían parecía dura y seca, y sin embargo eran los tomates más sabrosos que Chiara había probado nunca. Al morder su piel reventaban en un dulce jugo. Con las manos cada vez más verdes de cogerlos y la lengua roja de comerlos, llegó a la conclusión de que las bolas aguadas y pulposas que compraba en el supermercado no merecían el nombre de tomate.

Las tardes que hacía mucho calor, cuando Pepina se cansaba, Paolo dejaba su cámara y echaba una mano. Los dos hicieron *polpette di carne*, unas suculentas albóndigas hervidas a fuego lento en salsa de tomate. Paolo mezcló una yema de huevo con la carne de cerdo picada y sazonó la viscosa masa rosada con un poco de ajo, cebolla, pan rallado y perejil. A continuación dieron forma con las manos a las bolas pegajosas.

—Mmm, mis favoritas —declaró Paolo.

Pepina supervisó cómo freía las bolas con poco aceite para que conservaran el sabor antes de meterlas en la salsa burbujeante y cocinarlas a la perfección.

Chiara sabía que algunos platos no se podrían importar a Inglaterra ni podrían aparecer en las páginas de un libro. Un día, por ejemplo, Pepina preparó una cazuela de pasta llena de anguilas de agua dulce vivas, con la piel negra y viscosa, que no paraban de retorcerse. Las ahumó en la barbacoa alimentada con leña y quedaron deliciosas, pero Chiara no se molestó en tomar notas. Era poco probable que las anguilas figurasen en un menú de Islington, Notting Hill o los condados de los alrededores de Londres, y era precisamente la gente de esos lugares la que compraba sus libros de cocina.

Algunos días Pepina la hacía levantarse más pronto de lo habitual. Esas mañanas no hacían pan, pues eran las ocasiones que su abuela había reservado para la comida de las celebraciones, unos platos más elaborados que se degustaban en toda la Campania los días de *festa* y las festividades de los santos. Primero hicieron *ragú*, la reina de las salsas de tomate: un caldo sustancioso elaborado con trozos de carne de cerdo y ternera y salpicado de rollitos de carne de res rellenos de ajo y piñones. Lo cocinaron a fuego muy lento durante seis horas, removiéndolo a menudo y añadiéndole agua hasta que la carne perdió su color con el tomate y la salsa oscura adquirió un sabor intenso y penetrante.

Luego hicieron *sartu*, un molde de arroz relleno de diversas capas de exquisiteces: champiñones, albóndigas diminutas, salchichas picantes y muchísimas cosas más. El gigantesco pastel de arroz dorado al horno desprendía un olor delicioso, y a Chiara casi se le cayó la baba cuando llegó el momento de cortar un pedazo, mojarlo con *ragú* y probarlo.

Pepina reservó lo mejor para el final. Su *timballo di maccheroni* era una creación asombrosa: un pastel relleno de pasta condimentada con *ragú* y *parmigiano*, con capas de salami, guisantes, berenjenas, cremoso queso ricotta y mozzarella cortada en dados.

A Rosaria se le pusieron los ojos como platos cuando lo vio sobre la mesa de la cocina.

—Un *timballo* —dijo, suspirando—. *Mamma*, hacía muchos años que no preparabas uno.

La tía de Chiara no pudo resistir la tentación de presumir de cuánto sabía sobre la comida de la Campania.

—Casi nunca ponemos ajo y cebolla en el mismo plato —dijo alegremente mientras observaba cómo las dos mujeres picaban, pelaban y cortaban en rodajas—. Eliminan el resto de sabores. No debes ser glotona y echarle a la comida un montón de cosas distintas, ¿sabes, Chiara? A veces con un ingrediente basta. ¿Ves cómo hace *mamma* los ravioli? Solo los rellena con un poco de ricotta. Ni siquiera hay un pedacito de perejil en el relleno. Ah, otra cosa, no hace falta que inundes la pasta de salsa. Solo tienes que echarle un poco por encima.

A veces Pepina contaba historias de los viejos tiempos y Rosaria hacía lo que podía para traducírselas.

—*Mamma* dice que en Nápoles solían colgar los macarrones en el tendedero para que se secaran. No importaba lo pobre que se fuera, siempre había pasta para comer. La carne era otra historia. Algunas familias no se la podían permitir. Pero aquí nunca faltó —añadió, orgullosa—. Papá tenía jaulas con conejos en la parte de atrás de la casa y una o dos veces a la semana mataba uno para echarlo a la cazuela. En esta casa siempre teníamos buena comida para llenar la barriga.

Mientras Rosaria miraba, las dos mujeres estuvieron trabajando codo con codo horas enteras. Al principio a Chiara le preocupaba que el esfuerzo resultara excesivo para la anciana, pero a medida que pasaban los días Pepina no parecía cansada, sino cada vez más joven y fuerte. Erminio pasaba furtivamente por allí un par de veces al día y metía los dedos en la comida, la probaba, la saboreaba y se llevaba lo que podía. Pepina siempre acababa echándolo de la cocina entre risas, espantándolo con el paño como él hacía con los pollos.

Por la noche, Chiara colocaba su ordenador portátil sobre la vieja mesa de la cocina para pasar a limpio las notas que habían preparado juntas. Las palabras acudían a su cerebro a tal velocidad que sus torpes dedos apenas podían seguir el ritmo. Había recuperado por fin su pasión por la comida, la misma que había perdido cuando estaba trabajando en el libro sobre el pan, y no quería olvidarse de nada: de ningún ingrediente, del sabor del primer bocado de cada plato nuevo y, sobre todo, de la expresión de serena alegría que veía en el rostro de su abuela cuando compartía sus conocimientos con ella.

Paolo siempre estaba por allí. Si tenía algún trabajo, no le dedicaba mucho tiempo. Cuando ella le preguntó qué hacía exactamente para ganarse la vida, él se mostró enigmático.

—Negocios —dijo en un tono que no invitaba a hacer más preguntas.

Empezó a revolotear por la cocina durante el día y a sentarse junto a Chiara por la noche mientras ella escribía, rellenándole de vez en cuando el vaso de vino tinto. No había vuelto a besarla, pero tampoco había tenido ocasión puesto que nunca estaban a solas. Chiara se aseguró de ello; simplemente no se fiaba de sí misma.

Puede que Pepina fuera mayor, pero no era tonta. Cuando Paolo y Chiara estaban juntos no les quitaba el ojo de encima y, si podía, mandaba a Paolo al pueblo a hacer algún recado unas cuatro o cinco veces al día. Era evidente que su abuela tenía la firme convicción de que Marco era el padre de ambos, pensó Chiara. Y por lo que a ella respectaba, aunque a esas alturas parecía algo poco probable, no estaba preparada para correr ese riesgo.

Cierta tarde se sentía tan confundida que esperó a que Paolo se hubiera ido al pueblo y llamó a Harriet a La Oficina a cobro revertido. Una voz italiana de hombre respondió al teléfono y por un momento Chiara pensó que se había equivocado de número.

—No, no, soy Eduardo —dijo la voz cuando ella comenzó automáticamente a disculparse.

—Eduardo, ¿qué haces ahí?

—Estoy trabajando aquí. Harriet me ha sacado del bar Italia.

Se le notaba orgulloso, lo que probablemente significaba que él y Harriet ya eran amantes.

Cuando su amiga se puso por fin al teléfono, parecía hallarse a un millón de kilómetros de distancia, su voz sonaba rara y su tono resultaba extraño.

—Dios santo, en menudo lío te has metido —dijo cuando Chiara terminó de explicarle la situación.

—Ya sé que estoy metida en un lío, maldita sea, pero ¿qué voy a hacer?

—¿De verdad te gusta ese tal Paolo?

—¿Que si me gusta? ¿Que si me gusta? No me gusta, Harriet, estoy loca por él. Cada vez que lo veo... —No encontraba las palabras y se detuvo tartamudeando.

—Ya has dicho eso antes de otros hombres, lo sabes, Chiara.

—Pero esta vez es diferente —protestó ella.

Harriet no dijo nada. Lo único que Chiara oía era el murmullo constante de la conversación y el tintineo de los vasos. Aunque todavía era pronto, La Oficina debía de empezar a llenarse y por un momento Chiara deseó estar allí, acaparando el mejor sitio al final de la barra y bebiendo champán desenfrenadamente. Con el teléfono todavía pegado a la oreja, miró las paredes amarillentas de la cocina que se habían convertido en los límites de su mundo durante los últimos días y deseó regresar a su vida real.

—¿Harriet? Harriet, ¿estás ahí?

—Sí, perdona. Se está formando un poco de cola. Hoy la gente del Soho tiene ganas de beber.

—Creo que debería volver a casa —dijo Chiara, aunque solo medio en serio.

—Pero ¿no estabas disfrutando con tus abuelos?

—Sí, pero...

—No, escucha, Chiara. —Harriet estaba irritada—. No vas a dejar que ese hombre se interponga entre tú y tu familia, ¿me oyes? Dime, ¿por qué siempre tienes que hacerlo?

—¿A qué te refieres? ¿Hacer qué? —Chiara estaba indignada.

Se oyó el sonido amortiguado del tapón de una botella al ser descorchada y el murmullo del champán cayendo en una copa, y Harriet volvió a hablar. El volumen de su voz aumentó para imponerse al ruido de las cincuenta personas que bebían mientras ella soltaba un sermón.

—¿Por qué siempre tienes que perder los papeles en lo referente a los hombres? Eres tan sensata en todo lo demás... ¿Acaso no puedes tomártelo con calma?

—Supongo que tienes razón... —dijo Chiara tristemente, y su voz se fue desvaneciendo.

—Tu madre huyó de San Giulio —concluyó Harriet—. No puedo creer que tú vayas a hacer lo mismo.

Chiara colgó el teléfono debidamente escarmentada y conectó su ordenador portátil. Cuando oyó el coche de Paolo fuera, había pasado la mitad de las notas del día.

Paolo había ido al pueblo bastante tarde con una lista de la compra garabateada de forma apenas legible por Pepina. Volvió cargado de paquetes y bolsas de plástico del supermercado llenas de comida y de productos necesarios para los platos del día siguiente. Rosaria entró en la cocina detrás de él con las manos vacías. Tras posar sus ojos en Chiara, no tardó en desaparecer. La saludó con la cabeza y se marchó a su habitación, situada en la parte de atrás de la laberíntica casa.

Erminio y Pepina también se habían ido. Cansados de cocinar y comer durante todo el día, se habían acostado; por primera vez desde que él la besó, Chiara y Paolo se encontraron a solas.

Él se sentó a la mesa junto a ella y leyó las palabras de la pantalla por encima de su hombro.

—¿Cómo lo llevas? —preguntó por fin.

A Chiara le encantaba el sonido de su voz. Era grave y sensual, intensa como el chocolate caliente, y aunque a veces se esforzaba por vocalizar correctamente las palabras en inglés, su mala pronunciación no hacía más que aumentar su encanto.

—Bien —le dijo ella, alzando la vista de la pantalla y viendo su cara de piel suave y largas pestañas muy cerca de la suya.

Su cuerpo le deseaba ardientemente, y aunque su cabeza sabía que no estaba bien, un leve murmullo de anhelo la traicionó al responder. Cuando él alargó la mano y le tocó la parte superior del brazo, el murmullo se convirtió en una canción, pese a todos sus esfuerzos por acallarla.

—Paolo, por favor, no lo hagas —le dijo en tono de reprimenda, apartando su brazo.

—No lo entiendo.

—Sí que lo entiendes.

Los ojos de él lanzaron un destello de irritación al tiempo que daba un manotazo sobre la mesa y maldecía entre dientes en italiano.

—¿Qué tengo que hacer para convencerte? ¿No te basta con la palabra de Rosaria? Ya oíste que dijo que no somos hermanos. No tenemos nada en común, no nos parecemos, somos diferentes en todo. Y te prometo que si esto fuera algo antinatural o no estuviera bien, no sentiría por ti este deseo insoportable. —La miró un momento y a continuación repitió con su voz de chocolate derretido—: Te deseo, Chiara.

Esta vez Chiara se abandonó por completo. Dejó que los brazos de él la rodearan y su olor cálido y almizclado la invadió. Los labios de Paolo se movían de forma apremiante, y apretó la lengua con fuerza contra los labios de ella hasta que se rindió.

Rodeó su pecho con una mano y lo masajeó con la misma firmeza con que su abuela trabajaba la masa del pan. De repente, detrás de ellos, Chiara oyó el chirrido de la puerta al abrirse y el sonido de una persona mayor que caminaba arrastrando los pies sobre las baldosas. Paolo se apartó de un brinco, pero ya era demasiado tarde; Pepina los había visto juntos. De los labios de la anciana salieron palabras de ira; Paolo se echó atrás y se ruborizó mientras ella soltaba una frase tras otra en un italiano airado. Chiara se sintió avergonzada, pero la ira de la anciana no iba dirigida hacia ella, sino hacia su nieto.

Finalmente Pepina les dio la espalda y empezó a vaciar ruidosamente las bolsas de la compra que Paolo había dejado esparcidas despreocupadamente en la mesa y el suelo. Él miró a Chiara mientras la anciana cerraba las puertas de los armarios dando golpes.

—Cuando vuelvas a Inglaterra quiero ir contigo —le dijo.

—No creo que sea buena idea.

—Sabía que dirías eso, pero me da igual. Es un país libre. Pienso ir de todas formas, aunque tú seas tan maleducada como para no invitarme.

—Paolo, ¿de qué serviría eso?

Chiara se dio cuenta de que Londres era el último lugar donde quería que estuviera Paolo. En cierto modo él parecía demasiado radiante, demasiado deslumbrante para una ciudad tan deprimente. Ella no podría soportar verlo en su mundo; le haría daño a la vista. Trató de imaginarlo en La Oficina, sujetando una copa de champán y charlando con la extraña amalgama de periodistas, aristócratas menores y aspirantes a artistas que frecuentaban el local. Estaba segura de que no encajaría. Incluso en el caso de que Paolo solo fuera su primo, ¿cómo iban a conseguir que funcionara una relación entre ellos?

Ahora, él parecía malhumorado, y por primera vez Chiara advirtió en su cara cierto parecido con su madre. Se apreciaba en la forma en que su boca se curvaba hacia abajo y en el modo en que su hermoso rostro adquiría una expresión pétrea. Ella deseaba que aquel ceño fruncido desapareciera y que volviera a ser perfecto.

—Paolo —dijo en tono zalamero—, no te enfades. No voy a desaparecer para siempre. Tengo que volver a Londres tarde o temprano para ver a mi editora, pero no hace falta que me quede allí mucho tiempo.

Él sonrió y, arriesgándose a despertar la ira de Pepina, se inclinó para pellizcarle rápidamente la mejilla.

—No quiero que desaparezcas como lo hizo tu madre —le dijo—. Nos destrozarías a todos.

10

Chiara ya no podía concentrarse en la comida. Su mente vagaba mientras observaba cómo Pepina guisaba un pulpo en su propio jugo. Se olvidó de remover un plato y se le pegó. Se desentendió de las chuletas de cerdo con hinojo que se estaban asando en el horno y acabaron achicharrándose. Dejó la pasta hirviendo demasiado rato y tuvo que tirarla y empezar de nuevo. Solo podía pensar en Paolo, en el beso que se habían dado y en la vergüenza y el deseo que había sentido después.

Estaba confundida y furiosa. ¿Por qué había sido su madre tan reservada? ¿No podía haber confiado al menos en una persona cuando descubrió que se había quedado embarazada? Paolo podía decirle que no eran hijos del mismo padre, pero no parecía que hubiera nadie en San Giulio que pudiera asegurárselo.

Entonces Chiara recordó que Giovanni había mencionado a alguien a quien tal vez merecía la pena ir a ver: Lucia, la hermana de Pepina. Él había dicho que estaba senil, pero aun así no perdía nada con hacerle una visita.

Lucia vivía en uno de los primeros edificios de apartamentos del pueblo. Con su suelo de mármol y sus altos techos, resultaba más elegante que las cajas desproporcionadamente bajas que lo rodeaban. Y estaba junto a la piazza mayor, girando la esquina del café Angeli, lo que significaba que para Giovanni no representaba un gran problema quitarse el delantal y tomarse un descanso de media hora para acercarse a hacer de traductor.

El italiano de la anciana era confuso. Chiara no habría entendido una palabra de lo que decía aunque hubiera pasado más tiempo escuchando las cintas para aprender el idioma.

Lucia tenía el pelo rubio platino, una piel extraordinariamente tersa y lucía una gruesa pulsera con un amuleto en la muñeca y un montón de cadenas alrededor del cuello. Podría haber pasado por una persona completamente normal, exceptuando que no podía parar quieta un segundo. Mientras Giovanni intentaba hablar con ella, la mujer se movía por la cocina limpiando las puertas de los armarios y puliendo los tiradores con una energía obsesiva. Sin embargo, Chiara vio telarañas en las esquinas del techo, y el suelo estaba lleno de pelusas.

Cuando oyó que repetía el nombre de su madre un par de veces, preguntó con impaciencia:

—¿Qué está diciendo?

—No estoy seguro. Le he preguntado por tu madre y si le confesó algo cuando volvió de Roma, pero lo único que dice es: «Ella lo quería mucho, ella lo quería mucho».

—¿A quién quería mucho? —inquirió Chiara—. ¿A Marco?

La anciana dejó de sacar brillo y se volvió hacia ella.

—*No, no, non Marco* —dijo, y al hacerlo pareció cuerda y segura—. *Tuo papà.*

—Sí, pero ¿quién es su padre? —preguntó de nuevo Giovanni a la confundida mujer.

Pero Lucia ya volvía a limpiar y a balbucear; Giovanni se encogió de hombros cuando Chiara le pidió que tradujera.

—No merece la pena. Nada de esto tiene sentido.

Se habían bebido los vasos de limonada sin gas que ella les había servido y estaban a punto de irse cuando la anciana tuvo otro momento de lucidez. Cogió con delicadeza el rostro de Chiara entre sus manos y le habló directamente antes de darle un beso de despedida. Giovanni reprimió una sonrisa y esperó hasta que salieron por la puerta principal antes de traducir sus palabras.

—Lucia ha dicho que si le hubieran dado algún cuadro, algunos adornos, o quizá un mueble decente para animar la deprimente casa en la que vivía, puede que Maria Domenica no se hubiera escapado. Y luego ha dicho que las mujeres de la familia Manzoni siempre fueron unas tacañas.

Chiara soltó una risita a su pesar.

—La verdad es que no tiene gracia. Pobrecilla —dijo tapándose la boca con la mano.

Giovanni también se rió.

—Por un momento pensé realmente que iba a decirte algo importante. Pero si alguna vez llegó a saber algo, lo ha olvidado ya. —La llevó hasta un banco situado a la sombra de una alta palmera—. Sentémonos aquí un rato. Todavía no tengo que volver al café.

—¿Siempre has trabajado ahí? —le preguntó Chiara.

Él asintió con la cabeza.

—Sí, desde que era un niño y solía estorbar a tu madre y confundir todos los pedidos.

—¿Nunca has querido hacer otra cosa?

—Claro que sí. —Giovanni mantuvo las manos delante de ella, con las palmas abiertas—. Quería hacer muchas cosas. Iba a estudiar y a viajar. Aprendí inglés porque pensé que un día me iría a vivir a Estados Unidos y haría fortuna allí. Pero al final algo me hizo quedarme en San Giulio. ¿Mi padre, quizá? Yo sabía que se quedaría muy solo cuando me fuera. Además, siempre tuve la esperanza de que tu madre volvería algún día. Los dos lo pensábamos.

—Entonces, ¿te quedaste a esperarla?

—Supongo que sí.

—¿No estarías un poco enamorado de ella? —bromeó.

Giovanni se metió las manos debajo de las rodillas y las apretó con fuerza.

—¿Enamorado? No sé, al fin y al cabo era solo un muchacho —dijo, poniéndose serio—. Desde luego, me gustaba mucho. Ella era guapa, lista y divertida. Pero tanto como estar enamorado... No lo sé.

—¿Y no te casaste? —preguntó Chiara en voz alta.

Giovanni se levantó y ella se dio cuenta de que había ido demasiado lejos. Fueran cuales fuesen los sentimientos que aquel hombre había sentido por su madre, estaban tan encerrados dentro de él como los secretos que la pobre Lucia ocultaba en su interior.

11

Chiara se marchó de San Giulio con muchas más cosas de las que tenía cuando llegó. Además de la pequeña mochila, ahora llevaba una maleta llena de ropa ligera que había tenido que comprar para los días que había pasado en la cocina de Pepina hirviendo comida a fuego lento, removiéndola y probándola. Y su ordenador portátil estaba lleno de notas e ideas.

Al final había cambiado de opinión en lo referente a lo que iba a hacer. Escribiría un libro. Pero no sería solo de recetas. Sería un libro lleno de tristeza, alegría y, lo que era más importante, de pasión. Iba a contar cómo su madre había huido de San Giulio y cómo ella había redescubierto la historia. También iba a compartir los secretos que había aprendido entre las cuatro paredes de la cocina de Pepina.

Cuando le comunicó sus planes a su abuela, la anciana le cogió la mano y se la apretó. Paolo también parecía entusiasmado. Incluso cuando le dio a Chiara un beso de despedida tenía una sonrisa en los labios.

Le esperaban unas semanas en las que iba a tener que cocinar, experimentar y perfeccionar las recetas en su propia cocina hasta que estuviera segura de que eran infalibles. Entonces Janey llamaría al fotógrafo y al experto en gastronomía y tendría que confiar sus recetas a otra persona.

Antes de irse del pueblo Chiara había pasado un día entero

en el café Angeli. Demostrando infinita paciencia, Giovanni le había enseñado a utilizar la caprichosa máquina Gaggia y ella le había ayudado durante toda la mañana a servir cafés y *sfogliatelle* en forma de concha y con abundante ricotta. A la hora de comer, Franco preparó la pizza que le había prometido el primer día y ella se la comió sentada en el taburete rojo situado debajo de la madonna con la cara de su madre. Incluso les había ayudado a limpiar y a barrer al acabar el día, apilando las sillas encima de las mesas y diciendo tonterías con Giovanni como debía de haber hecho Maria Domenica muchos años atrás.

Imaginaba a su madre adaptándose con facilidad al sencillo ritmo de vida del café. Estimulada por el café cargado y los cotilleos, podría haber trabajado toda su vida codo con codo con Franco y Giovanni. Su existencia fuera de aquellas paredes debía de haber sido insoportable para que Maria Domenica se hubiera alejado de aquella serena felicidad.

Los dos hombres no querían despedirse de ella; Franco la estrechó con fuerza entre sus brazos un largo rato. Luego, Giovanni la abrazó contra su cuerpo fuerte y enjuto y tardó en soltarla un poco más de lo que ella esperaba. Al final no habían llorado, a diferencia de Pepina y Erminio. Pese a haberles prometido que volvería pronto, sus abuelos se habían mostrado inconsolables.

Rosaria había aparecido en el último minuto para darle dos rápidos y secos besos en las mejillas, y aunque Chiara estaba segura de que se alegraba de deshacerse de ella, en su rostro había una sonrisa benigna.

Paolo se quedó con ella hasta que el autobús partió. Cuando se despidieron le dio un beso largo e intenso, justo en el centro de la piazza, sin importarle quién miraba. En el bolsillo llevaba un trozo de papel con un número de teléfono y una dirección de Londres escritos claramente con letra de imprenta.

—Te llamaré todas las noches —le prometió—. Y si no vuelves pronto, iré a buscarte.

Ella lo abrazó y aspiró por última vez su olor almizclado.

—Voy a echarte de menos —le dijo, haciendo esfuerzos por no llorar.

Entonces, cuando estaba subiendo al autobús, con un pie en el primer escalón del vehículo y el otro en los adoquines de San Giulio, Paolo pronunció las palabras que ambos temían y a la vez deseaban oír:

—Te quiero, Chiara.

El conductor hizo sonar el claxon para que se dieran prisa y a ella solo le dio tiempo de apretar la mano de Paolo antes de que las puertas se cerraran y el autobús avanzara dando bandazos por el corredor que formaban los feos edificios de apartamentos.

Chiara no dejó de pensar en Paolo durante la mayor parte del viaje a Roma. Era absurdo pensar tan siquiera en mantener una relación con él, y sin embargo, cada día que pasaba, estaba más decidida a intentarlo. Cierto, había diferencias culturales, pero la gente se enfrentaba a ellas constantemente. Lo único que tenía que hacer era resolver de una vez por todas el confuso asunto de la identidad de su padre; los problemas que aparecieran después los solucionarían en su momento.

Roma parecía elegante y orgullosa después de la fea suciedad de San Giulio. Chiara tomó un taxi nada más salir de la estación Termini y le dijo al taxista:

—Quiero ir a un club llamado Cleopatra.

—Lo conozco, pero no debe de estar abierto todavía; es muy pronto —respondió él—. Y si me lo permite, probablemente no sea el tipo de local que usted suele visitar. Allí solo van críos.

—Me parece bien. No tengo pensado quedarme a disfrutar de la fiesta —le dijo ella, sintiéndose ligeramente deprimida al comprobar que incluso los taxistas la consideraban demasiado vieja para ir a un club nocturno.

El club tenía un aspecto bastante impresionante desde la calle. La enorme cabeza de una esfinge miraba hacia abajo desde encima de una intrincada serie de puertas de bronce. Estaban cerradas a cal y canto, y tuvo que aporrearlas durante cinco minutos hasta que alguien respondió. El hombre que por fin abrió las puertas tenía poco más de cincuenta años, el pelo graso y teñido y unos gruesos pendientes de aro en las orejas.

—¿Qué quieres? Está cerrado —dijo con malos modos.

—¿Es usted Marco Manzoni? —preguntó ella en tono vacilante; al ver que el hombre negaba con la cabeza sintió cierto alivio—. ¿Está dentro?

—¿Quién quiere saberlo?

Por un momento Chiara se planteó responder: «Su hija», pero luego lo pensó mejor. Era probable que la puerta de bronce se cerrase en sus narices más rápido de lo que se había abierto.

—Soy una vieja amiga de su familia a la que no ve desde hace mucho —dijo al final.

El hombre abrió la puerta un poco más y Chiara vislumbró unas pirámides y esfinges que asomaban en la oscuridad detrás de él.

—Entonces será mejor que entres. Estoy seguro de que Marco se alegrará de verte. Siempre se alegra de ver a una chica guapa.

La envió a la barra a través de un pasillo oscuro. Había un hombre sentado en uno de los taburetes, comiendo lánguidamente las aceitunas de su copa de martini.

—¿Es usted Marco Manzoni? —preguntó.

El hombre se dio la vuelta lentamente. Ella supo la respuesta en cuanto le vio la cara. Unas largas pestañas le acariciaban las mejillas, tan tersas como las de una muchacha. Tenía unos labios gruesos y suaves, unas manos muy cuidadas y llevaba una ropa bien confeccionada. Mientras seguía masticando una aceituna, asintió con la cabeza y esperó a que dijera algo más.

—Me llamo Chiara —afirmó ella.

Él le sonrió y por un momento ella pensó que sabía quién era.

—Chiara, bonito nombre —dijo él, pasándose la mano rápidamente por su impecable pelo corto—. Pero lo siento, querida, no me acuerdo de ti. En este negocio uno conoce a muchas chicas guapas, ya sabes, así que es inevitable olvidar el nombre de alguna de ellas. —Volvió a sonreírle—. Me encantaría volver a conocerte —le dijo con su acento medio italiano, medio americano fingido—. Y estoy seguro de que la próxima vez no me olvidaré de ti.

Chiara se dio cuenta con horror de que estaba flirteando con ella, y dio gracias de que su hijo Paolo solo hubiera heredado de él su belleza y no su artificial encanto ni las maneras de viejo ligón lascivo.

—No me extraña que no me conozca —le dijo enérgicamente—, porque era muy pequeña la última vez que nos vimos. Pero estoy segura de que se acuerda de mi madre. Se llamaba Maria Domenica Carrozza.

Ella esperaba que aquello le causara cierta impresión o al menos sorpresa, pero se limitó a arquear una ceja y respondió:

—Ah, mi querida esposa. ¿Qué tal está?

—La verdad es que está muerta.

Él se encogió de hombros y dijo, indiferente:

—Lo siento.

—¿De verdad? No lo creo en absoluto. —La voz de Chiara sonaba ahora hostil. Sentía una gran antipatía hacia aquel hombre y le resultaba imposible disimularla.

—Mira, no sé qué te habrá contado tu madre sobre mí... —comenzó él.

—Nada —le interrumpió ella—. Nunca dijo una palabra sobre usted.

En ese momento él pareció sorprendido. Su vanidad no toleraba la idea de que alguien se hubiera olvidado de él. Dio un trago al martini e inclinó la copa en dirección a ella.

—Estoy desayunando. ¿Te apetece acompañarme?

—Es un poco pronto para mí.

—Me sorprende que nunca te hablara de mí, ¿sabes? Te podría haber dicho que hice todo lo que pude por ti, por las dos. No fue nada fácil tener que cargar con una mujer y una hija cuando solo era un crío. De todas formas me alegro de ver que te has convertido en una hermosa mujer. ¿Por qué no te sientas conmigo, tomamos un vaso de agua mineral y hablamos de los viejos tiempos?

Seguía flirteando con ella. Entonces se situó bajo un foco de luz y Chiara vio la hinchazón que tenía debajo de los ojos y las venas rojas en sus mejillas y su nariz. Su pelo era de un tono negro apagado y mate que revelaba el tinte barato que usaba.

—He venido por un solo motivo —le dijo ella—, y es hacerle una pregunta.

—¿Sí?

—¿Es usted mi padre?

Él echó la cabeza atrás y empezó a reír a carcajadas.

—¿Yo? Oh, no, no lo creo.

—¿No lo cree o está seguro?

—Estoy seguro, estoy seguro. Probablemente tenga unas cuantas hijas repartidas por el país, pero tú no eres una de ellas, querida. De ninguna manera.

—¿Cómo puede estar tan seguro?

—Porque no me acosté con tu madre hasta después de que

tú nacieras. Me casé con ella porque era joven y estúpido y dejé que me obligaran mis padres. Pero no soy tu padre.

—Entonces, ¿quién es?

Él apuró su copa, se comió la última aceituna y meditó su respuesta durante unos instantes.

—Si me lo hubieras preguntado cuando Maria Domenica escapó por primera vez, habría señalado con el dedo directamente a Vincenzo, el artista que pintó aquellos ridículos cuadros en el café Angeli. Me imagino que habrás visto el de tu madre.

Chiara asintió con la cabeza.

—Yo solo pude echarle un vistazo. Franco me prohibió entrar en el local después de que Maria Domenica desapareciera. Supongo que debía de culparme por algún motivo.

—Y ese tal Vincenzo, ¿cree que es mi padre?

Él encendió un cigarrillo, aspiró con avidez y le echó a Chiara el humo en la cara.

—No. Lo creía entonces, pero ya no. Cuando ella se fue no pareció que a él le importase, y desde luego no intentó seguirla. Todavía lo veo de vez en cuando por Roma. Se dedica a pintar retratos de turistas en la plaza de España , el Coliseo o la Via Veneto.

Chiara se estaba impacientando.

—Y si no es él, ¿entonces quién es? —inquirió.

—Buena pregunta. Me temo que no sé la respuesta. Es cierto que tu madre y yo estuvimos en Roma en la misma época, pero nunca la vi. Ella estaba trabajando en un café cerca de la plaza de España, y yo trabajaba como un loco en una carnicería de Trastevere. Nuestros caminos nunca se cruzaron. Tú eres hija de otro hombre.

Chiara quería creerle, pero no había nada en Marco que le hiciera pensar que podía confiar en él. Era un mentiroso y un farsante. Había abandonado a Paolo y a Rosaria.

—Pero tiene un hijo en San Giulio —insistió ella.

—Paolo, un joven muy guapo. —Echó la ceniza en la copa vacía de martini que había en la barra—. No tiene de qué quejarse. Cada mes cobra el generoso cheque que le mando, y me alegro de no haber tenido noticias de él.

Alguien había encendido todas las luces del local; las pirámides estaban hechas de poliestireno mal pintado y las esfinges se habían teñido de amarillo a causa de la nicotina.

—Tengo que irme —le dijo Chiara a Marco.

—Vuelve más tarde, cuando el local esté animado —le propuso—. Te invitaré a unas copas.

Ella no se molestó en responder; se limitó a girarse y recorrió el pasillo con sus burdas imitaciones de papiros con monigotes egipcios. El club olía a rancio y cuando las puertas de bronce se cerraron ruidosamente tras ella, se alegró de estar otra vez en la calle.

Si Marco decía la verdad, no había ningún impedimento para su relación con Paolo. Debería haberse alegrado, pero donde se suponía que debería haber felicidad solo había aturdimiento.

12

La gente echaba a Chiara de las aceras. Los oficinistas que llegaban tarde al trabajo la apartaban a codazos de su camino y la lanzaban directamente contra los mensajeros montados en moto que subían en sentido contrario por la calle de dirección única, con prisa por entregar un paquete. Los turistas, que caminaban con la mirada fija en un plano, tropezaban con ella, y los taxistas pasaban de largo cuando les hacía una seña con la mano para que se detuvieran. Se dio cuenta de que había perdido su inmunidad a Londres. Las semanas que había pasado en el tranquilo pueblecito de San Giulio habían conseguido que se olvidara de las normas de la ciudad.

No se sentía en absoluto como si hubiera vuelto a casa. Se había bajado en la estación de Paddington del expreso que había tomado en Heathrow, y la extensión compacta de las calles de Londres se había cerrado en torno a ella como una trampa. Acababa de llegar y ya estaba calculando cuándo podría volver a marcharse.

Nadie había acudido a recibirla a la estación por la simple razón de que no había comunicado su llegada. Mientras sacaba sus bolsos del tren con gran esfuerzo y peleaba por conseguir un carrito para el equipaje, se había fijado en la gente que se abrazaba, se besaba y se saludaba a su alrededor y había pensado en Paolo y en lo lejos que estaba de él.

Se había metido en pleno tráfico, aspirando el humo del gasóleo del viejo autobús Routemaster que tenía delante y mirando cómo avanzaba el taxímetro. El taxista había intentado entablar una conversación con ella.

—¿Has estado de vacaciones, guapa? —le había preguntado. Pero ella se había mostrado lo bastante lacónica como para desalentarle rápidamente.

Harriet no la esperaba y el piso estaba hecho un desastre. Parecía que hubiera rastros de Eduardo en cada habitación: sus artículos de aseo en el cuarto de baño, unos zapatos en el suelo de la cocina, su cazadora vaquera en la silla de la entrada.

Chiara no se había equivocado: él y Harriet compartían cama. Pero su vida amorosa era demasiado apasionada para limitarla a una sola habitación; durante los siguientes días, ella nunca sabía con seguridad cuándo podría encontrárselos en la cocina en un arrebato de fogosidad y a medio vestir, o encerrados en el cuarto de baño lleno de vapor. Empezó a sentirse como una intrusa en el pequeño piso y, aunque Harriet no había dejado caer ninguna indirecta, empezó a comprar el *Evening Standard* cada día y lo primero que miraba era la sección de pisos en venta y alquiler. Su lectura resultaba deprimente; Chiara se dio cuenta rápidamente de que incluso un lugar pequeño situado al final de una línea de metro iba a llevarse buena parte del dinero que le quedaba de las ganancias obtenidas con *La reina de la cocina inglesa*. El dinero de los derechos de autor seguía entrando poco a poco, pero las ventas habían disminuido drásticamente. Chiara ya no se lo podía permitir. Era el momento de ir a ver a Janey, su editora, y contarle qué había ocurrido con el prometido libro sobre el pan.

La llamó por teléfono y concertó una cita. Esta vez la reunión no iba a ser una charla informal en un restaurante. Janey la iba a recibir, según le había dicho, en la reluciente sala de juntas ejecutivas de la exitosa editorial.

Chiara hizo un esfuerzo por arreglarse. Acudió a un caro peluquero para que domase su cabello, que últimamente había crecido descontroladamente, y se compró ropa nueva: una falda azul claro y una chaqueta a juego de un nuevo diseñador que había descubierto en Harvey Nichols.

—Dios mío, llevas traje —exclamó Harriet cuando Chiara entró en La Oficina para tomarse una copa antes de la reunión.

—Si tengo que enfrentarme a Janey, debo parecer el tipo de persona que habla su lenguaje —le explicó con tristeza—. Voy a tener que hablar de las estrategias de marketing, las oportunidades de inversión y la acogida del producto.

Harriet se encogió de hombros y le llenó el vaso hasta el borde.

—Por favor, no madures demasiado.

—No te preocupes, si a Janey le gusta mi idea del libro, me quitaré el traje enseguida y durante los próximos días me encerraré en la cocina con mi viejo delantal lleno de manchas.

Tal como temía Chiara, la reunión comenzó muy mal. Janey se sintió decepcionada cuando se enteró del final del proyecto del libro sobre el pan.

—Pero yo pensaba... yo pensaba que había quedado todo acordado. Imaginaba que habías estado trabajando en ello durante todo este tiempo.

—Lo sé, lo siento. —Chiara no sabía qué más decir.

Janey parpadeó y tragó saliva.

—El departamento de marketing había preparado la promoción del libro —continuó con una voz tensa—. Había interés en hacer una serie de programas de televisión, y estoy segura de que habrías conseguido patrocinadores. Podrías haberme dicho que habías cambiado de opinión antes de que hubiéramos hecho todo ese trabajo preliminar.

Chiara se sentó en el borde de su butaca y apoyó el codo en la mesa de cristal de la sala de juntas.

—Lo sé, lo siento —repitió—. Pero se me ha ocurrido algo un millón de veces mejor que el libro del pan. Déjame que te lo cuente todo.

Janey se la quedó mirando un momento. Tenía el pelo rubio recogido hacia atrás y le tiraba tanto que prácticamente le creaba un ligero efecto de lifting, y llevaba una chaqueta de cachemir abotonada hasta el cuello. Parecía como si no se atreviera a hablar. Era evidente que estaba enfadada.

Chiara sacó un montón de fotografías de su maletín. Eran las fotos que había tomado Paolo; en la que había encima aparecía el propio Paolo mientras probaba salsa de tomate con una cuchara de madera y reía ante la persona que empuñaba la cámara.

—¿Ves a este hombre? —Chiara giró la foto para que la viera su editora—. Pues estoy enamorada de él. Solo que no estoy segura al cien por cien de que alguna vez podamos estar juntos porque existe una pequeña posibilidad de que sea mi hermano.

Janey tenía los ojos abiertos como platos y las cejas arqueadas.

Chiara le pasó una foto de Pepina en la que salía extendiendo la masa de los ñoquis con el rodillo en la mesa gastada de madera de pino.

—¿Ves a esta mujer de aquí? Es mi abuela; por su culpa mi madre se hizo bígama.

Había captado la atención de Janey, de modo que siguió hablando hasta explicarle toda la historia.

—Y de eso va a tratar mi libro —dijo por fin—. De la búsqueda que emprendí para averiguar la verdad sobre mi familia y de la increíble cocina que descubrí por el camino.

—Dios mío —dijo Janey, impresionada—. Es como un programa de Jerry Springer pero con comida.

—No —la corrigió Chiara—. Es como un programa de Jerry Springer pero con una comida sensacional.

—Este tío. —Janey agitó la foto de Paolo—. ¿Sabe cocinar?

—No, la que cocina es la señora mayor.

Janey volvió a mirar la fotografía.

—Dios, aun así es guapísimo. ¿Y dices que podría ser tu hermano?

Una vez que su resentimiento quedó olvidado, Janey empezó a examinar con creciente interés las fotos en las que Chiara aparecía inclinada sobre la vieja cocina de Pepina y la antigua mesa de madera de pino que crujía bajo el peso de los platos de comida.

—Algunas de estas fotos son buenas —comentó—. Pero tendríamos que volver a fotografiar la comida cuidando el diseño o acabará pareciendo comida de gato.

—De acuerdo.

—Y en cuanto a tu padre... ¿Quién es realmente? —Janey se estaba acalorando y se había desabrochado el botón de arriba de la chaqueta.

—Ahí está el problema, no lo sé. Espero que la publicidad del libro le refresque a alguien la memoria y aparezca de no se sabe dónde. La cuestión es que hasta que no encuentre a mi auténtico padre no podré plantearme empezar una relación con Paolo.

—Bueno, siempre te queda la prueba del ADN —propuso Janey—. ¿Podrías conseguir un pelo de ese tal Marco o algo por el estilo?

—Ya lo había pensado, por supuesto. —Más relajada, Chiara se recostó en la cómoda butaca de respaldo alto—. Pero no basta con descartar a Marco. Tengo que encontrar a mi padre o no me sentiré totalmente satisfecha. Necesito zanjar este tema.

Janey miró su reloj.

—Se está haciendo tarde —observó—. ¿Por qué no salimos

de aquí y nos vamos a tomar una copa de Chardonnay al bar de la esquina? Me gustaría que tuviéramos una larga conversación sobre comida italiana.

Tras vaciar media botella de Chardonnay, Janey se había olvidado completamente del libro del pan. Chiara comprobó que había muchas ideas que le rondaban la cabeza; un montón de ingeniosas propuestas que Janey se encargaría de transformar en planes rentables. Pero todo aquello le daba igual. Ella quería irse para empezar a probar y perfeccionar las recetas, asegurarse de que los ingredientes necesarios eran suficientemente asequibles, y luego empezar a escribir. Necesitaba tiempo y espacio para escribir la historia de la vida de Maria Domenica.

En el fondo, Chiara no creía que fuera a encontrar al hombre del que se había enamorado su madre aquel año en Roma; el hombre cuyos genes llevaba ella. Pero la idea parecía haber fascinado a Janey. El interés puramente humano ligado a la comida tradicional sustanciosa y consistente le olían a combinación ganadora.

—¿Cuánto tardarás? —preguntó Janey—. ¿Cuánto tardarás en escribirlo?

Chiara fue sincera.

—No lo sé. Tengo mucho trabajo por delante. Además, tendré que ir a Liverpool a ver a mi padre Alex y quiero volver a Italia para acabar el libro allí.

—Lo quiero rápido —dijo Janey secamente—. ¿Hemos llegado a un acuerdo?

Ya en la calle, con la cabeza aturdida a causa del vino, Chiara experimentó un momento de júbilo seguido de una sensación de creciente pánico ante la cantidad de trabajo que la esperaba. Ella era la persona más vaga que conocía. En cuanto se le presentaba la ocasión se ponía a cocinar por puro placer y se pasaba el resto del día leyendo o dando largos paseos con el perro de Harriet. Ahora cada hora del día iba a estar ocupada de duro trabajo.

Harriet y Eduardo la estaban esperando en La Oficina con una botella de champán en una cubitera mientras Salty jadeaba a sus pies.

—¿Cómo sabías que había algo que celebrar? —preguntó Chiara.

—Una de las dos tiene que confiar en ti —respondió Harriet.

—No sé. —Chiara observó cómo su amiga llenaba tres copas—. Tengo mucho que hacer. Debería subir directamente y ponerme en marcha.

—No, no, no. —Harriet le tendió una copa llena—. Puedes permitirte una noche de celebración antes de volver a hacerte la madura y la seria. Si quieres, puedes subir corriendo a quitarte ese horrible traje. Puede que la gente se te quede mirando.

Chiara se fijó en que Eduardo siempre tenía una mano puesta encima de Harriet. A ella aquel gesto le sugería una idea de posesión, pero a Harriet no parecía importarle. La intimidad estaba surtiendo un efecto beneficioso sobre ella, y su belleza destacaba más de lo normal. Parecía haber adquirido unas curvas que redondeaban su cuerpo anguloso.

Cuando la botella de champán se acabó, Chiara subió haciendo crujir la escalera de madera, ansiosa por meterse en la cama; Salty la siguió pisándole los talones. Había un mensaje de Paolo en el contestador.

—Te echo de menos, cariño —le decía con voz sonora y meliflua—. ¿Cuándo vas a volver a San Giulio?

Iría pronto, decidió Chiara. No podía mantener la distancia demasiado tiempo.

13

Paolo se hallaba en el lugar exacto donde Chiara lo había visto la última vez, junto a la parada de autobús de la piazza principal de San Giulio. El pueblo le parecía distinto; más animado y lleno de colorido que antes. El calor de los últimos días del verano había hecho que la gente se quitase capas de ropa y había teñido de color moreno sus extremidades. Vestidas con minifalda y tacones altos, y con el bolso colgado despreocupadamente del hombro, las chicas montadas en sus Vespa parecían salidas directamente de las páginas de la versión italiana de *Vogue*. Y esperando allí, con la cabeza y los hombros destacando por encima de todo el mundo, estaba el hombre más perfecto que ella había visto; además, sin que ella supiera cómo, había conseguido estar más guapo que nunca.

Tal vez había estado tomando el sol en la playa, pensó Chiara cuando Paolo la divisó a través de la ventana y empezó a hacerle señas emocionado con las dos manos, apareciendo y desapareciendo. Tal vez había cambiado de peinado o había adelgazado; la verdad es que le daba igual. Solo quería salir de aquel autobús y reunirse con él en la piazza empedrada de San Giulio.

—*Bella, bella* —decía él moviendo mudamente los labios a través del cristal.

Cuando por fin él pudo besarla en los labios, Chiara los

notó calientes. Su cara olía a bronceador y el cuerpo a sudor fresco.

—Qué alivio haber llegado a tiempo —le dijo él entre beso y beso—. Estaba tan ocupado trabajando en la granja que casi no me he dado cuenta de la hora.

—¿Qué es eso que te ha tenido tan ocupado? —preguntó Chiara.

Él se echó a reír.

—Ya lo verás —le dijo.

Mientras Paolo conducía, Chiara miró furtivamente su perfil. No dejaba de sorprenderle su perfección: la tersura de su piel, su bronceado uniforme, su impecable estructura ósea. Harriet tenía razón: había perdido los papeles. Se había comportado de aquel modo en todas sus relaciones amorosas: se enamoraba muy fácilmente y se encaprichaba de los hombres de los que se enamoraba del mismo modo que algunas mujeres tienen antojo de chocolate. Pero esta vez se había superado a sí misma. De todos los hombres que había conocido hasta la fecha, Paolo era el que menos le convenía. Pese a estar prácticamente convencida de que no eran hijos del mismo padre, él seguía siendo su primo. Y aunque Chiara estaba segura de que el matrimonio entre primos estaba permitido, no le parecía bien tener aquellos sentimientos por él.

Tanto si era su hermano como su primo, por sus venas corría la misma sangre. Aquella idea no abandonaba a Chiara y la acosaba sin descanso. Había momentos en que no podía evitar preocuparse por ello y le daba vueltas a la situación una y otra vez preguntándose qué debía hacer. ¿Aferrarse a aquella oportunidad de amar a alguien? ¿O dejarla pasar y quizá no volver a encontrar ninguna más? La respuesta no era fácil.

Pero Chiara no quería pensar en ello en aquel momento. Por fin estaba allí, sentada al lado de Paolo, de camino hacia la vieja granja donde sus abuelos la estaban esperando. No quería preocuparse por nada. Solo quería ser feliz.

Cuando subían por el polvoriento camino de acceso a la casa, se dio cuenta de que había algo distinto.

El lugar seguía pareciéndose mucho a la desordenada casita rodeada de melocotoneros que había visto por primera vez en los dibujos de su madre, pero algo había cambiado.

Las paredes habían recibido una mano de pintura azul que hacía juego con el color del cielo, y había una larga mesa rústica de madera y una fila de sillas bajo el limonero situado junto a la puerta de la cocina. Recientemente alguien había trabajado la tierra del huerto con la azada, había plantado y había quitado las malas hierbas. Incluso parecía que el perro y las gallinas hubieran recibido un baño. Y en la parte trasera, entre las hileras de melocotoneros del huerto, se estaba llevando a cabo una obra de construcción.

Paolo la miró de reojo y sonrió.

—Hemos estado haciendo algunas reformas —le dijo.

—Ya veo —contestó ella; se disponía a decir algo más cuando la puerta se abrió y dos ancianos eufóricos salieron atropelladamente, peleándose para ver quién era el primero en darle la bienvenida.

Cuando abrazó a sus abuelos, Chiara sintió que había vuelto a casa. Entonces vio a su tía Rosaria, que rondaba por la entrada mirándola fijamente. También ella parecía muy cambiada, como si se hubiera desinflado. Sus caderas y su barriga no eran tan generosas como la vez anterior, la hinchazón de su cara había desaparecido, y ahora Chiara por fin podía apreciar lo guapa que debía de haber sido en su juventud. Se la quedó mirando por un momento, sosteniéndole la mirada con serenidad; a continuación, su tía la saludó con la cabeza con timidez y se secó las manos nerviosamente en el delantal que llevaba atado a su gruesa cintura.

—*Mamma*, ven a saludar a Chiara —la animó Paolo—. Por fin ha vuelto de Londres.

—Oh, Londres. —Chiara se estremeció—. No sabes lo contenta que estoy de haberme ido de ese lugar.

—Nosotros también estamos contentos de que ya no estés allí —le dijo Paolo—. Nos alegramos de tenerte en casa.

El olor a comida llegó hasta su nariz a través de la puerta. Pepina había estado ocupada en su cocina preparando los platos que más le gustaban a su nieta. Unos *spaghetti vongole* sazonados con un gran ramillete de perejil, seguidos de pimientos rojos fritos en aceite de oliva con cebolla, anchoas y pan duro, una fuente de alcachofas cocidas al vapor con más aceite de oliva y ajo, y un plato de finos filetes de ternera rebozados con pan rallado y fritos en la gran sartén negra de hierro fundido de Pepina.

Comieron bajo el limonero en la nueva mesa del exterior, con un mantel verde y servilletas de lino colocadas al lado de enormes platos de porcelana.

—Esto está de rechupete —dijo Chiara, rebañando el aceite de las alcachofas que había en su plato con un trozo de pan duro—. Es lo mejor que he probado en mi vida.

Los ancianos apenas tocaron su comida. Parecía que se contentaban con recostarse y observar cómo Chiara disfrutaba con la suya.

—*Mangia, mangia* —la exhortó Erminio con su italiano afectado, y cogió su tenedor riendo.

Una vez más, Paolo hizo de traductor.

—Nuestro abuelo dice que, como en tu anterior visita aprendiste a cocinar, esta vez te toca aprender a hablar italiano correctamente.

—Lo haré —prometió Chiara—. Me encantaría poder hablar con ellos sin que tú tuvieras que hacer siempre de intermediario.

Rosaria alargó la mano y cogió la cuchara, dispuesta a servirse otro montón de relucientes pimientos rojos, pero Paolo movió la cabeza y chasqueó la lengua. Ella dejó la cuchara y se quedó mirando desconsoladamente su plato vacío.

—*Mamma* está a régimen —le explicó a Chiara.

—Sí, me ha parecido que había perdido peso —respondió ella. Se volvió hacia Rosaria y añadió—: Estás estupenda. Has perdido muchos kilos.

Rosaria se limitó a asentir con la cabeza. Por un momento se hizo un silencio incómodo hasta que Chiara lo rompió diciendo alegremente:

—Cuéntame, ¿a qué se deben los arreglos? ¿Qué ha pasado?

—¿Y por qué tiene que haber pasado algo? —preguntó Rosaria—. Podemos arreglar la casa si nos apetece.

Paolo le dio unas palmaditas a su madre en el brazo.

—Habíamos estado tan ocupados con otros asuntos que habíamos descuidado la finca, ¿verdad, *mamma*? —dijo tranquilamente—. Pero ahora las cosas tienen mejor aspecto.

—La pintura nueva ha quedado muy bien —asintió Chiara—. Y me gustan mucho los muebles que habéis puesto fuera. Pero ¿qué estáis construyendo exactamente en el huerto?

—Cabañas. ¿Qué pensabas? —dijo Rosaria en tono despectivo.

—¿Cabañas?

—Sí, eso es. —Paolo parecía alegre—. Va a ser tu pequeño proyecto, ¿verdad, *mamma*? Hemos pensado en intentar atraer a los turistas. Nos pareció que podían venir y formar parte de una verdadera familia italiana, y aprender a cocinar la auténtica comida de la región, como hiciste tú.

A Chiara le pareció una idea magnífica. La publicación de su libro podría beneficiarles. La publicidad que acarrearía sería de un valor inestimable.

—Ah, ya entiendo. Los turistas se alojarán en las cabañas

—dijo sonriendo—. Estoy impresionada con tu talento para los negocios, Paolo. Nunca lo habría pensado.

Él sonrió ampliamente y echó en el plato de Chiara los pimientos que Rosaria había deseado.

—Come un poco más —le dijo—. Están tan buenos...

Ella probó una tira de pimiento sintiéndose culpable, paladeando el sabor salado de las anchoas y notando en la lengua cómo el pan reblandecido rezumaba aceite de oliva al masticarlo. Rosaria la observaba como un perro hambriento, pero no dijo nada.

—Entonces, ¿Pepina enseñará a los turistas a cocinar? —preguntó Chiara.

Paolo hizo un leve gesto desdeñoso con sus dedos largos y bronceados.

—La verdad es que todavía no le hemos comentado los detalles. No tiene sentido agobiarla hasta que sepamos que va a funcionar.

—Pero ¿no crees que las cabañas del huerto pueden molestarles a Pepina y a Erminio? —insistió Chiara—. A ellos les encanta pasear por allí al atardecer.

—Pueden seguir paseando —aseguró Paolo—. Las cabañas no se lo van a impedir.

Terminaron de comer y mandaron a Rosaria a fregar el montón de platos de la comida, pese a sus protestas. A Chiara no le permitieron hacer nada excepto quedarse sentada, beber vino tinto y hablar largo y tendido hasta la noche. La luna proyectaba sombras alargadas y las estrellas parecían más brillantes allí. Imaginó a los turistas sentados en una hilera a lo largo de la mesa, con la servilleta en el regazo, frotándose la barriga llena, y de nuevo se sintió impresionada ante la perspicacia de Paolo para los negocios.

La voz de él interrumpió sus pensamientos:

—Ah, casi me olvido —dijo—. Franco y Giovanni me han preguntado por ti. Tal vez deberías pasar a verlos por la mañana.

Chiara estaba sorprendida.

—Pensaba que no te hablabas con ellos.

Paolo se encogió de hombros. Le comentó que se había encontrado con Giovanni un par de veces en la piazza, habían estado hablando y pensaba que quizá había llegado el momento de olvidar el pasado.

—Han cambiado muchas cosas —explicó—. Franco, Giovanni y mis abuelos tenían sus motivos para estar enfadados, pero eso es agua pasada. Ahora tú estás aquí; quizá era lo que necesitábamos para reconciliarnos todos.

Se alegraba de que su estancia en San Giulio hubiera servido de algo. Era como si les estuviera devolviendo algo en agradecimiento por todas las recetas que le habían ofrecido. Había tantas, que examinarlas detenidamente, escoger las más atractivas y luego pasar por el proceso de prueba había resultado más difícil de lo que ella pensaba. Pero finalmente habían dado el último paso, que consistía en preparar la presentación de todos los platos y fotografiarlos; ahora lo único que faltaba era que ella escribiera el texto. Había estado posponiendo aquel momento, en parte porque no sabía por dónde empezar, pero también por miedo al fracaso. Chiara nunca había intentado escribir en serio hasta entonces. En su último libro, *La reina de la cocina inglesa*, únicamente había redactado una descripción de cuatro líneas antes de cada receta, una lista de los ingredientes y las instrucciones para prepararlo.

Franco y Giovanni eran la excusa que necesitaba para no tener que empezar a escribir a primera hora de la mañana siguiente. Después de todo, sería una descortesía por su parte no acercarse a saludarlos.

—Puede que mañana me levante temprano y vaya a tomar

un café y un pastel al café Angeli —le dijo a Paolo—. Un pastel grande y dulce y una buena dosis de cafeína me darán la energía que necesito para empezar el primer capítulo.

Él le hincó el diente a la carne amarilla de un melocotón maduro.

—Mmm, buena idea —dijo mientras un chorrito de jugo de melocotón le caía por la barbilla—. Se alegrarán de verte, estoy seguro.

—¿Vendrás conmigo?

Paolo se limpió con los dedos el zumo del mentón y luego se los lamió.

—No, tengo mucho trabajo que hacer aquí —le dijo—. No me tientes, Chiara, o empezaré a hacerme el remolón y esto no se acabará nunca.

Algunas de las prendas de su madre seguían colgadas en el guardarropa de su antigua habitación. Ya no le parecía un cuarto de invitados abandonado sino su propio espacio. Chiara levantó la maleta, la puso encima de la cama y empezó a deshacer el equipaje y a ordenar el resto de sus cosas. Su ordenador portátil encajaba perfectamente en la mesa de la esquina. Colocó sobre una silla situada junto a la cama una botella de perfume, una crema hidratante y su maquillaje. Una vieja estampa de una madonna con su niño la contemplaba benévolamente desde encima de la cama. Aquella era la habitación donde iba a pasar el próximo mes, pensó, llena de felicidad. Allí podría descansar un tiempo.

Fuera, en el huerto, Rosaria paseaba entre las cabañas a medio construir con una linterna en la mano. Además de matarla prácticamente de hambre, Paolo había insistido en que hiciera ejercicio a diario.

—Cuando vengan los turistas —le había dicho—, tú serás quien los reciba y haga que se sientan como en casa. Tu imagen es importante.

Ella había puesto los ojos en blanco y había mirado hacia el cielo, pero su hijo había insistido.

—No importa que estés un poco rechoncha, *mamma*, porque así parecerá que disfrutas de la comida. Pero siento decirte que ahora mismo pareces un cerdo glotón.

Aquello le había dolido; por eso había hecho un esfuerzo. Paolo supervisaba las raciones que ingería en las comidas, y cada día Rosaria caminaba por el huerto. Paolo también salía a veces y la animaba a seguir su paso.

—Ya tienes mejor aspecto —le decía continuamente—. Solo tienes que seguir así.

Rosaria tenía la esperanza de que saliera esa noche; no porque quisiera que la hiciera andar más rápido, sino porque tenía que decirle algo antes de que fuera demasiado tarde. Buscó su sombra alargada y oscura entre los árboles, pero no apareció. De modo que se quedó fuera más tiempo del habitual, media hora en total, con la esperanza de que él empezara a preocuparse y saliera a buscarla.

—Me podría dar un ataque al corazón y morir en el suelo, ¿y a quién le importaría? —murmuró amargamente.

Paolo apareció por fin gritando en plena noche:

—*Mamma*, ¿dónde estás?

—Estoy aquí, idiota —soltó ella, enjugándose el sudor de la frente con la manga.

—¿Qué estás haciendo? Es tarde. Entra.

—No, ven aquí tú —le dijo.

Estaba jadeando un poco de tanto andar, pero le quedaba suficiente aliento para decir algo que consideraba importante.

—¿Quieres hacer el favor de dejar de cortejar a esa chica? —le susurró—. Ya tienes lo que querías, ¿no? Las cabañas se están construyendo y nos va a ayudar a atraer a los turistas, así que ¿por qué no dejas de lado tu encanto, eh?

Paolo rodeó con un brazo los anchos hombros de su madre.

—No te preocupes, sé lo que hago.

—Si le rompes el corazón, no nos ayudará.

Su hijo no dijo nada. Dejó caer el brazo de sus hombros y apartó la cara de forma que ella no pudiera ver su expresión a la luz de la linterna. Rosaria sintió un ligero sobresalto causado por el miedo.

—No es posible que te interese esa feúcha —dijo, alarmada.

—Oh, no sé. —A Rosaria le pareció que en la voz de Paolo había cierto tono de mofa, pero no estaba segura—. Es distinta a todas las chicas de por aquí. Está claro que no es una belleza, pero tiene dinero y perspectivas de futuro... ¿Cómo no va a gustarme?

Una mirada dura asomó al rostro de Rosaria.

—Pero tienes razón —dijo él en tono tranquilizador—. No quiero romperle el corazón. Tenemos que procurar que siga colada hasta que nuestro negocio empiece a funcionar y despegue de verdad; entonces ya no la necesitaremos más.

Mientras llevaba a Rosaria de la mano en dirección a la casa, se volvió hacia ella y la linterna iluminó su sonrisa.

—Chiara me ha dicho que utilizará algunas fotos mías en su libro —dijo, orgulloso—. Esto podría ser para mí el principio de una nueva carrera.

14

Los dos hombres del café Angeli se pusieron realmente contentos de ver a Chiara. Franco la abrazó y la besó, y dejó plantados a los clientes que esperaban su *espresso*. Giovanni no habría lucido una sonrisa más amplia aunque le hubiera tocado la lotería.

Ella los besó en las mejillas; las de uno, arrugadas y viejas, y las del otro, todavía firmes y ásperas por la barba de medio día.

Tras ser debidamente recibida, ocupó su asiento habitual bajo la madonna de Masaccio con la cara de su madre, bebió a sorbos un café cargado y se esforzó por entender el periódico local.

—¿De qué trata este artículo? —le preguntó a Giovanni cuando por fin pudo quitarse el delantal y hacerle compañía unos instantes.

Él se desplomó sobre la silla situada enfrente de ella y la obsequió con otra sonrisa contagiosa.

—Es el habitual escándalo de unos edificios que no cumplen los requisitos del ayuntamiento y se están construyendo sin los permisos oficiales.

—¿Sabías que Paolo está construyendo unas cabañas en su finca? ¿Crees que tiene los permisos?

Giovanni se echó a reír.

—Lo más probable es que no. Pero habrá pagado a la persona adecuada y no tendrá problemas.

—¿La gente de aquí es siempre tan corrupta? ¿Todo el mundo se comporta así?

Giovanni se encogió de hombros y rió otra vez.

—Alguna gente sí se comporta así.

Ella hizo una mueca.

—Sí, pero Paolo no. ¿Por qué iba a actuar así?

Giovanni la observó un instante. Empezó a decir algo y de repente se detuvo.

—¿Qué? —le instó Chiara.

—Nada —respondió él.

—Ibas a decir algo.

—Sí, pero no tiene importancia. Déjame que te traiga un delicioso *cornetto*. Tengo uno lleno de crema y cubierto de almendras.

Se quedó sentado en silencio con ella mientras comía el pastel. Cuando Chiara terminó y se limpió los restos de almendras y azúcar glasé de los dedos, Giovanni volvió a hablar en tono vacilante.

—¿Te gusta Paolo, verdad?

—Sí, me gusta mucho.

—A lo mejor deberías tener más cuidado. Puede que no sea exactamente la persona que tú crees.

—¿A qué te refieres? ¿Es por el enfrentamiento entre tu familia y la de él? Pensaba que todo había quedado olvidado.

—No está olvidado, te lo aseguro, pero sí, es algo del pasado.

La lealtad de Chiara dio un tono de enfado a su voz.

—Entonces, ¿por qué le tienes tanta manía a Paolo? —preguntó.

Giovanni miró rápidamente a su padre.

—No quería entrometerme —dijo—. Siento mucho haber dicho eso.

—No, creo que deberías explicarte.

Él se rascó la oreja en actitud evasiva.

—¿Giovanni? —le apremió ella.

—No es nada, simplemente una impresión mía. Él es el hijo de Rosaria y Marco, así que tiene sus genes. Y como ellos son dos de las personas más maliciosas, interesadas y egoístas que he conocido, no veo por qué Paolo no iba a heredar alguno de sus defectos.

—No, no. —Chiara negó con la cabeza—. Él ha sido generoso y amable conmigo en todo momento. Me ha ayudado mucho en mi investigación. Me hizo unas fotos increíbles mientras aprendía a cocinar con Pepina. Sin esas imágenes no habría convencido a mi editora para que aceptara la idea del libro que le presenté.

—Me alegro de que esté siendo amable contigo, Chiara. Solo te estoy pidiendo que tengas cuidado. Vi cómo Marco estuvo a punto de destruir a tu madre y no me gustaría ver que su hijo hace lo mismo contigo.

Chiara se inclinó y le besó en la mejilla. Sintió un tacto cálido bajo sus labios. Un rayo de luz brilló en las puntas plateadas del pelo de Giovanni, y por un momento ella sintió la tentación de alargar la mano y acariciarle la cabeza con cariño. Solo estaba cuidando de ella como haría un padre, pensó, y empezó a fantasear con esa idea un instante. Prácticamente había reconocido que había estado enamorado de su madre. ¿No sería ideal que Giovanni, aquel hombre dulce, amable y generoso, resultara ser su padre? A ella le gustaba mucho.

La visión de la figura grande y negra que apareció al otro lado de la puerta de cristal devolvió a Chiara a la realidad. ¿Qué estaba haciendo allí Rosaria?

Pero todavía se sorprendió más cuando Rosaria se acercó a ella con un plato lleno de pastelillos, derramando el café con leche de su taza.

—*Ciao, ciao* a todos —dijo.

Giovanni le sacó una silla.

Rosaria empezó a comer con serena determinación. Chiara no se atrevió a mencionarle el régimen. Finalmente, cuando solo quedaban las migajas, Rosaria contuvo un eructo y sonrió.

—Bonito día —comentó, optimista.

—Sí, ¿verdad? —respondió Chiara.

—Se está formando un poco de cola ahí detrás, Giovanni. —Rosaria señaló con la cabeza en dirección a la barra—. Tu pobre padre no da abasto.

Movido por un acceso de culpabilidad, Giovanni se puso de pie.

—Perdóname, Chiara, pero Rosaria tiene razón. Papá es demasiado mayor para arreglárselas solo.

—¿Me traes otro pastelillo cuando puedas? —dijo Rosaria detrás de él, y luego se volvió otra vez hacia Chiara—. Así que estás contenta de estar en San Giulio —afirmó una voz endulzada por el azúcar glasé y las almendras.

Chiara asintió con la cabeza, vacilante. No estaba segura de estar preparada para aquella nueva Rosaria amistosa.

—Yo también me alegro de que hayas vuelto —prosiguió Rosaria, y casi pareció que lo decía en serio—. Todos estos años me he sentido muy mal por lo de Maria Domenica y la forma en que se marchó sin despedirse. Todos esperábamos que llamase por teléfono o que escribiera, pero no lo hizo, y estoy segura de que tenía sus razones. Pero ahora tú estás aquí y eso ha hecho muy felices a mis padres. Es maravilloso que les hayas dado una alegría tan grande a estas alturas de su vida.

Chiara cubrió la mano de Rosaria con la suya y sus ojos se enrojecieron de emoción.

—Gracias —fue todo lo que alcanzó a decir.

—Y Paolo está entusiasmado con el negocio del turismo. Le ha dado la oportunidad de concentrarse en algo —continuó Rosaria—. Nos hace mucha ilusión que vayas a usar algunas fotos suyas en tu libro.

A Chiara le parecía demasiado bueno para ser cierto. Su tía Rosaria estaba por fin totalmente dispuesta a recibirla como miembro de la familia.

Pero entonces, como una botella de vino todavía sin descorchar que tiene muy buen aspecto por fuera, Rosaria la abrió y Chiara olió la primera vaharada a podredumbre.

—Pero lo que hay entre Paolo y tú —dijo en voz baja— sabes que nunca podrá funcionar.

—¿Qué? ¿Por qué? —Chiara estaba confundida.

—No te acerques a él, es lo único que te digo.

Chiara alzó la voz a su pesar.

—Vi a Marco en Roma. Me prometió que no era mi padre —dijo.

Giovanni dejó otro plato de pastelillos en la mesa, pero Rosaria estaba demasiado distraída para verlo.

—¿Viste a Marco? —dijo rápidamente—. ¿Te preguntó por mí?

Chiara decidió que era un buen momento para desviarse de la verdad.

—Sí, por supuesto. Le dije que a ti y a Paolo os iba bien.

La mano de Rosaria descendió automáticamente hacia el *cornetto* y se posó cómodamente encima de él.

—¿Cómo estaba? —preguntó.

—Oh, bien, supongo. —Chiara no sabía qué más decir.

—A veces pienso en ir a su club para verlo en persona.

—Pues tal vez deberías hacerlo —dijo Chiara con cautela.

Rosaria soltó el *cornetto*. Cuando estuviera más delgada y tuviera el dinero de los turistas en los bolsillos, sería el momento de ir a Roma.

—Sí, tal vez —meditó—. Pero mientras tanto, ten cuidado con Paolo. Todavía no está nada claro que no seáis hermanos, por mucho que te lo haya dicho Marco. Cuando vaya a Roma llegaré al fondo de todo este asunto, te lo prometo. Pero hasta entonces será mejor que te alejes de mi hijo, ¿vale? —El tono de Rosaria era como un perfume. Bajo una capa de cordialidad subyacía un tono de amenaza. Era una mujer a la que costaba tomarle aprecio; Chiara se preguntó cómo la había tratado su madre. ¿Era mejor luchar contra ella o rendirse?

—Marco parecía bastante seguro de no ser mi padre y yo le creí —dijo a modo de prueba, y al ver el ceño fruncido que empezaba a formarse en la cara de Rosaria, añadió apresuradamente—: Pero Paolo y yo no nos precipitaremos, te lo prometo. Esperaremos hasta estar seguros. Aun así, tienes que entender que es alguien muy especial para mí. Se ha portado de maravilla conmigo.

Rosaria se quedó pensativa y su rostro sufrió un cambio. Toda su dureza parecía haber desaparecido.

—Mi Paolo es maravilloso —dijo con suavidad—. Es todo lo que tengo.

Al otro lado de la máquina de café Gaggia estaba teniendo lugar una pequeña discusión. Franco había estado observando cómo su hijo hablaba con Chiara y le pareció que ella se había enfadado.

—¿Qué le has dicho a esa chica? —gritó a Giovanni por encima del ruido del molinillo de café.

—Nada, papá.

—Quedamos en que no nos meteríamos en los asuntos de esa familia, ¿no es así? En que dejaríamos que las cosas siguieran su curso natural.

—Sí, papá —admitió Giovanni—. Pero hasta ahora ha habido mucho dolor y muchos problemas. Y no quiero que siga habiéndolos.

Franco miró a la chica con el pelo de punta y el rostro sincero que estaba entablando una conversación con Rosaria.

—La última vez que interviniste no ayudaste a Maria Domenica, ¿verdad? Lo único que conseguiste es que se marchara lejos y que no la volviéramos a ver nunca más. Deja a su hija en paz, ¿quieres? Parece una chica lista. Ya verás como las cosas se arreglan.

15

Las ventanas de la habitación de Chiara estaban abiertas de par en par y entraba una agradable brisa. Ella estaba sentada, inclinada sobre su ordenador portátil, intentando concentrarse para recordar exactamente cómo se sentía cuando empezó la búsqueda de su familia y de la buena comida. La pantalla seguía en blanco y sus dedos permanecían quietos, pues quería encontrar las palabras exactas.

Finalmente se movió y comenzó a escribir:

> Justo a las afueras del pueblecito italiano de San Giulio, en una arboleda de melocotoneros, hay una casa. Y en esa casa hay una cocina. No se parece a la mayoría, no hay microondas ni otras comodidades modernas; solo cacerolas que borbotean en los fogones y una anciana que trabaja la masa del pan en una mesa gastada de madera de pino. Esta es la historia de cómo encontré esa casa y descubrí los secretos de su cocina. Pero también es un relato de traición, infidelidad y pérdida, disputas familiares y amor perdido. En el fondo, mi historia es una búsqueda que está lejos de haber concluido...

En cuanto Chiara consiguió escribir el primer párrafo fue como si se hubieran abierto las compuertas. Las palabras acudieron a su cerebro y fluyeron a través de sus dedos. El mundo exterior se volvió borroso y lo que aparecía en la pantalla pasó a ser lo único importante.

Con el torso descubierto y el sudor cayéndole entre los omóplatos, Paolo estaba subido a una escalera clavando el armazón de otra cabaña para los turistas. Giacomo Salerni estaba a su lado trabajando a la mitad de velocidad, con la cabeza puesta en otras cosas.

—Giacomo, despierta —le espetó Paolo, exasperado.

—Estoy trabajando todo lo rápido que puedo —contestó Giacomo con su apagado tono monocorde.

—Me gustará ver qué rápido lo haces cuando tengas que hacer la factura —dijo Paolo, incapaz de resistirse.

Giacomo soltó el martillo y alzó las manos dramáticamente.

—Si no quieres que esté aquí me iré, Paolo. En el pueblo se están construyendo más apartamentos. No tendré problema en encontrar trabajo allí.

Paolo bajó de la escalera, cogió el martillo del suelo y se lo devolvió a Giacomo.

—Cállate y sigue con lo que estás haciendo, ¿vale? —dijo secamente y volvió a su trabajo, poniendo clavos de forma apresurada y frenética.

Rosaria paseaba entre los melocotoneros sin que su hijo hubiera reparado en ella. Tenía la frente salpicada de sudor debido al calor del sol del mediodía, pero aun así seguía caminando.

Oía el martilleo violento de Paolo y, cuando él hacía una pausa, el sonido de los dedos de Chiara que pulsaban el teclado de su ordenador portátil. Todo el mundo estaba ocupado.

Agitando la falda que cubría sus piernas, apretó el paso.

—¿Por qué me habré comido todos esos pasteles? —maldijo entre dientes, mientras daba la vuelta al llegar a la valla y avanzaba de nuevo en dirección a la casa.

Ahora podía ver a sus padres, que estaban descansando en sus sillas de mimbre a la sombra de la parra que crecía por encima del enrejado, en la parte exterior de su dormitorio. Se estaban marchitando como hojas de otoño. La voz de Erminio ya no retumbaba en su pecho fuerte y grueso como antaño solía hacerlo. Y más que caminar, Pepina se arrastraba por la cocina. La emoción que les había despertado la llegada de Chiara parecía haber agotado sus últimas reservas de energía.

Rosaria se giró y enfiló el camino sombreado que avanzaba a lo largo de la parte trasera de la casa. Sus anchos muslos se tocaban cuando se movía y sabía que debía de tenerlos rojos e irritados. Se secó el sudor de la frente con su pañuelo y suspiró, cansada. Una vuelta más, pensó, y ya sería la hora de comer.

Erminio y Pepina estaban sentados en silencio el uno al lado del otro, observando con escaso interés la actividad que tenía lugar en su huerto. Sus cuerpos viejos estaban apretujados en las sillas de mimbre con cojines, tenían sobre el regazo unos periódicos que no habían leído, y en medio de los dos había una mesita con una garrafa de limonada helada. De vez en cuando, si el martilleo de Paolo se volvía demasiado ruidoso, Pepina se sobresaltaba y se tapaba los oídos con las manos, pero la mayoría de las veces se limitaba a mirar al vacío, ensimismada.

Erminio se la quedaba mirando, demasiado sordo para que le molestara el ruido de la obra, y demasiado cansado para preocuparse por lo que estaba haciendo su nieto. Era un alivio delegar la responsabilidad de la granja en otro hombre y dejar de ser el cabeza de familia. Sería feliz si todavía pudiera gozar de algunos años sentado en aquella silla, comiendo la deliciosa comida de su esposa y disfrutando de la nieta que el destino había devuelto a casa después de haber perdido la esperanza de volver a verla.

En el café Angeli, Giovanni estaba mirando el periódico. Ese día hacía calor y, exceptuando algún que otro niño que entraba corriendo a comprar un helado, el bar había estado tranquilo. Se había quedado inclinado sobre la portada del diario releyendo los mismos dos párrafos durante al menos veinte minutos. Una taza de café con leche permanecía sin tocar delante de él; en su superficie se había formado una capa de nata conforme se iba enfriando.

Con la barbilla apoyada en la mano, Giovanni suspiró y dijo en voz alta para sí mismo:

—Es imposible.

Había estado intranquilo desde que aquella chica había llegado a San Giulio. La hermosa Chiara, con su rostro risueño y sincero y su ardiente corazón, seguía ajena a los estragos que estaba causando. Desde el momento en que había entrado en el local con su mochila al hombro, las cosas habían cambiado para Giovanni. Por un momento el pasado se había trasladado al presente arrastrado por el mar, y él se había quedado recogiendo la madera que flotaba a la deriva.

Ella le gustaba, no... La quería. Era dolorosamente consciente de que Chiara lo veía como un hermano o, peor aún, tal vez como una figura paterna. Giovanni era lo bastante vanidoso para creer que no aparentaba la edad que tenía, pero aun así era innegable que era un hombre que rondaba los cincuenta; solo tenía unos años menos de los que habría tenido la madre de ella. Chiara tan solo tenía treinta y tantos años. Buscaba a un hombre más joven y más fuerte que él.

—Es imposible —dijo otra vez, e incapaz de soportar el eco cavernoso que su voz emitía en el café vacío, se levantó y se dirigió hacia la máquina de discos dando grandes zancadas para llenar el silencio del lugar con música.

Mientras sonaban las viejas canciones, se puso cómodo y se dedicó a mirar a su alrededor. Las pinturas que Vincenzo había realizado con tanto esfuerzo estaban adquiriendo un aspecto avejentado y deslucido, y la máquina de café con su brillante armazón y sus manivelas de madera gastada era oficialmente una antigualla, pero su padre se negaba a sustituirla por uno de los nuevos modelos con botones que tan buen rendimiento daban.

—El café no sabría igual —se quejaba cada vez que Giovanni le decía que era el momento de cambiar.

A lo mejor cuando tuviera la edad de Franco sería como él, reacio a hacer el menor cambio en el negocio en el que había trabajado toda su vida. La idea le deprimía.

Volvió a pensar en Chiara y en cómo, con unas pocas palabras, él podría cambiar para siempre el curso de las vidas de ambos. Atrevido de pensamiento pero apocado en la vida, en el fondo sabía que guardaría silencio.

16

El lanzamiento del libro de Chiara fue un acontecimiento glamouroso. Fue la clase de fiesta a la que ella siempre quería ser invitada y nunca lo conseguía.

Se abrió paso a empujones entre la multitud de rostros desconocidos en busca de algún amigo. A su alrededor, gente borracha de maneras elegantes apuraba sus vasos hasta el último trago, y Chiara se horrorizó pensando en la cantidad de cajas de buen vino italiano que estarían consumiendo.

Harriet le había ofrecido que celebrase la fiesta en La Oficina, pero Janey había movido su brillante cabeza rubia con disgusto al ver las estanterías llenas de libros polvorientos y el batiburrillo de viejos sofás de cuero y sillas de comedor de distintos estilos.

—Me parece precioso, querida —había dicho finalmente—, pero no es en absoluto el lugar adecuado para lanzar tu libro.

Al final se decidieron por una galería de arte del Soho que dirigía una amiga de Janey, que casualmente estaba exhibiendo una serie de obras inspiradas en la cocina italiana. Era un local alargado con forma de túnel y una anchura como la de una estación de metro de Londres; los lienzos de las paredes blancas representaban platos descomunales de espaguetis de colores chillones y bulbosos mejillones de color naranja en sus conchas. Chiara los encontró bastante asquerosos, pero afortunadamente había tal aglomeración de gente que la mayoría de ellos quedaban tapados.

Además de la fiesta de presentación, Janey había conseguido que las cosas se hicieran a su manera en otros aspectos. Había mostrado un entusiasmo incansable y ejercido un firme control sobre el libro durante el largo y trabajoso proceso de edición: llamó a abogados para asegurarse de que no estaban difamando a nadie y revisó una y otra vez las pruebas, mucho después de que Chiara se desmoralizara ante su simple visión.

—Me encanta este libro —no dejaba de decirle a Chiara—, tiene que ser absolutamente perfecto.

Prácticamente como era de esperar, Chiara tuvo que posar para la foto de la portada con una corona hecha con tomates pera, con un collar de hojas de albahaca y manteniendo en equilibrio una cabeza de ajos en cada palma de la mano. En la sobrecubierta, encima de su cabeza, se podían leer las palabras: «Chiara Fox es *La reina de la cocina italiana*».

Después de revisar las pruebas, a Chiara no le había quedado nada que hacer aparte de dar vueltas por Londres, beber vino tinto en La Oficina y pasear nerviosamente a Salty cuatro o cinco veces al día hasta que el perro, agotado, empezó a esconderse bajo la cama de Harriet cada vez que veía que ella se acercaba con la correa.

Y entonces, justo cuando pensaba que el mundo editorial se había olvidado de ella por completo, Janey la había llamado para comunicarle unas emocionantes noticias. Su equipo había conseguido un contrato televisivo. Los programas se rodarían en la cocina de Pepina, y Paolo sería la estrella secundaria.

Él estaba loco de emoción. Chiara podía verlo ahora en el centro de la fiesta, destacando entre una multitud de gente guapa, haciendo girar su vaso de vino, hablando con un extraño.

Ella le tiró de una manga.

—Paolo, estás aquí. Te he estado buscando por todas partes.

—Ah, Chiara. —Paolo se inclinó y la besó en la mejilla—. Ven, quiero presentarte a Roger. Es el director de la cadena de televisión y tiene unas ideas fabulosas para nuestro programa.

Desde que había llegado a Londres, la vida de Paolo había sido un gran torbellino de compromisos. Había comido con asesores turísticos y desayunado con escritores de libros culinarios. Había asistido a reuniones con agentes, productores de televisión y editores. Estaba ejercitando sus músculos empresariales con todas sus fuerzas y apenas tenía tiempo para hacerle a Chiara una caricia o darle un besito en la mejilla.

Mientras ella observaba cómo se movía entre el gentío cautivando a todas las personas que encontraba, se preguntó cómo había podido tener miedo a que no supiera adaptarse a su mundo. Todo el mundo parecía adorarlo. De hecho, aquello más parecía el lanzamiento de un libro de Paolo que de ella.

Roger, el director de la cadena, echó un vistazo por encima del hombro, vio a alguien más famoso y siguió avanzando. Por un momento Chiara se quedó sola, ahogándose entre aquella gente extraña. Entonces divisó al otro lado del túnel a Harriet, que iba cogida del brazo de Eduardo y de Alex. Gracias a Dios que estaba Harriet, pensó. Puede que Alex se hubiera sentido perdido y solo en la fiesta, pero su mejor amiga lo había buscado y había hecho que se sintiera bien acogido.

—Cariño, estás fabulosa. —Harriet la rodeó entre sus brazos. Cuando la soltó, les llegó el turno a Eduardo y a Alex.

—Tu madre estaría muy orgullosa de ti —dijo Alex sujetándola con el brazo extendido para admirarla debidamente—. Aunque —añadió con una amplia sonrisa—, puede que te hubiera mandado a casa a quitarte ese vestido que llevas y ponerte algo que te tapara más.

El breve vestido negro de Chiara era más corto por debajo y más bajo por arriba de lo que normalmente solía ponerse. Pero el sol, con su habitual alquimia, había dorado su piel, y había pensado que no pasaría nada si se lo ponía. Aunque Paolo no se había fijado en ello. La suavidad y el bronceado de sus piernas y sus clavículas le habían pasado desapercibidos, ocupado como estaba en su negocio.

Harriet alzó su vaso y brindó por ella.

—Por ti, cariño. Por tu éxito como reina de todas las clases de cocina.

Ella inclinó la cabeza en señal de agradecimiento y lanzó una segunda mirada a la bebida que Harriet había levantado. Curiosamente, no parecía ni vino ni champán. En lugar de ello estaba bebiendo algo fresco en un vaso alargado que podría ser ginebra, pero que parecía más probable que fuese lima con soda.

—¿Quieres un vaso de vino, Harriet? —preguntó Chiara, tanteando el terreno.

—No, cariño, con esto me basta —respondió ella y dio un sorbito a su bebida burbujeante y transparente.

Chiara recorrió el cuerpo de su amiga con la mirada. Los huesos de Harriet estaban desapareciendo bajo la carne, su cintura se había vuelto más gruesa y los bultitos que tenía por pechos se habían hinchado.

—Harriet, estás embarazada —dijo con voz entrecortada.

Eduardo sonrió orgullosamente y deslizó su mano por la cintura de Harriet hasta posarla sobre su abultada barriga. Harriet se quedó horrorizada, y Alex, que trataba de seguir el ejemplo dc las personas que le rodeaban, simplemente se mostró confundido.

—No quería que te enterases de esta forma —le dijo Harriet.

—¿De cuánto estás?

—De casi cuatro meses.

—¿Y cuándo pensabas decírmelo, Harriet? ¿Cuando el niño empezase a ir al colegio?

—Oh, Dios, lo siento. —Su amiga parecía un tanto abatida—. No podía decírtelo, Chiara, me sentía como si te estuviera fallando.

—¿Qué?

Harriet dio un trago enérgico a su cóctel sin alcohol.

—Siempre íbamos a estar juntas. En nuestro piso encima del club, pasándonoslo bien, sin caer en la vieja trampa del marido y el niño como les pasa a las demás. No nos preocupaba haber cumplido los treinta porque siempre íbamos a tenernos la una a la otra. Y ahora yo lo he estropeado todo.

—No, Harriet, no digas tonterías, no puedes... —Chiara se detuvo. No era el momento adecuado para mantener aquella conversación. Además, Janey la estaba agarrando del codo para presentarle a alguien y no estaba dispuesta a que la dejaran de lado—. Hablaremos de esto más tarde, ¿vale? —prometió Chiara mientras se giraba para estrechar la mano del desconocido en cuestión. Era un hombre con una figura ligeramente desastrada cubierta con un gabán gris pasado de moda y con una mochila al hombro. Tenía el pelo castaño ralo, los dientes delanteros amarillos de la nicotina, y desprendía el olor acre propio de un hombre que fuma dos paquetes al día. No era en absoluto el tipo de Janey, pensó Chiara, y no conseguía imaginar por qué su editora parecía tan entusiasmada con él.

—Este es Pete Farrell, del *Sunday Post* —dijo Janey con su habitual tono suave alterado por la emoción—. Pete, esta es Chiara Fox, la reina de la cocina italiana.

Pete Farrell. Por un momento Chiara fue incapaz de recordar dónde había oído aquel nombre. Entonces le vino a la memoria haber escuchado la otra noche a un grupo de periodistas que discutían sobre él en La Oficina. Era un reportero del *Sunday Post* que conseguía todas las exclusivas importantes. Tenía fama de agresivo y de haberse decantado por el lado equivocado de la línea que separaba la prensa amarilla de la prensa seria, aunque su periódico siempre se anunciaba como una publicación de calidad. A los chicos de La Oficina no les gustaba mucho Pete Farrell, y ahora que ella lo conocía no sabía si le pasaría lo mismo.

—Un libro fantástico, querida —le dijo él, llevándose nerviosamente a los labios un cigarrillo invisible con los dedos—. Las recetas son fabulosas, por supuesto, pero la historia es terrible.

—Gracias —dijo ella quitándole importancia.

Empujándola en la zona lumbar con una mano y cogiéndola del brazo con la otra, la llevó a un rincón de la sala.

—Salgamos de este barullo para poder hablar tranquilamente. ¿Te apetece otra copa? ¿No? Así está mejor, ¿no te parece?

Se había sentado en un sofá rojo de cuero que claramente formaba parte de la instalación del artista. Tenía platos de lasaña pegados a los brazos, y donde debería haber botones había figuras de pasta secas. Una de ellas se le estaba clavando a Chiara en la parte superior del muslo, que apenas llevaba tapada, y se vio obligada a acercarse a Pete para evitarla.

—Bueno, hablemos de tu historia —dijo él inclinándose y aproximándose a ella para hablar de forma más íntima—. La madre bígama, la búsqueda de tu verdadero padre, el novio que podría ser tu hermano... es un material magnífico. La gente de Janey que se encarga de la publicidad dice que puedo quedarme con la exclusiva, y creo que podría ser el bombazo que apareciera este domingo en primera plana, a menos que se produzca alguna muerte en la realeza o un atentado terrorista.

Hablaba rápidamente por una comisura de la boca, y Chiara se fijó en que ya había sacado una libreta y un bolígrafo de su mochila.

—Verá, no lo sé. Tendré que pensarlo —le dijo.

—No hay tiempo para eso, querida, se me acaba el plazo.

—En ese caso la respuesta es no.

—Vamos, querida —dijo él en tono zalamero. Chiara reparó en que el hombre estaba moviendo una pierna arriba y abajo nerviosamente—. Piensa en la publicidad que conseguiría el libro. ¿Una portada del *Sunday Post*? No se puede pedir más.

—Sí, estoy segura de que sería una publicidad maravillosa, pero hay que tener en cuenta los sentimientos de otras personas, como mi padrastro Alex —apuntó ella—. Va a tener que asimilar que mi madre contrajo matrimonio con él estando casada con otro hombre, y no creo que le ayude mucho que la noticia aparezca en primera plana de los periódicos. Bastante grave es que yo lo haya puesto todo por escrito en el libro. —Se dio cuenta de que Pete estaba tomando notas mientras ella hablaba y añadió rápidamente—: Oiga, no puede escribir lo que le he dicho.

Él soltó el bolígrafo de mala gana.

—La historia se va a publicar de todos modos. Aparece en tu libro, así que ya es pública. A nadie le va a afectar un pequeño artículo.

Ella no dijo nada, de modo que él continuó.

—Mira, normalmente no hago esto, pero en tu caso podría conseguir que mi jefe te ofreciera un incentivo económico. ¿Te haría cambiar de opinión un generoso cheque?

Chiara divisó a Paolo, que se abría paso a empujones entre la multitud, y le dijo moviendo mudamente los labios: «Socorro». Al escribir el libro no había tenido en cuenta nada de aquello. Puede que hubiera sido una ingenua, pero no se había planteado que su vida fuera a hacerse tan pública, que Pete Farrell quisiera meter mano en ella, o que todos sus secretos más íntimos pudieran ser destapados por la prensa.

Pete estaba exponiendo ahora su idea a Paolo, y no daba la impresión de que a él le pareciese una mala idea.

—¿Has traído a algún fotógrafo esta noche? —le estaba preguntando al periodista—. Podrías hacernos una foto a mí y a Chiara.

—Sí, fantástico. —Pete asentía con la cabeza.

—No, espera, a mí no me parece tan fantástico —protestó Chiara.

Paolo intentó mantener el equilibrio en uno de los brazos del sofá, pero se lo impidió un plato de lasaña. De modo que se sentó al lado de ella, encima de las figuras de pasta, y le rodeó los hombros con un brazo.

—No seas tonta, es una ocasión fabulosa —insistió—. Este hombre nos está ofreciendo la oportunidad de dar a conocer nuestro libro a millones de personas del país. Sé amable con él, Chiara, antes de que cambie de opinión. Démosle una buena historia para que se la ofrezca a sus lectores.

Ella accedió de mala gana a responder a las preguntas de Pete. Observó nerviosa cómo el reportero llenaba las páginas rayadas de su libreta con su letra rebelde. No pudo evitar fijarse en que Paolo hablaba casi tanto como ella, describiendo con mucho colorido su primer encuentro.

—Sí, un material de primera —no dejaba de murmurar Pete mientras seguía garabateando.

Cuando hubo terminado, un fotógrafo les hizo posar delante de uno de los chillones cuadros con las manos entrelazadas.

—Juntad las cabezas, vamos, juntad las cabezas —gritó.

—¿Tenemos que estar tan pegados? —preguntó Chiara, apartándose un poco, pero Paolo le lanzó una mirada dolida y ella acabó cediendo. Podía imaginar la sensación de pánico que experimentaría el domingo cuando cruzara la calle para comprar los periódicos del día. Todos aquellos *Sunday Post* con las caras de ella y de Paolo mirándola fijamente. Chiara empezó a rogar para que se produjera la muerte de algún miembro de la realeza, pero prácticamente al instante se sintió culpable.

El ruido de la fiesta había subido varios decibelios y en vez de hablar los asistentes movían los labios entre ellos. Chiara no pudo contener más el impulso de escapar y tiró de la manga de Paolo.

—Salgamos de aquí —dijo—. Voy a por Alex, Harriet y Eduardo. Podemos irnos todos y cenar en otro lugar.

Él parecía distraído.

—Id vosotros delante —le dijo—. Quiero saludar a una agente que anda por ahí. Dime adónde vais y me reuniré con vosotros más tarde.

Lo dejó enfrascado en una conversación con una chica seria vestida de negro que llevaba unas gafas de montura oscura. Sus cabezas y sus cuerpos estaban muy juntos. Al fotógrafo del *Sunday Post* le habría encantado aquella pose, pensó Chiara mientras salía detrás de Harriet por la puerta principal.

17

Cuando Chiara vio el titular del periódico se sintió un millón de veces más horrorizada de lo que creía: BIGAMIA, INCESTO, BULIMIA: CHIARA FOX TRIUNFA SOBRE LA TRAGEDIA.

El vendedor de periódicos no le dijo nada cuando le vendió el diario; se limitó a mirarla como si fuera un objeto raro expuesto en un museo, una cabeza reducida o un ornitorrinco.

Sus piernas no le permitieron volver al piso todo lo rápido que quería. Pero una vez dentro, no se sentía con el valor suficiente para mirar el periódico.

—Harriet —dijo gimiendo—. Socorro.

Oyó una voz de cansancio que decía «Espera, ya voy»; al cabo de unos minutos una cara pálida apareció en la puerta de su habitación.

—Esto es peor que cualquier resaca —gruñó Harriet—. Si alguien te dice lo contrario, está mintiendo.

—¿No se supone que ya deberías haber pasado el mes de las náuseas? —preguntó Chiara, y obtuvo una mirada desdeñosa por respuesta.

—Estabas pidiendo socorro —dijo Harriet secamente—. ¿Qué pasa?

Chiara le ofreció el *Sunday Post* en silencio.

—¿Puedes leer esto y decirme qué pone, por favor? Yo no puedo mirarlo.

—Dios mío —dijo Harriet, cogiendo el periódico de su mano y echando un vistazo a las primeras líneas.

Chiara aguardó con desconsuelo su veredicto.

—Bueno —comenzó Harriet—, dentro de lo que cabe, es bastante fiel a la verdad. La única parte que no entiendo es ese cuento de que eres bulímica. ¿Escupiste una gamba en una servilleta en la presentación del libro?

—Sí, pero estaba mala —respondió Chiara, indignada.

Harriet se echó a reír.

—Pues según Pete Farrell, estás luchando con valor contra la bulimia.

—Será cabrón. Podría demandarlo por eso.

Harriet seguía riendo.

—Hay una foto enorme de la cubierta del libro y se anuncia que Paolo va a ser la estrella secundaria del programa de televisión. Es una publicidad que no tiene precio.

—Aquella maldita gamba estaba mala —repitió Chiara a Harriet, que le había dado la espalda y había salido disparada al cuarto de baño.

El retiro parecía la única opción de Chiara. El mundo exterior estaba lleno de gente que estaría tomando el café de la mañana y echando un vistazo a los periódicos en busca de cotilleos, y el pequeño y seguro rincón situado bajo su edredón parecía el único lugar sensato donde refugiarse. El teléfono sonó repetidas veces a lo largo del día, pero ninguno de los presentes en el piso se molestó en cogerlo. Seguramente Alex estaba intentando ponerse en contacto con ella, al igual que Janey. Y quizá también había llamado un par de veces Paolo, que había preferido pagar una habitación de un hotel barato junto a Russell Square que quedarse con ella en el Soho. Había alegado como excusa que no había espacio suficiente en el piso, pero Chiara estaba segura de que había algo más. Notaba que se estaban distanciando y que estaban perdiendo la intimidad que había entre ambos. Paolo no había dicho ni hecho nada. Sin embargo, su instinto le decía que se había producido un cambio sutil en su relación.

Debió de quedarse dormida porque cuando abrió los ojos la luz había cambiado. Entornó los ojos ante el sol de la tarde, aturdida todavía por el sueño, e hizo un esfuerzo por levantar la cabeza de la almohada. Tenía el estómago vacío, la boca seca, y el rincón seguro de debajo de su edredón estaba ahora cubierto de un desagradable sudor.

Sin hacer caso a la luz del contestador automático que se encendía frenéticamente avisando de los mensajes recibidos, marcó el número del móvil que Paolo había alquilado para su estancia en Londres.

Por fin respondió tras un par de llamadas.

—*Pronto* —dijo con una voz que aún era pura miel y chocolate.

—Paolo, soy yo. ¿Has estado llamándome?

—No, cariño, no he sido yo.

—Bueno, ¿has leído el maldito periódico?

—Por supuesto. He comprado diez ejemplares para mandarlos a casa. He quedado genial en la foto, pero tú pareces un poco estirada e incómoda.

—¿De verdad has leído el artículo, Paolo? —preguntó Chiara.

—Sí, *cara*, cómo no. No sabía lo de tu bulimia. ¿Por qué no me lo dijiste?

Ella reprimió el impulso de gritar, pero en su voz aún había una nota de irritación cuando dijo:

—Tengo que verte. ¿Quieres comer conmigo... si te prometo que no vomitaré luego?

Los domingos, el Soho siempre parecía un amante abandonado, pensó Chiara mientras se dirigía al encuentro de Paolo. En

Berwick Street no había rastro del murmullo de los días de mercado; tan solo unas cuantas hojas de coliflor aplastadas y algunos tomates en el suelo. La mayoría de los cafés estaban cerrados, las papeleras rebosaban basura de las fiestas de la noche anterior, y las aceras estaban pegajosas de cerveza y otros fluidos menos respetables. Solamente había clientes pululando en los sex-shops de las calles laterales y, como siempre, Chiara las evitó.

Paolo llegó veinte minutos tarde a la cita con ella en Pizza Pizza. Para entonces ella ya había sucumbido al pan de ajo, aunque en realidad nunca le había gustado mucho. Pepina habría pensado que se había vuelto loca si la hubiera visto atiborrándose de pan, mantequilla y ajo prácticamente crudo, pero teniendo en cuenta todo lo que había tenido que beber la noche anterior, aquella comida indigesta pringada en abundante grasa no parecía tan mala idea.

Cuando por fin llegó, la besó suavemente en las mejillas y se sentó enfrente de ella, no a su lado. Frunció el ceño al ver el menú, la pizza y la camarera; nada parecía agradarle.

Chiara aguardó a que la camarera les sirviera el café, que él desaprobó por considerarlo poco cargado, antes de abordar el tema que tenía en mente.

—He estado pensando en algo que Janey me propuso hace un tiempo —explicó, mientras él daba sorbitos a su taza con cara de disgusto—. La prueba del ADN... ¿Qué te parece? Deberíamos saber de forma concluyente si Marco es mi padre, y si no lo es, como yo creo, entonces nada se interpondría entre nosotros.

Él asintió, con recelo.

—Supongo que sí —dijo—. Pero yo de ti no me precipitaría. El libro está en la calle y no me sorprendería que tu verdadero padre saliera de la nada. Así no habría que molestar a Marco ni gastar dinero en pruebas científicas caras.

—¿Entonces crees que deberíamos esperar al momento adecuado?

—Exacto —asintió él.

Ella quería hacerle más preguntas para averiguar si sus sentimientos hacia ella habían cambiado, pero le daba demasiado miedo conocer la respuesta.

—Paolo —comenzó—, ¿va todo bien?

—Sí, claro. Todo va estupendamente.

Ella tiró de un mechón de su pelo, nerviosa.

—Te quiero —se aventuró a decir.

Él se limitó a asentir con la cabeza, dio otro sorbo al café y frunció el ceño.

—¿Me sigues queriendo? —insistió ella.

Paolo colocó su taza en el platillo.

—Tú siempre me importarás, Chiara, ya lo sabes.

—Pero ¿me sigues queriendo? —insistió ella.

Él le cogió la mano entre las suyas.

—Te seré sincero —dijo con suavidad, haciendo gala de su labia—. Durante un tiempo, cuando estábamos en Italia y te pasabas el día en la cocina de mi abuela, puede que pensara que me estaba enamorando de ti. Pero ahora vamos a tener una relación de trabajo y creo que lo más prudente sería que mantuviéramos un poco las distancias.

Chiara estaba hecha una furia.

—No puedo creer que tengas la cara de decirme eso —dijo, apartando la mano—. Me engañaste. Eras tú el que no paraba de decir que me querías. Incluso lo escribí en el libro. ¿Y ahora crees que vas a dejarme así?

—No te estoy dejando. —Él también se puso furioso—. Permíteme que te refresque la memoria, Chiara. Entre nosotros solo ha habido un par de besos. Las cosas podrían haber llegado más lejos, pero a pesar de todo lo que te dije, tú te obsesionaste con la idea de que Marco era tu padre. Ahora ya ha pasado el momento. Yo tengo que llevar un negocio, ahora tengo una carrera. No tengo tiempo ni energía para aguantar escenitas como esta. ¿Por qué no nos limitamos a mantener una relación profesional?

—De acuerdo, si eso es lo que quieres. —Enojada y disgustada, Chiara apretó los labios, demasiado orgullosa para decir algo más. La habían plantado demasiadas veces para saber que armando un escándalo no se conseguía cambiar nada. Tras ponerse la chaqueta, pagó la cuenta.

Cuando salían del restaurante, una chica les gritó:

—Un momento, un momento. —Era alta y tenía el cabello pelirrojo largo y rizado, y llevaba en la mano un ejemplar del *Sunday Post*. A Chiara se le cayó el alma a los pies al verla, mientras que Paolo alargó la mano para coger el bolígrafo que la joven les estaba ofreciendo—. Me da mucha vergüenza, normalmente no hago cosas así —aseguró, al tiempo que Paolo estampaba su firma en la foto de la portada—, pero si no os pido un autógrafo mis amigas no se creerán que os he conocido.

Chiara estampó su firma de mala gana junto a la de él. Paolo no pareció reparar en su incomodidad. Observó cómo la chica se daba la vuelta, contoneando con coquetería su trasero enfundado en unos ceñidos vaqueros de cintura baja, y a continuación se echó a reír tontamente como un colegial.

—Dios mío, si ahora es así, imagínate cómo será cuando se emita el programa de televisión —dijo—. Vamos a ser famosos. ¿No es fantástico? —Entonces miró a Chiara de arriba abajo, como si acabara de verla, y su sonrisa se desvaneció—. Pero ¿qué diablos llevas puesto? —preguntó de repente.

Ella miró sus pantalones holgados de chándal y su viejo y andrajoso jersey negro.

—Es domingo. Todo el mundo viste informal los domingos.

—Ahora tienes que pensar en tu imagen —respondió Paolo con frialdad—. Deberías comprarte algo de ropa decente y dejarte crecer un poco el pelo. Si te cuidaras como es debido, serías una chica muy guapa, ¿sabes, Chiara?

Mientras recorría penosamente el camino de vuelta hacia casa, Chiara experimentó una sensación muy parecida a la que imaginaba que debían de sentir las estrellas de cine la mañana siguiente a la entrega de los Oscar, cuando les toca devolver las cajas con las fabulosas joyas que han recibido únicamente en préstamo. Le daba pena estar perdiendo a Paolo, pero no le sorprendía. Nunca había esperado que pudiera retenerlo mucho tiempo.

18

En cuestión de un par de días Chiara había pasado de no tener padre a hartarse de ellos. Parecía que los hombres de todo el país quisieran reclamar su paternidad. Janey había recibido un montón de faxes y correos electrónicos, y Pete Farrell le había remitido muchos más.

—La mayoría son chalados —le dijo Janey una tarde, mientras bebían una botella de vino en La Oficina—. Pero hay algunos a los que creo que merecería la pena seguir la pista. Pete Farrell dice que el *Sunday Post* está dispuesto a contratar a un detective privado para que se encargue de la investigación, siempre que el periódico consiga la exclusiva del primer encuentro con tu padre.

—No, gracias.

—Bueno, piénsalo al menos.

—No. —Chiara se mantuvo inflexible.

—Mira, ya sé que es un poco desagradable, pero es un periodista muy bueno, y la historia que escribió le dio a *La reina de la cocina italiana* el empujón que necesitaba. El libro se ha convertido en un fenómeno. Los representantes no han tenido que venderlo en las tiendas; él solo ha entrado en ellas, y ahora va a despegar otra vez.

A nadie se le había pasado por la cabeza que el libro se estuviera vendiendo bien porque las recetas eran fantásticas, pensó Chiara con amargura. Miró el vino que había en la botella y se dio cuenta de que, aunque se lo bebiera rápidamente, tendría que quedarse allí sentada hablando con Janey durante al menos quince minutos para poder escabullirse sin parecer maleducada. ¿Y si entonces ella proponía pedir otra botella?

Chiara estaba deseando subir a su piso y revisar los mensajes de los aspirantes a padres, con una taza de té cerca. Confiaba lo suficiente en su instinto para pensar que en cuanto viera el fax, el correo electrónico o la carta de su padre biológico, lo reconocería al instante. Pese a sus esfuerzos, se emocionaba cuando imaginaba que se encontraba con él cara a cara.

—¿Y bien, Chiara? —La voz de Janey interrumpió sus pensamientos—. ¿Qué le digo a Pete Farrell?

Ella bebió un generoso trago de vino y a continuación sonrió mientras respondía:

—Dile... dile que si no hubiera sido por lo de la gamba del primer artículo, le habría dicho que sí. Dile que la pifió y que voy a darle la exclusiva a *Hello!*

El reconfortante olor del té caliente perfumaba su habitación. Chiara corrió las cortinas, encendió la lámpara de noche y se tumbó en la cama encima de un montón de cojines. Primero empezó con las cartas, los sobres con letra de patas de araña escritos por hombres mayores; algunos de ellos incluso mandaban una fotografía de carnet. Había hombres calvos, hombres canosos, hombres absurdamente jóvenes, hombres risiblemente viejos. Algunos le decían lo mucho que habían querido a su madre, otros describían ligues de una noche con extrañas que podían haber sido su madre, e incluso algunos aseguraban que llevaban años observando y siguiendo a Chiara en secreto.

La más inquietante de todas era una carta escrita con una bonita caligrafía que describía muy gráficamente la extraordinaria vida sexual que el hombre en cuestión afirmaba haber mantenido con su madre. Chiara la estrujó y la lanzó a la papelera con rabia. Los faxes y las copias impresas de los correos electrónicos acabaron igual y, tras pasarse una hora entera leyendo, le quedaron tan solo dos opciones por descartar. Una correspondía a un hombre de Escocia que decía que había estado en Roma en la misma época que su madre. Se había acostado con una camarera y nunca había sabido su nombre; había sido un ligue de una noche. «Existe una pequeña posibilidad de que yo sea tu padre —había escrito—, tan pequeña que no sé si mandar esta carta.»

La otra opción era un correo electrónico de un hombre italiano que ahora vivía en Brighton. Parecía que tenía la edad adecuada, había nacido y se había criado en Roma, y decía que había estado allí durante la década de los sesenta. Se jactaba de haberse acostado con cientos de mujeres, y Maria Domenica podía haber sido perfectamente una de ellas.

Metió los dos mensajes en el cajón superior de la mesita de noche. Ninguno de los dos había logrado que un escalofrío le recorriera la columna, pero no se sentía con el valor suficiente para tirarlos. Puede que más adelante, cuando hubiera acabado de rodar la serie de televisión en Italia, tomara un tren a Brighton o a Escocia e investigara a aquellos hombres, pero de momento no tenía ninguna prisa. Aquello podía esperar.

Oyó que se abría la puerta del club en la planta de abajo. El local parecía muy concurrido esa noche. Después escuchó el sonido de un móvil y supo que Harriet, que odiaba aquellos aparatos, había expulsado a algún miembro que había insistido en responder una llamada. El hombre subió la mitad de la escalera que llevaba hasta el piso de Chiara para poder hablar con la persona que lo llamaba lejos del inconfundible rumor del bar.

—No, querida —decía en voz alta—. Todavía no me marcho a casa. Me voy a quedar trabajando hasta tarde en la oficina.

Chiara sonrió. La misma historia de siempre. No podía creer que los hombres siguieran saliéndose con la suya. Aunque sabía que debería acostarse pronto, también ella sentía la tentación de quedarse trabajando hasta tarde en la oficina. Podía ayudar un poco a Harriet detrás de la barra, hacer que se sentara y aliviarla del peso de su embarazo. Podría mantener una conversación con ella y comentarle que tal vez aquel fuera un buen momento para que ambas dejaran de viajar por la vida con poco equipaje. Y que elegir una vida convencional con un marido y un niño quizá no fuera tan vergonzoso como creían.

19

Chiara y Harriet se hallaban en la puerta de un lugar que nunca habían imaginado que tendrían que visitar. Ante ellas, alineadas como soldados colocados en formación de revista, había perchas y más perchas con prendas de ropa en miniatura: algunas eran de tono rosa pastel, otras de un azul muy claro, pero la mayoría lucían chillones colores primarios que desentonaban enormemente.

Las tiendas de aquel tipo eran un atentado al buen juicio, pensó Chiara mientras entraba en Baby Factory. El aire olía distinto; era más dulce, y solo se oían los gritos de pequeños seres humanos.

Inconscientemente, Harriet metió hacia dentro su creciente barriga cuando una empleada alzó la vista y la miró a los ojos.

—¿En qué puedo ayudarla? —preguntó con una sonrisa amable.

—Necesito... necesito... Ya sabe... cosas para el bebé —respondió Harriet.

La sonrisa de la empleada no se alteró.

—¿Qué tipo de cosas en concreto?

—Pues todo, en realidad —admitió Harriet—. Aunque quizá deberíamos empezar por la ropa. ¿Tienen algo de color negro? ¿Un vestidito o quizá una mantilla?

—No, lo siento, el negro es el único color que no tenemos —respondió la empleada, muy seria.

—Entiendo. Bueno, ¿y qué otra cosa cree que podría necesitar?

Cuando Harriet tuvo una lista detallada de todo el equipo que iba a necesitar su hija, se quedó pálida.

—Cambiadores de pañales, cunas, sillitas de paseo, esto, aquello y lo de más allá —repitió horrorizada—. Pañales desechables y asientos para el coche... Si ni siquiera tengo coche. Estoy segura de que nosotras no tuvimos todo eso de niñas. Es absurdo. Ahora mismo no puedo hacer frente a ese gasto.

—Bueno, todavía tienes algunos meses por delante, así que no hace falta que lo compres todo ahora —señaló Chiara con sensatez—. Hoy solo nos llevaremos una cosa.

—De acuerdo —asintió Harriet—. Compraré unos patucos blancos y luego quiero ir a sentarme a un bar a mirar las botellas de alcohol.

Los patucos, guardados dentro de la alegre bolsa de la tienda, acabaron en el fondo del bolso de Harriet. Cuando se sentó detrás de la mesa baja situada en un rincón del pub, era difícil adivinar que estaba embarazada.

—Tomaré un whisky doble y luego una copa de Pernod —le dijo a Chiara—. Y tres bolsas de patatas fritas con sabor a queso y cebolla.

Chiara volvió del bar con dos vasos de agua Perrier tristemente decorados con unas mustias rodajas de limón y una bolsa de nueces sin sal.

—Se les ha acabado el whisky y el Pernod, así que tendrás que tomar esto —dijo.

Harriet asintió con la cabeza sombríamente.

—Buena idea.

Bebieron a sorbos en silencio durante un rato, escuchando los molestos chirridos y la musiquilla de la máquina de preguntas de cultura general con la que alguien estaba jugando en el rincón del fondo.

—¿Te apetece echar una partida al billar? —dijo Chiara por fin.

—Vamos —contestó Harriet.

Las dos eran igual de ineptas y tardaron una eternidad en aplicar tiza al taco y colocar las bolas formando un triángulo más o menos bien proporcionado. Chiara hizo el saque y las bolas rodaron por toda la mesa, aunque ninguna de ellas se acercó siquiera a uno de los agujeros.

—Me tienes preocupada —le dijo a Harriet.

—No, eres tú la que me preocupas a mí —respondió su amiga, inclinándose sobre la mesa de billar y tratando torpemente de darle a la bola blanca.

—Qué horror —dijo Chiara—. Ni la has rozado.

—Ya lo sé. ¿Puedo intentarlo otra vez?

Esta vez consiguió que la bola blanca rodara despacio por la mesa y, como por obra de la intervención divina, giró ligeramente y metió la bola roja en el agujero.

Harriet agitó su taco en el aire.

—¡Sí! Lo conseguí —anunció al pub prácticamente vacío y se inclinó para realizar el siguiente tiro—. Estaré bien, Chiara —dijo, asestando un golpe más fuerte a la bola—. Cuando me enteré de que estaba embarazada lo pasé muy mal. Tardé un tiempo en tomar la decisión de tener a la niña, por eso no pude decírtelo antes. Pero ahora estoy segura de que me encontraré bien. Eres tú la que me preocupa.

—¿Por qué?

—Estás sola. Tu relación con Paolo parece que se está yendo al garete y todavía no sabes quién es tu padre. Me siento culpable. No te habrías metido en el lío de Italia si yo no te hubiera dado tanto la lata.

Chiara colocó su taco sobre la mesa y le dio a su amiga un abrazo tranquilizador.

—No te sientas mal, Harriet. Yo también estaré bien. He encontrado a mis abuelos en Italia y he hecho amigos nuevos allí. No me arrepiento de haber ido. Ni siquiera me arrepiento de haberme enamorado como una tonta de Paolo; fue divertido mientras duró.

—Sí, pero yo sé cuál es mi futuro. —Harriet se acarició la barriga—. ¿Sabes tú cuál es el tuyo?

—Voy a hacer un programa de televisión. Por el momento es todo el futuro en el que puedo pensar.

20

La cocina de Pepina había sido tomada al asalto. Había operadores de cámara que levantaban polvo, chicas con auriculares que corrían de un lado a otro dando instrucciones a toda velocidad, y montañas de equipamiento que transportaban de los camiones alineados en el camino de entrada. Como siempre, Paolo estaba en medio de todo, mientras que Pepina permanecía sentada en el nuevo y elegante taburete de la cocina, abanicándose e intentando hacer ver que todo aquel caos no le perturbaba en absoluto.

Chiara se detuvo en la puerta.

—Dios mío —dijo—. Esto es absurdo.

Una chica con un bloc en la mano le soltó un silbido.

—Las entregas, por la puerta de atrás, por favor —dijo secamente mirando el equipaje de Chiara.

—No vengo a entregar nada... Bueno, exceptuándome a mí misma. Soy Chiara Fox.

La chica se sonrojó.

—Lo siento, no te había reconocido —dijo a modo de disculpa—. Pareces otra sin la corona de tomates y el collar de albahaca. Y Paolo había dicho que no sabía a qué hora ibas a llegar. —Se ruborizó todavía más al pronunciar su nombre, bajó la vista rápidamente a su portapapeles y empezó a escribir unas marcas diligentemente.

Justo entonces Pepina alzó la vista y vio a Chiara. Soltó su abanico y se abrió paso a empujones entre el gentío; pasó por delante de las cámaras con las prisas por abrazar a su nieta.

—*Ciao, bella* —dijo, y la besó en las mejillas.

Chiara echó mano de sus nociones de italiano y procedió a disculparse.

—Siento mucho todo esto. No tenía ni idea...

—No te preocupes, no pasa nada —le aseguró ella, y alargó la mano para pellizcarle suavemente la mejilla—. ¡Qué chica tan guapa! —dijo con su fuerte acento italiano. Parecía más mayor y más menuda. Había adelgazado y su rostro había perdido color.

Erminio estaba escondido fuera, a un lado de la casa, dormitando en su silla de mimbre bajo la parra. Rosaria estaba sentada junto a él, escribiendo encima de un grueso libro que mantenía apoyado en su rodilla. Tenía un teléfono inalámbrico en un brazo de la silla y llevaba puestas unas gafas que resbalaban por su brillante nariz. A Chiara le pareció ligeramente más delgada que la última vez que se habían visto, pero también más agobiada.

—Paolo nos ha saturado con las reservas —se quejó, lanzando una mirada acusadora a Chiara—. A menos que Giacomo Salerni pueda construir otras dos cabañas antes de que abramos el mes que viene, estamos perdidos.

—¿Y qué vais a abrir el mes que viene? —preguntó Chiara, confundida durante un instante.

—El negocio turístico que tiene entusiasmado a Paolo. La agenda se está llenando de reservas muy rápido. —Dio unos golpecitos al enorme tomo que sostenía sobre la rodilla—. Desde que salió tu libro de cocina no ha parado de llamar gente diciendo que quiere venir a aprender los secretos de la cocina de *mamma* Pepina. Dios sabe qué pasará cuando mi Paolo salga por televisión. No sé si podré con todo.

—¿Y Pepina, podrá? —inquirió Chiara en tono airado—. Es una mujer mayor, no puede estar de pie enseñando a la gente a cocinar un día detrás de otro.

Rosaria se encogió de hombros.

—Oh, yo la ayudaré, y Paolo también. *Mamma* solo tendrá que picar una cebolla de vez en cuando y adornar la escena con su presencia.

—¿Y Erminio? ¿Le da igual que invadan su casa unos extraños?

Su abuelo oyó que alguien pronunciaba su nombre y abrió los ojos. Vio a Chiara y sonrió.

—¿Qué tal está mi chica? —preguntó, y a continuación soltó una retahíla de palabras en italiano con tal rapidez y exaltación que a ella le fue imposible seguirlo.

—¿Qué ha dicho? —preguntó a Rosaria.

—Oh, a él le parece bien, no tiene que encargarse de ningún trabajo —fue lo que obtuvo por respuesta.

—Sí, pero ¿qué dice de todo esto? —insistió Chiara.

Rosaria le explicó que el entusiasmo que había despertado el libro y el programa de televisión había rebasado San Giulio y había llegado hasta Milán, donde Salvatore, su único hermano varón, vivía con su familia. Volvería a casa para participar de la emoción del rodaje, al igual que sus hermanas pequeñas, Sandra, Giovanna y Claudia.

—Durante años han estado demasiado ocupados con sus trabajos y sus hijos para venir a ver a los viejos. Ahora vendrán todos juntos y a mí me toca buscarles sitio para que duerman y ponerles comida en el plato. Al viejo le hace mucha ilusión, cómo no, sobre todo la idea de ver a Salvatore, que siempre fue su favorito. Y todo le parece bien —repitió Rosaria en tono cansino—. No tiene que encargarse de nada.

La casa estaba tan abarrotada que Chiara no pudo instalarse en su cuarto habitual. El equipo y las cajas de comida estaban allí amontonados, y cuando los retiraran, la habitación la ocuparían Sandra, Claudia o Salvatore.

—Lo siento, supuse que podría quedarme aquí —dijo Chiara, ligeramente desconcertada—. Le dije al encargado de producción que no hacía falta que me reservaran una habitación en un hotel, pero debería habértelo consultado antes.

—Llama al café Angeli —propuso Rosaria, agobiada, agitando el teléfono inalámbrico—. A lo mejor puedes quedarte en el local de Giovanni y Franco.

Antes de que pudiera hacer la llamada, la chica del portapapeles dio con ella.

—Lo siento de veras —dijo—. Espero que no pensaras que hoy íbamos a rodar contigo. Lo único que tenemos programado son tomas de comida para los títulos de crédito del principio, y vamos con retraso.

—Pero puedo quedarme a mirar, ¿no?

—Sí, claro, aunque no creo que sea muy emocionante. Todo el trabajo interesante se hará en posproducción.

A Roger, el director, se le había ocurrido una idea para los títulos de crédito de la cabecera que requería usar una secuencia de fotografías para que pareciera que la comida de Chiara era devorada y los platos rebañados por una fuerza invisible y voraz.

Mientras observaba cómo preparaban la primera toma, Chiara reprimió un ataque de remordimiento. Había echado a perder la tranquilidad de aquel lugar con su libro. Había cambiado las vidas de todo el mundo y no estaba segura de si el cambio había sido a mejor. Únicamente Paolo parecía realmente feliz.

Ese día no le había visto cuando el autobús había entrado en la piazza. Se había asomado a la ventana, medio esperando que estuviera en el lugar donde solía encontrarse, saludándola con la mano y lanzándole besos, pero por lo visto estaba demasiado ocupado para perder el tiempo esperando en una parada de autobús.

—Tu hermano Paolo es guapísimo —le dijo la chica del portapapeles—. ¿Es soltero? Todas las chicas del equipo están locas por él, ¿sabes? Están haciendo apuestas para ver quién consigue besarlo primero.

—No es mi hermano, es mi primo... y antes era algo así como mi novio —dijo Chiara.

—Ah, ¿de verdad? Lo siento, no lo sabía. —La chica rió nerviosamente—. Pues entonces yo no le quitaría el ojo de encima. Tienes muchas competidoras.

Para entonces el equipo ya estaba casi listo para empezar a rodar. El cámara apuraba su café y despachaba un pedazo de *calzone* relleno de finas lonchas de *prosciutto* que Pepina había horneado para el equipo. Una decoradora había preparado un pan plano y redondo que reposaba orgullosamente sobre la mesa de madera de pino y lo estaba espolvoreando con harina. Solo había una pega. A Roger le había dado un berrinche.

—No, no, no —gritaba en medio de la cocina—. No queda bien.

—¿Qué es lo que no te gusta? ¿El pan no tiene la forma adecuada? —dijo la pobre decoradora, horrorizada.

—No, no es eso —respondió él.

—¿Es la vajilla que estamos usando? Cuando estábamos en Inglaterra le diste el visto bueno.

—No, la vajilla está bien —dijo él mirando los platos azules y amarillos pintados a mano que había encima de la mesa de madera de pino. Entonces se dio un golpe en la frente como haría un mal actor—. Es la maldita mesa. No es lo suficientemente rústica. Hay que cambiarla. No tiene el aspecto adecuado. No me recuerda una cocina italiana. Consígueme otra más estropeada.

Nerviosa, la chica de los auriculares consultó el plan de trabajo.

—Esto va a retrasar el programa, Roger —le advirtió—. Y si nos retrasamos, nos pasaremos del presupuesto.

—No puedo trabajar con esta mesa —insistió el director, y salió de la habitación como un huracán, gritando por encima del hombro—: Te doy una hora para encontrar otra.

Chiara vio a Paolo. Estaba muy guapo y parecía totalmente relajado, rodeado de las cámaras y el equipo. Ella casi se alegró del retraso, pues le brindaba la oportunidad de volver a hablar con él. Pese a todo lo que Paolo le había dicho aquel día en la pizzería, Chiara se negaba a creer que se hubiese vuelto frío con ella tan rápidamente.

—Ah, *bella*. —Por fin reparó en ella y la recibió con una tibia sonrisa—. Este Roger es increíble, ¿no crees? Está en todo. Me parece que nuestro programa está en buenas manos.

Chiara se preguntó desde cuándo la serie de televisión dedicada a ella se había convertido en «nuestro programa». Vio el atractivo rostro de Paolo que la miraba desde un monitor en la esquina y se dio cuenta de que los espectadores lo adorarían.

—¿Tienes un minuto? —susurró—. ¿Podemos hablar fuera?

—Claro, cómo no —respondió él, y salió detrás de ella hacia el huerto. Una vez fuera, lejos del equipo de televisión, le cogió las manos y le rozó las mejillas con las suyas—. ¿Qué pasa, *cara*? —preguntó, solícito—. No pareces muy contenta.

—No es «nuestro programa», Paolo, es *mi* programa —le espetó Chiara.

—Ya lo sé, lo siento. Estoy trabajando duro. —Le dedicó una sonrisa triste—. Estoy haciendo un montón de cosas al mismo tiempo y es agotador. Tengo más cosas en las que pensar además del programa y el negocio turístico. Puede que también tenga éxito en la fotografía. Las fotos que aparecieron en tu libro han tenido una acogida increíble y a lo mejor me ofrecen más oportunidades de trabajar.

Chiara empezó a darse cuenta de algo poco a poco. ¿Quizá

Paolo la había estado engañando durante todo aquel tiempo? ¿Tenía razón Giovanni?

—Tantas oportunidades... —discurrió ella—. Y no se te habría presentado ninguna de no haber sido por mí y mis libros, ¿verdad? El negocio, las cabañas, tus quince minutos de fama.

—Así es, y es una locura. Todo está pasando muy rápido y tengo que aprovecharlo al máximo, ¿no crees? Para ser sincero, tengo un poco de miedo, Chiara.

—¿Miedo de qué? —preguntó ella bruscamente.

—*Mamma* no para de decirme que estoy abarcando demasiado. Y puede que tenga razón. Cuando lleguen todos esos turistas y llenen este lugar, ¿podrá con todo nuestra familia? No estoy seguro. A lo mejor he cometido un gran error invirtiendo tanto en esas cabañas.

Parecía seriamente preocupado y, a su pesar, Chiara se ablandó.

—Puedo quedarme por aquí cuando haya terminado el rodaje. No tengo que marcharme corriendo a Londres. Tal vez pueda ayudarte.

Paolo sonrió.

—¿Lo harías? Sería estupendo. Y a lo mejor, cuando todo esté bajo control, tengamos un poco más de tiempo para estar juntos. Todavía somos buenos amigos, ¿no?

Paolo le dio un estrujón y Chiara sintió un cosquilleo en el estómago. Por mucho que lo pretendiese, todavía no era del todo inmune a él. Entonces se dio cuenta de que Paolo parecía distraído. Estaba mirando por encima de su hombro a Giacomo Salerni, que estaba recostado contra una de las cabañas a medio construir, dormitando bajo el sol.

Paolo maldijo enérgicamente en italiano y, tras soltar a Chiara, se marchó a grandes zancadas para darle una sorpresa desagradable al albañil que tenía contratado.

21

Cuando Chiara consiguió llegar a San Giulio ya era tarde y se estaba haciendo de noche. En la parte de fuera del café Angeli había un grupo de adolescentes apoyados en sus motos, gorjeando como pájaros excitados mientras admiraban mutuamente su ropa y sus joyas.

En el interior, Giovanni estaba en su puesto habitual, detrás de la barra de acero inoxidable, mientras que Franco jugaba a cartas con sus amigos en la mesa del rincón.

En aquella ocasión Chiara recibió una bienvenida más cálida que nunca, pero Giovanni le sostuvo la mano antes de que ella pudiera preguntar si le permitían alojarse en la habitación de las visitas.

—Antes de que digas nada —comenzó—, cuando Paolo nos lo preguntó le dijimos que no, y te vamos a dar la misma respuesta que a él.

Chiara se sintió muy mal.

—Mira, no te preocupes. Puedo encontrar un hotel o una *pensione*, o algo por el estilo. No quiero abusar de la amabilidad de nadie y puedo...

Giovanni hizo otro gesto con la mano e interrumpió la frase de Chiara a la mitad.

—Espera un momento, creo que estamos hablando de cosas distintas. Yo creía que ibas a preguntarme si podíais rodar parte de vuestro programa en el café Angeli, que es lo que quería Paolo.

Ella se sintió horrorizada.

—Dios mío, no. No les dejéis venir a rodar aquí. Son terribles.

Giovanni se echó a reír.

—No te preocupes, aunque me plantease la idea, Franco no querría ni oír hablar de ello. Pero tú venías por otra cosa. ¿Necesitas un sitio donde quedarte?

Ella asintió con la cabeza.

—Sí, pero he sido un poco caradura viniendo a pedíroslo. Buscaré un hotel o...

—Chiara, Chiara, claro que puedes instalarte aquí, y puedes quedarte con nosotros todo el tiempo que quieras. A Franco le hará mucha ilusión... siempre que no traigas contigo a ningún cámara. —Sonrió mirando a su padre—. Papá ni siquiera ve la televisión, dice que todo lo que dan es basura. En casa solo escuchamos un poco de ópera y las noticias de la radio.

—Me parece perfecto. La verdad es que solo han estado rodando la mitad del día y yo ya estoy harta de todo. Aunque a Paolo le encanta. Creo que él tiene más madera para la televisión que yo.

—Sí, parece muy emocionado —asintió Giovanni—. Estuvo aquí el otro día y prácticamente no habló de otra cosa. Creía que nosotros querríamos participar en su negocio turístico, pero papá tampoco quiere oír hablar de ese tema. Dice que en el café Angeli estamos contentos con las cosas tal como están.

Chiara se puso un delantal y ayudó a servir a los escasos clientes que había. Era una noche tranquila y tuvo tiempo para charlar con Giovanni y ponerse al día de los chismes del lugar. Parecía como si él estuviera al corriente de todas las cosas de interés que ocurrían en el pueblo.

—Han metido a Lucia, la hermana de Pepina, en una residencia de ancianos —le contó—. Pobrecilla, le gustaba tanto su apartamento... Nadie creía que conseguirían moverla, pero se estaba volviendo tan senil que ya no era seguro dejarla allí sola.

»¿Qué más? Ah, Gina Rossi ha cerrado el puesto de limonada que tenía en la esquina de la piazza. Solo Dios sabe lo vieja que es, puede que tenga cien años. Dice que ya no tiene fuerza para pasarse todo el día exprimiendo limones, y ningún joven está interesado en hacerse cargo del negocio.

»¿Y te has enterado de lo de Giacomo Salerni? —Los ojos de Giovanni centellearon—. Se ha dedicado a contar por todo el pueblo que Paolo es un moroso. Por lo visto se empeña en usar los materiales más baratos y nunca le paga a Giacomo su sueldo a tiempo.

—Lo dices solo porque Paolo no te cae bien —bromeó Chiara.

—¿Yo? No tiene nada que ver conmigo —dijo Giovanni, todo inocencia—. Me limito a contarte lo que ha estado diciendo Giacomo. Pero papá cree que esas cabañas están tan mal construidas que es probable que se acaben desplomando encima de los turistas de Paolo.

—Entonces, ¿las ha construido sin los permisos necesarios?

—No me preguntes. Yo no sé nada —dijo Giovanni riéndose.

Los días se sucedían en una agradable rutina. La locura de la vida delante de las cámaras se veía contrarrestada cada noche por los momentos relajados que compartía con Giovanni y Franco. Algunas noches estaba tan aturdida que solo tenía ganas de darse un baño y acostarse temprano. Otras veces echaba una mano en el café durante un par de horas y entretenía a los dos hombres con las anécdotas del día.

Se sentía muy próxima a ambos. Aunque sus nociones de italiano seguían siendo francamente insuficientes, ella y Franco se entendían con una mezcla de lenguaje de signos y sonrisas. El anciano irradiaba calidez y afecto.

Y Giovanni... bueno, él era especial. Por muy cansada que Chiara estuviera, el día no le parecía completo hasta que no hablaba unos minutos con él antes de darse un baño y meterse en la cama. Su conversación la calmaba. Ejercía el hábil efecto de un masajista sobre los nudos de su espalda y los calambres de su cuello. Todos los días esperaba con impaciencia el momento en que pudiera sentarse y refrescarse con una rodaja de sandía y la compañía de Giovanni.

Roger, el director de televisión, había sido implacable. Había rodado escenas de ella y Paolo cavando en el huerto, chamuscando pescado en la lumbre de Pepina y comprando ingredientes frescos en el mercado. Tenía imágenes de ambos dándose de comer el uno al otro con un tenedor, había captado a Erminio entrando a hurtadillas en la cocina para darse un pequeño festín y tenía pensado rodar una gran escena final en la que apareciera la familia al completo disfrutando de una larga comida italiana en la mesa de debajo del limonero. Pero por muchos berrinches que le dieran, había una toma que no podría conseguir. Franco se negaba a dejar que una sola cámara entrara en el café Angeli.

—Viejo chiflado —se quejó Roger—. Tiene todas esas increíbles pinturas en las paredes. Lo normal sería que quisiera lucirlas. Paolo, Chiara, tiene que haber algo que podáis hacer. Hablad con él, ofrecedle más dinero.

—Lo hemos intentado, lo hemos intentado —aseguró Paolo—. Tú también se lo has pedido ¿verdad, Chiara?

—Sí —mintió ella—. Pero tampoco está dispuesto a hacerlo por mí.

Aquella mañana llegó otro sobre para Chiara, esta vez de

Janey. «Más padres para ti», había escrito claramente en la parte de delante. Todavía no había tenido tiempo de abrirla, pero en cuanto terminara el rodaje del día iría directamente a casa de Franco para averiguar qué había dentro.

Franco vivía a la vuelta de la esquina del café Angeli, en uno de los pocos edificios de estilo antiguo que quedaban en pie en el pueblo. Construido alrededor de un pequeño patio, estaba lo bastante destartalado para poseer encanto. El interior estaba lleno de grandes muebles pasados de moda, aparadores y sillas labradas; todos ellos eran regalos de boda que les habían hecho a Franco y a su mujer hacía años. La vivienda estaba vigilada por un desaliñado perro de color pardo llamado Bruno, un animal extraviado al que había empezado a dar de comer y del que ahora ya no podía librarse.

Se suponía que Bruno no debía entrar en la casa, pero cuando Chiara llegó los dos hombres se encontraban todavía trabajando, de modo que permitió que el perro entrara y lo subió a su cama para que se acurrucara a su lado.

—Si tú no se lo dices, yo tampoco lo haré —le dijo al perro al oído. El animal se arrimó tanto a ella que Chiara sintió los latidos de su corazón. Rasgó el sobre y sacó la carta de Janey:

> Supongo que son más chalados, pero nunca se sabe. Pete Farrell, del *Sunday Post*, me ha pedido que te diga que su oferta de contratar a un detective privado sigue en pie. Hazme saber si has cambiado de opinión.
>
> El libro sigue vendiéndose bien. He encargado la reedición para que coincida con el estreno del programa de televisión. Me muero de ganas de verlo.
>
> J.

Esta vez solo había algunos faxes y copias impresas de correos electrónicos; Chiara los examinó rápidamente y los descartó. Reservó la única carta para el final; la estrujaba y le daba golpecitos como una niña entusiasmada con un regalo de Navidad. Parecía lo bastante gruesa para contener una foto y un par de hojas de papel de carta de buena calidad.

Mientras trataba de abrirla sintió un estremecimiento. Al principio pensó que el perro, que seguía apretado contra ella, se movía, pero el animal dormía plácidamente; era ella quien temblaba de emoción. Rasgó el sobre con impaciencia y le dio la vuelta. De su interior cayó una foto en blanco y negro. Era la típica fotografía de turista, tomada frente a la Fontana de Trevi; en ella aparecía una chica delgada de pelo moreno con los ojos hundidos y una nariz grande junto a un atractivo chico rubio. Los dos sonreían a la cámara y tenían los ojos entornados debido a la brillante luz del sol. Parecían muy jóvenes.

La carta estaba escrita en una hoja blanca y lisa, y la letra era pulcra y clara. Chiara se sentía prácticamente incapaz de empezar a leerla. Dejó la carta sobre la cama un momento, respiró profundamente varias veces, volvió a cogerla y se fijó en las letras:

> Querida mía:
>
> En tus manos tienes una fotografía en la que aparezco yo, William Smith, y la chica de la que me enamoré, cuyo nombre era Maria Domenica Carrozza. La conocí un día que estaba tomando café en una cafetería que había cerca de la plaza de España. Yo estaba estudiando arte en Roma y me sentía solo. Ella se fijó en mí y fue amable conmigo. Al principio me ofreció su amistad, y luego su amor. Solo llevábamos juntos un par de meses cuando me dijo que estaba embarazada. Sentí el pánico y huí a Inglaterra. Cuando entré en razón y volví a Roma a buscarla, ella había desaparecido. Nadie sabía dónde estaba; parecía que se hubiera esfumado. Entonces me di cuenta de lo poco que sabía de ella. Durante los meses que estuvimos juntos yo fui el que más habló. Incluso desconocía el nombre de su pueblo natal. Todos estos años me he sentido avergonzado

y triste sabiendo que tenía una hija a la que no conocía. Y también me entristecía que Maria Domenica y yo no nos hubiéramos vuelto a encontrar.

Chiara dejó la carta y permitió que las lágrimas que llenaban sus ojos se derramaran por fin. Lloró por Maria Domenica y por aquel extraño, William, pero sobre todo lloró por sí misma. El perro lamió las lágrimas de sus mejillas; luego, leyó las últimas líneas.

> No soy escritor como tú. No estoy acostumbrado a poner mis pensamientos y emociones por escrito, así que me temo que esta carta será de una torpeza lamentable. Me encantaría hablar contigo y verte. Iría gustosamente a tu encuentro si tú lo deseas. Pero creo que te corresponde a ti dar el siguiente paso, querida. Debes decidir si quieres llegar más lejos. Después de todos estos años, puede que sea demasiado tarde para actuar como tu padre, aunque espero que no sea así.
>
> Atentamente,
>
> WILLIAM SMITH

Chiara apoyó la cabeza en el lomo lanudo del perro; el ritmo constante de su respiración y la calidez que desprendía su cuerpo pequeño y grueso la consolaron. Mantuvo la carta sujeta con fuerza en una mano y la foto en la otra. Intentó imaginar a aquel hombre, William Smith, y el aspecto que podría tener ahora. Quería conocerlo, pero no estaba totalmente segura. Se imaginó la vergüenza, los incómodos silencios y el rechazo que podría sentir si él intentaba abrazarla como un padre.

Cuando Giovanni y Franco llegaron a casa, agotados tras la jornada de trabajo, ella seguía tumbada en la cama, con Bruno dormido a su lado. El perro se despertó al oír el sonido de la llave en la cerradura, se irguió y se puso a ladrar, pero era demasiado perezoso para saltar de la cama e ir a investigar.

Giovanni abrió la puerta del cuarto de Chiara y miró alrededor.

—¿Qué está haciendo el perro en casa? Bruno, baja de ahí ahora mismo —dijo, sorprendido ante la visión del perro envuelto felizmente entre las sábanas y los cojines.

—Lo siento, ha sido culpa mía —murmuró Chiara.

El perro puso los ojos en blanco, se escabulló de la cama y salió de la habitación, pero Giovanni no pareció darse cuenta de ello. Miraba fijamente a Chiara, que estaba acurrucada en la cama en posición fetal.

—¿Qué pasa? —preguntó, preocupado.

Ella estiró el cuerpo y le tendió la carta y la fotografía. Giovanni se sentó cautelosamente en una esquina de la cama y las examinó.

—Es una buena noticia, ¿no? —dijo cuando terminó de leer—. Por fin has encontrado a tu verdadero padre.

—Ya lo sé. Pensaba que me sentiría muy bien cuando lo encontrara, pero no es así. Estoy hecha un lío y no sé qué hacer.

—Ve a conocerlo.

—No es tan fácil.

—Sí lo es.

Chiara trató de explicarle cómo se sentía, pero a medida que hablaba las palabras le parecían vacías. Se dio cuenta de que estaba asustada y de que tenía miedo a dar el siguiente paso por si las cosas no salían como ella deseaba.

—¿Qué harías tú en mi lugar? —preguntó.

Giovanni se quedó pensativo. Se puso más cómodo en la cama y se recostó contra uno de los cojines de Chiara.

—Olvídate de mí, piensa en tu madre —dijo—. Puede que fuera testaruda y cabezota y que tomara algunas decisiones equivocadas en su vida, pero era valiente. Nunca le dio miedo lo desconocido. Si ella estuviera en tu lugar, no creo que lo pensara dos veces. Iría a conocer a ese hombre.

Chiara lo miró y se mordió el labio inferior.

—¿De verdad lo crees?

Giovanni se reclinó sobre el cojín y se acurrucó en la cama flexionando las piernas. A continuación devolvió la carta a Chiara.

—Sí —insistió—. Sobre el papel parece buena persona. Y la que sale con él al lado de la Fontana de Trevi sin duda es tu madre. Para serte sincero, Chiara, no tienes otra opción. Si no vas a buscarlo te arrepentirás el resto de tu vida. Has llegado hasta aquí, nos has encontrado a Franco y a mí y a tu familia, ahora solo tienes que dar el último paso.

Giovanni tenía razón, y ella lo sabía. En cuanto el programa de televisión estuviera grabado, iría a conocer a aquel extraño que poseía una pequeña parte de ella.

Giovanni estaba acurrucado en el mismo sitio que había ocupado el cuerpecillo grueso y peludo de Bruno. Si ella se hubiera movido ligeramente, habría podido entrar en calor pegándose a él como había hecho con el perro. A lo mejor él la habría rodeado con sus brazos y habría dejado que Chiara descansara su peso sobre él; el olor amargo de los granos de café tostado mezclado con la fragancia del champú para niños que se ponía en el pelo habrían llenado su nariz.

Pero entonces oyeron la voz de Franco que resonaba por el pasillo y Giovanni se levantó bruscamente.

—Papá me matará —susurró, colocándose con torpeza en el borde de la cama—. Me culpa por haber dejado que Maria Domenica desapareciera de nuestras vidas, y ahora te estoy pidiendo que te vayas.

—Pero yo no me voy a escapar, Giovanni. Siempre sabréis dónde estoy, me aseguraré de ello.

Él la miró con tristeza y balbució:

—Si fuera diez años más joven, no te dejaría marchar. Conseguiría que te quedaras aquí conmigo para siempre.

Se levantó rápidamente, salió por la puerta y desapareció antes de que ella pudiera responder.

Chiara se quedó de piedra. ¿Cómo no se había dado cuenta de que Giovanni se estaba enamorando de ella? Y si se hubiera dado cuenta, ¿qué habría hecho?

Eran demasiadas cosas en las que pensar. Chiara solo podía hacer frente a las crisis emocionales de una en una, y por el momento era William Smith, su auténtico padre, quien aguardaba pacientemente su respuesta. Decidió que escribiría la carta esa noche y la enviaría al día siguiente.

22

En la mesa situada delante de ella se agitaba un vaso de plástico con café poco cargado, y a su lado había una gigantesca galleta con trocitos de chocolate. Chiara se veía incapaz de probar ninguna de las dos cosas. Ojalá estuviera en cualquier otro lugar menos allí, en aquel tren, cruzando a toda velocidad Inglaterra, acercándose cada vez más a un extraño llamado William Smith.

Chiara había leído y releído las palabras de la carta de su padre antes de fijarse en lo más importante: el matasellos y las señas del remitente. Se los había quedado mirando durante un rato, sorprendida, y luego se había echado a llorar. William Smith vivía en Liverpool, en la otra orilla del río donde ella se había criado. ¿Había estado allí todo el tiempo?

Bebió un sorbo de café y frunció el ceño ante su sabor insípido y amargo. Ansiosa por mantenerse ocupada, cogió una carpeta de plástico de su bolso y revisó su contenido por enésima vez. Dentro estaba el dibujo a lápiz que su madre le había hecho mientras Chiara se reía nerviosamente en lo alto del gran tobogán de los baños de New Brighton; la vieja fotografía de boda de Pepina y Erminio tomada antes de que el tiempo y la tristeza se llevaran la juventud de sus rostros, y la foto que le había mandado William en la que él y Maria Domenica posaban juntos al lado de la Fontana de Trevi. Había estado mirando esa última tanto tiempo que podía cerrar los ojos y recordar el menor detalle: los girasoles del vestido de su madre, el feo sombrero del turista sentado en un banco junto a ellos, la espléndida fuente situada detrás de la pareja. Maria Domenica sonreía, pero un examen más minucioso revelaba cierto recelo en sus ojos entornados frente a la luz del sol. ¿Acaso no se fiaba o le desagradaba la persona situada detrás de la cámara? O, lo que era más probable, ¿había empezado a sospechar que se había quedado embarazada cuando se hizo la foto?

Chiara imaginó qué perdida y sola debió de sentirse su madre todos aquellos años, guardando su historia para sí, incapaz de confiar en nadie. Se sentía desleal y furiosa consigo misma. ¿Cómo había podido publicar aquella historia tan íntima para que la leyesen los extraños?

De no haber sido por su obsesión por encontrar a su padre, *La reina de la cocina italiana* habría sido un simple libro de recetas, y no le habría ido nada mal. La gente lo habría comprado igualmente para ver las fotos; lo habrían maldecido el día que hubieran comprado los ingredientes para preparar *pasta e fagioli*, y finalmente lo habrían dejado en el estante con el resto de los libros de cocina.

Pero Chiara no se había conformado con eso. Al destapar los secretos de su madre había intentado triunfar allí donde su madre había fracasado. Había encontrado al hombre que hacía muchos años había posado orgullosamente junto a ella en la Fontana de Trevi. Estaba a punto de conocerlo. A menos que...

Chiara intentó imaginar por un momento lo que habría hecho su madre en su lugar. No resultaba nada fácil, pues Maria Domenica era muy distinta a ella: una persona más comedida, que a veces tardaba en entregarse y a menudo se mostraba demasiado seria. A pesar de lo que había dicho Giovanni, ¿habría acudido ella al encuentro de William? ¿O habría decidido que sus vidas se habían separado tanto que era poco seguro o conveniente que sus caminos volvieran a cruzarse a esas alturas?

De todos modos logró imaginar a su madre, satisfecha solo con saber que su William estaba vivo y se encontraba bien, siguiendo con su vida aunque no pudiera verlo.

Indecisa, miró por la ventana. Había un canal que avanzaba sinuosamente paralelo a la vía del tren, con sus barcazas de vivos colores y sus pequeños puentes con forma de joroba. Era bonito, pero pronto quedó atrás mientras el tren seguía hacia delante a toda velocidad.

Había hecho aquel viaje tantas veces cuando su madre estaba viva... Se tomaba uno o dos días libres en la cocina del restaurante en el que estuviera trabajando, se sentaba en el tren y contaba los lugares que jalonaban el camino hasta su casa: primero, la estación de Watford Junction; luego, la extensión de la región central de Inglaterra mientras avanzaba hacia el norte; de repente, el puente de Runcorn, y ya casi había llegado.

A Alex le gustaba ir a recibirla a la estación de Lime Street y llevarla a casa por el túnel de Wallasey en cualquiera de los coches destartalados y poco fiables que utilizara en ese momento. Cuando llegaba a casa, su madre siempre la estaba esperando en la cocina, y a veces la sorprendía con uno de sus platos preferidos, como las galletas que solía cocer en el horno e inundaban la estancia de un agradable calor.

Un par de días después, cuando debía volver a Londres, Maria Domenica se quedaba en la puerta hasta el último minuto diciéndole adiós con la mano.

—Es tu última oportunidad de despedirte de tu madre —le gustaba decir a Alex al girar la esquina, y cuando Chiara miraba atrás, su madre seguía allí, agitando la mano.

La vuelta a casa ya nunca volvería a ser igual. La muerte se había llevado consigo el mundo cálido y seguro en el que su madre había mantenido siempre a Chiara. Cada que vez que se acordaba de que aquel mundo había desaparecido para siempre, sentía una intensa sensación de soledad y tristeza.

Desenvolvió la galleta de chocolate y le dio un mordisco reconfortante. Al mirar otra vez por la ventana se dio cuenta de que solamente podía seguir un camino. No tenía otra alternativa. Como el tren que iba de la estación de Euston, en Londres, a la de Lime Street, en Liverpool, tenía que seguir adelante.

Las cosas habían cambiado en la alta casa situada junto al río. Alex tenía las páginas de la sección inmobiliaria del periódico esparcidas por todas partes y marcaba anuncios como un loco en busca de chalets o apartamentos.

—¿Estás pensando en mudarte? —preguntó Chiara, sorprendida. Dejó su bolsa de viaje en el suelo y se quitó la chaqueta.

—El mercado inmobiliario se ha vuelto loco —le dijo él—. Este lugar vale ahora una fortuna. He pensado vender la casa, comprar algo más barato y gastar la diferencia en una barca pequeña para que Bob, Tony y yo podamos ir a pescar.

Chiara señaló con la cabeza en dirección a las aguas agitadas y fangosas del mar de Irlanda.

—¿Y qué esperas pescar ahí? —preguntó—. ¿Peces radiactivos?

Él se echó a reír.

—No se trata de coger ningún pez, Chiara. Esa no es la cuestión.

Se sentó a su lado y le cogió la mano con seriedad.

—No me dijiste por qué venías a casa, Chiara. ¿Va todo bien?

Súbitamente enmudecida por las lágrimas que aún no había vertido, sacó la carta de Smith de su bolso y se la entregó.

—Mi padre —logró murmurar.

Alex no abrió el sobre enseguida; lo sopesó en su mano y reflexionó un momento.

—Tiene matasellos de Liverpool —comentó con naturalidad; a continuación sacó las hojas de papel.

Chiara vio como su piel rosada palidecía a medida que leía las palabras de William Smith.

—Lo siento, papá —le dijo—. Esto te está doliendo.

Alex negó con la cabeza, y esta vez fue él quien tuvo que hacer un esfuerzo para romper el silencio. Finalmente se aclaró la garganta y consiguió decir:

—No estoy dolido, solo un poco sorprendido.

—¿Sorprendido? ¿Por qué?

—Por esto. —Señaló la dirección del remitente, en la parte superior de la carta—. Mira lo que pone aquí.

—William Smith, Material artístico Liverpool, Bold Street, Liverpool —leyó Chiara—. ¿Qué tiene de sorprendente?

—Bueno, el caso —dijo Alex lentamente— es que esa tienda es donde solía comprarle a tu madre el papel de dibujo y los lápices.

Chiara meditó sus palabras un instante.

—Oh —dijo débilmente.

—Aunque es probable que haya cambiado de dueño diez veces desde entonces —añadió Alex enseguida—. ¿Qué tienda aguanta durante treinta años con el mismo dueño en estos tiempos?

—Tienes razón —convino Chiara, aunque notaba una sensación opresiva en la boca del estómago que antes no sentía. Se frotó la barriga nerviosamente.

—¿Te encuentras bien? —preguntó Alex.

—He comido una galleta de chocolate enorme en el tren —respondió ella—. No ha debido de sentarme bien.

En realidad Alex no la estaba escuchando. Tenía una expresión de aturdimiento, y sus mejillas todavía no habían recuperado su tono rosado.

—Tu madre fue una vez allí sola —comentó.

—¿A la tienda de material artístico?

—Así es. Dijo que quería ver exactamente el tipo de material que tenían. Puede que quisiera probar en persona las diferentes técnicas o algo por el estilo, no lo sé.

—¿Y...?

—Solo fue una vez. Volvió con las manos vacías y dijo que prefería que fuera yo y le comprara las cosas. Dijo que siempre era como si recibiera un regalo.

Chiara no podía creer que su madre hubiera conseguido ocultarle un secreto tan grande durante tanto tiempo.

—¿Entonces crees que...? —comenzó.

—No lo sé, Chiara. Es posible.

—¿Cómo era él? —insistió ella—. Tienes que acordarte del hombre que te atendía. ¿Qué aspecto tenía?

—No lo sé, Chiara. —Alex tenía una expresión de desconsuelo—. Para serte sincero, no me causó ninguna impresión. Era un tipo normal y corriente. ¿Por qué no te acercas a la tienda? Así podrás comprobarlo tú misma.

23

Él todavía no había intentado besarla ni tampoco tocarla, y ella lo agradecía. Chiara no estaba preparada para aceptar que William Smith fuera su padre.

Había decidido acudir a la tienda de material artístico sin decírselo, para pillarlo por sorpresa. Aquella era la última pieza del rompecabezas, el capítulo final que todavía faltaba por escribir en su libro, y a medida que caminaba por Bold Street y se acercaba a los expositores con postales seudoartísticas colocados alrededor de la puerta de la tienda, redujo el paso.

Miró a través del escaparate. La tienda de William era un lugar estrecho y desordenado. En las estanterías se amontonaban los tubos de pintura, el papel de dibujo llegaba hasta el techo, y cada centímetro del suelo estaba atestado de caballetes de madera y más expositores con utensilios para artistas: barras de pastel, botes de pintura acrílica, pinceles y tintas. Detrás del mostrador, atendiendo a un cliente, había un hombre alto y delgado de rostro duro.

Chiara lo comparó mentalmente con la foto que llevaba en el bolso. Tal vez su pelo, que había disminuido hasta formar solo una capa vellosa, había sido tupido y rubio en su día; y sus mejillas, que ahora estaban cubiertas de arrugas, habían sido suaves en otro tiempo. Puede que de joven se pareciera al hombre que había posado delante de la Fontana de Trevi rodeando a su madre con un brazo. No estaba segura.

Se quedó mirando por el escaparate mientras los clientes entraban y salían. Aunque deseaba atravesar la puerta, parecía como si sus pies se negaran a dar un paso adelante.

Apostada en la acera, observó y esperó a que los últimos clientes se hubieran marchado, la puerta estuviera cerrada, y el letrero amarillento de cierre colgara en lo alto. Entonces, sintiéndose débil y estúpida, se largó a casa junto a Alex, como una cobarde; él le preparó té y le ofreció su apoyo y su comprensión, pero al final, cuando Chiara se disponía a subir a su antigua habitación en el piso superior de la casa, en la voz de Alex percibió un tono más severo y le dijo:

—Tienes que volver mañana, lo sabes, querida. Has llegado hasta aquí, no puedes renunciar ahora.

De modo que lo consultó con la almohada y cuando se despertó por la mañana su miedo prácticamente había desaparecido y lo había sustituido algo más parecido a la ira. Tomó de nuevo el autobús que atravesaba el canal del Mersey hasta Liverpool; esta vez avanzó por Bold Street con paso enérgico y no redujo la marcha al acercarse a la tienda. Tratando de pasar desapercibida, entró rápidamente en el local y, medio oculta tras un caballete, fingió observar con atención unos botes de pintura. Cuando consideró que no corría ningún riesgo, se acercó con sigilo para mirar más de cerca al hombre situado detrás del mostrador y le pareció encontrar semejanzas consigo misma: sus grandes ojos y su boca generosa al sonreír para despedirse de un cliente, o sus dedos anchos que pulsaban las teclas de la máquina registradora.

El hombre alzó la vista y sus miradas se encontraron.

—Buenos días. ¿Disfrutando de la mañana?

Ella se sonrojó, asintió con la cabeza y, sintiéndose acobardada, se escabulló de la tienda tan pronto como pudo.

Mientras tomaba un café en una cafetería situada al otro lado de la calle, se despreció por su cobardía y meditó el siguiente movimiento. ¿Debía volver allí como si nada y presentarse? ¿O debía marcharse corriendo a casa en busca de la seguridad de Alex? Estaba apurando el café cuando oyó que alguien que estaba cerca de ella se aclaraba la garganta.

—Disculpa —dijo una voz de hombre profunda.

Ella alzó la vista. William Smith estaba en la puerta, indeciso.

—Eres Chiara, ¿verdad? —dijo.

—¿Cómo lo has sabido? —preguntó ella, con una voz repentinamente ahogada por la timidez.

Él sonrió.

—Vi tu foto en el *Sunday Post.* Te he reconocido por eso.

Se quedaron mirándose el uno al otro durante un momento y de repente Chiara se acordó de sus modales.

—¿Quieres sentarte y tomar un café conmigo? —preguntó. Llevaba tanto tiempo pensando en aquel hombre..., y ahora lo tenía allí, justo delante de ella.

Su padre tenía los ojos cansados y su fino cabello sobresalía de su cabeza en forma de pequeños mechones, como siempre le había ocurrido a ella. Cuando se tiró del pelo con ansiedad, ella reconoció su propio tic nervioso. Se vio a sí misma en la línea de su mandíbula, en la franqueza de su cara, en la naturalidad de su sonrisa. Resultaba maravilloso pero extraño. Apenas sabía cómo debía sentirse.

—Solo tengo quince minutos —dijo él, optando por el asiento situado enfrente de ella—. Una amiga me está vigilando la tienda, pero no puede quedarse mucho rato.

Se hizo un silencio incómodo. Chiara le sonrió, pero era incapaz de dar con las palabras adecuadas.

—Mi madre te estuvo buscando —soltó finalmente—. Se pasó años recorriendo New Brighton con la esperanza de ver tu cara.

Él apartó la vista y se ruborizó.

—Lo sé. He leído tu libro. Lo siento.

—Se esforzó mucho por encontrarte antes de casarse con Alex.

—Lo sé —dijo él, incapaz de mirarla a los ojos.

—¿Pensabas en ella alguna vez? ¿O en mí? —Chiara se estaba poniendo furiosa.

—Sí, claro que pensaba en vosotras. Fui un estúpido y un irresponsable, pero no soy un monstruo. No soy insensible. —Se detuvo un instante y bajó la voz—. Para serte sincero, al cabo de un tiempo intenté no pensar en vosotras. Me hice mayor, me casé, tuve dos hijos y parecía que la vida pasaba a una velocidad increíble.

—¿Tengo hermanos? —Abrumada, Chiara sintió que empezaba a ablandarse.

—Sí, David y Mark. Mi matrimonio se rompió, pero sigo viéndolos. Ya saben de tu existencia.

—¿Se parecen a mí?

Él sonrió.

—Tienen tus ojos y tu pelo.

—¿Quieren conocerme? —Ahora estaba ansiosa.

Él negó lentamente con la cabeza.

—Es una situación delicada. Aún no me han perdonado por haber dejado a su madre. No están preparados para aceptar que yo tuviera una hija con otra mujer antes de que ellos nacieran.

—Veo que sigues dejando a las mujeres —dijo ella mostrándose insensible.

—No. —Él bajó la vista hacia su café, que empezaba a enfriarse, pero no lo probó—. No fue así. He cometido errores. Nunca debí dejar a tu madre. Nunca debí casarme con mi mujer. —Tendió las manos con las palmas hacia arriba—. Todo el mundo comete errores, ¿no es así? —Esperó en silencio una respuesta.

Chiara reflexionó detenidamente. Escogiera las palabras que escogiera, serían de gran importancia. Formó la frase en su cabeza como si estuviera hablando en una lengua extranjera.

—Lo entiendo —dijo por fin—. Pero no puedo perdonarte. No es tan fácil.

Cuando los quince minutos de William se agotaron, Chiara accedió a volver a verlo más tarde, cuando hubiera cerrado la tienda. Él propuso que cenaran en el café.

—Creo que te gustará la comida —le dijo, claramente aliviado de encontrar refugio en las bromas.

Despedirse de William Smith le resultó casi tan difícil como saludarlo. Chiara tenía la esperanza de que lograran romper la tensión que había entre ambos. Deseaba con todas sus fuerzas agradar a su padre. Pero, lo que era más importante, necesitaba saber que existía una razón, una buena razón, por la que no había intentado encontrar a la mujer a la que había abandonado y a la niña que sin duda sabía que ella debía de estar criando.

De todos los platos que había probado, aquella cena era la más extraña. No era un problema de la comida, pues estaba muy buena. ¿Cómo iba a quejarse del plato grande lleno de sopa de puerros cocidos a fuego lento, brécol, beicon, piñones y fideos que le sirvieron? También había una ensalada con generosos trozos de parmesano y un cesto de pan para rebañar el caldo salado de la sopa.

Para alivio de Chiara, la conversación fue fluida. Le contó a William su infancia en la casa de Egremont Promenade, su vida en Londres y las experiencias que había vivido en San Giulio.

Pero lo que callaba era más importante. Era la primera vez que se sentaba a cenar con su padre y tenía la sensación de que la velada pasaba volando; retiraron los platos de pasta y les trajeron los cuencos de pudin sin que estuvieran tratando los detalles de los que realmente tenían que hablar.

—Entonces, ¿tu madre no llegó a ver tu éxito? —estaba diciendo William en ese momento, mientras le hincaba el diente a su tarta de limón—. ¡Qué lástima!

Una y otra vez él intentaba desviar la conversación lejos de Maria Domenica. Escuchó con incomodidad la descripción que Chiara hizo de la vida de su madre después de que él la abandonara. Se dedicó a juguetear con su taza y con el azucarero mientras ella rememoraba los viajes en transbordador a través del río Mersey y le describía el café de los baños de New Brighton en el que su madre había trabajado para los Leary incluso mucho después de que ya no necesitara el dinero. Se quedó pensativo cuando ella le habló de la intensidad del amor que Alex había sentido por las dos y se frotó los ojos húmedos cuando ella le relató con todo lujo de detalles los últimos meses de vida de su madre.

—Qué triste es todo —dijo cuando ella acabó—. Quién habría dicho que las cosas iban a ser así.

Entonces, tras hacerse de rogar un poco, le contó a Chiara la historia que ella no conocía: cómo había conocido a Maria Domenica en el café próximo a la plaza España. Él era un estudiante que acababa de llegar a Roma de Florencia, donde había estado estudiando el arte y la arquitectura del Renacimiento. No conocía a nadie en la ciudad ni tenía demasiado dinero.

—Cada día me daba el gusto de tomar algo en aquel café, pero lo hacía de pie en la barra porque no podía permitirme sentarme a una mesa. Creo que tu madre se dio cuenta de lo solo que estaba. Siempre encontraba tiempo para hacer un alto y cruzar unas palabras conmigo.

—¿De qué hablabais?

—Yo solía dibujar edificios y caras de personas, y a Maria Domenica le gustaba mirar mi cuaderno para ver en qué había estado trabajando. Era una chica guapa y yo ya estaba medio enamorado de ella. Así que cuando me comentó que los días que libraba le gustaba visitar las galerías del Museo Vaticano, me ofrecí a ir con ella. Entonces me preguntó si le podía ayudar con el inglés y eso nos permitió acercarnos más. Pero yo no la seduje. Lo cierto es que tenía tan poca experiencia en esa materia como ella. Supongo que por eso se quedó embarazada tan rápido. Ninguno de los dos sabía realmente qué estábamos haciendo.

—¿Y qué pasó cuando ella se quedó embarazada? —Aquel era el meollo del asunto, lo que ella necesitaba saber.

Él guardó silencio un momento. Se la quedó mirando y luego apartó la vista.

—No es algo de lo que me sienta orgulloso —dijo en voz baja.

—Cuéntamelo —le apremió ella.

—Maria Domenica me dio la noticia una tarde —comenzó en tono vacilante—. Habíamos ido de paseo y estábamos sentados al lado de la Fontana de Trevi mirando cómo los turistas tiraban monedas. Ella parecía tranquila, distraída, y de repente lo soltó. Estaba embarazada. Estaba segura de ello. Entonces se echó a llorar, yo la abracé y le murmuré algo que no recuerdo, algo tranquilizador, supongo, pero por dentro sentía pánico. Esa noche me hizo subir a escondidas a su habitación, encima del café, y nos quedamos horas despiertos, hablando y haciendo el amor. A la mañana siguiente ella se levantó temprano para ir a trabajar y yo me quedé en su habitación hasta asegurarme de que no había moros en la costa y podía salir de allí sin que nadie me viera. Volví a mi *pensione*, guardé mis cuadernos y mi ropa en una maleta y me marché. Huí. No recuerdo lo que me pasó por la cabeza ese día, aparte del miedo y el pánico que sentía. Solo pensaba que era demasiado joven para ser padre y quería poner toda la distancia posible entre el enredo en el que me había metido y yo.

Chiara tenía los ojos llorosos y dejó que las lágrimas cayeran, pues no se sentía con la fuerza necesaria para enjugárselas.

—Piensa en cómo debió de sentirse ella. ¿Te lo puedes imaginar? —le preguntó cuando se atrevió a volver a hablar—. Debió de esperar todo el día a que fueras al café. Durante días debió de preguntarse dónde te habías metido. A lo mejor incluso anduvo por Roma buscándote en las galerías y los museos. Me pregunto cuánto tardó en darse cuenta de que no ibas a volver.

William permaneció sin decir nada, con expresión angustiada.

Ella trató de no sentir odio por él, intentó comprenderlo.

—¿Llegaste a quererla de verdad? —preguntó.

—Sí, la quería —respondió él en voz queda.

A Chiara solo le quedaba una pregunta por hacer. Se resistía a formularla. Quería darle a William la oportunidad de que hablara libremente. Pero había apurado su chocolate caliente y él no mostraba la menor intención de tocar el tema.

—Entonces, ¿estuviste aquí todo el tiempo? —preguntó por fin.

Él asintió con la cabeza tristemente.

—¿Mientras mi madre y yo paseábamos por las calles de New Brighton tú estabas al otro lado del río? —dijo, aturdida.

—Estaba aquí —asintió él—. Al otro lado de la calle, en la tienda de material artístico. Era el negocio de mi tío y cuando volví de Roma me dio trabajo aquí. Luego, cuando él se jubiló, le compré el negocio. Y desde entonces he estado aquí.

Chiara esperó un instante, consciente de que sus palabras podrían destruir la amistad que habían entablado.

—Mi padre solía venir aquí a comprarle cosas a mi madre —dijo por fin.

Él vaciló, desconcertado.

—¿De verdad?

—Sí, vino muchas veces.

—Qué extraño, ¿verdad? Menuda coincidencia.

—Sí, ¿y sabes qué es más extraño? Que mi madre también vino aquí una vez. —El tono de sus palabras era acusador—. Debió de verte.

Él suspiró y se mostró disgustado.

—Te vio, ¿verdad?

Él asintió con la cabeza lentamente.

—¿Y entonces? Sabías que ella estaba aquí. Tuviste que enterarte de que yo estaba con ella.

William intentó tranquilizarla.

—No me culpes, Chiara —dijo en voz baja, acercando su cabeza a la de ella—. No todo fue culpa mía.

Ella se apartó de él bruscamente, retiró su silla con tanta fuerza que las patas chirriaron contra el suelo de hormigón pulido y la camarera alzó la vista, sorprendida.

—¿Cómo que no fue culpa tuya? —preguntó airadamente—. ¿Quién más pudo tener la culpa?

—Mira —comenzó a decir, pero justo entonces apareció la camarera con la cuenta. William le entregó su tarjeta de crédito y le indicó con un gesto de la mano que se marchara—. Mira, es verdad que vino una vez. Fue horrible. No sé quién de los dos se quedó más sorprendido, si tu madre o yo.

—¿Y bien? —le instó Chiara.

—Me habló de ti, por supuesto. Me enseñó su anillo de boda y me dijo que había encontrado un padre maravilloso para ti. Estaba furiosa. Apenas me dejó hablar. Y desde luego no quería que yo formara parte de su vida... de ninguna de vuestras vidas. Luego se dio la vuelta, se marchó de mi tienda hecha una furia y no volví a verla nunca más.

—¿Y no corriste detrás de ella? ¿No intentaste encontrarla?

—Chiara, me quedé de piedra. Lo último que esperaba era

volver a verla. Y tenía mujer e hijos. Ninguno de ellos sabía de ti. ¿Es que no ves lo difícil que era para mí?

—Durante todo ese tiempo —dijo ella con voz vacilante— estuviste a un lado del río y mi madre al otro. Los dos guardasteis vuestro secreto, sin pararos a pensar qué era mejor para mí.

La camarera volvió. William firmó el recibo sin molestarse en mirarlo con detenimiento.

—No es justo —dijo, centrando de nuevo su atención en Chiara—. No es justo para mí ni para tu madre. Me dijo que las dos erais felices sin mí y yo no quería echarlo a perder. ¿Las cosas habrían mejorado para ti si hubieras sabido que yo estaba aquí?

Chiara se encogió de hombros. Tenía la cara contraída, su boca era una fina línea, y sus ojos parecían dos piedras.

—Debes de ser un hombre muy débil —fue todo lo que dijo.

—¿Débil? Puede que lo sea. He hecho muchas cosas de las que me arrepiento. Pero no me arrepiento de no haber seguido a Maria Domenica el día que vino aquí. Entonces ya era demasiado tarde para nosotros. Nos habíamos casado con otras personas, habíamos empezado una nueva vida por separado.

—¿Y yo?

—Sí, ya lo sé, lo siento. Pero ahora tenemos una oportunidad, ¿no? Quédate en Liverpool un tiempo y conozcámonos como es debido. Intentémoslo. Creo que merece la pena, ¿no te parece?

Chiara deseaba intentarlo. Deseaba arrojarse a sus brazos y entregarse a él por completo como había hecho con todos los hombres de su vida. Pero había algo que la frenaba. Tal vez fuese la lealtad a su madre. O tal vez simplemente no estaba segura de que William Smith fuera el padre que ella deseaba, el padre con el que había soñado y en el que había pensado durante todos aquellos años mientras crecía al otro lado del río.

De repente negó con la cabeza.

—No va a ser tan sencillo —dijo ella con cierta tristeza—. Has sabido de mí desde hace años y no has hecho nada. No puedes esperar que ahora me convierta para ti en una hija simplemente por un capricho.

—No es un capricho... —comenzó él, pero la camarera les había traído las chaquetas y ya no había motivo para que siguieran sentados más tiempo. Se levantaron y fueron hasta la puerta; una vez en la calle se despidieron fríamente y con embarazo.

—¿Volveré a verte? —preguntó William en tono casi desesperado.

—Sí, pero no sé cuándo —respondió Chiara sinceramente, dando un paso atrás cuando él intentó rodearla con un brazo.

—No te separes de mí así —le rogó su padre.

Chiara estuvo a punto de rendirse. Entonces se imaginó a su madre corriendo Bold Street abajo, sabiendo que por fin había encontrado a su William pero que ya era demasiado tarde. Se endureció ante el hombre alto de aspecto cansado que tenía delante.

—Por favor, no esperes demasiado de mí. —Señaló con la cabeza en dirección al escaparate con las luces apagadas de la tienda—. Ahora ya sé dónde estás. Te llamaré, volveré para verte... solo te pido un poco de tiempo.

Cuando se alejó de él y recorrió las calles atestadas en busca de un taxi, Chiara se sentía agotada, triste y todavía un poco enojada, pero sobre todo sola. De algún modo había imaginado que cuando conociera a William Smith la parte de sí misma que había quedado vacía desde la muerte de su madre se vería colmada, y que al encontrarlo se sentiría plena. Ahora la promesa que suponía su padre se había desvanecido y se sentía más vacía que nunca.

Quería escapar de Liverpool; dejar atrás la ciudad y a aquel extraño que era su padre. Durante unos segundos pensó que se echaría a llorar. Luego su cabeza pareció aclararse y se dio cuenta de que solo había un lugar donde realmente deseaba estar. Un lugar donde en el fondo sabía que podía experimentar la auténtica sensación de calidez y seguridad de sentirse en casa.

24

Cubierta con un sombrero de paja de ala ancha que tapaba su pelo moreno, Harriet parecía totalmente cómoda sentada a la larga mesa de debajo del limonero. Encima de su rodilla había un bebé regordete y en su mano un vaso de vino, y quizá alrededor de sus ojos había unas arrugas de cansancio que meses atrás no estaban allí.

—Vamos, Chiara, me estoy muriendo de hambre. Date prisa —gritó en dirección a la cocina.

Erminio, que pese a no entender las palabras que ella había pronunciado había comprendido su significado, rió con ella en señal de aprobación y se dio unas palmaditas en su barriga redonda.

Iba a celebrarse una boda. Las personas más importantes de su vida iban a estar presentes y Chiara iba a prepararles una gran comida en la cocina de su abuela.

Para empezar, una sopa de marisco con tinta de calamar y tomate, llena de mariscos y tentáculos que flotaban dentro. Alex pareció dudar al verla, pero Franco le animó a que probara un poco con una cuchara y luego dijo que no le desagradaba en absoluto.

Iba a celebrarse una boda y todo el mundo parecía feliz.

Todavía era primavera, pero Chiara había insistido en que hacía suficiente calor para comer fuera. Había extendido un mantel a cuadros rojos y blancos sobre la mesa de madera de pino rayada y había puesto encima cestos con pan dorado hecho por Pepina y jarras llenas de su peculiar vino tinto.

Su abuela se había negado a dejarla cocinar sola y la había estado vigilando: le daba una palmada con su mano experta de vieja cocinera cuando consideraba que Chiara estaba echando demasiado aceite en la sartén o se estaba quedando corta con la sal.

Así era como le gustaba cocinar a Chiara, despreocupadamente, cogiendo una pizca de aquí y un poquito de allá. ¿A quién le importaba si los platos que preparaba no sabían nunca igual? Aquella comida había sido hecha para aquel preciso momento, para la gente que había allí fuera reunida en el patio polvoriento, la única que realmente le importaba.

Harriet había ido sola a San Giulio.

—Eduardo se ha quedado cuidando de La Oficina —declaró. A Chiara le pareció detectar una leve nota de desencanto en su voz, pero no insistió.

En cuanto a Alex, estaba conmovido de encontrarse allí, en la tierra en torno a la que Maria Domenica había mantenido tanto secretismo, conociendo a la familia en la que tanto había pensado. Al principio se mostró frío debido a su timidez, pero al notar su incomodidad, Franco no se separó de él ofreciéndole su amistad y su amabilidad.

Chiara se había planteado mandarle una invitación a William Smith, pero al final no la había echado al buzón y no se arrepentía de ello. Aquel no era el sitio de William. Puede que algún día estuviera preparada para dejar que se uniera al resto de la gente que estaba sentada a la mesa, pero todavía no. Él aún era un extraño para ella, y aquella era su familia.

—Vamos allá, a comer —le dijo a Harriet mientras le colocaba un plato delante—. Pero no comas demasiado pan. Recuerda que todavía falta mucha comida. Hay habas tiernas con queso de cabra caliente y un plato de brécol cubierto con guindillas y ajo. También tenemos alcachofas cocidas a fuego lento con patatas pequeñas, y pollo guisado con vino blanco, zumo de limón y hojas de salvia. Luego descansaremos un poco y puede que demos un paseo por el huerto antes de terminar la comida tomando chocolate caliente y tarta de almendra y, para facilitar la digestión, tal vez un par de vasitos del *limoncello* casero de mi abuela, que está *bellissimo*.

Se besó las puntas de los dedos como había visto hacer a su abuelo tantas veces, sonrió al ver a sus invitados colocados a los lados de la mesa, y olió el aroma que desprendía la sopa de marisco.

Antes de volver al calor de la cocina para preparar más comida, Chiara no pudo resistir la tentación de detenerse e inclinarse para besar la nuca suave de un hombre, aspirar su ya familiar olor amargo a tostado y acariciar su pelo canoso con la mejilla al apartarse.

Giovanni se giró y alzó la vista hacia ella.

—*Bella*, ¿necesitas ayuda? —preguntó, y al sonreír se le formaron unas arrugas en las comisuras de los labios.

—No, no, quédate ahí. Yo soy la cocinera.

—Por lo menos déjame ayudarte a traer las cosas pesadas de la cocina. —Cogió la mano de Chiara y la atrajo hacia sí para darle otro beso.

Iba a celebrarse una boda. Ella y Giovanni jurarían su amor en la destartalada iglesia de la piazza y después tomarían un desayuno nupcial en el café Angeli.

Era allí donde su amistad se había convertido en amor cierta tarde que estaban sentados en la banqueta roja situada bajo los ojos atentos de la madonna con la cara de su madre. Habían tomado un helado, habían bebido el inevitable café y habían hablado durante horas. Chiara se dio cuenta de que la pasión no siempre llega primero. En ocasiones, al igual que sus pálidos brazos de cocinera habían adquirido lentamente un tono acaramelado con el sol del verano, el amor se volvía más profundo poco a poco.

Y también podía desaparecer tan rápido como el bronceado del verano cuando llegan las nubes.

Ansiosa por proteger los frágiles sentimientos que habían surgido entre ambos, Chiara se había ofrecido a ponerse un delantal blanco y empezar una vida tras la anticuada máquina Gaggia y la barra gastada de acero inoxidable. Sus dedos accionarían las manivelas que en su día habían tocado las manos de Maria Domenica, y al final del día limpiaría las mesas, apilaría las sillas y barrería el suelo, mientras ella y Giovanni comentaban los cotilleos del día.

—¿Y qué pasa con tu carrera? —había objetado él—. Has trabajado muy duro para conseguir el éxito, no puedes renunciar ahora.

—Puedo seguir cocinando —señaló ella—. Y supongo que puedo seguir escribiendo libros. Quizá ya no sea tan famosa, pero nunca me dediqué a ello por la fama, sino solo por la comida.

Giovanni no estaba seguro. Mientras miraba a su padre, que se entretenía detrás de la barra, se ofreció a ir con ella a Londres, aunque no estaba del todo convencido.

—Seguro que encuentro un trabajo en un restaurante o un café. Podemos hacer que funcione.

Habían hablado de ello durante días, intentando dar con un futuro que les conviniera a ambos; hasta que cierto día soleado de invierno, a media tarde, cuando colgaron el cartel de cierre en la puerta del café escaparon a la granja de sus abuelos para sentarse bajo los melocotoneros.

La granja había iniciado su lento e imparable proceso de deterioro. Algunas de las cabañas de Paolo habían empezado a inclinarse peligrosamente hacía mucho tiempo, y Erminio había decidido que no reunían las condiciones para albergar a gente. Paolo había intentado oponerse, pero, sin que él lo supiera, las gallinas de Pepina se habían apropiado de una de las cabañas y un gallo se pasaba el día cacareando desde una de sus ventanas torcidas, recordando a todo el mundo las limitaciones de Giacomo Salerno como albañil.

Cuando a Pepina le dio por almacenar los tarros de encurtidos y conservas en una de las cabañas, Paolo no opuso mucha resistencia. Para entonces el flujo de turistas se había reducido hasta convertirse en un goteo de gente, y Chiara sospechaba que a medida que su fama se fuera desvaneciendo, cesaría por completo. Había muchas otras escuelas de cocina más elegantes y mejor gestionadas en lugares mucho más bonitos; seguro que la gente preferiría acudir a ellas. Las cabañas acabarían desplomándose con el tiempo, los melocotoneros extenderían sus ramas sobre las ruinas, y la vida seguiría su curso lento y constante. Rosaria volvería a engordar, Pepina y Erminio avanzarían con paso tembloroso a través de la vejez, y la insatisfacción y el resentimiento de Paolo empañarían su existencia.

Mientras permanecía tumbada boca arriba mirando los retales de cielo azul que se veían a través del encaje formado por las ramas, Chiara supo que aquel era el lugar donde quería estar.

—Quiero quedarme aquí —le dijo a Giovanni—, no solo por ti, sino también por mis abuelos y por Franco. Y también por mí, supongo. Aquí me siento más cerca de mi madre. Siento como si por fin la conociera.

Aun así, Giovanni le preguntaba cada día:

—¿Estás segura de que quieres estar aquí?

Y cada día ella le respondía con más convicción:

—Sí, estoy segura.

Ahora, mientras entraba y salía como una flecha de la cocina de Pepina sirviendo platos con verduras de primavera, observó cómo comía Giovanni. Mantenía la cabeza inclinada sobre su plato al tiempo que mojaba un trozo de pan en la sopa, le daba vueltas y lo mordía con regocijo. De repente la sorprendió mirándolo.

—Está deliciosa —le dijo, pescando la concha de una almeja de la sopa y metiéndose la carne y el líquido en la boca con ávido placer—. Todo está delicioso. —El corazón de Chiara sintió en ese momento un profundo amor por él.

La música de la comida se elevaba de la mesa: la percusión de los cubiertos contra los platos, el coro de murmullos elogiosos... Chiara se sentó, cogió su cuchara y miró a su alrededor. Estaba deseando fotografiar la escena o realizar un dibujo de ella como habría hecho su madre para poder recordar siempre aquel momento: Pepina regañando al glotón de Erminio por robarle comida del plato; Franco y Alex, con las caras sonrosadas, entrechocando sus vasos de vino; Harriet besando la cabecita de su bebé.

Paolo y Rosaria estaban sentados al final de la mesa, luciendo sus mejores caras. Cuando creían que nadie se fijaba en ellos, discutían en voz baja. Finalmente Chiara veía a su tía y a su primo a través de los ojos de Giovanni y los conocía tal como eran: codiciosos, egoístas, indignos de confianza. Sin embargo, seguían siendo miembros de su familia y ella era lo bastante compasiva para pensar que merecían un sitio en la mesa entre los demás.

Chiara recorrió la escena con la mirada una vez más mientras se llevaba la cuchara a la boca.

—Toda mi felicidad está aquí —se sorprendió diciendo en voz alta.

Giovanni la miró, arqueó una ceja y sonrió.

—Pues sí —dijo ella, indignada, mientras él le revolvía el pelo con la mano cariñosamente—, y no veo que haya nada malo en ello.

Vio que a lo lejos se agrupaban unas nubes de tormenta y

se oyó el débil ruido de un trueno, pero encima de ellos el cielo seguía luciendo azul y despejado. Cuando la tormenta llegara se pondría oscuro, pero para entonces ella y Giovanni estarían a salvo en su casita de alquiler, haciendo entrar en calor sus cuerpos en la cama, mientras escuchaban el ritmo tamborileante de la lluvia torrencial que limpiaba las tejas de terracota del techo.

ESTE LIBRO HA SIDO IMPRESO
EN LOS TALLERES DE
A&M GRÀFIC, S. L.
SANTA PERPÈTUA DE MOGODA (BARCELONA)